岩波現代文庫／文芸 287

口訳万葉集（上）

折口信夫

岩波書店

目　次

口訳万葉集のはじめに …… 1
巻第一 …… 9
巻第二 …… 43
巻第三 …… 101
巻第四 …… 186
巻第五 …… 277
巻第六 …… 329
巻第七 …… 388
解　説 …… 持田叙子 …… 483

中巻目次

巻第八
巻第九
巻第十
巻第十一
巻第十二
解説

下巻目次

巻第十三
巻第十四
巻第十五
巻第十六
巻第十七
巻第十八
巻第十九
巻第二十
解説

口訳万葉集のはじめに

この書物のはじめに、およそ十カ条ばかりの、挨拶、並びに、断りを書きつけて置かねばならぬ。それは、読者諸君のためでもあるが、二つにはまた、作者自身のためでもある。

わたしが、はじめて、「まーんねーふしーふ」という三綴音に触れ、同時に、権威ある語として、感じるようになりかけたのは、中学一年級にはいった時で、わたしが、こうした道に蹈み入る、第一歩を導いて下さった上に、今なお、その一つ一つが、力強くわたしの心に生きている語を以て、わたしを教えて下さった、堺戎島《えびすじま》蛭子ノ社の旧神職で、今も、大阪府立天王寺中学教諭でいられる、亀島三千丸《かめじまみちまる》先生の口からであった。先生は、明治での国学者、敷田年治《しきだとしはる》翁の子飼いの門人で、国学というものに対して、確かにある自覚を摑んでいられたので、実際、かいなでの国語漢文の先生とは、違う処があった。二年級になった年、学校の図書室に、『古義』のあったのを知って、早速、借り出して読んだが、その時はじめて目にはいったのは、巻十四の東歌であった、と覚えている。三年になって、やっと、大阪刷りの誤植だらけの、『略解《りゃくげ》』を買うて貰うことが出来た。

その時の嬉しさは、忘れることが出来ない。しかも、自ら量ることを知らない、生利《なまい》きな、ひねこびれたこわっぱは、千蔭《ちかげ》の説に対して、ある反抗心を抱くだけではすまなかった。巻一の雄略天皇の御製からはじめて、何でも、罫紙四、五枚に、自身の考案を書いたことを記憶している。もっとも振うているのは、「とりよろふ天ノ香具山」は、とりよる天ノ香具山で、大和にはたくさんな山はあるが、その山々が中心として、寄り集るところの天ノ香具山、というような、異説を書いて、得々としていたことである。一体、わたしの祖父は、大和飛鳥《あすか》の神南備《かむなび》の飛鳥ニ坐《いま》ス神社の神主の末子であったのが、養われて大阪の商人の子になったので、その家は、天ノ事代主ノ命の後で、飛鳥ノ直という家筋である。今も、飛鳥氏を名のって、その家の祖神たる、飛鳥四座の神を、氏子という、経済上の責任を分担する者もなく、ただ一軒の手で、支え祀っている。このことが、如何に、わたしの万葉に対する、執著を深からしめているか、知れないのである。

その後、国学院大学にはいって、五年いるうちに、二人の先生から、万葉の講義を聴いた。一人は木村博士で、一の巻だけを講ぜられた。今一人は畠山翁で、一部を通じて、飛びとびに釈《と》いて行かれた。が、晩年の木村博士の講義は、『美夫久志《みぶくし》』以上に出ることがなかったので、わたしの若い研究欲を唆《そそ》るような、暗示に富んだ講義は、むしろ、「学商」の名を負うていられた、畠山翁にあった。しかも、二人とも、今では、亡くなってしまわれた。万葉について、疑問が起った時、教えを請うべき先生は、もう、どこにもいられないのである。わたしは、勝手に、自身の道を、すこしずつでも墾《ひら》いて行かねばならぬようになった。力強い援《たす》けもなく、この确地《そねぢ》に、こうして、わびしゅう延びて行った芽は、この書物である。わたしは、いとおしいこの草を、更に、培い養うて行かねばならぬ。

この書物に、もし、採るべき処があったら、まず亀島先生、次には、畠山翁の賚物《たまもの》として、謝せねばならぬ。又、この口訳が、多少、先達《せんたつ》諸家の註釈書と、類を異にした点があれば、それは、万葉びとの生活についての直観力と、語部が物語り・権威者の記録の上に、高等批評を下す態度とを授けられた、柳田國男先生の賚物だ、といわねばならぬ。又この書物を出すについて、心を尽して下さった、三矢重松《みつやしげまつ》先生に、御礼を申さねばならぬ。更に、自分自身の叢書をいつくしむ、という心から来る、潔癖もあられように、このまずしい書物に対して、しかも、これまで、見ず知らずであったわたしに、非常な好意と、便宜とを与えて下さった、芳賀博士に謝せねばならぬ。なお一つ、わたしの十八年来の親友、武田祐吉君が、この著述について、ややもすれば弛み勝ちの、わたしを励ました上、異本についての、貴重な知識を分けてくれたことと、同窓、宮内省式部職掌典補羽田清光・香川県観音寺中学校教諭小原準三・逓信博物館員土持栄夫の三君が、このまわりくどい口訳を、筆記して下さった労を忘れてはならぬ。

□この書物には、最初、万葉集の時代、詳しくいえば、飛鳥朝から藤原・奈良時代にかけての、われわれの祖先の生活の、各方面を綜合した、著者の観察を添えて、この本を読んで頂く前に、まず、具体的に、万葉びとの「心身」を知っておいて貰いたい、と思うたが、芳賀博士が、序文〔本書には収録しなかった〕で、あらかた述べて下さった所もあるので、わずらわしさを避けて、下巻の末に、添えることときめた。

□さらに、訓詁・解釈の上について、著者自身の考えを、多分に入れておいたが、その根拠なり、考証なりを、一々、訳文の中に書《か》き籠《こ》んでおく、ということは、普通の読者にとって、かなり迷惑なことであろう、と思うたので、それは、一切省くことにして、出来るだけは、万葉辞書の中で、説明することにしたが、なお、単純な独断や、権威ない早合点から捏《こ》ねあげたものでないことを、明らかにせねばならぬ、という必要の上から、『国学院雑誌』並びに、根岸派の機関雑誌『アララギ』の誌上で、わりあいに、くわしく論じることにした。

□考証文を添えることの出来なかったのと、おなじ理由で、一語一語の詳《つまび》らかな解説をすることは、避けねばならなかった。それで、為《し》方《かた》なく、巻末に、名物・作者・語格索引を兼ねた、万葉辞書をつけることにしたが〔本書には収録しなかった〕、これにも、万葉辞書として、独立の価値が持たせたい、というはかない欲望から、下巻の末の百五十頁ばかりに、纏めて出すことにした。これは、是非、参照して頂かねば、隈《くま》ない理会は得られまいと思う。

□評釈は、はじめは、閑却せられ勝ちであったが、巻が進んで来るに従うて、律文解釈の要素として、どういう処に、どういう興味が潜んでいるかも知らず、態度の深浅をも、覚らせないではならぬ、と考えたので、鑑賞の手引きとして、処々、短評を加え、佳作・傑作などという評語を下して行ったが、上巻では、思うように評する、手順には行かなかったので、羊頭狗肉の嫌いがある、とうしろめたく感じている次第である。これは、再版の時に、今すこし、完全な物にするつもりでいる。中巻・下巻には、やや丁寧な批評をしておいた、と信じている。

□何しろ、これまでの万葉集は、普通読者の通読には、不便至極な物であった。万葉仮名の傍に、平仮名で訓《よ》み方がつけてあるのでは、よくよく熱心な人の外には、通読の興味を、途中で、はぐらかし勝ちであった。この書物が、学界に寄与する効果は、或いは、通読する人が殖えた、という位の、はかない程度に止るかも知れぬ。しかし、単に、それればかりでも、わたしにとっては、望外の満足である。ところが、通読に便ならしめるため、という立ち場から、著者自身の良心を損わぬ範囲で、音標文字を、なるだけ尠《すくな》くして、見た目の感じの鋭い、漢字を宛てねばならなかった。すると、それに伴うて起る、難問題がある。譬《たと》えば、肥人という種族の名、又、それから出た人名に、わたしはくまびとと傍訓をつけたが、これまで多くは、うまびとと訓んでいたところから、うまびとの誤植でなかろうか、と思われたり、家一字にも、いへ・へ・やなど、時々、ふり仮名をかえねばならなんだ場合に、読者に、ある疑惑を起させはすまいか、という懸念が、始中終《しょっちゅう》、頭の中を往来した。しかも、一々の場合に、その説明をすることの出来ぬのが、気がかりで為様《しよう》がない。けれども、校正の中にも、とりわけ、上段の本文〔本書では太字で示した〕には、全身の感触を、ただ目二つに蒐《あつ》めて見たから、ほぼ誤りはない、と信じている。ただし、下段の訳文〔歌に続けた〕の方には、送り仮名・句読の一致せぬ点が、おりおり、神経質になった、わたしの目を劫《おびやか》すように、顔を顕《あらわ》した。しかし、植字の人の労苦を思うと、さまでに、なおすことが出来なかった。それでなくても、なおしの多かったこの書物の校正刷りに、どれ程憤らしめたことであろう、と思うと、気の毒でならぬのである。

□評釈に用いた用語は、大体、標準語によった積りであるが、散文と違うて、律文では、情調を完全に表わすためには、千篇一律に、である・でないで、おし通すことが出来ない。そうした間隙にもって来て、わたし自身の語なる、大阪ことばの、割り込んで来たのも、随分あったと思う。譬えば言って・しまってを、言うて・しもうて、知らない・取らないを、知らぬ・取らぬという類であるが、こういう風に、この訳文に採り入れた、方言的の性質を帯びた語も、まんざら反省なしに用いた訣《わけ》でもないのである。

□今一つ、通読の煩いになりそうに思われたので、骨《かばね》や、敬称は省くことにした。一首一首の序文なども、大抵意訳しておいたが、ただ、巻五だけは、その巻の性質上、その必要を感じたので、すべて直訳して、本来の面目を、どこまでも止めることにした。ただし、奈良朝の訓読法について、知識のないわたしは、ほぼ、平安朝中葉の訓み方を施して見た。前輩の人々にも、徹底した研究のない官位の訓み方も、同様である。
□とにかく、本文・訳文・辞書の三つは、始中終、対照して見て貰わねばならぬ。なお、望めるならば、前に述べた二つの雑誌に、九月以後、連載するはずの、考証文を読んで頂きたい。
□わたしは、国学院大学を出てから、足かけ三年、大阪府立今宮中学校の嘱託教師となって、そこの第四期生を、三年級の中途から、卒業させるまで教えていた。わたしは、その八十人ばかりの子どもに接して、はじめて小さな世間に触れたので、雲雀《ひばり》のようなおしゃべりも、栗鼠《りす》に似たとびあがりも、時々、わたしの心を曇《くもら》した悪太郎も、それから又、白眼して、額ごしに、人をぬすみ見た、河豚《ふぐ》の如き醜い子も、皆懐しい。この書の口訳は、すべて、その子どもらに、理会が出来たろう、と思う位の程度にして置いた。いわば、万葉集遠鏡なのである。

大正五年八月二十九日

槐の夏陰にかくれて　　　著　者

巻第一

雑《ぞう》の歌

雄略天皇の御代

天皇御製

1 籠《こ》もよ、み籠《こ》持ち、掘串《ふぐし》もよ、み掘串《ぶくし》持ち、この岡に菜つます子。家宣《いへの》らへ。名宣《の》らさね。空見《そらみ》つ大和の国は、おしなべて吾《わ》こそ居れ。しきなべて吾こそ坐《ま》せ。吾こそは宣らめ、家をも名をも

籠や、箆《へら》や。その籠や、箆を持って、この岡で、菜を摘んでいなさる娘さんよ。家を仰っしゃい。名をおっしゃい。この大和の国は、すっかり天子として、私が治めている。一体に治めて私がいる。どれ私から言い出そうかね。わたしの家も、名も。(上代において、いかに皇室が簡易生活をしていられたかが、この御製で拝することが出来る。殊に素朴放胆でいらせられた、雄略帝の御性格は、吾人の胸に生きた力を齎《もたら》す。)

舒明《じょめい》天皇の御代

天皇が、香具山《かぐやま》に登らせられて、国見せられた時の御製

2大和には群山《むらやま》あれど、とりよろふ天《あめ》の香具山《かぐやま》、登り立ち国見をすれば、国原《くにばら》は煙立ち立つ。海原《うなばら》は鷗《かまめ》立ち立つ。可怜国《うまし》ぞ。蜻蛉洲《あきつしま》大和の国は

大和の国には、たくさんな山はあるが、その中で天の香具山、その山に登り込んで、領分を見はらすと、人の住んでいる平野には、靄が立ちこめている。それから、（海のような）埴安《はにやす》の池では鷗が群れをなして、あちらでも立ち、こちらでも立ちしている。立派な国だよ。朕《わし》が治める蜻蛉洲と称する、この大和の国は。

天皇、宇智野《うちぬ》に狩に出でさせられた時、中皇命《なかつすめらみこと》（後に、皇極《こうぎょく》天皇）間人《はしびと》ノ老《おゆ》をやって、献上おさせになった御歌

3安治《やすみ》しし吾《わご》大君の、朝《あした》には取り撫で給ひ、夕《ゆふべ》にはいよし立たしし御《み》執《とら》しの、梓《あづさ》の弓の長弭《ながはず》の音すなり。朝猟《あさかり》に今たたすらし。夕猟に今たたすらし。御執しの梓の弓の、長弭の音すなり

この国を安らかに治め給う天皇陛下が、終日大事に持っていられる、すなわち、朝には手に執って撫でなされ、夜になると、御《お》傍《そば》に立てておかれるという風に、大事になさる、

梓でこしらえた弓の、長い弓弭が、弦の響で鳴る音がする。朝猟《りょう》として、今挙行なされるのであろうと思い、又日暮れになると、夕猟として、今挙行なされるのであろうと思う。お別れ申して都にいると、朝晩お弓の長弭の音が、どうかすると、耳に幻覚として聞えて来る。

反　歌

4たまきはる宇智の大野《ぬ》に、馬並《な》めて朝蹈ますらむ。その草深野《ふかぬ》

宇智の地の広い原に、馬を並べて、朝歩きまわっていられることであろう。あの草の深い野を。（一糸紊《みだ》れない修辞は、感佩《かんぱい》すべきことである。しかし、既に漢文脈を引いたような、変化に乏しい、という難は免れない。）

讃岐の国安益《あや》ノ郡に行幸せられた時、軍《いくさ》ノ王《おおきみ》山を見て作られた歌

5霞立つ永き春日の暮れにける判別《わき》も知らず、群肝《むらぎも》の心を痛み、鵺子鳥《ぬえこどり》うら嘆《なき》をれば、たまだすきかけの宜《よろ》しく、遠《とほ》つ神吾《がみわご》大君の行幸《いでまし》の山越しの風の、独りをる我が衣手に朝夕《あさよひ》にかへらひぬれば、健男《ますらを》と思へる我も、くさまくら旅にしあれば、思ひやるたづきを知らに、綱《つな》の浦の海人《あま》処女《をとめ》らが焼く塩の、思ひぞ焼くる我が下《した》ごころ

永い春の日が暮れ遅くて、暮れたのやら暮れぬのやら区別も訣《わか》らない、そういう時に、

心痛して心の中で嘆いていると、貴い我が天皇陛下の行幸先の、行宮《あんぐう》のほとりにある山を越して吹く風が、戻るという詞《ことば》だけは辻占《つじうら》よく、妻に離れて独りいる自分の袂《たもと》に、朝晩に幾度も繰りかえして吹いて来るので、その都度、自分は立派な男だとは思っていながら、旅にいるのであるから、その悲しい心をうっちゃる手だてもつかないので、譬《たと》えていえば、近くの綱《つな》の浦で、蜑女《あま》たちが焼いている塩のように、表面には現わさないが、焼き付くような気のする、底の心持ちだ。

反　歌

6山越しの風を常《とき》じみ、寝《ぬ》る夜落ちず、家なる妹をかけて慕《しぬ》びつ

山越しに吹く風が、始終吹いているので、寝る晩毎《ごと》に、いつでも、家にいるいとしい人のことを、心に思い浮べて、焦《こが》れている。（一体に長歌は、外界の描写は、極《きわ》めて微力なものとしか現わされていない。この長歌において、客観事象が明らかに深い印象を与えるのは、注意すべきことである。）

皇極天皇の御代

額田《ぬかた》ノ女王《ひめおおきみ》の歌

7秋の野のみ草刈り葺《ふ》き、宿れりし宇治《うち》の都の仮廬《かりほ》し思ほゆ

以前、野の薄《すすき》を刈って、屋根をこさえて宿った事のある、宇治の行宮《あんぐう》の仮小屋の容子《ようす》が思い出される。

斉明《さいめい》天皇の御代

額田ノ女王の歌

8熟田津《にぎたづ》に船乗《ふなの》りせむと月待てば、潮《しほ》も適《かな》ひぬ。今は漕ぎ出《い》でな

伊予の熟田津で、舟遊びをしよう、と月の出を待っているうちに、月も昇り、潮もいい加減になって来た。さあもう漕いで出ようよ。

紀伊の温泉《いでゆ》に行幸の時、額田ノ女王の作られた歌

9三栖山《すやま》の檀弦《まゆみつら》はけ、わが夫子《せこ》が射部《いめ》立たすもな。吾か偲《しぬ》ばむ

紀伊の国の三栖山の檀でこさえた、弓に弦をかけて、あの御方は、今頃張り番をつけておいて、獣狩りをしていられることだ。それにわたしは、こうして焦《こが》れていねばならぬか。(この歌は、万葉第一の難訓の歌とせられているもので、これもまた、一説と見て貰いたい。万葉辞書の中「三栖山」参照。)

中皇命《なかつすめらみこと》(倭姫《やまとひめ》皇后)、紀伊の温泉に行かれた時の御歌

10君が齢《よ》も我が齢《よ》も知らむ岩白《いはしろ》の、岡の草根《くさね》をいざ結びてな
岩白の岡の草を結んで無難を祈るというが、わが夫《せ》なる天子の御命も、また私の命も、お護り下さる岩白の神のいられる岡の草をば、どりゃ、結んで行きましょうよ。

11我が夫子《せこ》は仮廬《かりほ》つくらす。草《かや》なくば、小松が下《した》の草《かや》を刈らさね
あなたは今仮小屋を作っていらっしゃるが、屋根に葺《ふ》く草がなければ、わたしのいるこの小松の下の草をお刈り下さい。

12我が欲《ほ》りし野島《ぬじま》は見しを、底深き阿胡根《あこね》の浦の珠ぞ拾はぬ
都にいる時分から、見たい見たいと思うていた、野島はやっとの思いで見たが、底の深いよい景色の阿胡根の浦は、まだその地に臨まないので、下りて珠を拾うことも、えせずにいる。

中大兄《なかちおいね》(天智天皇)の三山《さんざん》の御歌。一首並びに短歌。二首

13香具《かぐ》山は畝傍《うねび》男々《をを》しと、耳梨と相諍《あらそ》ひき。神代よりかくなるらし。古《いにしへ》も然《しか》なれこそ、うつそみも、妻を争ふらしき
昔女山なる香具山が、同じ女山なる耳梨山と、畝傍山を男らしい山だ、と奪い合いをし

たというが、恋の道にかけては、神代からそうだったのに違いない。(その後、人の世となって、幾千年経っているが)昔の神々も、そうであった所からして、肉身の人間も、配述《つれあい》を取りあいするのに違いない。(この御製をもって、額田ノ女王を争われた、自己弁護の如く解する古来の学者の考えは、おそらくは誤解で、天皇にはそうしたお考えもなく、ただ三山の妻争いの伝説から、一般社会のことを述べられたものと見るがよかろう。)

反歌

14香具山と耳梨《みみなし》山と争《あ》ひし時、立ちて見に来《こ》し印南国原《いなみくにはら》

香具山と耳梨山とが、夫《つま》争いに対抗しておった時分に、それをわけるために、わざわざ、出雲から阿菩《あほ》ノ大神が出て来られたという、ここがその印南の平原である。

15わたつみの豊旗雲《とよはたぐも》に入日《いりひ》さし、今宵の月夜《つくよ》明らけくこそ

海の上に、大きな雲が拡がっている。その雲に落日がさすくらいの天気になって、今夜の月は、明らかであってくれ。(この二首は、後世の或る人、たとえば高市《たけち》ノ黒人《くろひと》のような人が、播州の旅行中に作った歌を、三山歌の縁で、攙入《さんにゅう》したものであろう。)

天智天皇の御代

天皇、内大臣藤原ノ鎌足に詔し給うて、春の花と秋の紅葉との美しさを、群臣に争わしめさせられた時、額田ノ女王が、歌でその意見を述べられた歌

16 冬籠《ふゆごも》り春さり来れば、鳴かざりし鳥も来鳴きぬ。咲かざりし花も咲けれど、山を茂《し》み入りても採らず。草深みとりても見ず。秋山の木の葉を見ては、もみづをばとりてぞしぬぶ。青きをばおきてぞ歎く。そこし恨《めづら》し。秋山われは

春がやって来ると、これまで鳴かなかった鳥も鳴き出す。咲かなかった花も咲いてはいるけれど、山は木が茂り過ぎているので、わざわざ入り込んでまでも採らない。草が深いので、手にとっても見ないけれども、秋の山にある、木の葉を見る時には、何もかも忘れて、紅葉した葉をば手にとり上げて慕うことだ。青い葉はそのままうっちゃっておいて、秋の美しさにみとれて歎息するばかりである。さあそれが、秋山に、心が引かれるところだ。わたしは、秋山をとります。(大して勝れたものでもないが、支那風の空虚な観念的の遊戯が、唐化主義の時代をよく現わしている。)

井戸《いと》ノ王、近江の国へ下られた時の歌

17 うまざけ三輪《みわ》の山。あをによし奈良の山の山の際《ま》にい隠《かく》るまで、道の隈《くま》い距《さか》るまでに、つばらにも見つつ行かむを、しばしばも見放《さ》けむ山を、心なく雲の隠《かく》さふべしや

旅の初めに出て来た三輪山も、最早《もはや》奈良山の山の端《さき》に隠れてしまって、見えなくなってしまうまで、道の辻々が幾つもいくつも曲って遠くなるまでに、じっと目を放さないで、幾度もふりかえって、遥かに眺望しようと思っている山をば、思いやりもなく、雲が隠すことだ。山にも心があらば、隠せないはずだのに。

反歌

18三輪山をしかも隠すか。雲だにも心あらなむ。かくさふべしや

懐しい三輪山をば、あんなに隠しくさることよ。せめて雲にでも、思いやりがあってくれればいい。隠されぬはずだのに、それに隠すことだ。(故京に対する執著が、ただ一抹の三輪山の、遠山眉に集中している。山について思う所の浅い今人の、感情との相違を見る必要がある。)

額田《ぬかた》ノ女王《ひめおおきみ》の和《あわ》せられた歌

19三輪山の林の崎のさ王孫《ぬはり》の、衣《きぬ》につくなす。目につく。我《わ》が夫《せ》

あなたは、三輪のことばかりおっしゃる。しかし、私は三輪山のつき出た崎の、森のあるあたりの野に生えている、王孫《つちばり》の色が、衣によく染まりつくように、あなたが目にちらついてなりませせぬ。

天皇蒲生野《がもうの》に遊猟せられた時、額田ノ女王の作られた歌

20あかねさす紫野《むらさきぬ》ゆき、標野《しめぬ》ゆき、野守は見ずや。君が袖ふる

紫草の花の咲いている野すなわち、天子の御料の野を通って、我がなつかしい君が袖を振って、私に思う心を示していられる。あの優美な御姿を、心なき野守も見てはどうだ。(野守を天智天皇にたとえたのだ、という説もあるが、こじつけである。単純に客観的の歌と見れば、いよいよ、すぐれて見える歌である。皇太子の御歌は、むしろ、この歌の内容に深く交渉をもったもの、と見ないがよい。)

皇太子(後に天武天皇)の答えられた御歌

21むらさきのにほへる妹《いも》を、にくくあらば人妻《づま》ゆゑにわれ恋ひめやも

ほれぼれとするような、いとしい人だ。そのお前が憎いくらいなら、既に人妻であるのに、そのお前のために、どうして私が、こんなに焦《こが》れているものか。

天武天皇の御代

十市《とおち》ノ皇女《ひめみこ》、伊勢神宮に斎《いつき》ノ宮《みや》として下らせられた時、波多《はた》の横山《よこやま》の巌を見て、吹黄《ふき》ノ刀自《とじ》の作った歌

22河の上《へ》の五百《ゆ》つ磐《いは》むらに草生《む》さず、常《つね》にもがもな。常処女《とこをとめ》にて

この河のほとりに在る、たくさんかたまり合うた巌の上には、一本の草も生えていない。いつまでも古めかず、新しゅう見える。そのように、我が皇女も、斎宮となってお下りだから、いつまでも年とらず、処女でいらせられることでありたいものだ。（斎宮は、天子の代がわりまでは、童貞の生活をおくられるのであるから、この歌の含むところは多いので、殊に大倭媛《やまとひめ》ノ命《みこと》などの、斎宮の驚くべき長寿を信じていた、時代なることを思うて見ねばならぬ。）

麻績《おみ》ノ王《おおきみ》、伊勢ノ国伊良胡の島に流されなされた時、その頃の人が、いとしがって作った歌

23うつそを麻績ノ王、海人《あま》なれや。伊良胡の島の玉藻刈ります

あの麻績王は、海人になってしまわれたと見えて、伊良胡の島の藻をかってござる。

麻績ノ王この歌を聞いて、悲しんで作られた歌

24現身《うつそみ》の命を惜しみ、浪に濡れ、伊良胡の島の玉藻刈り食《は》む

こんな身の上になっていても、まだ生きている。この肉身の命を大事がって、おめおめ浪に濡れながら、自分は伊良胡の島の藻を刈って、それを食べて命をつないでいる。

天皇御製

25み吉野《よしぬ》の御金《みかね》の嶽《たけ》に、時なくぞ雪は降りける。間《ま》なくぞ雨は降りける。その雪の時なきがごと、その雨の間なきがごと、隈《くま》も落ちず、偲《しぬ》びつつぞ来《こ》し。その山道《やまみち》を

吉野の金峰山には、いつということなく、雪が降っていることだ。やむ間もなく、雨が降っていることだ。その雪が時をきめず降るように、その雨が間断なく降っているように、その山道をば、どの辻でも、この辻でも、きっとふりかえっては、お前のことを思いながら、やって来たことだ。私は今そういう処に来ている。

天皇、吉野の行宮に行幸せられた時の御製

27よき人のよしとよく見て、よしといひし吉野よく見よ。よき人よく見つ

昔偉い人が、吉野をつくづくと見て、いい処だというて、吉野と名をつけたこの吉野を、其方等《そのほうら》も、よく見るがよいぞ。昔の偉い人も、よくみたことである。(これはおそらく、昔から吉野に仙人がいたという伝説があるから、それらの人が、その景色を愛《め》でて棲《す》んでいた、ということを根柢として、作られたものであろう。同音同義の語を頭韻風に用いているが、その幼稚な技巧が、簡素な内容に適当していてよい。)

持統天皇の御代

天皇御製

28春過ぎて夏来たるらし。白栲《たへ》の衣乾したり。天《あめ》の香具山《かぐやま》

春がすんで、今夏が来ついたに違いない。真白な栲の衣を乾してあるのが見える。天の香具山の辺で。

柿ノ本ノ人麻呂が、近江の都の荒れた趾を見て通った時作った歌。並びに短歌。二首

29玉だすき畝傍の山の、橿原《かしはら》の聖《ひじり》の御代ゆ、あれましし神のことごと、樛《つが》の木の弥《いや》つぎつぎに、天の下知ろしめししを、空見つ大和をおきて、青丹《あをに》よし奈良山を越え、いかさまに思ほしけめか、あまさかる鄙《ひな》にはあれど、いはばしる近江《あふみ》の国の、漣《さざなみ》の大津宮に、天の下知ろし召しけむ、皇祖《すめろぎ》の神の尊《みこと》の大宮は、ここと聞けども、大殿《おほとの》はここといへども、春草の茂く生ひたる、霞立つ春日《はるび》のきれる、ももしきの大宮どころ、見れば悲しも

畝傍山の橿原の都にいられた、天子の御代《みよ》から、だんだんに現われてござった、神の如く尊い天子方は、どの方もこの方も、代々大和の国で、天下を治めてござったのに、その国を捨てて、奈良山をさえ越えて、どういう御心であったのか、それまでは田舎であ

ったが、この近江の国の、漣の郷の大津の宮で、天下をお治めなされたという、御先祖の神さまの天子の御所は、この辺だと聞いているが、天皇陛下の寝起きあそばした御殿は、この辺だといい伝えているが、来て拝して見ると、春の草が一ぱいに生えてい、春の天気がぼうと霞んでいる御所の跡を見ると、悲しいことだ。

反歌

30漣の滋賀《しが》の辛崎《からさき》、さきくあれど、大宮人《おほみやびと》の船待ちかねつ

漣の郷の滋賀の辛崎は、変りなく、人でいえば達者でいるけれど、いくら待っても、宮仕えの官人衆の船が出て来ない。船を待ちおおせることが出来ないでいる。

31漣の滋賀の大曲淀《おほわだ》むとも、昔の人に復《また》も逢はめやも

滋賀の浦の大きな湾が、いつまで静かに淀んでいようとも、そこへ遊びに来た昔の人に、逢うことの出来ようはずがあるものか。（長歌は、堂々たるものである。しかも、懐古の幽愁が沁み出ている。短歌には、悲しんで傷《やぶ》らずという長者の博大な心が見えている。ただし、それだけ黒人の作には、劣っている。）

高市《たけち》ノ黒人《くろひと》、近江の旧都を悲しんで作った歌

32古《いにしへ》の人にわれあれや、漣《ささなみ》の古き都を見れば悲しも
自分は、今の世の人間である。それに、昔の漣の県《あがた》の古い都の跡を見ると、悲しくなって来る。ひょっとすれば、自分が、昔近江の朝廷に仕えておった人なのであろうか。なんだか、昔の人のような気がする。(この歌は、時代錯誤に興味がある。)

33漣の国つ御神《みかみ》の心荒《うらさ》びて、荒れたる都見れば悲しも
漣の郷の土地を領していられる、神の御意志に違《たご》うて、こうした処に都を造られたために、神の御心にかなわず、御不興によって、こういうように荒れ果てた、都を見ると悲しくなる。(二首ながら、前の人麻呂の歌よりも、更に傑《すぐ》れている。人麻呂のにはまだ虚偽が見えているが、これには、人の胸を波だたせる真実が籠《こも》っている。)

紀伊の国行幸の時、川島《かわしま》ノ皇子《みこ》の御歌

34白良《しらら》の浜松が枝《え》の手向《たむ》けぐさ、幾世までにか歳《とし》の経《へ》ぬらむ
白良の浜に来ると、浜松の枝を結んで、道の神へ御供えとして奉ってある。(この近くの岩白では、わが友有間《ありま》ノ皇子《みこ》もせられた。)いつの時代まで、なし伝えるつもりで、今までも続いて来ているのだろうね。

背《せ》の山を越ゆる時、阿閉《あべ》ノ皇女《ひめみこ》の作られた御歌

35これやこの、大和にしては、わが恋ふる紀路《きぢ》にありとふ、名に負ふ背《せ》の山

これがその、すなわち大和の国でいうて見れば、私がこがれてる夫の君の、夫《せ》という名を持った、それでいて、紀州に在るという、背の山であるのだ。

吉野に行幸せられた時、柿本ノ人麻呂が作った歌

36安治《やすみ》しし吾大君《わご》の、聞《きこ》し治《を》す天《あめ》の下に、国はしも多《さは》にあれども、山川の清き河内《かふち》と、御心《み》を吉野《よしぬ》の国の、花散らふ秋津の野辺に、宮柱太《ふと》敷きませば、百敷《ももしき》の大宮人は、船並《な》めて朝川渡り、舟競《ふなきほ》ひ夕川渡る。此《この》川の絶ゆることなく、この山のいや高からし。澄みたぎつ湍《たぎ》の都は、見れど飽かぬかも

我が天皇陛下が御治めになる天下に、国といえばたくさんあるが、その中で、山や川の景色の爽やかな川の流域だ、と大御心をおよせになっている、吉野郡の秋津野に、離宮の柱を太くお据えになったので、御所《ごしょ》仕えの官人衆は、船を並べて朝の川を渡り、又舟の競漕をして、日暮れの川を渡るという風に、遊んでいる。この川が、水はなくなることなく、聳《そび》えているこの辺の山は、いつまで経っても低くならずに、永久に高くあるにちがいない。澄んで激しく流れる、急流のほとりに在る都は、いくら見ても飽かぬことだ。

反歌

37見れど飽かぬ吉野の川の、常滑《とこなめ》の、絶ゆることなく復《また》かへりみむ

見ても見あかぬ吉野の川の、始終滑《なめ》らかな水苔のなくならないように、いつまでもやまずに、幾度も見にやって来よう。（長短歌共に、簡素に出来ている。殊に反歌は、単純化の巧みに行なわれたものというべきである。長歌は、ややお座なりの宮ぼめに傾いて、無内容に近い。）

38安治《やすみ》しし吾大君《わご》の、神《かむ》ながら神《かむ》さびせすと、吉野川湍《たぎ》つ河内《かふち》に、高殿を高著《たかし》りまして、登り立ち国見せすれば、たたなづく青垣山《あをがきやま》の、山祇《やまつみ》の奉《まつ》る御調《みつき》と、春べは花かざしもち、秋立てば紅葉《もみち》かざり、遊副川《ゆふかは》の神も、大御饌《おほみけ》に仕へ奉ると、上《かみ》つ瀬に鵜川《うかは》を設《た》て、下《しも》つ瀬にさでさし渡し、山川もよりて仕ふる、神の御代かも

わが天皇陛下が、神様通りに尊い行ないをなさるため、吉野川の急流の流域に、高殿を高く目につくようにお建てになり、それに登って、御領内を御覧なさると、むくむくと続いた青い垣のような山の神が、天皇陛下の御心をお慰め申すための献上の心づくしと見えて、春の頃は、山が花を頭飾りにし、秋になると、紅葉をば飾りつけ、それから川の方でいうと、遊副川の神も、天子の御膳部に供え奉ろうと、上流の方には鵜川を設け、

下流の方にはさで網をさし渡して(人々の魚をとることが出来るようにしている。)魚をとる。こういう風に、山川の神までが、一処になってお仕え申している、貴い御代であることだ。

反　歌

39山川もよりて仕ふる、神《かむ》ながら、湍《たぎ》つかふちに船出《ふなで》せすかも

山や川も寄り合うて、天皇陛下にお仕え申しているその急流の流域に、神様そのままに、見るも貴く、舟を出していらせられることである。(形は前の歌よりは整うてはいないが、内容は空疎《くうそ》でない。ただ登り立ち云々以上の句の、全体の上に齎《もたら》す勢力は、極めて微妙であるといわねばならぬ。)

伊勢行幸の時、柿本ノ人麻呂京に留って作った歌

40英虞《あご》の浦に船乗《ふなの》りすらむ処女《をとめ》らが、玉裳《たまも》の裾に、潮満つらむか

志摩の国の英虞の浦に、処女らが舟遊びしているだろう。その美しい袴の裾に、挙げても挙げても、潮が満ち寄せて来ているだろうよ。

41くしろつく答志《たぶし》の崎に、今もかも、大宮人の玉藻刈るらむ

志摩の国の答志の崎のあたりで、今日今頃は、お伴《とも》に行った御所づとめの人々が、藻を刈っていることだろう。

42 潮騒《しほさゐ》に伊良胡《いらご》の島辺《べ》漕ぐ船に、妹乗るらむか。荒き島回《しまわ》を

伊良胡の島のあたりの、寄せて来る潮騒に乗って、漕いでいるそのあぶない舟に、いとしい人は乗っているのだろうよ。あの荒い島の入りこみを。

当麻《たぎま》ノ麻呂《まろ》の妻の作った歌

43 吾が夫子《せこ》はいづく行くらむ。おきつもの名張《なばり》の山を今日か越ゆらむ

自分の夫は、今頃、どこらを通っていられるだろう。大方、名張の山を、今日あたりは、

越えていられるのだろうよ。

石《いそ》ノ上《かみ》ノ大臣行幸に従うて作った歌

44 吾妹子《わぎもこ》をいざみの山を高みかも、大和の見えぬ。国遠みかも

大和が見えない。どれ、思う人を見ようと思わせる名の、いざみの山が高いためか、そ

れとも、国が遥かに隔《へだた》っているためか。（かもという語が、押韻とおなじ効果を持って

いる形の傑《すぐ》れた音楽的な歌。）

珂瑠《かる》ノ皇子《みこ》(文武天皇)安騎野《あきぬ》に宿られた時、柿ノ本ノ人麻呂の作った歌。並びに短歌。四首

45安治《やすみ》しし吾大君《わご》、高ひかる日の御子、神ながら神さびせすと、太敷《ふとし》かす都をおきて、隠国《こもりく》の泊瀬《はつせ》の山は、真木《まき》立つ荒山道《みち》を、岩がねのしもとおしなべ、さかどりの朝越えまして、たまかげる夕さり来れば、み雪ふる安騎の大野に、はた薄篠《すすきしの》を押《お》しなべ、くさまくら旅宿りせす。古《いにしへ》おもひて

我が仕え申す皇子なる、日の御裔《すえ》の尊い皇子は、神様そのままの神わざをばせられるために、御所のある京を後にして、泊瀬山は、檜木の立っている険しい山道だのに、灌木を押し別けて、朝越えておいでになり、日暮れになった時分、安騎《あき》の平野に、穂薄や篠などを押し別けて、そこで旅の宿りをなされることだ。以前、日並知《ひなめし》ノ尊《みこと》が、度々ここへ狩りに来られた時分のことを思いながら。(日並知皇子は、珂瑠皇子の父宮である。)

反　歌

46安騎の野に宿る旅人。うち靡《なび》き寝《い》も寝《ぬ》らめやも。古《いにしへ》おもふに

安騎野で宿る、旅人なる珂瑠の皇子さまよ。其方《そのかた》は、ここが昔、父皇子の、常に遊ばれた処だから、昔のことを思うと、のびのびと、寝るにも寝ていられないことであろう。

47 み草刈る荒野《あらぬ》はあれど、もみちばの過ぎにし君がかたみとぞ来し

荒れはてた野は荒野として、御承知の上でここへ来られたのは、おかくれになった方が、よくおいでになった、その記念だと思うて、尋ねて来られたことだ。

48 東《ひむがし》の野《ぬ》に陽光《かぎろひ》の立つ見えて、かへりみすれば、月傾きぬ

東の野を見ると、朝日のほのめきのさすのが見えているので、ふりかえって見ると、月は最早《もはや》、西の方に傾いてしまった。(これは、朝猟の後の歌と見ればよい。)

49 日並知《ひなめし》ノ皇子《みこ》の尊《みこと》の、馬並《な》めて御猟《みかり》たたしし時は来むかふ

お懐しい日並知ノ皇子様が、ここまで馬を並べて来て、御猟を挙行あそばした時節は、ちょうどこれからで、そういう時候が、今来かかっている。お懐しいことだ。

藤原《ふじわら》ノ宮の役民《えだちのたみ》の作った歌

50 安治《やすみ》しし吾大君《わごおおきみ》、高ひかる日の御子、あらたへの藤原が上《へ》に、治国《をすくに》を治《め》し給はむと、御殿《みあらか》は高著《たかしら》さむと、神ながら思ほすなべに、天地もよりてあれこそ、いはばしる淡海《あふみ》の国のころもでの田上山《たなかみやま》の、真木《まき》割《さ》く檜《ひ》の杣手《つまで》を、もののふのやそ宇治河《うぢがは》に玉藻なす

浮べ流せれ、其《そ》を取ると騒ぐ御民も、家忘れ身もたなしらに、鴨じもの水に浮きゐて、
わが作る日《ひ》の御門《みかど》に、知らぬ国、よりこし路《ち》より我が国は常世《とこよ》に瞻《も》らむ、書負《ふみ》へる
霊亀《あやしきかめ》も新世《あらたよ》と、泉の川に持ち越せる真木《まき》の枛手《つまで》を、ももたらず筏に作り上《のぼ》すらむ、
勤《いそ》はく見れば、神ながらならし

我が天皇陛下、貴い日の御裔《すえ》の御子孫なる御方が、藤原のほとりで、この日本国をお治めなさろうとて、又御殿をば高くお建てになろうとて、神様の御心そのままお思い立ちになると同時に、天地の神も、心を一つにお助け申し上げるつもりか、近江の国の田上《たなかみ》山《やま》の檜の切りはしを、宇治川へまるで水に浮く藻のように、浮かして流し出したというと、それを取り集めるとて、一所懸命に騒いでいる人民たちも、家のことを忘れ、一身上のことも考え浮ばず、鴨見たように水に浮んでいて、それを泉川まで持って来て、筏に作って京の方へやって来るためであろう。一心に働いているのを見ると、神業としか思われない。〔我が作る日の御門から新世とまでは、泉川を起すための序歌である。意味は、今我々が作っている御所に、知らぬ外国、すなわち唐土《こし》(よって来るにかけて)地方などから、この日本の国をば、世にいう、仙人の住む島であろうというので、目をつける事になるだろうし、又、その蓬莱山《ほうらいさん》を負うている霊亀《れいき》も、現われ出《で》るべき結構な御代ということを、出づとひっかけたのである。この歌は、おそらく、柿本人麻呂の作で、朝廷から、役民に謡《うた》わせたものと思われる。〕

飛鳥《あすか》ノ宮から藤原ノ宮へ移られて後、志貴《しき》ノ皇子《みこ》の作られた御歌

51 采女《うねめ》の袖吹きかへす飛鳥風《あすかかぜ》、都を遠み、いたづらに吹く

この頃までは、宮仕えの采女たちの袖を吹き返していた、飛鳥の里を吹く風よ。都が遠くなったので、吹くには吹いても、詮《かい》なく吹いてることだ。

藤原ノ宮の御井の歌。並びに短歌。一首

52 安治《やすみ》しし吾大君《わご》、高光る日の皇子、あらたへの藤井が原に大御門《おほみかど》はじめ給ひて、埴安《はにやす》の堤の上にあり立たし見《み》し給へば、大倭《やまと》の青香具山《あをかぐ》は、日の経《たて》の大御門に春山と茂《し》みさび立てり。畝傍《うねび》のこの瑞山《みづやま》は、日の緯《よこ》の大御門に瑞山《みづやま》と山さびいます。耳梨《みみなし》の青菅《あをすが》山《やま》は、北《そとも》の大御門に、宜《よろ》しなべ神《かむ》さび立てり。なぐはし吉野《よしぬ》の山は、南《かげとも》の大御門ゆ、雲居にぞ遠くありける。高著《し》るや天の御蔭《みかげ》、天著《あめし》るや日《ひ》の御蔭の水こそは、常住《とこしへ》なら め。御井《みゐ》の真清水《ましみづ》

尊い我が天皇、日の御裔《すえ》の陛下が、藤井が原のほとりに、御所を初めてお造りになって、その御所の容子《ようす》を、東の埴安の池の堤の上に立ってござって、御覧なさると、昔の大倭の郷の故地なる、磯城《しき》郡の青々とした香具山は、東の御門に、なるほど、春の山らしく深く茂って立っている。目の前の瑞々した畝傍山は、西の御門に、なるほど、瑞々した

山と思われるように、神々しい山として立っていらっしゃる。青々として心持ちのいい耳梨山は、北の御門に、配合よく古めいて立っている。又吉野山は、南の御門から遠く地平線の空に見えている。こういう立派な御所であるが、宮地に在る水、すなわち天を覆《おお》い日をかくす、立派な御殿の傍の水はいつまでも絶えないにきまっている。立派な、藤井の原の御井の清水よ。

反　歌

53藤原の大宮仕《づか》へあれつがむ処女《をとめ》が輩《とも》は、羨《とも》しきろかも

藤原の御所にお宮仕えとして、将来も、後から後からとあらわれ出て来る、処女たちは羨《うらやま》しいことだ。(この歌も、おそらく柿本人麻呂のであろう。この歌を読む時には、宮殿の新に出来あがった藤原の宮で、大歌所の官人たちが、新宮を讃美する歌として、これを歌うたものであろう、という想像を浮べながら、見るのが必要である。)

文武天皇の御代

大宝元年九月、太上(持統)天皇紀伊御幸の時の歌。二首

54巨勢山《こせやま》のつらつら椿、つらつらに見つつ偲《しぬ》ぶな。巨勢の春野《はるぬ》を(坂門《さかと》ノ人足《ひとたり》)

巨勢山に、続いて立っている椿の木立ちよ。それをつくづく見入りながら、このあたり

の、春頃の野の景色を思うことだ。

55あさもよし紀人《きびと》羨《とも》しも。真土山《まつちやま》行《ゆ》き来《く》と見らむ紀人羨しも(調《つき》ノ淡海《あふみ》)

真土山に来ると、非常にいい景色だ。私は、紀伊の国人が羨しい。この真土山の景色を、行くというては見、帰って来るというては見ながら、往来してるはずの紀伊の国人が羨しい。

異本の歌

56河の辺《へ》のつらつら椿、つらつらに見れども飽かず、巨勢《こせ》の春野《はるぬ》は

二年、太上(持統)天皇参河《みかわ》御幸の時の歌

57引馬野《ひくまぬ》に匂ふ榛原《はりはら》、入り乱《みだ》り、衣にほはせ。旅のしるしに(長《なが》ノ意吉麿《おきまろ》)

引馬野に来て見ると、榛《はり》の花が群がって、ほのぼのと咲いている。その中へやたらに這《は》入《い》って行って、その色を、衣に著《つ》けたらどうだ。旅をした記念に。

58いづくにか船泊《ふなは》てすらむ。安礼《あれ》の崎《さき》漕ぎたみゆきし棚《たな》なし小船《をぶね》(高市《たけち》ノ黒人《くろひと》)

日が暮れて来た。さきほど、安礼《あれ》の崎を漕ぎ廻って行った舟は、今時分、どこで舟泊り

をしているだろう。

59ながらふる雪吹く風の寒き夜に、我が夫《せ》の君は独《ひと》りか寝《ぬ》らむ(誉謝《よさ》ノ女王)

降って来る雪を吹く風が、冷い今晩、我が思うお方は、たった一人で、おやすみになっているだろう。

60宵にあひて朝面目《おも》なみ、名張《なばり》にか、けながき妹がいほりせりけむ(長《なが》ノ皇子《みこ》)

夜逢うて、朝の面目なさに、なばる(隠)という名の、名張の辺に、長くあわぬいとしい人は、今頃は仮小屋を作って、泊っていることだろう。あの人が旅に出てから、日数が経ったことだ。

61健男《ますらを》がさつ矢たばさみ立ち向ひ、射る的形《まとかた》は、見るにさやけし(舎人《とねり》ノ娘女《おとめ》)

達者な男が、猟矢《さつや》を腋挟《わきばさ》んで、そちらへ向うて射るという、的に縁のある、的形浦は、見たところ、さっぱりしたよい景色である。

三野《みぬ》ノ岡麿《おかまろ》唐に使した時、春日ノ老《おゆ》の作った歌

62ありねよし対馬《つしま》の渡り、洋中《わたなか》に幣《ぬさ》とりむけて、早《はや》還り来《こ》ね

あなたが、唐へお渡りになる道の、対馬海峡の海路の途中で、綿津見《わたつみ》の神へ手向けの幣をさし上げることを忘れずに、そのお護りで、早く帰っていらっしゃいよ。

山上《やまのえ》ノ憶良《おくら》大唐《だいとう》にいた時、本国を思うて作った歌

63いざ子ども、早《はや》も大和へ。大伴の三津《みつ》の浜松、待ち恋ひぬらむ
さあ部下の人等よ。早く日本へ帰ろうではないか。あの難波《なにわ》の大伴の郷の三津の浜松ではないが、待ちこがれて、家の人はいるだろう。(長い旅路と、畏《かしこ》い任務とを遂げて、いよいよ妻子の待っている郷に向う歓喜が、一二句のすこし迫った音律に溢れている。)

慶雲《きょううん》三年、難波《なにわ》ノ宮行幸の時の歌

64葦《あし》べゆく鴨の羽交《はがひ》に霜ふりて寒き夕は、大和し思ほゆ(志貴《しき》ノ皇子の御歌)
今夜は寒い夜だ。葦の茂っている海岸を泳いでいる、鴨の羽の合せ目に、霜が降るというような冷い晩だ。今夜は、大和のことが思い出されてならぬ。(傑作。)

65霰《あられ》打つあられ松原、住《すみ》ノ吉《え》の弟日《おとひ》をとめと、見れど飽かぬかも(長ノ皇子の御歌)
あられ松原の景色は、ひとり見ても面白い。それに、住吉の弟日《おとひ》おとめと一処であるから、いくら見ても飽かない心地がすることよ。(佳作。)

太上(持統)天皇難波ノ宮御幸の時の歌

66大伴《おほとも》の高師《たかし》の浜の松が根を枕《ま》きてしぬれど、家し偲ばゆ(置始《おきそめ》ノ東人《あずまびと》)

大伴の郷の高師の浜の景色は、非常にいい。その景色のいい処の松の根を、枕にして寝ているけれども、なお、家のことが思われてならぬ。

67旅にしてもの恋《こほ》しきに、家言《いへごと》も聞えざりせば恋ひて死なまし(高安《たかやす》ノ大島《おおしま》)

旅に出ていて、故郷のことが気にかかる時分に、家からのたよりが来た。もしこんな時に、家からの消息さえも聞えて来なかったなら、何の慰めることもなく、ひたすら恋しさに、焦れ死んでしまうことであろう。

68大伴の三津《みつ》の浜なる忘れ貝、家なる妹《いも》を忘れておもへや(身人部《むとべ》ノ王《おおきみ》)

大伴の三津の浜辺には、物忘れをするという忘れ貝があるが、家にいる恋しい人を、どうしても思い忘れることがあるものか。

69くさまくら旅ゆく君と知らませば、岸の埴原《はにふ》に匂はさましを(住江《すみのえ》ノ処女《おとめ》、長ノ皇子に献った歌)

旅におお出かけになるあなただ、とわかっていましたら、お著物《きもの》を住吉の岸の赤土原の土で摺《す》って、色づけを致して置きましたものを。

太上(持統)天皇吉野御幸の時、高市ノ黒人の歌

70大和には鳴きてか行《く》らむ。呼児鳥《よぶこどり》、象《きさ》の中山《なかやま》よびぞ越ゆなる

呼児鳥が、象の中山を鳴きながら越えて行くことだ。あれは大方、今時分(家のある)大和の地をば、鳴いて行ってるであろう。

大行《たいこう》(文武)天皇難波《なにわ》行幸の時の歌

71大和恋ひ、寝《い》の寝《ね》らえぬに、心なく、この洲《す》の崎に鶴《たづ》鳴くべしや(忍坂部《おさかべ》ノ乙麻呂《おとまろ》)

大和の国に焦《こが》れて、寝ることも出来ないでいるのに、思いやりなく、ここの砂浜の崎に、鶴が鳴いていることだ。心があれば、あんなに鳴けないはずだがなあ。

72玉藻刈る沖辺は漕がし。しきたへの枕のあたり忘れかねつも(式部卿藤原ノ宇合《うまかい》)

沖の方へ漕ぎ出て、この地を去ってしまうということはしたくない。枕を結んで寝た、このあたりの容子《ようす》は、忘れかねているのだから。

長ノ皇子の御歌

73吾妹子《わぎもこ》を早見浜風《はやみはまかぜ》、大和なるわが山の木に吹かず、たゆたへ

大和にいる恋しい人をば、早く見たいと思うている、この早見の浜を吹く風よ。家にはいとしい人が私を待っている、その庭の植え木に荒く吹きつけないで、中途で滞《とどこお》っていてくれ。(木はよいとしても、自分を待つあの人に、変事があってはならない。)

大行(文武)天皇吉野行幸の時の歌

74み吉野の山のあらしの寒けくに、はたや、今宵も、我がひとり寝む(文武天皇御製か)

日が暮れて、吉野山には、山颪《おろし》が寒く吹き出した。この寒いのに、またもや今晩も、自分ひとり寝ることかなあ。

75宇治間山《うちまやま》朝風寒し。旅にして、衣かすべき妹《いも》もあらなくに(長屋ノ王《ながやのおおきみ》)

吉野の行宮《あんぐう》にいると、宇治間山から吹きおろす、朝風が冷いことだ。自分は旅にいるから、これを著《き》よというて、著物《きもの》を貸してくれる人とてもないのだ。

寧楽《なら》ノ宮の御代

和銅元年、元明天皇御製

76健男《ますらを》の鞆《とも》の音《おと》すなり。物部《もののふ》の大臣《おほまへつぎみ》楯立つらしも
達者な人々が、弓をひく手の鞆の音が、(復《また》もや)して来る。また戦いの大将軍が楯を設けて、武術の練習をしているようだ。(この御歌の中には、女帝であるだけに、人民の労苦を思われる以上に、戦いを厭《いと》われる御心持ちが拝せられる。)

御名部《みなべ》ノ皇女《ひめみこ》の和《あわ》せ奉られた御歌

77吾《わご》大君、物なおもほし。皇神《すめがみ》のつぎてたまへるわれなけなくに
我が天皇陛下、そんなに御心配あそばしますな。御先祖の神々が、もしも何かあった時には、妹としてお生み下さった私がいない訣《わけ》ではありません。私がいるからは、御相談あいてになりましょう。

和銅三年藤原ノ宮から寧楽《なら》ノ宮に、遷《うつ》られた時に、御乗り物を長屋ノ原にお立てになって、天皇(元明)の詠《よ》ませられた御製

78飛ぶ鳥のあすかの里をおきて往《い》なば、君があたりは見えずかもあらむ
住み慣れた飛鳥の里を、後にして行ってしまったら、恋しい人の住む家のあたりも、見えなくなってしまうであろう。(この歌は、右の如く、藤原の宮から、寧楽の宮へ遷都せられた時のもので、飛鳥というたところで、別に今の飛鳥村附近ばかりをいうたので

はなく、広く藤原あたりをもこめていうたのである。)

藤原ノ宮から、寧楽《なら》ノ宮へ遷都せられた時の歌

79大君のみこと畏《かしこ》み、にぎびにし家をさかりて、隠国《こもりく》の泊瀬《はつせ》の川に船浮けて、我がゆく川の、川隈《くま》の八十《やそ》隈《くま》落ちず、万度《よろづたび》かへりみしつつたまぼこの道ゆき暮し、あをによし寧楽の都の佐保川にい行き至りて、我が寝たる衣の上ゆ、朝月夜《あさづくよ》さやかに見ゆれば、栲《たへ》のほに夜の霜降り、磐床《いはどこ》に川の氷《ひ》こほりさゆる夜をいこふことなく、通ひつつ作れる家に、千代までにいまさむ君と、われも通はむ

天皇陛下の御命令の恐れ多さに、賑うておった家を離れて、泊瀬川に舟を浮けて、我々が下ってゆく、その川のいくつもある曲り角毎《ごと》に、きっと、幾度もふりかえりながらやって行くうちに、日を暮してしまって、寧楽の都の佐保川に著《つ》いて、寝ている著物《きもの》の上をば、まるで朝のようにはっきりした月が照しているので、気がつくと、夜の霜が真白に降っているし、川床の磐の上には、川の氷が凍っている。そういう夜でもやすむことなく、出かけて行って作った御殿に、千年までもおいでなさるあなただと信じて、自分も常に、そこへ通おうと思う。(つじつまのあわぬ処のある歌であるが、ともかくも、要所要所は確かに捉《とら》えている。)

反　歌

80青丹《あをに》よし寧楽《なら》の家には、万代《よろづよ》にわれも通はむ。忘ると思ふな(作者知れず)

寧楽に建てた御殿へは、いつまでも変ることなく、我々も通おうと思うている。いつまでたっても、われわれを忘れようとして下さるな。

和銅五年四月、長田《ながた》ノ王《おおきみ》を伊勢ノ斎宮《いつきのみや》に遣《つか》わされた時に、山辺ノ御井で人々の謡《うと》うた歌

81山《やま》ノ辺《べ》の御井《みゐ》を見がてり、神風《かむかぜ》の伊勢の処女《をとめ》と相見つるかも

山の辺の御井の清水を、見物にやって来て、旁《かたがた》、(そのあたりの)伊勢の処女と逢うて、親しんだことだ。(王化に浴しきっていた土地を、豊かな奈良の宮人たちの旅行して、のどかな楽しみを、恣《ほしいまま》にしている心地が、音律の上に宿っている。)

その際に、謡うた宴席の古歌

82うらさぶる心さまねし。ひさかたの天《あめ》の時雨《しぐれ》のながらふ、見れば

心寂しいような気分が、一ぱいにひろがって来る。今、天から落ちる時雨が降っている。それを見ると。(傑作。)

83 海《わた》の底《そこ》沖つ白浪立田山、いつか越えなむ。妹があたり見む
立田山を、いつ越えることが出来るだろう。そこを越えれば、いとしい人の住家の辺も、見えるところの（立田山をば）。

長《なが》ノ皇子《みこ》が志貴《しき》ノ王《おおぎみ》と、佐紀《さき》の宮で、酒宴せられた時の御歌

84 秋さらば、今も見るごと妻恋《つまご》ひに、鹿《か》鳴かむ山ぞ。高野原《たかぬはら》の上《うへ》（長ノ皇子）
今、鹿の声が聞えているが、やがて秋になったら、今経験していると同じように、妻に焦れて、始中終《しょっちゅう》、鹿が鳴くはずの山です。この高野の原のあたりのこの山で。（だからまた、秋にもここへ来ようではありませんか。）

巻第二

相聞《そうもん》の歌

仁徳天皇の御代

磐之媛《いわのひめ》皇后、天皇を慕わせられた御歌。四首

85君が行《ゆ》きけ長くなりぬ。山たづね迎へか行かむ。待ちにか待たむ

我が夫は、御出かけになったまま、久しゅう御帰りにならぬ。山道を探しながら、こちらから迎えに出掛けようか。それとも、耐《こら》えてじっと待っていようか。（山たづねとある方が、境地ははっきりとはして来るが、山路を尋ねて行くということは、やや妥当を失うている。むしろ、単に枕詞と思われる、山たづのという、古事記の歌の方が勝っている。）

86かく許《ばか》り恋ひつつあらずは、高山の磐ねし枕《ま》きて死なましものを

こんなに焦《こが》れているくらいなら、いっそ高い山の岩を枕にして死んだ方がいいのに。（この時代はまだ、高塚時代の遺風を存していたので、亡骸《なきがら》を塚穴に横たえよう、という意味を、こう歌われたのである。）

87ありつつも君をば待たむ。うち靡《なび》く我が黒髪に、霜の置くまでに

今夜はひどく、我が夫のおこしが遅い。しかし、じっと起きていて、わたしの髪に霜が降るまで待っていよう。（この時代はもちろん、男から女の方に通うたから。）

88秋の田の穂の上《へ》に霧《きら》ふ朝霞、何方《いつべ》の方《かた》に我が恋ひやまむ

秋の田に実った稲穂の上に、ぼうと懸っている朝霞が、何方《どちら》かへ消えてなくなるように、自分の慕う心も、どちらへでも消散させたいが、到底、何方へも散らすわけにはいかない。

古事記に、軽《かる》ノ皇太子同母妹軽《かる》ノ大郎女《おおいらつめ》に通ぜられたため、伊予の温泉に流された時、軽ノ大郎女が大和にいて、恋い慕われた歌と伝えているもの

90君が行《ゆ》きけ長くなりぬ。山たづの迎へを行かむ。待つには待たじ

あなたの他行が日数長くなった。迎えに行こう。とても、待とうとても待っていられま

い。（帰られるまでに、死ぬかも知れぬという意。）

天智天皇の御代

天皇、鏡《かがみ》ノ女王《ひめおおきみ》に下された御製

91妹《いも》が家も不断見《つぎて》ましを。大和なる大島の嶺《ね》に家もあらましを

いとしい人の家をば、いつもいつも見ていたいものだが、この家が、大和の大島山にあってほしいものだ。さすれば、大和の額田の家は、目の下によく見えることであろう。

鏡ノ女王の和《あわ》せられた歌

92秋山の木《こ》の下《した》がくり行く水の、我こそ益《ま》さめ。御思《み》ひよりは

秋の山の木の下陰を流れ行く水が、木の葉に埋れて、表面には表われないように、私の心は、外《そと》からは見えますまいが、あなたの御心持ちよりも、ずっと深いでありましょう。（序歌として用いられた上の句は、あざやかに効果を生じない難はあるが、優に一首を美化している。）

内大臣藤原ノ鎌足卿、鏡ノ女王の許《もと》に通うた頃、女王から鎌足に贈られた歌

93たまくしげ蔽《おほ》ふを易《やす》み、あけて行《い》なば、わが名はあれど、君が名はをしも

二人の間を内証にして置くのは、易いことだと安心して、そのために、そんなにぐずぐずして、明け放れてから帰ったら、人が気づく。わたしの評判は第二として、あなたの評判の出るのが、大事ですよ。(玉櫛笥《たまくしげ》は、蔽ふ、あくをおこす枕詞。)

鎌足、鏡ノ女王に答えた歌

94たまくしげ三室の山のさな葛《かづら》、さ寝《ね》ずば、つひにあり敢《か》つましじ
あなたは、そんなに早く帰れと仰っしゃいますが、寝ないで帰ることが出来ましょうか。どうしても、それでは辛抱しきれず、生きていられますまいと思います。(上句は、さねを起す序歌。)

藤原ノ鎌足卿、采女《うねめ》安見児《やすみこ》の許に通うた頃の歌

95我はもや安見児得たり。皆人《みなひと》の得がてにすとふ安見児得たり
どうだ。俺はねい、安見児を手に入れたぞ。それ、誰も彼も、皆手に入れにくがっているという評判の、安見児をば手に入れたぞ。(素朴な放胆な歌で、殊に唐化主義の張本とも見える人から、儒教などの束縛を受けていない、本然の声を聞くのはおもしろい。)

久米《くめ》ノ禅師《ぜんじ》、石川ノ郎女《いらつめ》の許に通うた時分の歌。五首

96真薦《みすず》刈る信濃《しなぬ》の檀弓《まゆみ》、我が引かば、貴人《うまびと》さびて、否《いな》と云はむかも(禅師)
信濃の檀《まゆみ》でこさえた弓をひくように、私はお前さんの袖を引きたいが、そうしたら(おまえさんは、身分の高い人だから)きっと、上品ぶって、知らないよ、と言うでしょうね。

97真薦《みすず》刈る信濃の檀弓、引かずして弦《を》はくるわざを知ると云はなくに(郎女)
信濃の檀の弓も、引かないでいては、弦を掛ける方法は訣《わか》りません。そのように、あなたもわたしに言い込んでも見ないでは、わたしが承知するか、しないか、訣らんではありませんか。

98あづさゆみ引かばまにまに寄らめども、後《のち》の心を知りがてぬかも(同じ人)
あなたが引きさえなされば、御意の通り、あなたの方へ靡《なび》きはしましょうけれど、この交情が、いつまで続くか。あなたの将来の心の程が訣りませんね。

99あづさゆみ弦緒《つらを》とりはけ引く人は、後の心を知る人ぞ引く(禅師)
梓弓に弦をひっ掛けるのでないが、袖を引く人はどんな人だというと、後々までも心変りがしない、という自信のある人が引くのです。私は決して、心変りがしないから、安心して下さい。

100東人《あづまど》の荷前《のざき》の篋《はこ》の荷《に》の緒にも。妹が、心に乗りにけるかも(同じ人)

そら御存じでしょう。あの田舎者が担《かつ》いで来る、初穂の貢の篋の上の紐ででも、あなたがありましょうか、あなたは始中終《しょっちゅう》、私の心の上にどっさりと乗り掛かっていられて、忘れようと思うても、忘れられません。

大伴《おおとも》ノ安《やす》麻呂卿、巨勢《こせ》ノ郎女《いらつめ》に通うた頃の歌

101たまかづら実ならぬ木には、ちはやぶる神ぞつくとふ。ならぬ木ごとに

御注意までに申しますが、あなたはそのようにぴんしゃんとしていますが、実の成らぬ木には、神様が憑《つ》いて、その所有にするということですが、御存じですか。あなたもそう人の心を退けていますと、どんな祟《たた》りがあるかも知れませんよ。実のならぬ葉ばかりの木には、どれにも、神がつくのですからね。(玉鬘《たまかずら》は、実を起す詞。)

巨勢ノ郎女の返歌

102たまかづら花のみ咲きてならざるは、誰《た》が恋ひならめ。我《わ》は恋ひ思《も》ふを

あなたは、なかなか口が御上手だ。花ばかり咲いて実はならぬと仰っしゃいましたが、

それは誰の恋でしょうね。わたしは決して、表面だけ心があるように見せかけて、うち解けないというような者ではなく、あなたを慕うておりますのに、お言葉は、生憎《あいにく》ながらあなたのことでしょう。

天武天皇の御代

藤原《ふじわら》ノ夫人《ふじん》に下された御製

103 **我が里《さと》に大雪降れり。大原の古りにし里に降らまくは、後《のち》**

お前は羨しかろうね。私の住んでいる里には、こんなに大雪が降ったぞ。その大原の、さびれてしもうた里に降るのは、大方後のことだろう。

藤原ノ夫人の返歌

104 **我が岡の龗《おかみ》に祈《こ》ひて降らせたる、雪の砕片《くだけ》し、そこに散りけむ**

大変御自慢ですが、あなた様のところへ降ったのは、わたしが住んでいます岡の雨竜《あまりょう》に頼んで、わたしの慰みに降らした雪の砕片《かけら》が、そこまで散って行ったのでありましょう。
(夫人のいられた大原の地は、飛鳥ノ岡の上にあって、当時の都飛鳥浄見原宮《あすかきよみはらのみや》は、岡つづきを半里ばかり南の、麓にあった事を知ると興味がある。)

藤原ノ宮〔持統・文武〕の御代

大津ノ皇子、忍んで伊勢ノ神宮に参られて、都へ戻られる時、姉君大伯《おおく》ノ皇女《ひめみこ》の作られた御歌

105吾が兄子《せこ》を大和へやると、さ夜更けて、暁露《あかときつゆ》にわが立ち濡れし

大事のあなたを、大和へ立たすというので、夜更けてから外へ出て、明方近い露のために、立っていて濡れたことだ。

106二人行けど、行き過ぎ難き阿騎《あき》山を、いかにか、君が一人越えなむ

あなたが大和へ帰る途中にある、あの阿騎山は、わたしも知っている。二人連れて歩いていても、寂しくて通りにくい所であった。それに如何して、あなたが独りで、越えてお行きなさるだろう。

大津皇子《おおつのみこ》、石川《いしかわ》ノ郎女《いらつめ》に贈られた御歌

107あしびきの山の雫《しづく》に、妹待つと、われ立ち濡れぬ。山の雫に

いとしいお前の来るのを待つために、山から垂れる雫に、自分は、こんなに立っていて濡れたよ。その山の雫のために。

石川ノ郎女の返歌

108我《わ》を待つと、君が濡れけむあしびきの山の雫にならましものを

私を待つために、あなたがお濡れなさった相《そう》な、その山の雫にわたしはなったらよかったのに。（老獪《ろうかい》な口ぶりで、人を悩殺する歌というべきだ。贈答の歌としては、皇子の歌も勝れてはいるが、この方が一段、巧みである。）

大津ノ皇子、石川ノ郎女に会われたのを、津守《つもり》ノ通《とおる》が占うて、顕《あらわ》した時の御歌

109おほぶねの津守が占《うら》に宣《の》らむとは、まさしに知りて、我が二人寝し

津守の奴が、甚《ひど》いことをした。しかし俺は、津守の占いの面《おもて》に出《で》るだろうということは、まざまざと、はっきり知りながら、二人一処になったのであった。敢《あえ》て驚かない。

日《ひ》並知《なめし》ノ皇子《みこ》ノ尊《みこと》、石川ノ郎女に下された御歌

110大名《おほな》児《こ》を遠方《をちかた》野《ぬ》辺《べ》に刈る草《かや》の、束《つか》の間《あひだ》も、我忘れめや

可愛い大事の大名児。お前をば向うの野で刈る草ではないが、その束の間でも、自分は忘れようか。忘れはしない。（この御歌を促した、石川郎女の贈った歌が思われる。こせつかぬよみ口ののんびりしたところを、第三首を見た上で読むと、皇子の御気象も思われる。）

吉野ノ宮行幸の時、弓削《ゆげ》ノ皇子、額田《ぬかた》ノ女王《ひめおおきみ》に贈られた御歌

111 古《いにしへ》に恋ふる鳥かも。楪《ゆづるは》のみ井の上より、鳴き渡り行く

あの鳥は、自分とおなじく昔のことに焦《こが》れて、鳴く鳥だろう。その鳥が、父君天武天皇の御遊びになった、楪の泉の上をば鳴いて通って行きます。

額田ノ女王の和《あわ》せられた歌

112 古に恋ふらむ鳥は時鳥《ほととぎす》。蓋《けだ》しや鳴きし。我が恋ふるごと

あなたの仰っしゃる、その昔を恋しがって、鳴いています鳥は時鳥です。わたしが、先天子のことを慕うているように、もしや、鳴きはいたしませんでしたか。

吉野から、蘿《こけ》の生えた古い松の枝を折って、額田ノ女王に遣《つか》わされたのを受け取って奉った歌

113 み吉野の山松が枝《え》は愛《は》しきかも。君が御言《みこと》を持ちて通《かよ》はく

この吉野の松の枝は、可愛いものよ。わたしの大事の御方の御言葉を持って、やって来るのが可愛いじゃないか。(贈答の歌に溢るる如き才能を持って、高貴の方々に愛せられた女王の風貌の思われる歌。しかし、どことなく男性的なよみ口である。)

但馬《たじま》ノ皇女、高市《たけち》ノ皇子の御所に居られた時に、穂積《ほづみ》ノ皇子を思うて作られた御歌

114
秋の田の穂向《ほむ》きのよする片寄《かたよ》りに、君に寄りなな。言痛《こちた》かりとも

よしや、人が彼此《かれこれ》やかましくいうても、私は稔《みの》り田の穂の向きが向いているように、片一方へ偏して、あなたの方にばかり、お頼り申していましょう。

穂積皇子、近江の滋賀《しが》ノ山寺《やまでら》にお遣わされになった時、但馬ノ皇女の作られた御歌

115
おくれ居《ゐ》て恋ひつつあらずは、追《お》ひ及《し》かむ。道の隈回《くまわ》に標結《しめゆ》へ。我が夫《せ》

後に残っていて、こんなに焦れているよりは、追いついて行きたいと思う。どうかあなた、行く道の辻々に、標《しるし》を結びつけて置いて下さい。それを便りに、追いついて参りましょう。

但馬ノ皇女、高市ノ皇子の御所にいて、穂積ノ皇子に忍び会われたことが、露《あらわ》れた時に作られた御歌

116
人言《ひとごと》を繁み、こちたみ、己《おの》が世にいまだ渡らぬ浅川《あさかは》渡る

人の噂がうるさくやかましく立って、そのために、自分が生れてまだ経験しない、哀しみに袖を濡らしている。(深い川なら舟で渡るが、浅い川ゆえ、かち渉《わた》りして、濡れたのに譬《たと》えたのである。)

117 舎人《とねり》ノ皇子、舎人《とねり》ノ処女《おとめ》に与えられた御歌

健男《ますらを》や片恋ひせむと嘆けども、醜《しこ》の健男、尚恋ひにけり

立派な男が、ぐずぐずと、思わぬ人を慕うたりすべきものではないと悲しいながら、決心はして見るものの、この業《ごう》さらしの意気地なしの男は、まだ恋しがっている。我ながら情ない。(健男を繰りかえしたところに、恋を賤《いや》しむ心とそれに執著する心とが、力強く見えている。答えの歌は遥かに劣っている。)

118 舎人《とねり》ノ処女《おとめ》の和《あわ》せた歌

嘆きつつ健男子《ますらをのこ》の恋ふれこそ、我が結ふ髪の漬《ひ》ぢて滑《ぬ》れけれ

ほんに、自分のことを誰かが思うている時に、髪が湿ってぬらぬらとずり脱けて来るというが、なるほど嘆息する程、立派な男の方が、わたしのことを思うていらっしゃったから、その通りになったのであります。

弓削ノ皇子、紀《き》ノ皇女《ひめみこ》を慕われた御歌。四首

119 吉野《よしぬ》川行く瀬を速み、暫《しまし》くも淀《よど》むことなく、ありこせぬかも
吉野川の流れて行く瀬が速くて、ちょっとの間も、水の滞《とどこお》ることがないように、二人の間が、中絶えして逢われぬ、というようなことが、ないようにありたいものだ。

120 吾妹子《わぎもこ》に恋ひつつあらずは、秋萩の咲きて散りぬる花ならましを
いとしいあなたのことを、こんなに恋しがっている程ならば、いっそあのぱっと咲いて、ぱっと散って行く習いの、萩の花であったらよかったのに。

121 夕さらば汐《しほ》満ち来なむ。住《すみ》ノ吉《え》の浅香《あさか》の浦に玉藻刈りてな
日暮れになったら、汐がさして来て、どうも出来なくなりましょう。今の中に、この住吉の浅香の浦の、玉藻を苅りましょう。（躊躇《ちゅうちょ》していたら、障りが出て来るから、今の中に会おうというのである。）

122 大舟の泊《は》つる泊《とま》りの動揺《たゆたひ》に、物思《も》ひ痩せぬ。人の子故に
大きな舟が、到著《とうちゃく》して泊る港に、浪が立って、動揺するが如く、煩悶するために、こんなに痩せている。縁のないあかの他人であるのに、その人のために。

三方《みかた》ノ沙弥《しゃみ》、園《その》ノ生羽《いくは》の処女《むすめ》を妻として、間もなく病いになった時の歌。三首

123 たけばぬれ、たかねば長き妹《いも》が髪、此頃見ぬにみだりつらむか

取り上げて結《ゆ》うと、ぬるぬるとほどけ、取り上げないと、長過ぎるあの、いとしい人の立派な髪は、この頃、自分と会わないから、刷《つくろ》いもせずに、乱れていることだろう。

園ノ処女の歌

124 人皆は、今は長みと、たけと云へど、君が見し髪、乱りたりとも

誰も彼も、最早そんなに垂らしていたら、長過ぎるから、取り上げて結《ゆ》え、とすすめますが、この髪の形は、あなたと逢うた時、見て頂いたのだから、乱れても、このままにして置きましょう。

三方ノ沙弥

125 橘の蔭踏む道の八衢《やちまた》に、物をぞ思ふ。妹に会はずして

この頃病気で、お前さんに会わないでいるので、まるで、橘の木蔭をとおる市の道が、たくさんに分れているように、あれこれと、種々雑多な方面に、心を使うて煩悶している。

石川ノ郎女《いらつめ》、大伴ノ田主《たぬし》に贈った歌

126 風流男《みやびを》と我は聞けるを、宿貸さず、われをかへせり。おその風流男

人の噂は、あてにならぬものだ。粋《いき》な人だと聞いていたのに、泊めてもくれないで、わたしを追い帰した。気の利かぬ男だ。粋な人が聞いてあきれる。ぼんやりの粋人め。

大伴ノ田主の返歌

127 風流男に我はありけり。宿貸さずかへせる我ぞ風流男にはある

粋人とは、私のような人をいうのだ。お前さんの術《て》にのらないで、宿を貸さずに追い帰した私は、ほんとに粋な人なのだ。

大伴ノ田主は、字を中郎《なかちこ》というた。容貌も、とりなりも、人に優れていた。石川ノ郎女が、どうかして一処にいたいと思うていたが、言いよる手段がないので、穢《きたな》い婆さんに化けて、土鍋《ゆきひら》をさげて、田主の座敷の側に行って、老女の声色《こわいろ》を使い、腰の屈んだ風で、私は東隣りの貧乏婆です。火を頂きに参りました、というて近寄ろうとしたが、田主はそんな計略のあることとは知らず、火を与えて帰らした。翌朝、石川郎女は、自分のあられもない行いを恥じ、且《かつ》、自分の思い通りに行かなかった怨みを洩らして作ったものだ、と伝えている。

石川ノ郎女、又大伴ノ田主に贈った歌
128我が聞きし耳によく似ば、葦芽《あしかび》の足萎《な》え我が夫《せ》、努《つと》めたぶべし
私の耳に聞いた噂の通りなら、あなたは足萎えだということですが、足萎えさん、どうぞお大事になさって下さいませ。（これは、田主が郎女のもとへ、どうしても、通わなかったので、軽くからかうような風で、怨みを述べたのであろう。）

大津ノ皇子の侍女《まかたち》であった頃、石川ノ郎女が大伴ノ宿奈《すくな》麻呂に贈った歌
129古りにし嫗《おむな》にしてや、かくばかり恋ひに沈まむ。たわらはのごと
こんなに年をとった婆さんの身として、これ程までに、まるで子どものように、訣《わけ》もなく、恋に没頭しているのは、どうしたことでしょう。（年上の女の、若い男に同情を求めた心持ち。）

長《なが》ノ皇子、弟弓削皇子に贈られた御歌
130丹生《にふ》の川、瀬は渡らずて、ゆくゆくと恋ひたし。我弟《わおと》、いで通ひ来《こ》ね
丹生川が急流なために、渡り瀬を渡る人もなく、躊躇《ちゅうちょ》しているように、どうかすると、心が動揺して非常に恋しい。さあ弟よ。ちょっと来て下さい。

柿ノ本ノ人麻呂、石見《いわみ》の国から京へ上るので、妻に別れた時の歌。二首並びに短歌。六首

131 石見の海津濃《うみつぬ》の浦曲《うらわ》を、浦なしと人こそ見らめ。潟《かた》なしと人こそ見らめ。よしゑやし、浦はなけども、よしゑやし、潟はなけども、いさなとり海辺《うなび》をさして、渡津《わたつ》の荒磯《ありそ》の上に、か青《あを》なる玉藻沖つ藻、朝はふる風こそ寄せめ。夕はふる浪こそ来寄れ。浪の共《むた》、かよりかくより、玉藻なすより寝《ね》し妹《いも》を、つゆじもの置きてし来れば、此道の八十隈《やそくま》毎に、万度《よろづたび》顧みすれど、弥遠《いやとほ》に里は離《さか》りぬ。弥高《いやたか》に山も越え来ぬ。夏草の思ひしなえて偲《しぬ》ぶらむ妹が門《かど》見む靡け。此山

石見の海岸の津濃の湾をば、岩浜ばかりで、舟の寄れる浦はないと、人は思うているかも知れぬ。又直《すぐ》深海で、遠浅の潟がないと思うているかも知れぬが、浦はないが、又潟はないがかまわない。自分には、それで満足なのだ、そこには、譬えていおうならば、沖の方から海岸、すなわち、渡津の岩浜の方へ向けて、真青《まっさお》な美しい藻や、深海の藻をば、朝動揺する風、日暮れにゆらぐ浪がうち上げる。その浪と一処にうち上る美しい藻が、絡み合うようにして寝たいとしい人を、後に残して置いて、やって来たので、自分の行く道の、たくさんな辻を曲る毎《ごと》に、幾度もふりかえって見るが、そのうち、段々里は遠のいて来た。山道も段々高く越えて来た。津濃の里では、夏の日に当った草のよう

に萎《しお》れて、自分を恋い慕うているだろう、そのいとしい人の家も見えなくなった。前に立ち塞《ふさが》っている山よ。あの門が見たいから、低くなって何方《どちら》かへ片寄ってくれ。

反　歌

132 石見のや高津《たかつ》濃《ぬ》山の木《こ》の間《ま》より、我が振る袖を妹見つらむか

私が今振っている袖を、石見なる高津濃山の木立ちの間から、いとしい人が、それと認めて見ているだろうよ。

133 笹の葉はみ山もさやにさやげども、我は妹思《おも》ふ。別れ来ぬれば

自分が越えて行く山一面生えた笹が、山もとよむばかりに、やかましく騒いでいるが、その音にも紛れないで、私はいとしい人のことばかり思うている。哀しい別れをして来たので。

135 つぬさはふ石見の海の、言《こと》さへぐ辛《から》の崎なる、海石《いくり》にぞ深海松《ふかみる》生《お》ふる。荒磯《ありそ》にぞ玉藻は生ふる。玉藻なす靡き寝し子を、深海松の深めて思へど、さ寝《ぬ》る夜は幾だもあらず。はふつたの別れし来れば、きもむかふ心を痛み、思ひつつ顧みすれど、おほぶねの渡《わたり》の山の紅葉《もみちば》の散りのまがひに、妹が袖爽《さや》にも見えに、つまごもる屋上《やがみ》の山の雲間より

渡らふ月の、惜しけども隠ろひ来れば、天伝ふ入日さしぬれ、健男《ますらを》と思へる我も、敷妙の衣の袖は通りて濡れぬ

石見の海の辛の崎にある石には、深海松が生え、岩浜には玉藻が生えている。その玉藻のように、絡み合うて寝たあの人を、深海松ではないが、心に深く思い込んではいるが、一つに寝る夜が幾らもとてはなく、満足していないうちに、もう別れる時が来たので、その人と別れてやって来ると、心が非常に辛いのでその人のことを思いながら、ふりかえって見ても、越えて行く渡山《わたり》の紅葉の散り乱れているのに紛れて、あの人の振る袖も明瞭《はっきり》とは見えないで、屋上山の雲の中をば通って行く月ではないが、その袖さえも、残念ながら段々隠れて見えなくなって来るというと、やがて夕方の入日さえさして来たので、立派な男だと思うている自分ながら、悲しくてこぼす涙に、著物《きもの》の袖は、裏までも濡れてしまった。

反　歌

136あを駒の足掻《あがき》を速み、雲居にぞ、妹があたりを過ぎて来にける

いとしい人の家の辺《あたり》も、見えなくなって来た。乗っているあお馬の足なみが速いために、あの人の家は、最早《もはや》地平線に隠れて、空と一つになってしまったくらいにやって来た。

137 秋山に落つる紅葉《もみちば》、暫《しまし》くは勿《な》散り乱りそ。妹があたり見む

この山を越えれば、もうあの人の家は見えなくなるのだが、秋の山路に落ち散って、我が眼界を妨げる紅葉よ。暫《しばら》くは散り乱れないでいてくれ。

依羅《よさみ》ノ郎女(人麻呂の妻)夫と別れた時の歌

140 勿《な》思ひと君は云へども、逢はむ時何時《いつ》と知りてか、我が恋ひざらむ

あなたは、そんなに思うなといわれますが、今別れても、いつ会えると訣《わか》っていれば嘆かないのですが、それが訣らないのですから、焦れないでいられましょうか。(石見の妹というのは、この人でない。)

挽歌

斉明《さいめい》天皇の御代

有間《ありま》ノ皇子《みこ》御自身の身の上を哀しんで、松の枝を結んで置かれた時の歌。二首

141 岩白《いはしろ》の浜松が枝《え》を引き結び、まさきくあらば、復《また》帰り見む

自分は今、この岩白の浜を通るが、とても再び引き返して、ここを過ぎることは出来まい。今、世の人がするように、浜の松の枝を結び合せて、命や、旅路の無難を祈って行

くが、万一達者でいたならば、再びこの松を見よう。

142家にあれば、笥《け》に盛る飯《いひ》を、くさまくら旅にしあれば、椎《しひ》の葉に盛る

家にいる時には、容れ物に盛って食べるのを常としているが、今は旅であるから、椎の葉に飯を盛って食べることである。

長《なが》ノ意吉麻呂《おきまろ》、結び松を見哀しんだ歌

143岩白の岸の松が枝結びけむ人は、帰りて復見けむかも

この岩白の岸に生えている、松の枝を結んで、自分の命や旅路の無事を願った人は、その後戻って、もう一度見たか知らん。見なかったっけ。(これは漢詩の影響を受けた、詠史の歌である。有間ノ皇子に関したものなることは勿論《もちろん》である。)

144岩白の野中《ぬなか》に立てる結び松、心も解けずいにしへ思ほゆ

岩代の野辺に立っている結び松よ。それを見ると、自分も心が結ぼれて鬱して来て、昔のことが思い出されてならぬ。

山上ノ憶良、後に意吉麻呂《おきまろ》の歌に和《あわ》せた歌

145 翼《つばさ》なすあり通《がよ》ひつつ見らめども、人こそ知らね。松は知るらむ

有間ノ皇子の再び見ようと誓われた岩白の松をば、御魂は幾度も、空を通って御覧になってるだろうけれども、人には見えないのだ。しかし、松は定めて知っているだろう。

大宝元年、紀伊国行幸の時、結び松を見て、或る人の作った歌

146 後《のち》見むと君が結べる、岩白の小松が梢《うれ》を、復見けむかも

後再び見よう、と有間ノ皇子が結んで置かれた、岩白の小松の結んだその枝さきを、再び顧みて、お解きになったことか知らん。

天智天皇の御代

天皇不予の時、皇后(倭姫)の奉られた御歌

147 天《あま》の原ふりさけ見れば、大君の御寿《みいのち》は長く天足《あまた》らしたり

天皇陛下、どうぞ御心地安らかに御いで遊ばされませ。神を祈るとて、空を仰ぎ見ると、空は目の限り、広々と拡がっています。その空が限りなく拡がっているように、あなたの御寿命も、豊かに、長く、十分に御ありなさるに違いは御座いません。(縁起を祝うて作られたもの。)

天皇崩御《ほうぎょ》せられた時、皇后の作られた御歌

148 青旗《あをはた》の木幡《こはた》の上を通ふとは、目には見れども、直《ただ》に会はぬかも

天皇陛下の御姿が、目のあたりにあるように思われます。あの殯宮の青葉をさして作った幡の靡くのを見ると。しかし逢うて御話を交わすことも出来ない。どうか直接に御会い申したいもんだが。

149 人は不知《いさ》、思ひやむとも、たまかづら影に見えつつ忘らえぬかも

ほかの人はどうか訣《わか》らない。或いはお慕い申す心が止まっているかも知れぬ。しかし私には、始終幻影に見えて忘れることが出来ない。

天皇崩御の時、或る女官の作った歌

150 現身《うつそみ》し神に堪《た》へねば、離《さか》り居て朝嘆く君、離《さか》り居て夜《よる》恋ふる君。玉ならば手に纏《ま》き持ちて、衣《きぬ》ならば脱《ぬ》ぐ時もなく、我が恋ひむ君ぞ、昨日《きぞ》の夜の夢に見えつる

肉体を離れることの出来ない人間は、神様と御一処にいることは出来ませんから、致し方なしに御別れ申して、遠くから朝晩に、私がお慕い申しております天皇陛下。私の心を譬《たと》えて申しますれば、いっそ玉であったら、手に纏き付けて、離さないように、又著《き》物《もの》であったら、いつも脱がずに身に著《つ》けていようとまで、おもうています天皇陛下。そ

の方にお逢い申すことが出来なかったところが、昨日の晩の夢に、偶然、お逢い下されたことです。

天皇を殯《あらき》ノ宮《みや》に移し奉った時の歌。二首

151かからむと予《かね》て知りせば、大御舟果てし泊《とま》りに、標《しめ》結はましを(額田ノ女王)

こんなことと前から訣《わか》っていたならば、天皇陛下の御乗りになっている御舟の泊った港に、標を附けて、それから先へは、御いでにならぬようにして置いたものを、残念なことをした。

152安治《やすみ》しし我《わご》大君の大御舟、待ちか恋ふらむ。滋賀の辛崎《からさき》(舎人吉年《きね》)

天皇陛下の行幸も、もはや望まれない。御在世の時は、よく滋賀の辛崎で舟遊びをせられたものだが、今では心ない滋賀の辛崎も、御舟を待ち焦れていることだろう。

皇后の御歌

153いさなとり淡海《あふみ》の海を、沖離《さ》けて漕ぎ来る舟、岸《へ》つきて漕ぎ来る舟。沖つ檝《かい》いたくな刎《は》ねそ。岸《へ》つ檝いたくな刎ねそ。わかくさの夫《つま》の尊《みこと》の思ふ鳥たつ

近江の湖水を、沖の方へ離れて漕ぐ舟も、岸近うよって漕ぐ舟も、檝《かじ》を無暗に刎ねてく

れな。湖水には、一面に、亡くなられたわが夫なる天皇陛下の、遺愛の水鳥が浮いているが、それが驚いて立つから。

石川《いしかわ》ノ夫人《ふじん》の歌

154
漣《さざなみ》の大山守は、誰《た》が為か山に標結《しめゆ》ふ。君もあらなくに

あの漣山の御料林の山守は、誰のために、標を結いつけて守っているのだ。肝腎《かんじん》の天子も、御いでにならないのに。

山科《やましな》ノ御陵《みはか》の奉仕果てて退散する時、額田女王の作られた歌

155
安治《やすみ》しし我大君《わご》の、畏《かしこ》きや御陵《みはかつか》仕ふる山科の鏡の山に、夜《よる》はも夜《よ》のことごと、昼《ひ》のことごと、哭《ね》のみを泣きつつありてや、ももしきの大宮人は行き別れなむ

尊い天皇陛下の御陵をば御造り申した、山科の鏡山で、夜は夜通し、昼は一日中、毎日毎晩泣きに泣いた末、御所の役人たちは、散り散りばらばらに、別れてしまわねばならぬか。それを思うと、寂しくてならない。

天武天皇の御代

十市《とおち》ノ皇女の薨《こう》ぜられた時、高市《たけち》ノ皇子ノ尊が作られた御歌。三首

156 神籬《みもろ》の神の神杉過ぐる惜しみ、影《かげ》に見つつぞ寝《い》ねぬ夜ぞ多き
死んで過ぎ去ってしまう人の余波《なごり》惜しさに、幻影にばかりその人を見て、寝られない晩が多い。

157 三輪山の山辺《やまべ》真麻《まそ》木綿《ゆふ》短木綿《みじかゆふ》、かくのみからに、長しと思ひき
三輪山の辺で出来る真麻の幣帛《へいはく》、その短い幣帛のように、僅かこればかりしかない、我々の短い契《ちぎ》りだったのに、いつまでも長く続くものだ、と安心していた。それが残念だ。

158 山吹の立ち儀《よそ》ひたる山清水、汲みに行かめど道の知らなく
十市ノ皇女の葬ってあるみ墓の辺には、山吹のとり囲んだ山の清水がある。それを汲むために、御霊は通うていられようが、人間の自分には、その道を知ることが出来ないから逢われない。

天皇崩御の時、皇后(持統)の御歌

159 安治《やすみ》ししわご大君の、夕されば見《め》し給ふらし。明け来れば問ひ給ふらし。神岳《かむをか》の山の紅葉を、今日もかも問ひ給はまし。明日もかも見《め》し給はまし。その山をふりさけ見つ

つ、夕さればあやに悲しみ、明け来ればうら寂びくらし荒栲《あらたへ》の衣の袖は干《ひ》る時もなし

今頃いられれば、天皇陛下が朝晩に、御覧なされ、御尋ねなされるに違いない。その神岳に色づく紅葉を、紅葉は如何だと御問いなされているような気がする。明日くらいは見に御出かけなされそうな気のするあの山をば、はるかに見ながら、日が暮れて来ると、無上《むしょう》に哀しくなり、夜が明けて来ると、心寂しくなって泣くために、喪服のあらあらしい著《き》物《もの》の袖は乾く暇もない。

天皇(天武)崩御の時、皇后(持統)の御歌

160 燃ゆる火もとりて包みて、袋には入ると言はずや。会はなくもあやし

燃ゆる火さえも、燈籠に包み込むことが、出来るというではないか。さすれば、死んだ人の魂も、留めて置かれないはずはないのに、会われないのは、どうも不思議だ。

161 神南備《かむなび》に天霧ひつつ、青雲の星離《さか》り行き、月も離りて

神南備山に、真黒に霧が棚引いて、そのために、星も散り散りに、見えなくなり、月も遠く見えなくなってしまった。(何ととりとめたことのない悲しみを、天体に託して歌われたのである。)

天皇崩ぜられた後、八年経て九月九日に御斎会《ごさいえ》のあった晩に、夢の中に口吟《くちずさ》みなされた持統天皇の御製

162 飛鳥《あすか》の浄見《きよみ》原《はら》の宮に、天の下しろしめしし安治《やすみ》ししわご大君、たかひかる日の御子。いかさまに思ほし召せか、かむかぜの伊勢の国は、沖つ藻も靡きたる浪に、塩気《しほけ》のみ馨《かを》れる国に、うまごりあやにともしき高光る日の御子

(これは夢の中の御歌であるし、殊には、神秘的な伝説を伴うたものであるから、幾分普通人の文章法と違うて、暗示的に出来ているため、難解な点がないではない。)飛鳥の浄見ヶ原の宮で天下を治めていらっしゃった天子すなわち、日の神の御裔《すえ》の我が天皇陛下は、どう御思いなさったのか、伊勢の国でいうと、大洋の藻が絡み合うて、寄せて来る浪の上に、汐の馨りの立っている、そうした国へ出掛けたまま、御帰りにならない。無性に御会い申したい、立派な天皇陛下よ。

藤原ノ宮(持統・文武)の御代

大津《おおつ》ノ皇子《みこ》薨ぜられて後、大伯《おおく》ノ皇女《ひめみこ》伊勢の斎ノ宮《いつきみや》から、都へ上られた時の御歌

163 かむかぜの伊勢の国にもあらましを。何しか来けむ。君もあらなくに

こんなことなら、伊勢の国にいたはずだのに、どうして来たのであろう。懐しい弟の君もいられないのに。

164見まく欲《ほ》り我がする君もあらなくに、何しか来けむ。馬疲るるに
せっかく逢おうと思うてやって来た方も、御いでではないのにどうして、わざわざ馬が疲れるのにやって来たのであろう。

　大津ノ皇子の亡骸《なきがら》を、葛城の二上山《ふたかみやま》に移葬し奉った時、大伯《おおく》ノ皇女の御歌。二首

165うつそみの人なる我や、明日よりは、二上山《ふたかみ》を阿弟《いろせ》と我が見む
肉体を持った人間である私として、大事の弟を葬った山だから、明日からは、二上山をば兄弟《きょうだい》と見ねばならぬのだろうか。（山嶽信仰に根ざしている。）

166石《いそ》の上《うへ》に生ふる馬酔木《あしび》を手折《たを》らめど、見すべき君がありと云はなくに
岩の辺に生えている馬酔木を折っても見ようが、しかし見せたいと思う方は、生きているというではなし、詰まらぬことだ。

　日並知《ひなめし》ノ皇子《みこ》ノ尊《みこと》を殯《あらき》ノ宮《みや》に移し奉った時、柿本ノ人麻呂が作った歌、並びに短歌。二首

167天地《あめつち》の始めの時し、ひさかたの天《あま》の川原《がはら》に、八百万千万神《やほよろづちよろづがみ》の、神集《かむつど》ひ集《つど》ひいまして、

神謀《かむはか》り計りし時に、天照す日靈女《ひるめ》の尊、天《あめ》をば知《しろ》しめすと、蘆原の瑞穂《みづほ》の国を、天地の寄り合ひの極《きは》み、知ろしめす神の尊と、雨雲《あまぐも》の八重《へ》搔き分けて神下《かむくだ》り坐《いま》せ奉《まつ》りし、たかひかる日の御子は、飛鳥《あすか》の浄見《きよみ》ヶ原に神ながら太敷《ふとし》き坐《ま》して、皇祖《すめろぎ》の敷きます国と、天《あま》の原磐戸《はらいはと》を開き、神上《あが》り上《あが》り坐《いま》しぬ。我《わご》大君皇子《みこ》の尊の、天《あめ》の下知《しろ》し召しせば、春花《はるばな》の尊《たふと》からむと、望月《もちづき》の円満《たたは》むしけと、天の下四方《よも》の人のおほぶねの思ひ憑《たの》みて、あまつみづ仰ぎて待つに、如何様《いかさま》に思ほしめせか、つれもなき檀《まゆみ》の岡に、宮柱太敷《ふとし》き坐《いま》し、御家《みあらか》を高著《たかし》りまして、朝毎に御言《みこと》問はさず、月日の多《まね》くなりぬる、其故《そこゆゑ》に皇子の宮人行方《へ》知らずも

神代に帰って考えるに、かの天地の始った時、天の河原に、ある限りの神が集って、それぞれ座に著《つ》かれて、評議のあった時分に、天照皇太神が、御自身は、高天原を御治めになることを定め、日本の国をば、天と地との境目までも、すっかり、治められる尊い方と御定めになって、幾重《いくえ》にも重なり合うた雲を、かき分けて下しておよこしになった、その日の神の御裔《すえ》なる天皇陛下は、飛鳥の浄見《きよみ》ヶ原《はら》に、神様そのままの御心で、御所《ごしょ》を御建てになって、その後、高天ヶ原は、皇祖天照大神の、治めていらっしゃる国だから、というので、高天ヶ原へ通う岩戸を押し開けて、神様としてお上りになった。それでその御世嗣《よつぎ》なる、私どもがお仕え申している皇子《みこ》様が、世の中をお治めになるようになれば、春咲く花のように、立派にあろうと思い、十五夜の月のように、十分であろう、と

世の中の凡《すべ》ての人たちが、大舟に乗ったような気で、たよりにし、旱魃《ひでり》に雨を待つように、早く御位に即《つ》いて下さるように、と待っているのに、どんな風に御考えなさったのか、あの寂しい檀《まゆみ》の岡に御所の太い柱を御立てになり、御殿を高く御造りになって、そこにおちつき遊ばされ、以前は朝になれば、御側つきの者に、物を仰っしゃったが、この御所に御出でになってからは、何も仰っしゃらずに、日数が沢山《たくさん》たったことのそのために、御側仕《そばづか》えの人は、用もなくなって、皆どこへ行ってよいか、訣《わか》らずに迷うていることだ。

反　歌

168 ひさかたの天《あめ》見る如く、仰ぎ見し皇子《みこ》の御門《みかど》の荒れまく惜しも
御在世の時は、天を見るように尊み、ふり仰いで見た、皇子の御所の荒れて行くのが残り多いことだ。

169 あかねさす日は照せれど、ぬばたまの夜渡る月の隠《かく》らく惜しも
太陽にも譬えるべき天子は御いでになるが、その代りにおなりなさる皇子様が、月のように隠れておしまいなさったのが、残り多いことだ。

異本の歌

170 島の宮、勾《まがり》の池の放《はな》ち鳥、人目に恋ひて池にかづかず

皇子のいられた時分には、勾《まがり》の池に水鳥を放って御覧になったが、今では誰も見る人がない。今自分が見ていると、水鳥は、人の見るのを懐しがって、池にも潜《もぐ》らずに、悲し気に浮いている。

日並知《ひなめし》ノ皇子《みこ》ノ尊《みこと》の宮の舎人《とねり》等の悲しんで作った歌。二十三首

171 たかひかる我が日の皇子《みこ》の、万代《よろづよ》に、国知らさまし島の宮はも

我が仕え奉る皇子《みこ》が、いついつまでも国をお治めになるはずの島の御所よ。ああ、残念なことをした。

172 島の宮、上《うへ》の池なる放ち鳥、荒びな行きそ。君まさずとも

島の宮の、上の方に在る池に放った水鳥よ。たとい皇子は御いでにならずとも、このままで居《お》って、人慣れないように、なってしまってくれな。

173 たかひかる我が日の皇子のいましせば、島の御門《みかど》は荒れざらましを

私が御仕え申す皇子が、御いでになりさえしたならば、島の御所は、こんなに荒れはし

まいのに。

174 外《よそ》に見し檀《まゆみ》の岡も、君在《ま》せば、常《とこ》つ御門《みかど》と侍宿《とのゐ》するかも

これまでは、何とも思わず過していた檀の岡だが、皇子が御いでになってからは、いつまでも変らない御所と思うて、宿直をすることだ。

175 夢にだに見ざりしものを、おぼぼしく、宮出《みやで》もするか。佐田《さだ》の隈曲《くまわ》を

こんなことになろうとは、夢にさえも見もしなかったのに、今、佐田の岡の曲り角の辺の御墓の門を退出することだ。ああ、夢か幻か訣《わか》らぬような、漠然《ぼんやり》した心持ちになる。

176 天地と共《とも》に終《を》へむと思ひつつ、仕へまつりし心違《たが》ひぬ

天地のなくなるまで、お仕え申そうと思いながら、宮仕えをしていた予期に、はずれたことだ。ああ。

177 朝日照る佐田《さだ》の岡辺《をかべ》の群《む》れ居《ゐ》つつ、我が泣く涙やむ時もなし

我々皇子の遺臣が、朝日のさす佐田の岡の辺《ほとり》に集っていて、泣く涙が、いつまでも絶えずに落ちて来る。

178御立《みたた》しの島を見る時、にはたづみ流るる涙留《と》めぞかねつる
御在世の時分には、始終御立ちになったところの御池の築山の景色を眺めると、水たまりのように、流れる涙が止めていられないことだ。

179橘《たちばな》の島《しま》の宮には飽かねかも、佐田の岡辺に侍宿《とのゐ》しに行く
舎人たちは、橘の里の島の御所には満足出来ないからか、佐田の丘のあたりへ、宿直しに行くことだ。

180御立《みたた》しの島をも家と棲《す》む鳥も、荒びなゆきそ。年かはるまで
始終御立ちになったところの島さえも、今では自分の家顔《がお》に住んでいる水鳥も、せめてわれわれとおなじく、一年の間は、人慣れた性《たち》を失っていかないようにしてくれ。

181御立《みたた》しの島の荒磯《ありそ》を今日見れば、生ひざりし草生ひにけるかも
始終御立ちになっていたところの、お池の島の岩浜を、今日見ると、これまでは生えたことのない草が、生え出したことだ。

182 塒《とくら》たて飼ひし雁《かり》の子、巣立ちなば、檀《まゆみ》の岡に飛び帰り来《こ》ね

塒《ねぐら》を拵《こしら》えて育てて置いた、鴨《かも》の子が飛び立つことが出来るようになったら、皇子のいられる檀の岡に飛び移って来て、皇子の御心を慰めてくれ。

183 我が御門《みかど》千代永久《とことは》に栄えむと、思ひてありし、われし悲しも

何も知らないで、いつまでも変りなく、この御所は栄えて行くことと思うていたことが悲しくてならぬ。

184 東《ひむがし》の激湍《たぎ》の御門《みかど》に侍《さも》らへど、昨日も今日も召すこともなし

いつもと変りなく、自分は東の水の落ち口の激湍《たぎ》の御門《ごもん》の詰所に詰めているが、とんと御召しにならない。昨日もそうだ。今日もそうだ。思えば、君はもうこの御殿には、御いでにならぬのだ。

185 水伝《みづつた》ふ石《いそ》の浦曲《うらわ》の岩躑躅《いはつつじ》、繁《も》く咲く道を、復見なむかも

この後、島の宮の石の多く立っている水の入り込みの辺にある、岩躑躅の一杯に咲いている道を、も一度見ることが出来ようか知らん。

ことだ。

186 一日《ひとひ》には千度《ちたび》参りし、東《ひむがし》の激湍《たぎ》の御門を入りがてぬかも
以前は一日の中に、千返《せんべん》も出入りした、水の落ち口にある東御門を、今は這入《はい》りかねることだ。

187 つれもなき佐田の岡辺にうつり居ば、島の御階《みはし》に誰か住まはむ
私が今御留守居役をやめて、あの寂しい佐田の岡の方に移って行ってしもうたら、この島の御殿の階段《きざはし》の下には、誰がじっと残って番をすることだろう。

188 たな曇《ぐも》り日の入り行けば、御立しの島に下《お》り居て嘆きつるかも
天がかき曇って、日が這入っていって、日暮れになったので、いつもお立ちになった、島の御所のお庭に出向いて嘆いていることだ。

189 朝日照る島の御門に、おぼほしく、人音《ひとおと》もせねばまうら悲しも
朝日が静かにさしている島の御所に、人のけはいもせないので、何だかぼうとして、悲しくなって来ることだ。

190 まきばしら太き心はありしかど、この我が心鎮《しづ》めかねつも

自分は、檜柱のような、どっしりとした心を、曽《かつ》ては持っていたのであるが、今ではそれも詮《かい》なく、この悲しみの心を、制《おさ》えつけることが、むつかしくなった。

191 けごろもを春冬かたまけて、出でまし宇陀《うだ》の大野《ぬ》は、思ほえむかも

冬から春にかけて、度々御猟にお出でになったところの、宇陀の大原のことは、いついつまでも思い出されることだろう。（裘衣《けごろも》、はるの枕詞。）

192 朝日照る佐田の岡辺に鳴く鳥の、夜鳴《よな》き変《かは》らふ。この年頃を

皇子の御陵の出来ない時分の、佐田の岡に鳴いていた鳥も、この頃では、その夜鳴きの声が変っている。（すなわち、御墓に奉侍する侍臣が、夜泣くのをいうたのである。）

193 奴婢等《やっこら》が、夜昼と云はず行く道を、我はことごと宮道《みやぢ》にぞする

橘の島の御所から、佐田の岡へ行く道には、いわゆる橘の守部《もりべ》の里という賤民の部落がある。その賤民の、朝晩の分ちなく通う、穢《けが》らわしい道を、この頃ではすっかり、昇殿の道として、佐田の岡へ通うことだ。（この廿三首は、おそらく柿本ノ人麻呂のような、名家の代作であろうと思われる。すべて傑作である。）

河島《かわしま》ノ皇子《みこ》を殯ノ宮にお据え申した頃、柿本ノ人麻呂が、泊瀬部《はつせべ》ノ皇女忍坂部《おさかべ》ノ皇子に献った歌。並びに短歌。一首

194 飛ぶ鳥の飛鳥《あすか》の川の、上つ瀬に生ふる玉藻は、下《しも》つ瀬に流れ触らへ、玉藻なすかより かくより靡《なび》かひし夫《つま》の尊《みこと》の、たたなづく柔肌《やははだ》すらを、つるぎたち身に副へ寝《ね》ねば、ぬ ばたまの夜床も荒るらむ。其故《そこゆゑ》に慰めかねて、蓋《けだ》しくも君もあふやと、たまだれの越《を》智《ち》の大野《ぬ》の、朝露に玉裳《も》は漬《ひづ》ち、夕霧に衣は濡れて、くさまくら旅寝かもする。会《あ》は ぬ君故

譬えていいますれば、飛鳥川の上の瀬の方に生えている美しい藻が、川下の瀬に流れあたる、その美しい藻のように、彼方《あちら》へより此所《こちら》へより、絡み合うて寝た夫《せ》の君の、そのむっくりとした柔かい肌さえも、体に引きつけて、この頃はお寝《やす》みになりませんから、御寝床も殺風景なことでありましょう。それで、お心の結ぼれが散らないので、ひょっとすれば、君が出逢って下さるかと思って、越智の野原を歩き廻って、美しい袴は朝露にぐっしょりと濡れ、著物《きもの》は夕霧にぼとぼとになって、宮に帰らずに、余処《よそ》で寝ておしまいになることがありましょう。どうしても逢いにいらっしゃらないお方であるのに。その方のために。

反歌

195しきたへの袖交《か》へし君、たまだれの越智野《をちぬ》に過ぎぬ。復《また》あはめやも

そんなに尋ねてお歩きになっても、袖をさし交わして寝られたお方は、越智の野原で、消えておしまいになった。また二度とあわれましょうか。

明日香《あすか》ノ皇女を城《き》ノ上《え》の殯《あらき》ノ宮にお据え申してあった時、柿本ノ人麻呂の作った歌。並びに短歌。二首

196飛ぶ鳥の飛鳥の川の、上つ瀬に岩橋渡し、下つ瀬にうち橋渡す。岩橋に生《お》ひ靡ける玉藻もぞ、絶ゆれば生《お》ふる。うち橋に生ひをれる川藻もぞ、枯るれば生《は》ゆる。何しかも我《わご》大君の、立たすれば、玉藻の如く、ころ伏《ぶ》せば川藻の如く靡かひし宜《よろ》しき君が、朝宮を忘れ給ふや。夕宮を背《そむ》き給ふや。うつそみと思ひし時に、春べは花折り簪《かざ》し、秋立てば紅葉《もみぢば》簪し、しきたへの袖携《たづさ》はり、鏡なす見れども飽かに、望月の弥《いや》めづらしみ思ほしし君と時々《ときどき》出でまして、遊び給ひし、みけむかふ城《き》ノ上《へ》の宮を、常宮《とこみや》と定め給ひて、あぢさはふ交事《めごと》も絶えぬ。然《しか》れかもあやに悲しみ、鵺鳥《ぬえどり》の片恋ひしつつ、あさどりの通ひし君が、なつぐさの思ひ萎《しな》えて、ゆふつづのか行きかく行き、大船の動揺《たゆた》ふ見れば、慰《なぐさ》もる心もあらず、其故《そこゆゑ》に術《すべ》知らましや。音《おと》のみも名のみも絶えず、天地《あめつち》のいや遠長く、偲《しぬ》び行かむ。御《み》名にかかせる飛鳥川、万代迄に、はしきやしわご大君のかたみに、ここを

飛鳥川の川上の浅瀬には、石の橋を渡し、川下の深瀬には、造りつけの橋を渡してある。その石橋に生えて絡んでいる所の玉藻も、きれると後から又生える。打橋に房々と生えている川藻も、枯れると又生える。ところがその玉藻のように、御立ちになった姿はなよなよとしてい、ころりとお寝《やす》みになると、川藻のようになよなよとして夫《せ》の君に絡んでいられた皇女が、なぜ枯れた後からすぐ生える藻のようにはならずに、そうした立派なお方が、そのままお帰りにならないのだ。朝になっても、御殿のことをお忘れになりましたのか。晩になっても、御殿にお帰りにならぬのは、もう御捨てになりましたのか。生きていらっしゃると信じていた時に、春頃は花を折って頭に挿し、秋が来ると紅葉を簪《かざ》して袖を触れいつまで御顔を見合うても飽かず、見事だと愛し合うていられた夫《せ》の君と、時候時候に遊びにいらっしゃった、城ノ上の御所を、いつまでも止《とどま》り給うべき処とお定めになって、夫婦の御談《かたら》いも絶え果てた。そのためか無上に可愛く、心の中で、自分ばかり思うても、お帰りにならぬ皇女を慕うて、いつもいつも、通うていられた夫の君は衰えてしまって、彼方へ歩き、此方へ歩き、ぶらぶらと心が始終煩悶していられるのを見ると、慰め奉るのもお気の毒なようになる。こういう訣《わけ》でどうしてよいか訣《わか》りませぬ。この上はせめてお声なりと、お名なりとを、いつまでもお慕い申して行きましょう。それには、お名前につけていられる飛鳥川をば、幾万年までも、可愛いあなた様の記念とそれを致しましょう。これすなわち、飛鳥川を。（人麻呂の長歌も、長い伝承の間には、訛伝《かでん》せられたものと見えて、修辞法が非常に紊《みだ》れている。）

反歌

197 飛鳥川　柵《しがらみ》渡し塞《せ》かませば、流るる水も徐《のど》にかあらまし
飛鳥川も、柵をかけ渡して、水を堰《せ》きとめたならば、流れる水も少しはゆっくりと流れたかも知れないのだが、ああそうせないで残念だった。（表面には、飛鳥川のことをいうて、実は皇女の死を、もう少し延ばして置きたかった、という心持ちを歌うたのである。）

198 飛鳥川明日だに見むと思へやも、我が大君《おほきみ》の御名忘れせめ
懐しい皇女の御名は、忘れようとしても忘れられない。飛鳥川という語の縁の、せめて明日になったら逢えるという心頼みがあったならば、皇女の御名を忘れてしまうことが出来るかも知れないが。

高市《たけち》ノ皇子《みこ》ノ尊《みこと》を城《き》ノ上《え》の殯《あらき》ノ宮《みや》にお据え申してあった頃、柿本ノ人麻呂の作った歌。並びに短歌。二首

199 かけまくもゆゆしきかも。云はまくもあやに畏《かしこ》き、飛鳥の真《ま》神《がみ》ヶ原に、ひさかたの天《あま》

つ御門《みかど》を畏くも定め給ひて、神さぶと岩隠《がく》ります、安治《やすみ》ししわご大君の、聞《きこ》しめす外《そと》方《も》の国の、真木《まき》立つ不破山《ふはやま》越えて、狛剣和蹔《こまつるぎわざみ》ヶ原の行宮《かりみや》に天降《あも》り坐《いま》して、天の下治《をさ》め給ひ、食《をす》国を定め給ふと、鳥が鳴く東《あづま》の国の御軍勢《いくさ》を召し給ひ、ちはやぶる人を和《やは》せと、従服《まつろ》はぬ国を治《をさ》めと、皇子《みこ》ながら任《ま》け給へば、大御身《おほみみ》に大刀《たち》とり佩《お》ばし、大御手に弓とり持たし、御軍勢《いくさ》をあともひ給ひ、整《ととの》ふる鼓《つづみ》の音《おと》は、雷《いかづち》の声《こゑ》と聞くまで、吹き鳴《な》せる小角笛《くだ》の音《おと》も、あだみたる虎か哮《ほ》ゆると、諸人《もろびと》の怖《おび》ゆるまでに、捧げたる旗の靡《なび》きは、ふゆごもり春さり来れば、野辺《ぬべ》毎につきてある火の、風の共《むた》靡ける如く、取りもてる弓弭《ゆはず》の騒《さや》ぎ、み雪降る冬の林に、嵐かもい捲《ま》き渡ると思ふまで、聞きの恐《かしこ》く、引き放つ矢の繁《しげ》けく、おほゆきの乱れて来《き》たれ、奉仕《まつろ》はず立向ひしも、つゆじもの消《け》なば消《け》ぬべく、ゆくとりの争ふ時《はし》に、渡会《わたらひ》の斎《いつき》ノ宮《みや》ゆ、神風《かむかぜ》にい吹《ぶ》き惑《まど》はし、天雲《あまぐも》を日の目も見せず、常暗《とこやみ》に蔽《おほ》ひ給ひて、定めてし瑞穂の国を、神ながら太敷《ふとし》き坐《ま》して安《やす》治《み》ししわご大君の、天の下まをし給へば、万代に然《しか》しもあらむと、木綿花《ゆふばな》の栄ゆる時に、わご大君皇子《みこ》の御門《みかど》を、神宮《かむみや》に装《よそ》ひ奉《まつ》りて、使《つか》はしし御門《みかど》の人も、白栲《しろたへ》の麻衣《あさごろも》著《き》て、埴安《はにやす》の御門《みかど》が原に、あかねさす日のことごと、ししじものい這《は》ひ伏しつつ、ぬばたまの夕《ゆふべ》になれば、大殿をふりさけ見つつ、うづらなすい這ひ徘徊《もとほ》り、侍《さも》らへど侍らひかねて、はるとりの呻吟《さまよ》ひぬれば、嘆きも未《いまだ》過ぎぬに、思ひも未《いまだ》尽きねば、ことさへぐ百済の原ゆ、神葬《かむはふ》り葬《はふ》りいまして、あさもよし城《き》ノ上《へ》の宮を、常宮《とこみや》と高く奉《まつ》りて、神ながら鎮《しづま》りましぬ。然れどもわご大君の、万代と思ほし召して、造らしし香具山の宮、万代に過ぎむと思へや。天《あめ》の如《ごと》ふりさけ見つつ、たまだすきかけて偲《しぬ》ばむ。畏かれども

口の端《は》にかけて申すも勿体ないことだ。いうのも無上《むじょう》に恐れ多い、天皇陛下すなわち飛鳥の真神原に、お崩《かく》れになった後の御所を、恐れ多くもお拵《こしら》えになって、神様になっておしまいなさるとて、岩の中に籠ってお出でなさる、天武天皇陛下が、治めていらっしゃった、北の方の国の、檜の生えている不破の山を越えて、美濃の国の和蹔《わざみ》が原の行宮に、一時おちつき遊ばされて、この日本の国を鎮めよう、とお思いなされて、そこで高市ノ皇子は、尊い皇子の御身分であるが、『東国の軍勢を召集遊ばされて、乱暴なことをする者を懐柔せよ』と仰っしゃり、又『附き従わぬ国をば、整えて来い』と御任命遊ばされたので、皇子は御体に大刀をおつけなされ、御手には弓をお持ち遊ばし、官軍の軍勢を引き連れなされて、お出かけになって、その兵士たちを整頓させる陣太鼓の音は、雷の声かと思われる程だし、その上吹き鳴らしている笛の音は、荒れ狂う虎が吼えているのであるか、と誰でもびくびくする程だし、おし立てた旗が、風に靡いている容子《ようす》は、春がやって来て、どの野にもこの野にも、点《つ》けてある火が、風に従うて靡いているように見えるし、皆の人の手に持っている弓の先の音は、雪の降っている冬の林に、山颪がずっと吹き巻いて行くかと思う程、耳に怖しく聞えるし、引き離す矢がたくさんで、ま

るで大雪が降るように、滅多矢鱈《めったやたら》に飛んで来るので、従わないで抵抗した者も、どうやら水霜の様に消えてしまいそうに思われたが、そうした争うている最中に、伊勢の神宮の方から吹く風が、神風として吹きつけて、かき廻し、雲を群立《むらだ》たして、日の顔さえも見られないようにして、世間一体、真暗《まっくら》な夜の世界にしておしまいなされて、その御威徳で鎮めなされた、この日本の国を、神と心を一つに、しっかりと根柢を据えてお治めなされた、天子(天武持統)の御治世に、政治を摂政《せっしょう》していらっしゃった時分に、この容子ではいつまでも変りなく、こういう風であろう、と人々が信じている御繁昌の最中に、俄《にわ》かに自分のお仕え申す尊い皇子の御所をば、神様のいらっしゃる宮の風に、お為立《した》て申し上げ、これまでお使いなされた、御所の中の人々も真白な麻の喪服を著《き》て、埴安の池に向いた方の、門外の原は、日中は鹿のように這い廻ってい、日暮れになると、御所の御殿を遥かに見ながら、御側へもよれずに、鶉《うずら》のようにうろうろと這い廻りなどして、じっと伺候しているにもいられなくなって、呻吟《うめ》いているので、悲しい心もまだなくならないうちに、又憂《う》い事もまだ消えてしまわないうちに、もう、百済の原を通って、尊いお葬式をお行ないになり、この城《き》ノ上《え》の離宮をば、いつまでもいらっしゃる御所と、高く造り上げて、神様そのままの尊い御容子に、お落《お》ち著《つ》き遊ばされた。ああしかし、我が尊い皇子が、いついつまでもと思うておつくりなされた、香具山の御所は、幾万年たっても、なくなろうと思われようか。思われない。せめては、その御所を、天を見るように、遠くからでも眺めて、恐れ多いことだが、皇子のことを心に思い浮べては、お慕い申していることにしよう。（中段、壬申《じんしん》の乱を叙するあたりは、非常に油がのっていて、痛快であるが、前後は、多少まわりくどい修辞法が用いられている。しかし、短歌と長歌と、或いは他の詩或いは文とは、文章法に大分違うたところのあることも、承知してかからねばならぬ。）

反　歌

200 ひさかたの天知《あめし》らしぬる君故に、月日も知らに恋ひわたるかも

もう、天に昇っておしまいなされた方であるのに、それに、月日の過ぎて行くのも訣《わか》らずに、恋い慕うていることだ。

201 埴安《はにやす》の池の堤の隠沼《こもりぬ》の、行方《へ》を知らに、舎人《とねり》は惑ふ

埴安の池の堤にある、隠れた沼ではないが、御所を出て、どちらへ別れて行ってよいか訣《わか》らないで、舎人たちは、呆然としている。

異本の反歌（檜《ひ》ノ隈《くま》ノ女王の歌ともいう。）

202 哭沢《なきさは》の杜《もり》に神甕《みわ》据ゑ祈れども、わご大君は高日知らしぬ

哭沢の杜の神に、酒甕《さかがめ》を据え奉って、御病気平癒《へいゆ》を祈ったが、わたしの焦れている皇子は、とうとう天を治めにお昇りになった。

但馬《たじま》ノ皇女の薨ぜられた後、雪の日、穂積ノ皇子が、御墓を眺めて作られた御歌

203 降る雪はあはにな降りそ。吉隠《よなばり》の猪養《ゐかひ》ノ岡の寒からまくに

雪は降っても、甚《ひど》く降ってくれるな。あの吉隠の猪養の岡がつめたかろうから。（土に蒲団も著《き》せられずというた、其角《きかく》の句などよりも、幼稚ではあるが、真摯《しんし》である。それだけ価値も大きい訣《わけ》だ。）

弓削《ゆげ》ノ皇子が薨ぜられた時、置始《おきそめ》ノ東人《あずまびと》の作った歌。並びに短歌

204 安治《やすみ》しし我大君《わご》、たかひかる日の御子《みこ》、ひさかたの天《あま》つ宮《みや》に神ながら神といませば、其《そこ》をしもあやに畏み、昼《ひ》はも昼の尽《ことごと》、夜《よる》はも夜のことごと、臥し居《ゐ》嘆けど飽き足らぬかも

尊い我が君、尊い御裔《すえ》なる皇子が、天の宮に、固《もと》より神でいらっしゃる御身が、そのまま神となっておいでなさることになった。そのことをば非常に尊く恐れ入って、昼は終日、夜は終夜、寝たり坐ったりして嘆息《ためいき》をついていても、この悲しい心は、どこまでも満足することがない程悲しい。

反　歌

205 大君は神にしませば、天雲《あまぐも》の五百重《いほへ》が下《した》に隠《かく》り給ひぬ

皇子は尊い神様であるから、雲の幾重《いくえ》にも立っている底に、隠れて行っておしまいになった。

その後、復《また》作った歌

206 漣《さざなみ》の滋賀《しが》小波《さざれなみ》、しくしくに常にと、君が思ほせりける

わが君は、こんなに早くおかくれになろうとは、御自身でもお思いにならなかった。漣の県の滋賀の湖の小波が、しきりなく立つように、弥《いや》が上にもいつまでも、とお思いになっていたことだ。

柿ノ本ノ人麻呂、妻を失うて悲しんだ歌。二首並びに短歌。四首

207 あまとぶや軽《かる》の道は、吾妹子《わぎもこ》が里にしあれば、懇《ねもご》ろに見まく欲《ほ》しけど、やまず行かば人目を多《おほ》み、多《まね》く行かば人知りぬべみ、さねかづら後もあはむとおほぶねの思ひ憑《たの》みて、玉かぎる岩垣淵《いはがきぶち》の隠《こも》りのみ恋ひつつあるに、渡る日の暮れぬるがごと、照る月の雲隠るごと、おきつもの靡きし妹《いも》は、紅葉《もみちば》の過ぎていにきと、たまづさの使の云へば、

あづさゆみ音《おと》のみ聞きて、云はむ術《すべ》せむ術知らに、音《おと》のみを聞きてあり得ねば、我が恋ふる千重《ちへ》の一重《ひとへ》も慰《なぐさ》もる心あれやと、吾妹子が絶《や》まず出で見し、軽の市《いち》にわが立ち聞けば、たまだすき畝傍《うねび》の山に鳴く鳥の声も聞えず。たまぼこの道行く人も、一人だに似るが行かねば、術《すべ》をなみ、妹が名呼びて、袖ぞ振りつる

いとしい人の住んでいる里だからというので、軽の街道をば通うて、よくよくあの人に逢いたいけれども、始終行ったら、人目が多くて目につきやすいし、度々行ったら人が知りそうなので、今はこれくらいで辛抱して、将来思う通りに出逢おうと、心に頼《たよ》りにして、表に現わさないで、心の底でばかり焦《こが》れていたところが、空を行く日が、暮れて昏《くら》くなって行くように、又照る月が雲に隠れるように、なよなよと絡み合うていたあの人は、亡くなってしもうた、と使いの人がいうて来たので、知らせを聞いたばかりで、どうしてよいやら悲しくて、物もいわれず、とるべき処置も訣《わか》らないでいたが、そんな報知だけを聞いて、それを信じて、じっとしていることが出来ないので、自分の慕うている心の千分の一でも和《やわら》げることになろうかと思うて、あの人が始終出て見ていた、軽の市場に自分が立って、せめて声でも聞えるか、と耳を澄すと、畝傍山に鳴く鳥ではないが、その声さえも聞えない。道を歩いて通る人も、一人も似た人が通らないので、何とも為方《しかた》がなく、亡き人の名前を呼んで、あてなく袖を振っていることだ。

反歌

208 秋山の紅葉を繁《しげ》み、迷《まど》はせる妹を求めむ、山路知らずも

秋の山に、紅葉の木が一杯に繁っているために、道が訣《わか》らないで、迷うて帰って来ぬいとしい人を、探し出したい。しかし、その山路が訣らないことだ。

209 紅葉《もみぢば》の散《ち》りゆくなべに、たまづさの使を見れば、逢ひし日思ほゆ

黄葉の散って行くのは、只さえ悲しいものである。その上死んだ知らせの使いを見ると、会いに行った日が思い出される。

210 現身《うつそみ》と思ひし時に、とり持ちて我が二人見し、走り出《で》の堤に立てる、槻《つき》の木の方々《こちごち》の枝の、春の葉の繁きが如く、思へりし妹にはあれど、憑《たの》めりし子等にはあれど、世の中をそむきし得ねば、陽炎《かぎろひ》のもゆる荒野《あらぬ》に、白栲《しろたへ》の天領巾《あまひれ》隠《かく》し、とりじもの朝立ちいまして、入日なす隠れにしかば、吾妹子のかたみに置ける緑子《みどりこ》の恋ひ泣く毎《ごと》に、取り与《あた》ふ物しなければ、男《をとこ》じもの腋挟《わきばさ》み持ち、吾妹子と二人わが寝しまくらづく閨房《つまや》の中《うち》に、昼はもうらさび暮し、夜《よる》はも息づき明し、嘆けどもせむすべ知らに、恋ふれども会ふよしをなみ、おほとりの羽交《はがひ》の山に、我が恋ふる妹は坐《いま》すと人のいへば、岩ねさくみてなづみ来《こ》し、よけくもぞなき。現身《うつそみ》と思ひし妹が、玉かぎる仄《ほの》かにだにも見え

なく、思へば

いまだ、肉体を持った生きた人間であると思うていた時分に、自分等二人が手にとり上げて見た、門前の堤の上に立っている、槻の木の彼方此方にさし出ている枝に著《つ》いている、春の若葉が繁っているように、繁く心一杯に思うていた、あの人ではあるが、又心がわりするような人ではない、と思うていたあの人ではあるが、人間世界の理法というものはそむくことが出来ないために、陽炎がちらちら立つ荒野原の方へ、旗を白栲の布でこさえて囲んで、朝出かけて行かれて、夕日のように隠れてしもうたから、せめては、あの人の身代りに残して置いた、子どもが、母親を恋しがって泣く度毎《たびごと》に、やるものがないから、自分は男ながら、子どもを腋に挟んで、抱《かか》えたりして、いとしい人と二人が寝た部屋の中に、昼はしょんぼりと暮し、夜は嘆息《ためいき》をついて明し、いくら嘆いても為方《しかた》なく、いくら慕うても為方がないので、人がいうのを信じて、あの羽交の山には、自分の焦れている妹がいらっしゃるというままに、岩を蹈み分けて、どんどんとやって来たことは詰まらんことであった。ここへ来れば生きていると思うて来た、あの人は、影さえも見せないのを思うと、馬鹿らしいことであった。

反　歌

211 昨年《こぞ》見てし秋の月夜《つくよ》はてらせれど、あひ見し妹は、いや年さかる

昨年一処に見た、秋の月は照らしているけれども、逢うていたあの人は、年に連れて、遠ざかって行くばかりだ。

212衾道《ふすまぢ》を、列毛《はがひ》の山に妹を置きて、山路を行けば生《いけ》るともなし

羽交の山に、いとしい人を残して置いて、山路を帰って来ると、生きている元気もない。

異本の歌。一首

216家に来て我が家《や》を見れば、魂床《たまどこ》のほかに向きけり。妹《いも》が木枕《こまくら》

外から戻って来て、自分の家の中を見ると、死人のためにそのままにおいた魂床に、在世のおりとは違うことは、妹の木枕が、他《わき》の方を向いてころがってあることだ。

志我津《しがつ》ノ采女《うねめ》の死んだ時、柿本ノ人麻呂の作った歌。並びに短歌。二首

217あきやまのしたべる妹、なよたけのとをよる子らは、いか様に思ひをれか、たくづなの長き命を、露こそは朝《あした》に置きて、夕《ゆふべ》には消ゆといへ。霧こそは夕に立ちて、朝には失《う》すといへ。あづさゆみ音聞く我も、仄《ほの》に見しこと悔《くや》しきを、しきたへの手枕《たまくら》枕《ま》きて、つるぎたち身に副《そ》へ寝けむ、わかくさのその夫《つま》の子は、寂しみか思ひて寝《ぬ》らむ。時ならず過ぎにし子等が、朝霧の如《ごと》、夕霧の如《ごと》や

嫋《しなや》かな、かあゆい女、嫋々《たよ》とした娘はどう思うていたのでか、露は朝置いて晩消えるが慣《なら》いだといい、霧は晩に立って朝なくなってしまう習いというが、長い命をば短く死んでしもうたのか。お前さんの噂を聞いている関係のない私ですらも、こんなことなら、あんなにぼんやり見て置くだけにはして置かなかったのに、残念なことであると思う程だに、況《ま》して手枕を枕として寄り添うて寝た、配逑《つれあい》の人はさぞ寂しゅう思うて寝ているだろう。突然思いがけなく、なくなった人が、朝霧や夕霧のように思われることよ。

反　歌

218 漣《さざなみ》の志我津の子らが罷《まか》り路《ち》の、川瀬の道を見れば寂《さぶ》しも

志我津の采女が冥途《めいど》へ行く道なる、川瀬を越えて行く道を見ると、葬列が通った道だな、と思い出されて淋しくなることだ。

219 そらかぞふ大津の子等があひし日を、おほに見しかば今ぞ悔しき

大津の里の処女と逢うたあの日に、いい加減に思うていたために、それが今となっては、残念である。(この長歌並びに短歌は、人麻呂が、志我津ノ采女の情人から頼まれて作った歌であろう。主として、頼んだ人の心持ちを思いやる風に作っているが、時々その心持ちに同化している点がある。最後の歌の如きは、殊にそうである。)

讃岐《さぬき》の狭岑《さみ》ノ島で、磯端《いそばた》に死人を見て、柿本ノ人麻呂の作った歌。並びに短歌。

二首

220　たまもよし讃岐の国は、国からか見れども飽かぬ。神からか甚尊《ここだ》き、天地日月《あめつちひつき》と共に、足りゆかむ神のみ面《おも》と、つぎて来る那珂《なか》の港に舟浮《う》けて、我が漕ぎ来れば、時つ風雲居に吹くに、沖見ればしき波立ち、岸見《へ》れば白波騒ぐ。いさなとり海を畏《かしこ》み、行く舟の檝《かぢ》引き折《を》りて、遠近《をちこち》の島は多けど、なぐはし狭岑《さみ》の島の荒磯《ありそ》回に庵りて見れば、浪の音《おと》の繁き浜辺を、しきたへの枕に寝《な》して、荒床《あらどこ》にころ伏《ぶ》す君が、家知らば行きても告げむ。妻知らば来ても問はまし。たまぼこの道だに知らず、おぼほしく待ちか恋ふらむ。はしき妻らは

一体讃岐の国は、国がそうした性《たち》なので、いくら見ても飽かないのか。神様の所為《せい》で非常に尊く見えるのか。この国は昔神代の時に出来た、伊予の二名の島の四つある中の一つの顔で、飯依比古《いいよりひこ》という神様だといい伝えていて、空間時間永遠にいよいよ調《ととの》い栄えて行く国のこととて、絶間《たえま》なく人々が渡る那珂の港をば、舟を浮けて漕いで来ると、潮時の風が空に吹き上げるので、遥かな沖を見ると、後から後から波が立ってい、海岸を見ると、白く砕ける波が騒いでいる。それで、海上を行くのが恐しくて、舟の艣を強く引き曲げて漕いで、彼方此方の島もたくさんあるが、狭岑《さみ》の島の岩浜の入り込みに、小

屋掛けをして泊りこんで、気がついて見ると、浪の音の始終している浜辺を、枕にして寝られ、床でもない荒々しい石の上の寝床に、転寝《ごろ》をしているお前さんの、家を知っていたら出かけて行って、こんな処にいるということを告げても来よう。お前さんの妻が、こんな処にいるということを知ったら、尋ねにやっても来ように、ここに来る道さえも知らず、覚束《おぼつか》なく思いながら、お前さんの愛《いと》しがっている女房は、待ち焦れていることだろうよ。

反　歌

221 妻《つま》もあらばとりてたけまし。狭岑《さみ》の山野《ぬ》の辺《へ》の蒿菜《うはぎ》すぎにけらずや

女房でもいたら、手にとり上げて世話をしょうのに、いなかったために、狭岑の山の野辺の嫁菜は、とうとうたけてしまった。(ああこの男も、ただ独り淋しく旅で死んだことだ。)

222 沖つ浪来寄る荒磯を、しきたへの枕と枕《ま》きて、寝《な》せる君かも

遥かな海上の浪の寄せて来るというような、枕でもない岩浜をば枕として、いつまでも寝ていなさる人よ。(この種の行路病死人を憐んだ歌は、単に気の毒に思うて歌うたものと解するのはよろしくない。触穢《しょくえ》を厭《いと》う当時の風習に、更に病死人の霊魂の祟《たた》りを恐

れて、慰める心もあったのだということを忘れてはならぬ。）

柿本ノ人麻呂、岩見の国で今死のうという時、自ら悲しんで作った歌

223 鴨山《かもやま》の岩ね枕《ま》ける我をかも、知らにと妹が待ちつつあらむ
鴨山の岩を枕として寝ている自分だのに、その自分をば、いとしい人は知らないでいて、帰りを待っていることだろうよ。（当時、人麻呂の本妻は、大和にいたのである。）

柿本ノ人麻呂の死んだ時、その妻依羅《よさみ》ノ郎女《いらつめ》の作った歌

224 今日《けふ》々《けふ》と我が待つ君は、石川の峡《かひ》に交《まじ》りてありといはずやも
今日帰るか、今日帰るか、と毎日わたしが待っていた人は、石川の谷間《あい》に紛れこんでいるということではないか。ああ無駄に逢う日を待っていたことだ。

225 直《ただ》の逢《あ》ひは逢ひがてざらむ。石川に雲立ち渡れ。見つつ偲《しぬ》ばむ
死んだ人は、なる程直接《じか》の面会には、逢うことは出来ないだろうが、石川の辺に雲がずっと立ってかかってくれ。それを夫のかたみと見て、慕うていよう。

丹比《たじひ》ノ某が、人麻呂の心持ちで答えた歌

226 荒浪により来る玉を枕に置き、我ここにありと、誰か告げなむ
荒浪におし流されて依って来る、玉を枕下《もと》に置いて、私が死んでここにいる、と誰も家人に知らせてくれる者がなかろう。

異本の歌(作者知れず)

227 あまさかる辺陬《ひな》の荒野《あらぬ》に君を置きて、思ひつつあれば、生けりともなし
遠い辺土に、恋しい君をうっちゃって置いて、都で君のことを慕うているので、生きている元気もない。

寧楽《なら》ノ宮の時代

和銅四年、河辺《かわべ》ノ宮人《みやひと》が、姫島《ひめしま》の松原で、処女の死体を見て、悲しんで作った歌

228 妹が名は千代《ちよ》に流れむ。姫島《ひめしま》の小松が梢《うれ》に蘿苔《こけ》生《む》すまでに
いとしいお前さんは、今ここに死んでいるが、何も悲しむには当らない。お前の名はいついつまでも、続いて行くだろう。この姫島のこの小松の梢が、高く延びて、その先に蘿《かげ》や苔が生えて来るほどの長い間を。

229 難波潟《なにはがた》、汐干《しほひ》なありそね。沈みにし妹が姿を見まく苦しも

難波潟で、汐の引くようなことがあってくれるな。海の底へはまって行ってる、いとしい人の姿が現われて見えるだろう。それが堪えられぬ程苦しい。

霊亀元年九月、志貴ノ親王の薨ぜられた時の歌。並びに短歌。二首

230 梓弓《あづさゆみ》手にとり持ちて健男《ますらを》が獵矢《さつや》手挟《たばさ》み立ち向ふ高円山《たかまどやま》に、春野《はるぬ》焼く野火《ぬび》と見る迄燃ゆる火を如何《いか》にと問へば、玉鉾の道来る人の、泣く涙豪雨《ひさめ》に降れば、白栲《しろたへ》の衣漬《ひづ》ち立ち留《どま》り、我に語らく、何しかも、もとな云へる。聞けば哭《ね》のみし泣かゆ。心ぞ痛き。皇祖《すめろぎ》の神の御子の、出御《いでまし》の手火《たび》の光ぞ、夥多《ここだ》照りたる

眺めていると、あの高円山には、春の野焼きをする野火と思われる程、たくさんな火のともっているのを、一体あれはどうしたのです、と問いかけると、道をやって来る人が、泣く涙が大雨のように流れてるために、栲で拵えた真白な衣が、ぼとぼとに濡れているのが、立ち止って私にいうには、何故そう心ないことを問うてくれるのだ。もうそれに関した事を耳にすると、泣かれて泣かれて為方《しかた》がない。話をするにも、胸が痛むばかりだ。あれは、天子の尊い御子様のお出ましの先を照らす、葬りの松明《たいまつ》の光りが、あんなにたくさん、照っているという訣《わけ》である。（笠ノ金村歌集に見えたものである。短歌ではとても現わすことの出来ないものを、十分に述べている。情景並び到ったものということが出来る。）

反歌。二首

231高円《たかまど》の野辺《ぬ》の秋萩、いたづらに咲きか散るらむ。見る人なしに

高円山の野の萩の花は、見る人もなく、無駄に散っていることであろうよ。見るはずの人がいなくて。

232三笠山。野辺行く道は、こきだくも繁《しじ》に荒れたるか。久《ひさ》にあらなくに

三笠山、その辺の野を通る道は、皇子の御所の官人が通わなくなって、そんなに長くもたたないのに、草がみっしり生え繁って、荒れ果てたことだ。

巻第三

雑《ぞう》の歌

持統天皇の御代

天皇雷岳《かみおか》に行幸せられた時、柿本ノ人麻呂の作った歌

235 大君は神にしませば、天雲《あまぐも》の雷《いかづち》が上《うへ》に庵《いほ》らせるかも

天皇陛下は神様でいらっしゃるから、あの恐しい雷の上に、仮小屋を建てておいでなさることだ。(地名の雷岳《かみおか》から、鳴る雷《かみ》にとりなし、誇張して言ったところに、面白味があるのだ。傑作。)

天皇志《し》斐《い》ノ嫗《おむな》に下された御製

236 いなと言へど強《し》ふる志斐のが誣《し》語《ひ》り、此頃聞かずて、我恋ひにけり

嫌だ。聞きたくないと言うても、聞かせる志斐の附会語《こじつけばなし》も、この頃聞かないので、わし

は恋しゅう思うていることだ。

志斐ノ嫗の返し奉った歌

237 いなと言《い》へど、語れ語れと宣《の》らせこそ、志斐いは申せ。誣言《しひごと》と宣る

御免なさいと申し上げても、話せ話せと仰っしゃいますからこそ、志斐めは申すのに、こじつけ話だと仰っしゃる。では、これから申しますまい。(志斐ノ嫗は、語部の一人であったものと思われる。それが天皇の御幼少の頃から、荒唐無稽な昔物語をしていたものと見える。上代の宮廷生活が思われる歌。)

長《なが》ノ意吉麻呂《おきまろ》、天皇の仰せに応じて作って奉った歌

238 大宮の内迄聞ゆ。網引《あび》きする網子《あご》整ふる、蜑《あま》の呼び声

この御所は海浜のこととて、網引きをする人々を命令して、一様に働いている蜑の呼び声が、御所の内まで、手に取るように聞えて来ます。

長《なが》ノ皇子《みこ》、猟路《かりじ》の池に遊猟せられた時、柿本ノ人麻呂の作った歌。並びに短歌

239 安治《やすみ》しし吾大君《わごおほきみ》、高光る日の御子の、馬並めて御猟立《た》たせる、若菰《わかごも》を猟路の小野に、鹿《しし》こそはい這ひをろがめ。鶉《うづら》こそい這ひ徘徊《もとほ》れ。鹿《しし》じものい這ひをろがみ、鶉なすい

這ひもとほり、畏《かしこ》みと仕へまつりて、久方の天《あめ》見る如く、まそ鏡仰ぎて見れば、春草のいやめづらしき吾大君かも

日の神の御末なる我が仕え奉る皇子が、人々と馬を並べて、御猟を挙行あそばす猟路の野では、鹿は皇子の尊さに這うて拝《おろが》み奉り、鶉は這うたまうろうろしている。我々もその鹿のように、這うては拝み、鶉のように這うてはうろつき、恐れ多いことだと思いながら、お仕え申し上げて、あたかも天を見るように、仰ぎ見奉るけれども、いつも結構に拝せられる、我が仕える皇子の御有様よ。

反　歌

240 ひさかたの天《あめ》ゆく月を綱《つな》にさし、吾大君は蓋《きぬがさ》にせり

我が仕えまつる皇子の御威光は、盛んなものだ。空を渡る月をば綱で通して、お側の人に引かせながら、翳《さしば》にさしていらっしゃる。

異本の反歌

241 大君は神にしませば、真木《まき》の立つ荒山中に、海をなすかも

私の仕え奉る皇子は、神様でいらっしゃるから、その御威光で、檜の生えている、恐ろしい山の中に、海をおこしらえなさることだ。(猟路の池の穿《うがた》れた時の歌が、混じたので

あろう。）

弓削《ゆげ》ノ皇子、吉野に遊ばれた時の御歌

242 激湍《たぎ》の上の御船《みふね》の山にゐる雲の、常《つね》にあらむと我が思はなくに
吉野の激湍《げきたん》の側に聳えた、御船の山に懸っている雲のように、じっとしていない身も、いつも生きていられる程なら、この景色を存分味わおうが、人間はそう生きられようとは思われない。

春日《かすが》ノ王の和《あわ》せられた歌

243 大君は千年にまさむ。白雲も、御船の山に絶ゆる日あらめや
あなたは、雲のはかないことを言われましたが、その白雲も御船の山には、始終懸って、絶える日がございましょうか。だからあなたは、千年までも生きておいでになりましょう。（不快な御心地を、頓智《とんち》で和《やわら》げ奉ったというので伝わったらしい歌。）

長田ノ王筑紫に遣わされた時、水島《みずしま》に渡って作られた歌

245 聞《き》きし如《ごと》、まこと尊く霊《あや》しくも、神さび居《を》るか。これの水島
ほんに聞いた通り、ここの水島は、尊く神聖に、神々しゅう古びていることだ。（深い

讃美を、僅かな語で充実させている。傑作。）

246 葦北《あしきた》の野坂《ぬざか》の浦従《ゆ》船出《ふなで》して、水島に行かむ。波立つなゆめ

葦北郡野坂浦を出発して、水島に渡ろうと思う。波よ、きっと立ってくれるな。

石川ノ宮麻呂大夫の答えた歌

247 沖つ波、岸波《へなみ》立つとも、吾が夫子《せ》が御船の泊《とま》り波立ためやも

沖の波、海岸の波は、立っていても、あなたの御船の泊り場所には、波がどうして立ちましょうか。

又、長田ノ王の作られた歌

248 隼人《はやひと》の薩摩の迫門《せと》を、雲居なす遠くも、我は今日見つるかも

隼人の住む国なる薩摩海峡を、空か海か訣《わか》らぬような、水平線の辺に、遥かに、今日初めて見たことだ。

柿本ノ人麻呂の旅の歌。八首

249 三津の崎、波を畏み、隠江《こもりえ》の船漕ぐ君が行くか、野島《ぬじま》に

三津の崎で立つ波の恐しさに、入り込んだ江の船を漕いでいる君は、いつ野島に漕ぎ寄せることであろう。

250玉藻刈る敏馬《みぬめ》を過ぎて、夏草の野島ヶ崎に、船近づきぬ
蜑《あま》が藻を刈る敏馬の浦を通り過ぎて、自分の船は、淡路の野島の崎に近よっている。

251淡路の野島ヶ崎の浜風に、妹が結びし紐吹きかへす
淡路の野島の崎の浜風で、家を出る時に、いとしい人が結んでくれた紐を、吹き返させている。(これは、当時旅行者の発途に当って、無事を祈るために、妻がその紐を結ぶ習慣があったのであるが、それを心なしの風が、吹き離すというところに、一味の哀愁が籠《こも》っている。)

252荒栲《あらたへ》の藤江《ふぢえ》が浦に鱸《すずき》釣る、蜑とか見らむ。旅行く吾を
旅路の船に乗って、旅行している自分を、知らぬ人は、鱸を釣っている蜑と思うていることだろうよ。(土著《どちゃく》の蜑《あま》と、旅人との対照に、旅愁を動かされるのである。)

253印南野《いなびぬ》も行き過ぎがてに、偲べれば、心恋しき加古《かこ》の湊見ゆ

印南野の海岸を、船が通って行く。その野に心惹《ひ》かれて、通り過ぎにくう思うてるうちに、恋しく思うていた加古の湊が、いつか見えだした。

254 燈火《ともしび》の明石大海峡《あかしおほど》に入らむ日や、漕ぎ分れなむ。家のあたり見ず
こうして行くが、段々と大和には遠のいてくる。そしてこの船が、明石の海峡にはいる日には、もう、あの辺が家のある大和辺だ、ということも見えないように、別れてしまわなければなるまい。

255 天離《あまさか》る鄙《ひな》の長路《ながち》従《ゆ》恋ひ来れば、明石の海峡《と》より大和洲《しま》見ゆ
石見のはてから、長い辺土の旅路を続けて、大和が早く見たいと焦《こが》れながら来たが、明石海峡から大和の国が見えた。嬉しいことだ。

256 飼飯《けひ》の海の水面《には》よくあらし。苅菰の乱れ出づ見ゆ。蜑の釣り船
飼飯の海の海面が、船を漕ぐによいに違いない。何故かなれば、蜑の釣り船が乱れて出る。それが見える。

鴨《かも》ノ足人《たるひと》の香具山の歌。並びに短歌。二首

257 天降《あも》り著く天《あめ》の香具山、霞立つ春に至れば、松風に池波立ちて、桜花木蔭繁《このくれしげ》に、沖辺には鷗《かもめ》妻呼び、岸つ辺《へ》には鴨群《あぢむら》騒ぎ、百敷の大宮人の罷《まか》り出でて遊ぶ船には、檝棹《かぢさを》もなくて不興《さぶ》しも。漕ぐ人なしに

昔から言い伝えのある、天から降って来た、という天の香具山が、春になると、松吹く風に、池に波が立ち、そして桜の花が、木下暗《このしたぐれ》に一杯に咲き、池の真中の方では、鷗が連《つ》れを呼んでい、岸の方では、あじ鴨の群れが騒いでるが、御所に仕えている人々の、御前を下って遊ぶ船には、漕ぐべき檝も、竿もついておらんで、殺風景な有様で、漕ぐ人もなく浮いている。（これは藤原の都が、奈良に遷《うつ》った後の歌。）

258 人漕がずあらくもしるし。潜《かづ》きする鴛鴦《をし》と鸍《たかべ》と船の上《うへ》に棲む

人が漕がないで、そのままになっているのも、これを見れば、はっきりと想像がつく。水に潜《くぐ》る鴛鴦や、鸍などが、船の上にじっと止っている。

259 何時《いつ》の間も神さびけるか。香具山の鉾杉《ほこすぎ》がもとに苔生《む》す迄に

いつの間にやら、このように神々しいような気がする程、古びたことよ。香具山の真直な、杉の根方に、苔が生える程。

柿本ノ人麻呂、新田部《にいたべ》ノ皇子に奉った歌。並びに短歌

261 安治《やすみ》しし吾《わご》大君、高光る日の御子のしきます大殿《おほとの》のうへに、ひさかたの天伝《あまづた》ひ来る、
雪じもの行きかよひつつ常世《とこよ》いや続《し》け

日の神の御末なる我が皇子が、領していられるこの御別邸の上へ、空から降って来る雪ではないが、行き来をして、ますます、御盛んで、不老不死でいらっしゃいませ。

反歌

262 八釣山《やつりやま》木立も見えず、降り乱《みだ》る雪はだらなる朝楽《あしたたぬ》しも

御所の近くにある、八釣山の木立も見えない程、乱れて降る雪の朝は、愉快なものだ。

近江の国から都に上る時、刑部《おさかべ》ノ垂麻呂《たるまろ》の作った歌

263 馬莫《な》いたく打ちのみ行きそ。日《け》並べて見ても我が行く、滋賀にあらなくに

常ならば、幾日も逗留して見たいものだが、今度の旅では、幾日も見て行ける滋賀の景色でないのだから、馬をそのように激しく打って、急いでばかり行くな。

柿本ノ人麻呂、近江の国から都へ上る時、宇治川に来て作った歌

264 物部《もののふ》の八十《やそ》宇治川の網代木《あじろき》に、いさよふ波の行方《ゆくへ》知らずも

川上からどんどん流れて来て、しばらく宇治の網代木の処に来て、淀んでおった波が、いつか又、遥かに行方知れず消えてしまうことだ。(この歌に、人生観を寓したように説くのは、誤りだ。この頃の近江から大和への通路は、田上の谿谷を通って、宇治へ出たので、湖水・瀬田川・田上川・宇治川と変移して行く容子《ようす》を見ながらやって来た宇治での歌として、殊に趣味が深い。)

長《なが》ノ意吉麻呂の歌

265 苦しくも降り来る雨か。三輪が崎狭野《さぬ》のわたりに家もあらなくに

困った事に降って来た雨だよ。三輪山の突き出た崎の狭野の辺には、家というては、一軒もないのだ。それに。

柿本ノ人麻呂の歌

266 近江《あふみ》の湖《うみ》、夕波千鳥、汝《な》が鳴けば、心も萎《しぬ》に古思ほゆ

近江の湖水。その夕波に鳴く千鳥よ。公様《きさま》が鳴くというと、自分は、意気が銷沈《しょうちん》して、昔のことが思われてならぬ。(傑作。)

志貴《しき》ノ皇子の御歌

267 鼯《むささび》は梢《こぬれ》もとむと、あしびきの山の猟夫《さつを》に逢ひにけるかも
この鼯はきっと、あちらこちら自分の棲《す》むのに、適当な梢を探そうとして、うろついているうちに、山の猟師に出遇したのだろう。（鼯の捕えられたのを見て、詠まれた宴席の歌。）

長屋《ながや》ノ王が旧都を思われた歌
268 吾が夫子《せこ》が故家《ふるへ》の里の飛鳥《あすか》には、千鳥鳴くなり。君待ちかねて
あなたのもと住んでいらっしゃった里なる、あの飛鳥には、いつになっても、あなたが容易に帰っておいでにならぬので、千鳥が鳴いております。あなたを待ちおおせることが出来ないので。（これはおそらく、王が文武天皇に奉られた歌だろう。）

阿部ノ郎女《いらつめ》、屋部坂《やべざか》で作った歌
269 人覓《ま》がば、吾が袖もちて隠《なま》らむを。燃えつつかあらむ。眠《ね》ずて来にけり
わたしは、この頃は一向寝ないでいます。こうして焦《こが》れていねばなりますまいか。人がわたしに恋をいい入れたら、恥しさに、袖で隠れているだろうに。そのくせに焦れている。（屋部坂で作った歌という序は、屋部王に贈った歌の誤りであろう。）

高市《たけち》ノ黒人《くろひと》の旅の歌。八首

270 旅にして物恋《こほ》しきに、やましたの朱《あけ》のそほ船、沖に漕ぐ見ゆ
旅に出ていて、故郷が恋しく思われる時分に、都風の朱塗りの立派な船が、沖の方を漕いで行くのが見える。

271 作良《さくら》田《だ》へ鶴《たづ》鳴き渡る。愛知《あゆち》潟《がた》潮干《しほひ》にけらし。鶴鳴き渡る
見ていると、作良の田の方へ、鶴が鳴いて飛んで行く。きっと愛知潟では、潮がひいてしもうたので、あの辺に水を求めて行くのに違いない。あれ、鶴がずっと鳴いてゆく。

272 磯《し》歯《は》津《つ》山うち越え見れば、笠縫《かさぬひ》の島漕ぎ隠《かく》る、柵《たな》なし小船
磯歯津山を越えて見ると、向うに見える笠縫の島に、漕ぎ隠れて行く柵なし小舟がある。

273 いその崎漕ぎ回《た》み行けば、近江の湖《うみ》八十《やそ》の港に、鶴《たづ》さはに鳴く
岩の突き出た岬を、漕ぎ回って行くと、その度毎《たびごと》に、近江の湖水の中の、たくさんの港へ出るが、何《ど》の港にも、鶴がたくさんに鳴いていることである。

274 我が船は比良の港に漕ぎ果てむ。沖辺《べ》な離《さか》り。さ夜更けにけり

夜が更けた。沖の方へ遠く漕ぎ離れるな。今夜は、この船は比良の港に泊ろう。

275 何処《いづく》にか我は宿らむ。高島の勝野《かちぬ》の原《はら》に此日暮れなば
この高島の勝野の原の中で、今日の日が暮れてしもうたら、どこで私は泊ろうか。家も見えないが。

276 妹《いも》も我もひとつなれかも、三河なる二見の道ゆ別れかねつる
いとしい人も、自分も一体であるかして、別れかねていることだ。処は、三河国の二見の里の道の辺で。(これは、一二三という数詞を詠み込むことに、興味を持った歌である。)

277 夙《と》く来ても、見てましものを。山背《やましろ》の高槻《たかつき》の村《むら》散りにけるかも
早く来て見て置いたらよかったものを、山城の国の高槻の村の、村の名になった槻の紅葉は、散ってしもうたことだ。(黒人程に、客観の動揺しない、描写の確実な人はない。人麻呂も、この点では及ばない。叙景の歌に傑《すぐ》れたものの多いのは、このためである。)

石川ノ郎女の歌

278 志珂《しか》の蜑は、海布《め》苅り、塩焼き、暇《いとま》なみ、櫛笥《くしげ》のを櫛とりも見なくに
志珂島の蜑は、いとしいことだ。海布を苅ったり、塩を焼いたり、暇がないので、櫛笥の櫛さえ取り上げても、見ないことだ。

高市ノ黒人の歌。二首

279 吾妹子《わぎもこ》に猪名野《ゐなぬ》は見せつ。名次山《なすき》角《つぬ》の松原何時かしめさむ
やれやれこれで、猪名野の景色は、いとしい人に見せてやったことだ。次は、名次山の角の松原の景色だが、それはいつ見せようか。

280 いざ子ども、大和へ早く、白須賀《しらすが》の真野《まぬ》の榛原《はりはら》手《た》折《を》りて行かむ
白須賀の真野の榛原の榛を、土産に折って、さあ早くお前方、大和へ帰ろうじゃないか。

黒人の妻の答えた歌

281 白須賀の真野の榛原。行くさ来《く》さ、君こそ見らめ真野の榛原
白須賀の真野の榛原を、行きしな帰りしなに、あなたはよく見ていらっしゃることだろうが、私等は見たことがない。羨しいことだ。

春日ノ老《おゆ》の歌

282つぬさはふ磐余《いはれ》も過ぎず。泊瀬《はつせ》山何時しか越えむ。夜は更けにつつ
まだ磐余の村さえも通らない。泊瀬山はいつ越えるのだろう。夜は段々更け行くばかりだ。

高市ノ黒人の歌

283住の江の榎名津《えなつ》に立ちて見渡せば、武庫《むこ》の泊従《とまりゆ》出づる船人《ふなびと》
住の江の榎名津に立って、ずっと眺めると、武庫の港から、船頭が船を漕ぎ出すのが、遥かに見える。

春日ノ老の歌

284焼津辺《やきつべ》に吾が行きしかば、駿河なる安部の市路《いちぢ》に会ひし児等はも
焼津地方へ行った時分に、駿河の安部の市の路ばたで会うた、あの処女が忘れられぬ。

丹比《たじひ》ノ笠《かさ》麻呂が、紀伊の国へ行く時、脊《せ》の山を越えて作った歌

285たくひれのかけまくほしき妹が名を、この脊の山にかけば如何《いか》にあらむ
口に出して言いたくてならぬ、いとしい人の妹と言う名を、この脊の山に付けて、妹山

と名前を替えたら、どんなにおもしろいだろう。（軽く戯《たわむ》れた歌。）

春日ノ老が、即座にそれに和《あわ》せた歌

286 よろしなべ吾が兄《せ》の君の負《お》ひ来にし、此脊の山を妹とは呼ばじ
あなたにさえも、この山の名すなわち夫《せ》という名が、おもしろいので、夫《せ》とつけてあります。その脊の山の夫という適当な名を、今更改めて、妹とはいいますまい。

滋賀行幸の時、石ノ上麻呂卿の作った歌

287 ここにして家やも何処《いづく》。白雲のたなびく山を越えて来にけり
ここまで来てみると、家はどこら辺であろうか。あの白雲の懸ってる山をば、越えて来たのだ。

穂積《ほづみ》ノ老《おゆ》の歌

288 我命《わぎのち》のまさきくあらば、またも見む。滋賀の大津によする白浪
私の命が達者で、生きていたなら、この滋賀の大津に寄せて、白く砕ける波の景色を、再び、見たいものだ。

間人《はしびと》ノ大浦の新月の歌

289 天《あま》の原ふりさけ見れば、しらまゆみ張りて懸けたり。夜路《よみち》はよけむ
大空を遥かに眺めて見ると、白木の弓を張って釣ったように、三日月が出ている。これを眺めながら歩くのは、面白いことだろう。

290 椋橋《くらはし》の山を高みか、夜ごもりに出で来る、月の光ともしき
あ、月が出て来た。椋橋山が高いからか、夜更け渡ってから、出て来る月の光が、ほんとに見事なことだ。

小田ノ事主《ことぬし》の脊の山の歌

291 真木の葉の萎《しな》ふ脊の山、忍《しぬ》ばずて我が越えゆけば、木の葉知りけむ
檜《ひのき》の葉の萎《しお》れている脊の山よ。大和に置いた妹のことが思い出されて、辛抱が出来ないで私が越えて行くので、私の心に感応して、このように萎れたのであろう。

角《ろく》ノ兄《え》麻呂の歌四首

292 久方の天《あめ》の探女《さぐめ》が岩船の、はてし高津は、あせにけるかも
昔からの伝えに、朝鮮からその夫の手を逃れて、我が国にやって来た、あの天の探女の

岩船が到著《とうちゃく》した、という浪速の高津は、水が浅くなってしまって、その頃の俤《おもかげ》も残っていないことよ。

293 潮干《しほひ》の三津の蜑女《あまめ》のくぐつ持ち、玉藻苅るらむ。いざ行きて見む
潮のひいた浪速の三津の蜑おんなが、手に藁籠《わらかご》を持って、玉藻を苅ってることだろう。その容子をばどりゃ見に行こう。

294 風をいたみ、沖つ白波高からし。蜑の釣り船浜に帰りぬ
風が激しいので、沖の方には、波が高く立ってるに違いない。蜑の釣り船が、皆浜に帰って来た。

295 住の江の岸の松原、遠つがみ我が大君の行幸処《いでましどころ》
住の江の岸の松原よ。そこは、尊い我が大君の行幸の行在処《あんざいしょ》である。

田口《たぐち》ノ益人《ますひと》大夫、上野ノ国司に赴任する時、駿河清見ヶ崎で作った歌。二首

296 庵原《いほばら》の清見《きよみ》ヶ崎の三保の浦の、ゆたけき見つつ、物思《ものも》ひもなし
庵原郡の清見ヶ崎の辺、三保浦のゆったりとした海の景色を見ながら、何事もすっかり

忘れて、物思いもなく、ただ眺め入ってるばかりである。

297昼見れど飽かぬ田子の浦、大君のみ言《こと》畏み、夜見つるかも

昼見てさえ十分だと満足しない、田子の浦の景色。天皇陛下の仰せ付けゆえ、かしこまって急いで通ったから、夜見たことだ。

春日ノ老が僧弁基といった頃の歌

298真土山夕越え行きて、庵崎《いほざき》の角太川《すみだ》原に、独りかも寝む

大和から紀州にかかると、日暮れになった。真土山を、こうして越えて行って、今夜は、あの庵崎の角太川原で、独り寝るのであろうか。

大納言大伴ノ旅人《たびと》卿の歌

299奥山の菅《すが》の葉しぬぎ降る雪の、消《け》なば惜しけむ。雨な降りそね

深山の麦門冬《やますげ》の葉の上におし積る雪が、雨のために消えてしもうては、よい景色が、駄目になるのが残念だから、雨よ、降るな。

長屋ノ王、奈良山で作られた歌

300佐保過ぎて、奈良のたむけに置く幣《ぬさ》は、妹が目かれずあひ見しめとぞ
奈良の都を出て、佐保を通った、奈良山の峠に奉る幣は、これから旅に行きますが、どうか間のあくことなく、妹の顔をお見せ下さい、と願う心でするのである。

301岩が根のこごしき山を越えかねて、哭《ね》にはなくとも、色に出《い》でめやも
岩のごつごつとしている山を越えかねて、あまりつらさに、ひどく泣き入ることがあっても、妹を思うていることを、色に出すものか。

中納言阿倍ノ広庭《ひろにわ》卿の歌

302子等が家道《いへぢ》ややま遠きを、ぬばたまの夜渡る月に競《きほ》ひあへむかも
あの人の家へ行く道程は、大分遠いが、夜行く月に負けぬように、行くことが出来ようかしらん。何卒《どうか》して、夜の明けない前に著《つ》きたいものだ。

柿本ノ人麻呂、筑紫の国に下る時、海路で作った歌。二首

303和《なぐ》はしき印南《いなみ》の海の沖つ波、千重《ちへ》に隠りぬ。大和島ねは
気持ちのよい印南の海の辺から見ると、その海の沖の方の波が、幾重にも立っていて、その下に、大和の国は隠れてしもうている。

304大君の遠《とほ》の領土《みかど》と、あり通《がよ》ふ島門《しまど》を見れば、神代し思ほゆ
天皇陛下の遠方の御領分(九州)へと、あまたの人が度々行き通う、瀬戸内の海峡を見ると、この島々が作られた太古の事が思われる。
高市ノ黒人の近江の旧都の歌

305
こういう風だから、見ずに置こうと言うたのに、心なく、漣の里の古い都の跡を見せてからに、人を嘆かすことだ。
かく故《ゆゑ》に見じと言ふものを、漣の旧き都を見せつつ、もとな

伊勢行幸の時、安貴《あき》ノ王の作られた歌

306伊勢の海の沖つ白波花にもが。包みて妹が家づとにせむ
伊勢の海の沖の方から寄せて来て、砕ける波の容子《ようす》がおもしろい。これが花であってくれたら、物に包んで帰って、いとしい人への土産にしようものを。
博通法師《はくづうほうし》が紀伊ノ国に行って、三穂の石窟《いわや》を見て作った歌。三首

307
はた薄久米《ずすき》の若子《わくご》がいましけむ三穂の石窟《いはや》は、荒れにけるかも

顕宗天皇が、まだ久米の若子と申した時分に、雄略天皇に捕われるのを避けて、隠れていらっしゃったそうな、三穂の石窟は、荒れはてたことだ。

308 ときはなる石窟は今もありけれど、住みける人ぞ、常なかりける

いつまでもかわらずにいる石窟は、今も残っているのだけれど、ここに住んでいた人は、常住不変でいるという訣《わけ》にはいかないのだ。

309 石窟戸《いはやど》に立てる松の木、汝《な》を見れば、昔の人を逢ひ見る如し

石窟の入口に立っている松の木よ。お前の姿を見ると、懐しくて、何とのう、昔の人と出逢うて見るようだ。

門部《かどべ》ノ王、東の市《いち》の植え樹を詠まれた歌

310 東《ひむがし》の市の植ゑ木の木《こ》だるまで、逢はず久しみ、うべ恋ひにけり

東の市の植えられた並木を見ると、木が古くなって、枝が垂れるまでになったが、ほとんど、その程の間、長くいとしい人に逢わないので、この頃恋しくてならぬが、なるほど、恋しいのも尤《もっと》もであることだ。

た歌。）

桉作《くらつくり》ノ益人《ますひと》、豊後ノ国から都に上る時作った歌

311 あづさゆみひき豊国《とよくに》の鏡山、見ず久《ひさ》ならば、恋しけむかも

豊国の鏡山で、思い出した。鏡は見る物だが、このままこの山や、この国を見ることが出来ず、長く経《た》ったなら、さぞ恋しく思われることであろう。（鏡山を見て、興を起した歌。）

式部卿藤原ノ宇合《うまかい》卿、難波《なにわ》の離宮の改造を仰せつかった時に作った歌

312 昔こそ難波田舎と言はれけめ。今は都とそなはりにけり

これまでは、難波の田舎と蔑《さげす》んで言われもしたろうが、今では、最早《もはや》昔の事になって、何の不足もなく、都らしく整うたことだ。

刀利《とり》ノ宣令《せんりょう》の歌

313 みよしぬの激湍《たぎ》の白浪、知らねども、語りしつげば、古《いにしへ》おもほゆ

芳野の激湍《げきたん》に立っている、白波の景色を見ていると、自分が実際生きておって、知っていたという訣《わけ》ではないが、昔からこの芳野で、様々のことのあったのが思い出される。

波多ノ少足《おたり》の歌

314 小波《さざれなみ》石巨勢《いそこせ》路なる能登瀬《のとせ》川、音のさやけさ。たぎつ瀬毎に

巨勢《せ》地《ち》方にある、能登瀬川の岸の岩を、小波が越す程の急流の音が、さっぱりと、気持ちよく聞えることだ。激している瀬毎《ごと》に。

暮春吉野離宮行幸の時、中納言大伴ノ旅人卿勅を承って作った歌。並びに短歌

（この歌は、奏上せられずにしもうた。）

315 みよしぬの吉野の宮は、山からしたふとくあらし。川からしさやけくあらし。天地と長く久しく、万世《せい》にかはらずあらむ、出でましの宮

吉野の宮は山の所為で、尊く見えるのであろうか。川の所為で、さっぱりとした景色に見えるのであろうか。天地同様、いつまでも変らずあろう、と思われる離宮である。

反歌

316 昔見し象《きさ》の小川を今見れば、いよよさやけくなりにけるかも

昔来て見た、この象の小川を、今来て見ると、昔よりも、ますますさっぱりとした、景色になって見えることだ。

山部《やまべ》ノ赤人《あかひと》、富士山を眺望して作った歌。並びに短歌

317天地《あめつち》の分れし時従《ゆ》、神さびて高く尊き、駿河なる富士の高嶺《たかね》を、天《あま》の原ふりさけ見れば、渡る日の影も隠《かくろ》ひ、照る月の光も見えず、白雲もい行きはばかり、ときじくぞ雪は降りける。語り続ぎ、言ひ続ぎ行かむ。富士の高嶺《たかね》は

神代の頃に澄んだものが天となり、濁った物が地となって分れた時分から、尊く高く聳えている、駿河国《するがのくに》の富士の山を、広々とした空遥かに見やると、運行する太陽の姿も隠れてしまうし、照らしている月の光も、山のあちらに回ると見えないし、山のために、雲さえも思い切っては、え行かないで遠慮し、その上、いつでもいつでも雪が降っていることだ。一度見たからは、この富士の山のことは、時間空間に亘《わた》って、遠方の人及び子々孫々までも言い続《つ》ぎ、語り続《つ》ぎして伝えねばならない。

反　歌

318田子の浦従《ゆ》うちいでて見れば、真白にぞ、富士の高嶺《たかね》に雪は降りける

田子の浦をば歩きながら、ずっと端まで出て行って見ると、高い富士の山に、真白に雪が降ってることだ。

富士山をよんだ歌。並びに短歌。二首(作者知れず)

319なまよみの甲斐《かひ》の国、うちよする駿河の国と、方々《こちごち》の国の真中従《みなかゆ》出で立てる富士の高《たか》

嶺《ね》は、天雲《あまぐも》もい行きはばかり、飛ぶ鳥も飛びも上らず、燃ゆる火を雪もて消《け》ち、降る雪を火もて消ちつつ、言ひも得に、名付けもしらに、霊《あや》しくも在《いま》す神かも。石花《せ》ノ海《うみ》と名づけてあるも、其山の包める海ぞ。富士川と人の渡るも、其山の水の激湍《たぎち》ぞ。日の本の大倭《やまと》の国の鎮《しづ》めとも在《いま》す神かも。宝ともなれる山かも。駿河なる富士の高嶺は見れど飽かぬかも

甲斐国と、駿河国と、あちらとこちらと、両方の国の真中から、現われ出た富士の山は、空行く雲も、行くことを遠慮し、飛ぶ鳥も、山の頂上にはとても飛んで上りもえせない。山の中から噴き出す火を、降る雪で消し、降り積る雪を、山の噴火で消したりして、何と形容してよいか、言い表わしも、形容することも出来ぬ程、不思議な容子《ようす》でいらっしゃる、神様であることだ。石花海と名の付いている湖も、その山が抱え込んでいる湖水なのだ。富士川というて人の渡る川も、その山から流れて出る水の、激しい流れなのだ。この日本の国の動かないための守りとして、おいでになる神様であることだ。宝となっている山だ。ほんに駿河の富士山は、いくら見ても見飽かないことだ。

反歌

320 富士の嶺《ね》に降り置ける雪は、六月《みなづき》の望日《もち》に消《け》ぬれば、其夜降りけり

富士の山に降り積っている雪は、それでもさすがに、一等暑い最中の六月の十五日に、

いったん消えるが、消えると、すぐその夜、降って積ることだ。

321富士の嶺を高みかしこみ、天雲《あまぐも》もい行きはばかり、たなびくものを

富士の山が余り高いので、それに恐れて、空行く雲も行くことを遠慮して、山に横に懸っている訣《わけ》だもの。人間が尊ばないでいられようか。（この歌は、高橋虫麻呂集に見えているので、佐佐木信綱氏は、虫麻呂の作だろうといわれたが、一説である。ともかくも、単純化という点においては、赤人の歌に劣っているが、構想の複雑な点、格調の古風なところ、観照の精細な具合、この方が勝れている。人麻呂のものであるかも知れない。）

山部ノ赤人、伊予の温泉に行った時に作った歌。並びに短歌

322皇祖《すめろぎ》の神の尊《みこと》のしきます国のことごと、温泉《ゆ》はしも多《さは》にあれども、島山のよろしき国と、こごしかも伊予の高嶺《たかね》の伊佐爾波《いさには》の岡に立たして、歌偲《しぬ》び、事偲びせし、み温泉《ゆ》の上の木群《こむれ》を見れば、樅《おみ》の木も生ひつぎにけり。鳴く鳥の声も変らず。遠き世に神さびゆかむ出でまし処

代々の皇祖の方々の治めていらっしゃる、この日本の国中には、温泉と言えばたくさんあるが、島や山の容子の勝れた国だと仰っしゃって、古の天皇陛下が、岩のごつごつと

している、伊予の高山の伊佐爾波山にお立ちなされて、昔からのこの温泉に関する歌を思い出し、古い言い伝えを思い出しなされた、温泉の辺の木のかたまりを見ると、その頃から生えていた樅の木は、後へ後へと生えて来た。鳴いている鳥の声も、昔のままである。こうして、永遠に神々しく古びて行くだろう。昔の天子の行幸になったこの温泉よ。

反　歌

323 ももしきの大宮人の、熟田津《にぎたづ》に船乗りしけむ年の知らなく

昔天皇陛下のお側に仕えていた人たちが、伊予の温泉から、熟田津まで出て来て、船遊びをしたそうな。その年は幾年前であったか訣《わか》らない程、年数が経った。

神岳《かみおか》に登って、山部ノ赤人の作った歌。並びに短歌

324 神籬《みもろ》の神南《かむな》備《び》山に五百枝《いほえ》さし、繁《しじ》に生ひたる樛《つが》の木の、いやつぎつぎに、たまかづら絶《た》ゆる事なく、ありつつも、常に通はむ飛鳥《あすか》の古き都は、山高み、川遠著《とほしろ》し。春の日は山し見がほし。秋の夜は川しさやけし。朝雲に鶴《たづ》は乱り、夕霧に河蝦《かはづ》はさわぐ。見る毎に哭《ね》のみしなかゆ。古《いにしへ》思へば

神様をお祭り申してある神名備山に、たくさんの枝をさし出して、一杯に生え繁ってい

る樛《つが》の木の、言葉通りにこの上次々いつまでも、絶えることなく、このまま生きていて、いつも出て来て遊ぼうと思う古い都なる飛鳥は、山へ登って見ると、山が高いので、川が遥かにはっきり見える。その山は春の日には、いつまでも見ていたいような好い景色だし、川の方は、秋の夜などは、ほんとうにさっぱりとしてよいことだ。朝になると、雲の上に鶴が乱れて飛んでいるし、日が暮れると、霧の底から河鹿の騒ぐ声が聞えて来る。見る物毎《ごと》に、このようによい景色が、今では段々とさびれてゆくばかりだ。都のあつた頃を思い出して、ただ泣きに泣くばかりだ。

反　歌

325 飛鳥川、川淀《よど》去らず立つ霧の、思ひ過ぐべき恋ひにあらなくに
飛鳥の古い都のことを思うて、私の焦《こが》れてる心は、飛鳥川の淀んでいる辺に、いつもじっとして立っている霧のように、どんなにしても、いつまでもなくしてしまえるようなものではない。

門部《かどべ》ノ王《おおきみ》、難波で漁火《いさりび》を見て作られた歌

326 見渡せば、明石《あかし》の浦にともす火の、ほにぞ出でぬる。妹に恋ふらく
浪速の浦からずっと見やると、明石の浦の辺に、蜑《あま》がともしてる漁火が見えるが、自分

の思いはあの火ではないが、隠しきれずして、表面にあらわれたことだ。いとしい人に焦れていることが。

処女等が貰うた干鰒《ほしあわび》を、戯れに通観《つうがん》法師の処へ遣《や》って、これが甦る祈りをしてくれ、と言うた時、法師の作った歌

327 わたつみの沖に持ち行きて放つとも、うれむぞ、これが甦りなむ

せっかくのお頼みですが、このようなものは、大海の遥かな沖に持ち出して逃したところで、どうして生きかえりましょう。

太宰《だざい》ノ少弐《しょうに》小野《おぬ》ノ老《おゆ》の歌

328 あをによし奈良の都は、咲く花の匂ふが如く、今盛りなり

奈良の都は、非常に立派な処で、まるで咲いてる花が、はでやかに見えるように、今や繁昌の極点である。(寧楽《なら》の都の讃美としては、この歌以上に適当なものはない。単に写したためでなく、憧憬が深かったからである。)

防人《さきもり》ノ司《つかさ》ノ祐《すけ》大伴ノ四繩《よつな》の歌。二首

329 安治《やすみ》しし我《わご》大君のしきませる、国の中《なか》には、都しおもほゆ

天皇陛下のお治めなさる国の中では、どこが一番好きだといえば、都が第一に思い出される。

330 藤波《ふぢなみ》の花は盛りになりにけり。奈良の都をおもほすや、君

波のように咲いては揺れている、あの藤の花は、ちょうど今が真盛りになったことだ。さぞ、あなたは、奈良の都を思い出していらっしゃるでしょうね。(大伴ノ旅人に与えた歌、と見るべきである。)

太宰ノ帥《そち》大伴ノ旅人卿の歌。五首

331 我がさかりまた復《を》ちめやも。ほとほとに、奈良の都を見ずかなりぬる

私の花の時代は、もう二度と復《かえ》って来るものか。どうやら奈良の都を、帰って見ることが出来なくなりそうだ。危いものだ。

332 我命《わぎのち》も常《つね》にあらぬか。昔見し象《きさ》の小川を、行きて見むため

どうぞ私の命も、いつまでもあってほしいものだ。昔見に出かけた、あの吉野の象の小川に出掛けて見ようために。

333 浅茅原《あさぢはら》つばらつばらに物思《も》へば、古《ふ》りにし里の思ほゆるかも
つくづくと考えていると、もと住んでいたさびれた里のことが、思い出されることだ。

334 萱草《わすれぐさ》我が紐につく。香具山の古りにし里を忘れぬがため
私の住んでいた、香具山の辺の故郷を忘れないので、萱草をば、自分の著物《きもの》の紐にとりつけて、どうかして忘れようとつとめている。

335 我が行きは久《ひさ》にはあらじ。夢《いめ》の曲《わだ》、瀬とはならずて淵にありこそ
私の旅は、長くはかかるまい。私が帰ったならば、吉野のあの夢の曲は、そんな僅かな間に、淵が瀬に変ることなく、やっぱり淵のままであってくれ。

沙弥《しゃみ》ノ満誓《まんせい》が綿を詠んだ歌

336 不知火《しらぬひ》の筑紫《つくし》の綿は、身につけて未《いまだ》は著ねど、暖《あたた》けく見ゆ
筑紫から出る綿は、未《まだ》身につけて著《き》ない内から、温そうに見える。ここに積んだこの綿よ。

山《やま》ノ上《え》ノ憶良《おくら》、宴席を中座する時に作った歌

337 憶良らは今は退《ま》からむ。子なくらむ。そも、其母も我《わ》を待つらむぞ
私はもう、お暇《いとま》して引き退りましょう。『君はなぜそんなに早く帰るのだ。『手前の餓鬼どもが泣いてましょう。『うまく言ってるね。そのおっかさんに会いたいんだろう。『さあ、そのおっかさんも、私を待っていましょうで。（歌の出来た時と場処とを、明らかに人の頭に浮ばせる歌。）

太宰ノ帥大伴ノ旅人の作った酒を讃《たた》えた歌。十三首

338 しるしなく物思はずは、一杯《ひとつき》の濁れる酒を飲むべかるらし
役に立たないのに、色々考え込んでいるよりは、一層《いっそ》のこと、一盃の濁った酒を飲む方が、ましであるに違いない。

339 酒の名を、聖《ひじり》とおふせし、古《いにしへ》の大聖《おほきひじり》の言の宜《よろ》しさ
濁酒を賢人、清酒を聖人と名をつけた、その古の偉い聖人の言は、ほんとうに、よく当って面白いことだ。聖人もなかなか隅へおけない。

340 古の七《なな》の賢《かしこ》き人たちも、ほりせしものは、酒にしあるらし
昔おった、竹林の七賢人といわれた、無欲のすぐれた人たちでも、ほしがっておった物

は、酒だというが、それに違いない。そのはずだよ。

341賢しと物言ふよりは、酒飲みて酔《ゑ》ひなきするし、勝《まさ》りたるらし

自分が賢いという風に、物を言うているよりは、酒を飲んで、くだをまいてる方が、一層ましであるに違いない。

342言はむ術《すべ》せむ術しらに、きはまりて尊き物は、酒にしあるらし

言うたり、為方をしたりすることが出来ない程、この上なく尊い物は、酒であろう。それに相違ない。

343なかなかに人とあらずは、酒壺《さかつぼ》になりにてしがも。酒にしみなむ

一層人として生きているよりは、酒壺になりたいもんだね。そうしたら、思う存分、酒につかっていられるだろう。

344あな醜《みにく》。さかしらをすと、酒のまぬ人をよく見ば、猿《さる》にかも似む

へん、ざまを見ろ。そのざまはなんだ。ほんとに賢ぶった真似をしようとして、酒を飲まない人間を、よくよく見たら、猿に似ているだろうよ。

345 価《あたひ》なき宝と云ふとも、一杯《ひとつき》の濁れる酒に、あに勝《まさ》らめや

価《ね》ぶみの出来ない程、尊い宝というたところで、たかだかこの一盃の濁酒に、勝つことがどうして出来るものか。

346 夜《よる》光る玉と云ふとも、酒飲みて心を遣《や》るに、あにしかめやも

夜光の珠が尊い、何が尊いというたところで、そんな宝を持った楽しみは、酒を飲んで、心の憂さをはらすのに、どうして及ぶものか。

347 世の中の遊びの道にたぬしきは、酔ひなきするにあるべかるらし

世界の様々の遊びの方法の中で、一等おもしろいのは、酔うて、管《くだ》をまくことにきまってる。

348 現世《このよ》にし楽《たぬ》しくあらば、来世《こむよ》には、虫にも鳥にも、我《われ》はなりなむ

今生《こんじょう》で遊び戯れていたら、来世は、人間には生れられないというが、今生さえ面白く暮したら、来世は畜生道へ落ちて、虫になり、鳥になり、なっても、自分は甘んじていよう。

349 生けるもの竟《つひ》にも死ぬるものにあれば、此世なる間《ま》は楽《たぬ》しくをあらな

生者必滅という通り、生きているものは、いつか死ぬるものであるから、この世にある間は、おもしろおかしく暮していようよ。

350 黙居《もだ》りてさかしらするは、酒飲みて酔ひなきするになほ如かずけり

賢ぶって黙《だま》っていて、色々なことをするのは、酒飲んでくだまくのにも、なかなか及ばないことだよ。（旅人のこの享楽的の態度には、一点の曇りもない。不平家の悶えを遣《や》るための糊塗《こと》、近代人のする、廃頽《はいたい》的傾向のものとは、全然別種のものであるところに、目を開いて見ねばならぬ。）

沙弥《しゃみ》ノ満誓《まんせい》の歌

351 世の中を何に譬《たと》へむ。朝発《あさびら》き、漕ぎにし船の痕《あと》なきがごとし

世の中を如何《どう》いう物に譬えようか。言うて見れば、ちょうど朝の船出に漕いで行った船が、その漕いだ痕さえもつかないようなものだ。（死んだ後は、この世にいたという、記念さえ残らないのだ。）

若湯座《わかゆえ》ノ王《おおきみ》の歌

352
蘆《たづ》べには鶴がね鳴きて、港風寒く吹くらむ、津乎《つを》の崎はも
昔行ったことのある、津乎の崎が思われる。今頃は、蘆の生えた岸には、鶴が鳴いて、港口から吹き込む風が、寒いことであろう。その津乎の崎よ。

釈通観《しゃくつうがん》の歌

353
み吉野の高城《たかき》の山に、白雲は行きはばかりてたなびけり、見ゆ
吉野の高城山に、空を通る白雲も行くのを遠慮して、横に懸っている。それが、ここから見える。

日置《へき》ノ少老《こおゆ》の歌

354
縄《なは》の浦に塩焼く煙、夕されば、行きすぎかねて、山にたなびく
縄の浦で塩を焼いている煙が、日暮れになると、立ち上ってしまう訣《わけ》にもなりかねて、山に、横に長く懸っている。

生石《おうし》ノ真人《まびと》の歌

355
大汝少彦名《おほなむちすくなひこな》のいましけむ、志都《しづ》の石窟《いはや》は、幾世へぬらむ

昔大汝命・少彦名神のお二方がおいでになった相《そう》な、この志都の石窟は、それから何代経てることだろう。

上《かみ》ノ古《ふる》麻呂の歌

356 今日もかも、飛鳥の川の夕さらず河蝦《かはづ》なく瀬の、さやけかるらむ
今日らあたりは、毎晩河鹿の鳴く、あの飛鳥川の川の瀬の景色が、さっぱりして好いことであろうよ。

山部ノ赤人の歌。六首

357 縄《なは》の浦従《ゆ》そがひに見ゆる沖つ島、漕ぎ廻《た》む船は釣りせすらしも
縄の浦から見ると、向うの方に見える、沖の方の島を、漕ぎ廻って行く、あの船の漁夫は、釣りをしているのに違いない。(せすは、労働者につける習慣の敬語。)

358 武庫《むこ》の浦を漕ぎ廻《た》む小舟《をぶね》。粟島《あはしま》をそがひに見つつ、羨《とも》しき小舟
武庫の浦を漕ぎ廻って行く小舟、ああその舟よ。粟島をば向うに眺めながら、好い景色を恣《ほしいまま》に眺めている羨《うらやま》しい小舟よ。

359 阿倍《あべ》の島、鵜《う》の住む岩《いは》に寄する波、間なくこの頃大和しおもほゆ
この阿倍島の岩に鵜が始終止っている、そこに寄せて来る波が、間断なくうっているように、間断なく、この頃、大和が思われてならぬ。

360 潮干なば玉藻苅り積《つ》め。家の妹《いも》が浜土産《づと》乞はば、何を示さむ
潮がひいたら、玉藻をば苅り貯めて置け。もし帰って、家にいる妹が、浜の土産をくれ、というたら何を見せよう。ほかに何もないから。

361 秋風の寒き朝けを、狭《さ》野《ぬ》の岡越ゆらむ君に、衣《きぬ》かさましを
秋風のつめたく吹く、明け方の狭野の岡を、今頃は、あのお方が、越えていらっしゃるだろうが、さぞ寒いだろうから、著物《きもの》をお貸し申したいがね。

362 海鶻《みさご》ゐる荒磯《ありそ》に生《お》ふる莫告藻《なのりそ》の、名は宣《のら》してよ。親は知るとも
海鶻の下りている、荒い岩浜に生えた、莫告藻ではないが、私のために思い切って名告《なの》って、心を許しておしまいなさい。そのために、親たちが二人の間を知っても、かまわないではありませんか。

笠ノ金村、塩津山で作った歌

364 健児《ますらを》が弓末《ゆずゑ》振り起し、射つる矢を。後《のち》見む人は、語りつぐがね

この塩津山を越えて来ると、昔住んでいた、強弓の人の伝説が思い起される。その壮士が弓筈《ゆはず》を振り立てて、放ったところの、後々見る人が語り続《つ》ぐ程に、立派に射た矢よ。(自分もこれから任地に赴いて、もしものことがあったら、立派に弓を射ねばならぬ。)

365 塩津《しほつ》山《やま》うち越えゆけば、我が乗れる馬ぞつまづく。家恋ふらしも

塩津山を越えて行くと、自分の乗っている馬が、立ち止って躊躇《ちゅうちょ》している。これは諺に言う通り、家で、私のことを焦《こが》れているに違いない。

角鹿《つぬが》の津で舟遊びした時、笠ノ金村の作った歌。並びに短歌

366 越の海の角鹿《つぬが》の浜従《ゆ》、大船に真《ま》檝《かぢ》貫《ぬ》き下《お》ろし、いさなとり海路《うみぢ》に出でて、喘《あへ》ぎつつ我が漕ぎ行けば、健男《ますらを》の田結《たゆひ》ヶ浦に、蜑少女《あまをとめ》塩焼く煙、くさまくら旅にしあれば、独りして見る効《しるし》なみ、海神《わたつみ》の手に纏《ま》かしたる、たまだすきかけて偲びつ。大和島根を

越の国の海にある、角鹿の浜をば、大きな船に檝をさし下して、海上に出て、一所懸命に苦しい息をつきながら、漕いでゆくと、手結ヶ浦に、蜑の少女の塩を焼く煙は見えるが、自分は旅にいるのであるから、たった独りで見ていても、詮《かい》なく思われる。それに

つけても、心に浮べて大和の国のことを思い出すことだ。（海神の云々。海の事を述べた続きから、海神の手にまき付けたと起して、更にそれを玉襷とかけたのである。そして、又次のかくという語を起したのだ。）

反　歌

367 越の海の田結ヶ浦を、旅にして見ればともしみ、大和偲《しぬ》びつ

越の国の海にある、田結の浦の景色を、旅に出ていて見ると、見飽かぬよい景色だ。それにつけても、思い出されるのは、大和のことである。

石上《いそのかみ》ノ乙麻《おとま》呂《ろ》大夫の歌

368 大船にま檝繁《かぢしじ》ぬき、大君のみ言《こと》かしこみ、あさりするかも

天皇陛下の仰せを畏まって、大きな船に、檝を一杯さして、海に漁りに出ることよ。（と暗に、自分の流罪について、不平を洩《もら》したのである。）

某の和《あわ》せた歌

369 武士《もののふ》の臣《おみ》の男《をとこ》は、大君の任《まけ》のまにまに、聞くと云ふものぞ

天子の御殿を守る御大身の立派な男は、何事も、天子の御命令の通りに従う、というて

おりますぞ。（というて、配流の悲しみを慰めたのである。）

阿倍ノ広庭《ひろにわ》卿の歌

370 雨降らでとの曇《ぐも》る夜の、濡れひづと恋ひつつ居りき。君待ちがてり

雨が降りそうで降らない、空一帯に曇った晩には、露が降りるように、著物《きもの》もぼとぼとに濡れて、焦《こが》れていたことです。あなたを待ちがてらに。

出雲ノ守門部《かどべ》ノ王都を思われた歌

371 意宇《おう》の海の河原の千鳥、汝《な》が鳴けば、我が佐保川の思ほゆらくに

意宇の海の岸の砂地にいる千鳥よ。お前が鳴くと、自分の故郷の佐保川のことが、思われて為方《しかた》がないことだ。

山部ノ赤人、春日野《かすが》の高みに登って作った歌。並びに短歌

372 春日《はるび》を春日《かすが》の山の、高座《たかくら》の御笠《みかさ》の山に、朝さらず雲居たなびき、貌鳥《かほどり》の間《ま》なく屢《しば》鳴く、雲居なす心いさよひ、其鳥の片恋ひのみに、昼はも日のことごと 夜《よる》はも夜《よ》のことごと、立ちて居て思ひぞ我がする。会はぬ子故に

春日の山の御笠山には、毎朝落ちもなく雲がじっと懸っていて、貌鳥が隙《す》き間《ま》なしに、

始終鳴いている。その懸っている雲のように、心がためらい、その鳥が焦れているように、片思いばかりして、昼は一日中、夜になると、夜通し、立ったり坐ったりして、色々と物思いをすることだ。会うてくれない人であるのに、その人のために。

反　歌

373 高座《たかくら》の御笠の山に鳴く鳥の、止《や》めばつがるる恋ひもするかも
御笠山に鳴いている鳥が、鳴き止んだと思えば、すぐ後から鳴き続けるように、思いきった後から続いて、どうも出来ない恋をすることだ。

石《いそ》ノ上《かみ》ノ乙麻呂《おとまろ》大夫の歌

374 雨降らば、著むと思へる笠の山、人にな著せそ。濡れはひづとも
雨が降ったら、自分が著《き》ようと思うている、笠の山よ。人には、たとい、濡れてぼとぼとになっていても、著《き》せてやるな。(たとい他の人が、泣き焦れていても、その人の言うことを聴いて、遇《お》うてはいけない。山の譬喩。)

湯《ゆ》原《はら》ノ王の吉野の歌

375 吉野なる夏箕《なつみ》の川の川淀に、鴨ぞ鳴くなる。山陰にして

吉野の夏箕川の川の淀んでいるところに、鴨が鳴いていることだ。その山陰の川淀で。

湯原ノ王の宴席の歌。二首

376 あきつばの袖振る妹を。たまくしげおくに思ふを。見たまへ我君《わぎみ》

蜻蛉《とんぼ》の羽《はね》のような、薄絹の袖を振って舞う、いとしい人を見て下さい。この女を私は、心底から思うているのです。この女を見て下さい。あなた。(と美人を、客に誇った歌。)

377 青山の峯の白雲、朝に日《け》に、常《つね》に見れどもめづらし。我君《わぎみ》

お客様方、御紹介致しますが、この女は、青山の峯に懸っている白雲のように、毎日毎朝見ていても、いつも珍しい心持ちのする女なんです。諸君。

山部ノ赤人、故太政大臣藤原ノ不比等《ふひと》公の家の庭の池を見て作った歌

378 昔見し古き堤は、年深み、池の渚《なぎさ》に水草《みくさお》生ひにけり

故太政大臣のおいでになった時分に、拝見したお庭の池の昔の堤は、その後、年が多く経って、手入れの行き届いていた池の水ぎわにさえ、水草が生えたことだ。

379 大伴《おおとも》ノ坂《さか》ノ上《え》ノ郎女《いらつめ》、神を祭った歌。並びに短歌

久方の天《あま》の原《はら》よりあれ来たる神の尊《みこと》。奥山の榊が枝に、しらがづく木綿《ゆふ》取り付けて、斎瓮《いはひべ》を斎《いは》ひ掘り据ゑ、竹玉《たかだま》を繁《しじ》に貫《ぬ》き垂《た》り、鹿《しし》じもの膝折り臥《ふ》せ、嫋女《たわやめ》の襲衣《おすひ》取りかけ、かくだにも我はこひ祈《な》む。君に遇はぬかも

高天原からこの地へ現われておいでになる、尊い神様よ。私はあなたを祭るために、人の行かぬ奥山の榊の枝に、真白な木綿を取り付けて、地面には斎瓮の瓮《かめ》を、謹《つつし》み清めて掘って据え置き、首には、竹玉を一杯に糸に通して垂れて、鹿のように膝を折ってすわりこみ、女の著《き》るうちかけの著物《きもの》を、頭から著こんで、このようにまでして、私はお願い致します。何卒いとしいお方に遇《あ》いたいものです。遇わして下さい。

反　歌

380 木綿《ゆふ》だたみ手に取り持ちて、かくだにも我《われ》はこひ祈《な》む。君に逢はぬかも

木綿でこさえた畳を手に持って、神をこのようにまでして、願い祈っております。恋しい人に遇いたいものであります。(当時の貴族の家に行なわれた信仰と、伝習の脈搏《みゃくはく》をうって現われている歌。しかし、歌はくだくだしい。)

右の歌、天平五年十一月、大伴宗家で、氏神を祭った時に作ったもの。

道中をば。

筑紫《つくし》ノ処女《おとめ》、餞別に贈った歌

381 家思《も》ふと心すすむな。風《かざ》まもりよくしていませ。荒き其道

いくら大和の家が恋しいからというて、むやみにいらだって、お出かけになってはいけません。風の容子《ようす》をよく待ちうけて、その上で出かけることになさいませ。危険なその道中をば。

筑波《つくば》山に上って丹比《たじひ》ノ国人《くにびと》の作った歌。並びに短歌

382 鶏《とり》がなく吾妻の国に、高山はさはにあれども、二上《ふたがみ》の尊き山の、並立《なみた》ちの見がほし山と、神代より人の言ひ継ぎ、国見する筑波の山を、冬籠《ふゆごも》りときじく時と、見ずて去《い》なばまして恋しみ、雪消《げ》する山道《やまみち》すらをなづみぞ我が来《こ》し

東の方の国では、高い山はたくさんあるが、男体女体のお二方のいらっしゃる尊い山で、二つの山の並んでいる容子が、見ても見あかない山である、と昔から人の語り継いで、国見をすることになっている、筑波山をば、今は時候はずれの時だ、というので、見ないで帰ったならば、一向知らなかった時よりも、恋しさがつのることだろうと思うて、雪消の水の流れている山道さえも、苦しみながら、私が越えて来たことだ。

反　歌

383 筑波嶺《つく》を余処《よそ》のみ見つつありかねて、雪消《げ》の道をなづみ来《け》るかも
筑波の山を、側《わき》の方からばかり、見ていることは出来なくなって、雪融けの山道を、難儀してやって来たことだ。

山部ノ赤人の歌

384 我が宿に韓藍《からあゐ》蒔きおふし、枯れぬれど、懲りずて復《また》も蒔かむとぞ思ふ
自分の屋敷内に、紅《べに》の花を蒔いて生やして、それは枯れてしまうたけれども、性懲《しょうこ》りもなく、再び蒔こうと思うている。（これは恋に失敗して、又改めて、恋をしようというのである。）

柘《つみ》ノ枝《え》の仙女《せんにょ》の歌。三首

385 あられふり吉志美《きしみ》ヶ嶽《だけ》をさかしみと、草とりかねて、妹が手をとる
連れて登って貰う、吉志美嶽が険阻だというので、たよりの草さえもつかみかねて、いとしい人の手をとることだ。（味稲《うましね》の心持ちを、歌うたもの。）

386 この夕《ゆふべ》、柘《つみ》のさ枝《えだ》の流れ来《こ》ば、簗《やな》は打たずて、取らずかもあらむ
昔味稲という老人は、この川の辺で、柘の枝の流れ寄ったのを拾うて、やがて、その枝

の人間の形に化生した、仙女と契ったというが、この日暮れに、柘の小枝が流れて来たならば、簗をかけずに、その枝をとらずにいられようか。

387 いにしへに簗うつ人のなかりせば、ここもあらまし、柘の枝はも

昔簗うった人が、その枝を取らなかったならば、今ここにでも流れて来ているべきはずの、柘の木の枝よ。残念なことをした。

旅の歌。並びに短歌

388 海神《わたつみ》は霊《あや》しきものか。淡路島中《なか》に立て置きて、白波を伊予にめぐらし、居待ち月明石の海峡《と》従《ゆ》は、夕されば汐を満たしめ、明けゆけば潮を干しむ。潮騒《しほさゐ》の波をかしこみ、淡路島磯隠《がく》りゐて、何時しかも此夜明けむとさもらふに、寝《い》の寝《ね》がてねば、激湍《たぎ》の上の朝野の雉子《きぎし》、明けぬとし立ちとよむらし。いざ子ども、あへて漕ぎ出《で》む。海面《には》も静けし

海の神というものは、不思議な力を持っているものだ。真中に淡路島を立てて置いて、この明石からぐるりと伊予の二名《ふたな》の島すなわち四国の方までも、波を取り巻かせて、明石の海峡からは、日暮れになると、潮を一杯にささせ、夜が明けるというと、潮をひかせている。それゆえに潮流のみなぎって鳴り響く、潮騒《しおさい》の高く立つ波を恐れて、淡路島

の岩浜の蔭に隠れて、早く今晩が明けてくれればよい、と待っているので、寝るにも寝られないでいると、激湍《げきたん》の辺にある朝の野を立つ雉子が、夜が明けたというて、大きな響を立てて飛びだす容子だ。さあ船頭どもよ、もう、思い切って漕ぎ出ようではないか。水面も静かである。

反歌

389 島伝ひ敏馬《みぬめ》の崎を漕ぎ廻《た》めば、大和恋しく、鶴《たづ》さはに鳴く

島伝いに船を遣って、敏馬岬を漕ぎ廻ると、段々と大和が見えなくなる。その大和を恋しく思わせるように、鶴が、たくさん鳴いていることだ。

右一首、若宮ノ年魚麻呂が諳誦していた歌。

譬喩の歌

紀《き》ノ皇女《ひめみこ》の御歌

390 軽《かる》の池の浦曲《うらわ》もとほる鴨すらに、玉藻の上に独り寝なくに

軽の池の入り込みを、泳ぎ廻るあの鴨を御覧なさい。あんなものでも、藻の上で妻と一処に寝て、独りは寝ません。それに、私はどうしたことでしょう。

造筑紫観世音寺ノ別当沙弥《しゃみ》ノ満誓《まんせい》の歌

391とぶさ立て足柄《あしがら》山に舟木《ふなぎ》伐《き》り、木に伐りゆきつ。あたら舟木を
ああ惜しい木であったが、足柄山で舟木を伐って、それを舟材にするために、他人が持って行ってしもうた。惜しい舟木をば。（女が他人に縁づいたのを、隠して述べている。）

太宰《だざい》ノ大監《だいけん》大伴《おおとも》ノ百代《ももよ》の歌

392ぬばたまの其夜の梅を、た忘れて折らで来にけり。思ひしものを
あの晩見た梅の花を、折ればよかったのに、ふと忘れて、折らないで戻って来た。美しい梅だと、懐しゅう思うていながら。（これも、女を梅に譬えたのだ。）

沙弥ノ満誓の月の歌

393見えずとも、誰恋ひざらめ。山の端にいさよふ月を、よそに見てしが
月が見えないからというて、月のことを思う心を断念する人がありましょうか。せめて、山の上を出かねて、ぐずぐずしている月の影を、一目傍からでも見たいものだ。（逢えないでも、よそながら恋人を見たい。）

金《こん》ノ明軍《みょうぐん》の歌

394 標結《しめゆ》ひて我が定めてし、住の江の浜の小松は、後も我が松

標を付けて、私の物ときめて置いた、住吉の浜にある小松は、立派に私の物で、将来とても、私の松である。（これは、幼い恋人を隠して歌うている。）

笠ノ郎女が、大伴ノ家持《やかもち》に贈った歌。三首

395 筑摩野《つくまぬ》に生《お》ふる紫、衣《きぬ》に染《し》め、未《いまだ》著ずして色に出でにけり

筑摩野に生えている紫は、著物《きもの》に染めたがまだ著《き》てもみない先、すなわち思いこんでるために、契りもせないのに、顔色に出て、人に悟られました。

396 陸奥《みちのく》の真野《まぬ》の茅原《かやはら》、遠けども、面影にして見ゆとふものを

何事も思い込んでいれば、その姿が幻で見えるという。あなたは、わたしの夢さえも見ないと仰っしゃる。陸奥の真野茅原は、遠いことは遠いが、心さえ深ければ、見ることも出来ると申します、それは、御心のない証拠です。

397 奥山の岩下菅《いはもとすげ》を根深めて、結びし心忘れかねつも

奥山の岩の下に生えている麦門冬ではないが、根深くも、すなわち底深く結んで置いた(約束して置いた)心は、忘るることが出来ませんことよ。

藤原ノ八束《やつか》の梅の歌。二首

398 妹が家《いへ》に咲きたる梅の、何時《いつ》も何時も、なりなむ時に事は定めむ

いとしい人の家に咲いている梅ではないが、いつでもよろしい。都合よく思いが叶《かの》うた節には、明らかな約束をしよう。

399 妹が家に咲きたる花の梅の花、実《み》にしなりなば、かもかくもせむ

お前さんの家に咲いている、梅の花ではないが、いうことを聞いてくれた暁は、何とでもお前の云う通りにしよう。

大伴ノ駿河麻呂の梅の歌

400 梅の花咲きて散りぬと、人は言へど、我が標結《しめゆ》ひし枝ならめやも

梅の花は、最早散ってしまった、と人は噂をするけれど、それは、私の標を付けて置いた枝であるはずはない。(咲きて散るというのは、心の変ったことである。これは女に与えた皮肉であろう。まさか心がわりはすまいね。人の噂は嘘だと信じる、と反語的に

いうたのである。）

大伴ノ坂上ノ郎女、親族を集めて宴会した日、即席に歌うた歌

401 山守《やまもり》のありける知らに、其山に標結ひ立てて、結《ゆ》ひの恥ぢしつ

この山には、ちゃんと山守りがいたんだ。それを知らないで、又私が、わざわざ標を結び設けて、その山に標を結《ゆ》うたための恥をかきました。（駿河麻呂に、戯れた歌である。）

大伴ノ駿河麻呂が、即座に和《あわ》せた歌

402 山守はけだしありとも、我妹《わぎも》子《こ》が結ひけむ標《しめ》を、人解かめやも

もし山守りすなわち妻があっても、あなたが標を結び付けたなら、人が解きましょうか。それに、結びつけもなさらないでいらっしゃる。それは、あなたの臆病です。

大伴家持大伴ノ坂上ノ大嬢《おおいらつめ》に贈った歌

403 朝に日《け》に見まくほりする其玉を、如何にしてかも、手従離《ゆか》れざらむ

毎日毎朝見ていたいと思うその玉をば、どうすれば暫くでも、手から離さずにいられようか。（おまえさんを、始終側において置きたい。）

某ノ処女、佐伯《さえき》ノ赤麻呂に贈った歌

404 ちはやぶる神の社《やしろ》しなかりせば、春日の野辺に粟《あは》蒔かましを

神の社さえなかったならば、春日の野に、粟を蒔こうと思うのに、社が邪魔で為方《しかた》がない。(赤麻呂が、女に言い贈ったその返事なので、あなたには奥様があるから、駄目だというたのである。)

佐伯ノ赤麻呂の和せた歌

405 春日野に粟まけりせば、何時しかに続ぎてゆかましを。社とむとも

たとい社で引止めても、春日野に粟さえ蒔いて置いたなら、その内には、絶えず通うように致しましょうが、そうしてくれないじゃありませんか。

復《また》、処女の答えた歌

406 吾が祀《まつ》る神にはあらず、健男《ますらを》にとめたる神ぞ。よく祭るべき

その社の神と仰っしゃるのは、私が祀る神でありません。わたしには、関係がありません。あなただけに限って守っていられる神であります。念を入れて、お祀りになるがよいでしょう。(あなたはかれこれと仰っしゃるが、奥さんが恐しくて、え入《い》らっしゃら

ないんだから、精々大事になさい。）

大伴ノ駿河麻呂、坂《さか》ノ上《え》家の二番目の嬢《いらつめ》に思いを寄せた歌

407春霞春日の里の植ゑ小水葱《こなぎ》、苗《なへ》なりと言ひし、枝《え》はさしにけむ

春日の里に植えた水葱《なぎ》は、まだ苗だと言うていた水葱だが、いつの間に、枝を発したのか、立派になった。（もう一人前の女となったことだ。わたしの意に従うて下さい。）

大伴ノ家持、坂《さか》ノ上《え》家の大嬢《おおいらつめ》に贈った歌

408撫子《なでしこ》の其花にもが。朝に日《け》に、手に取り持ちて、恋ひぬ日なけむ

あなたはちょうど撫子のような人であるから、いっそ、その花ででもあって下さったら、焦《こが》れているにしても、毎日毎朝、手に取らないで、焦れている日はなかろう。手にとって焦れていれば、心が慰まるのに。

大伴ノ駿河麻呂の歌

409一日《ひとひ》には千重《ちへ》波頻《しき》に思へども、なぞ其玉の手に纏《ま》き難き

一日の内には、波が千遍もよせるように続け様に思うているが、どうして、あの玉が自分のものとして、手に纏き付けにくいのだろう。（波の縁で、玉、頻などいう語を出し

たのである。)

大伴ノ坂上ノ郎女の橘の歌

410 橘を宿に植ゑ生《お》ふせ。立ちてゐて後《のち》に悔ゆとも、しるしあらめやも

橘の木を、早くあなたの前栽《せんざい》に植えて、お育てなさい。後で立ったり、坐ったり煩悶して、残念がりなさっても、効能がありますまいよ。(早く我が娘を迎えて、妻とせなければ、後悔しても為方《しかた》がない。)

大伴ノ家持の和《あわ》せた歌

411 吾妹子《わぎもこ》が宿の橘、いと近く植ゑてし故に、ならずば止まじ

あなたの屋敷の橘は、私の家に、非常に近く植えてあるんだから、実がならないでは、断念は致しません。(あなたの娘御は、私とこのように縁が深いのだから、どうしても、夫婦にならなければおかない。)

市原《いちはら》ノ王の歌

412 頂《いなだき》に著統《きす》める玉は二つなし。かにもかくにも君がまにまに

頭に付けてくっている、つないだ玉は、ただ一つである。そのように、私はあなたに、

二心は持っていない。あなたの心任せに、どうとでもしましょう。

大網《おおあみ》ノ人主《ひとぬし》が、宴席で朗吟した歌

413 須磨の蜑の塩焼衣《しほやきぎぬ》の葛衣《ふぢごろも》、間遠《まどほ》くしあれば、未《いま》だ来なれず

須磨の蜑が塩を焼く時に著《き》ている、葛の著物《きもの》の隙《す》き間《ま》が多いように、遠く離れていますので、まだ余り参り馴れた事は御座いません、今日初めて参って、丁重な扱いを受けました。（本来は恋い歌で、時々しか逢わないので、うちとけないということ。著に来をかけている。）

大伴ノ家持の歌

414 あしびきの岩ねこごしみ、菅の根を引かば難みと、標《しめ》のみぞ結《ゆ》ふ

山の岩がごつごつとしているので、寄りつけない辺に生えている麦門冬の根が、引こうとすると、引きにくかろうというので、ただ自分の物だ、というしるしばかりを付けて置くことだ。（障礙《しょうげ》多くて、言い入れて見ないが、ただ他人に奪われぬようにしておく。）

挽歌

上宮ノ聖徳太子竹原《たかはら》ノ井《い》に遊ばれた時、竜田山で死人を見て、悲しまれたという伝説のある歌

415 家ならば、妹が手枕《ま》かむ。くさまくら旅に臥《こや》せるこの旅人《たびと》あはれ

この人も家にいたなら、妻の手を枕としているのであろうが、旅に出て、病いで寝ていなさる、この旅人が気の毒だ。(偉人の博大な心が、伝説的な色彩と相俟《あいま》って、懐しみを湧かせる歌。)

大津《おおつ》ノ皇子死罪になられた時、磐余《いわれ》ノ池の堤で、泣く泣く作られた御歌

416 ももつたふ磐余の池に鳴く鴨を、今日のみ見てや、雲隠《くもがく》りなむ

これまでは、度々《たびたび》磐余の池に来て遊んだが、その池の鴨も、今日で見納めだ。これを限りとして、自分は死んで行くことであろう。

河内《こうち》ノ王を、豊前ノ国鏡山に葬った時、手持《たもち》ノ女王《ひめおおきみ》の作られた歌。三首

417 王《おほきみ》の陸魂《むつたま》あへや、豊国《とよくに》の鏡の山を、宮と定むる

河内ノ王がなつかしまれ御心に叶《かの》うているためか、豊の国の鏡山をば、御所と定めて、お這入《はい》りなさったのであろう。

418 豊国の鏡の山の岩門《いはと》立て、籠《こも》りにけらし。待てど来まさず

いくら待っても、おいでにならない。豊国の鏡山の岩戸を閉めきって、岩窟の中にお籠《こも》りになったに違いない。

419 岩門破る手力《たぢから》もがも。嫋《たわや》き女《め》にしあれば、術《すべ》のしらなく

王が籠っておいでになる、岩窟の戸を叩きわる力があればよいのだが、なよなよとした女のことだから、どうしてよいか訣《わか》らない。残念なことだ。（この三首は、自ら嫋き女にしあればといいわれているが、女性として能《あた》うだけの情熱と遒勁《しゆうけい》とが表われている。）

石田《いわた》ノ女王卒せられた時、丹生《にゆう》ノ王の作られた歌。並びに短歌。二首

420 嫋《なゆ》竹のとをよるみ子《こ》、さにづらふ我が王《おほきみ》は、隠国《こもりく》の泊瀬《はつせ》の山に、神さびにいつきゐますと、玉梓《たまづさ》の人ぞ言ひつる。およづれか吾が聞きつる。曲《まが》事か吾が聞きつるも。天地《あめつち》に悔《くや》しき事の、世の中のくやしき事は、天雲《あまぐも》のそくへのきはみ、天地の至れる迄に、杖つきも、つかずも行きて、夕占《ゆふけ》とひ、石占《いしうら》持ちて、我が宿に神籬《みもろ》を立てて、枕辺に

斎瓮《いはひべ》を据ゑ、竹玉《たかだま》を間なく貫《ぬ》き垂り、木綿襷《ゆふだすき》かひなにかけて、天《あま》なるささらの小野《をぬ》の
七編《ななふ》菅《すげ》手に取り持ちて、ひさかたの天《あま》の川原に、出で立ちてみそぎてましを。高山の
巌の上にいませつるかも

女竹のような嫋《しな》やかな女王で、あかあかとした美しい顔の我が石田ノ女王よ。その方《かた》は泊瀬山に神々しゅう祀られておいでになる、と使いの者がいうた。それは人の心を惑わす流言を、自分が聴いたのか、禍を降す語を耳にしたことか。天地間で一等残念なことで、しかも世界中で一番残念なことは、雲のはての限り、天と地の届いている果てまでも、行ける処まで、杖をつくべき処はつき、つかぬ処はつかずに出かけて行って、日暮れの辻に辻占を聞いて見たり、石の占いをしたりしても訣《わか》らない。そこで、自分の家の庭に、神様を祀る場所をこしらえて、その人の寝た枕許《まくらもと》には、清らかな祭りの瓮《かめ》をほり据え、首には竹の玉を隙き間なく通して垂れ、ゆうでこしらえた、襷をかいなにかけて、天上の讃良《ささら》野に生えた、長い菅を手に取って、天の川の川原に出て行って、みそぎをして身を清めてでも、天までもさがしに行きたい、と思うていたが、つくづくと考えて見れば、高い山の岩床の上に、お据え申したとのことであった。（理智の世界の外に、神学化せない敬虔な宗教の世界を考えることの出来た、祖先の素朴な生活が窺《うかが》われる。）

反歌

421 およづれの曲言《まがごと》とかも。高山の巌の上に、君がこやせる
このような噂の聞えて来るのは、おそらく悪い言い触らしの、呪いの言葉と思うべきで
あろう。高山の岩の上に、君が寝て入らっしゃるということだ。

422 石《いそ》ノ上布留《かみふる》の山なる杉群《すぎむら》の、思ひ過ぐべき君ならなくに
布留の山にある杉林でないが、思い過ぎさす、すなわち、思いなくしてしまうことの出
来る、あなたではない。いよいよ恋しい。

同じく、石田《いわた》ノ女王の卒せられた時、山前《やまざき》ノ王の悲しんで作られた歌

423 つぬさはふ磐余《いはれ》の道を、朝さらず行きけむ人の思ひつつ通ひけましは、時鳥《ほととぎす》鳴く五月
には、あやめ草花橘を玉に貫《ぬ》き蘰《かづら》にせむと、九月《ながつき》の時雨の時は、もみぢ葉を折りかざ
さむと、はふ蔓《つた》のいや遠長く、万代に絶えじと思ひて、通ひけむ君をば、明日従《ゆ》よそ
にかも見む
おかくれになった、石田ノ女王の住まわれた磐余の道をば、毎朝落ちなく通って行った
人が、思いながら通って行ったその心は、時鳥の鳴く五月になると、あやめや、花橘を、
薬玉《くすだま》の緒にさして、共に遊ぼうと思い、秋の末の時雨の降る時分には、紅葉を共にかざ
して遊ぼうと思い、いついつまでもずっと長くとぎれることなく、楽しもうと思うてい

られたところのその肝腎のあなたをば、明日からは側へも寄れずに、おらねばならぬこととなるでしょう。

異本の反歌

424 隠国《こもりく》の泊瀬《はつせ》少女《をとめ》が手に纏《ま》ける玉は、乱りてありと言はずやも

泊瀬の里の処女が手に纏き付けている玉は、緒が切れて乱れていると人がいうではないか。果して事実だろうか。（これは、泊瀬山に墓があったところから泊瀬処女を出して、玉が乱れているとて、大事の人が亡くなられたことを述べたのである。）

425 川風のさむき泊瀬を、嘆きつつ君があるくに、似る人もあへや

泊瀬川の風がさむく吹く泊瀬の里を、ため息つきつつ、あなたが歩きなさる時に、せめては亡くなった方に似てる人でも、出逢うてくれればよいが。（死んだ人に逢いたいというのは、平凡である。真につきつめた心からは、せめて面ざしの似た人にでも逢わばと願う切《せつ》な情が起る。傑作。）

柿本ノ人麻呂、香具山で人の死骸を見て悲しんだ歌

426 くさまくら旅の宿りに、誰《た》が夫《つま》か、国忘れたる。家待たまくに

旅の泊りに寝て、家を忘れている人は、誰の夫であるのか。家では、さぞ待っているであろうに。（人麻呂には、神の心が見える。単なる同情ではない。）

田口《たぐち》ノ広麻呂《ひろまろ》が死んだ時、刑部《おさかべ》ノ垂麻呂《たるまろ》の作った歌

427 ももたらず八十《やそ》の隅曲《くまわ》に手向《たむ》けせば、過ぎにし人に、けだし逢はむかも

たくさんの道の辻々にいられる、神に捧げ物をしたら、道祖《ふなど》の神も死んでしもうた人の行くのを止めて下さって、ひょっとすれば、逢うことが出来るだろうか知らん。

土形《ひじかた》ノ処女《おとめ》を、泊瀬山で火葬した時、柿本ノ人麻呂の作った歌

428 隠国《こもりく》の泊瀬の山の山の間《ま》に、いさよふ雲は、妹にかもあらむ

泊瀬山の山あいに、動きもきらずに懸っている雲は、死んだいとしい人の煙であるのだろうよ。（詠嘆せず、悲傷していないこの歌に、かえって真情の流露するのを見る。次の山の間の歌は、遥かに劣っている。）

水に溺れて死んだ出雲ノ処女を、吉野で火葬した時、柿本ノ人麻呂の作った歌。二首

429 山の間《まゆ》従出雲の子等は、霧なれや、吉野の山の峰にたなびく

出雲の処女は、霧になってしもうたのかして、吉野山の峰に、長く懸っている。(火葬の煙をいうのだ。)

430 やくもさす出雲の子らが黒髪は、吉野の川のおきになづさふ

出雲の処女の黒々とした髪は、吉野川の川の真中につかって、藻のように靡《なび》いている。

葛飾《かつしか》の真間《まま》ノ処女《おとめ》の墓を訪うて、山部《やまべ》ノ赤人《あかひと》の作った歌。並びに短歌。二首

431 古《いにしへ》にありけむ人の、倭文《しづ》はたの帯解き交《か》へて、伏屋《ふせや》立て、妻訪《つまど》ひしけむ、葛飾の真間の手児奈《てこな》が、奥《おく》つ城《き》を此処とは聞けど、真木《まき》の葉や繁りたるらむ。松が根の遠く久しき、言《こと》のみも、名のみも、我は忘らえなくに

昔おったという人が、倭文はたの帯を解いて、女と交換して、その女を手に入れるために、仮屋を立てていたそうな、あの葛飾の真間の里の手児奈の墓をば、この辺とは聞いてはいるけれども、尋ねて来て見ると、まあその墓では、檜の葉が一杯に生え繁っているることであるよ。その墓に延びている松の根のように、今からは遠い長い以前になってしもうたことだ。しかしその物語や、手児奈の名さえも、自分には、深く記憶に止って忘れられないが、墓はそれとも訣《わか》らない。(らむは、恍惚たる心持ちを、和《やわら》かに述べたのだ。)

反　歌

432 吾も見つ。人にも告げむ。葛飾の真間の手児奈が奥《おく》つ城処《きどころ》

名高い葛飾の真間の手児奈の墓処を、私も見ることが出来た。未《まだ》知らぬ人にも、語り伝えてやろう。

433 葛飾の真間の入江に、うち靡く玉藻刈りけむ、手児奈しおもほゆ

波にもまれて、長々と揺られている玉藻をば、生きている時分は、葛飾の真間の入り海で、さだめて刈ったことであろう。その手児名の美しい容子《ようす》が、思い浮べられることだ。

美保《みほ》ノ窟《いわや》懐古の歌

434 風早《かざはや》の美保《みほ》の浦曲《うらわ》の白躑躅《しらつつじ》　見れどもさぶし。なき人思へば

美保の浦の入り込みの辺に、咲いている白い躑躅の花を見ても、何やらはかない。今はいない、昔この岩窟に籠っていた人のことを考えると。

435 みつみつし久米の若子《わくご》が、い触《ふ》りけむ石《いそ》の草根《かやね》の、枯れまく惜しも

この辺は総てこの岩窟に籠っていられた、久米の若子の記憶を呼び起すものばかりであ

る。岩石に生えている草さえも、若子の手にさわった物だ、と思うと、枯れるのが惜しいことだ。

攙入《さんにゅう》した歌。二首

436人言の繁き此頃、玉ならば、手に纏《ま》き持ちて、恋ひざらましを
人の評判のうるさいこの頃、遠慮して逢わずにいると、恋しくてならぬ。いっそ彼《か》の人が玉であったら、手に巻きつけて、膚身《はだみ》を離さず、焦《こが》れないでいようのに。

437妹も我も浄見《きよみ》の川の川岸の、妹がくゆべき心は持たじ
お前も私も、浄くさっぱりした心で、よく崩《く》える浄見川の川岸でないが、お前さんが悔いるような、心をば持たぬようにしましょうね。

神亀《じんき》五年、大伴《おおとも》ノ旅人《たびと》亡き人を恋うて作った歌。三首

438うるはしき人の枕《ま》きてし、しきたへの吾が手枕を枕《ま》く人あらめや
可愛い人の生きておった時分に、枕としておった自分のこの手枕は、この後も枕として寝る人があろうか。決して他の女には許さない。

右一首、死に別れて数十日の後に作った歌。

439 帰るべき時にはなり来《く》。都にて、誰が手《た》もとをか、吾が枕《まくら》かむ
段々任期が満ちて、帰る時になって来たけれど、帰ったところで、誰の手をば枕にして、共に寝ようか。ああ妻は死んでしもうた。

440 都なる荒れたる家に独り寝ば、旅にまさりて苦しかるべし
奈良の都にある、荒れ果てた家に帰って、たった独り寝ていたら、今の旅寝以上につらいことだろう。(旅人は、苦労知らずに育った人と観察せられている。しかも熱情は、万葉歌人中にも多く類を見ない。不平のために、貧苦のために、詩人になった人でないことは考えねばならぬ。)

右二首、都へ帰る期の近づいた頃の歌。

神亀六年、左大臣長屋《ながや》ノ王が死を賜って後《のち》、倉橋部《くらはしべ》ノ女王の作られた歌

441 大君の命かしこみ、大殯《おほあらき》の時にはあらねど、雲隠《がく》ります
天皇陛下の仰せをかしこまって、殯ノ宮にお這入《はい》りになる時でないけれど、雲の奥に隠れておしまいになることだ。

膳部《かしわでべ》ノ王を悼《いた》んだ歌

442世の中は、空しきものとあらむとぞ、此照る月は盈《み》ち欠けしける

この世界は、総て実体のない影のようなものとして有《あ》るのだという訣《わけ》か、この照らしている月は、盈ちたり欠けたりすることだ。(おちつき払うたよみぶりである。歌は、仏説に囚われているが、概念に堕してはいない。)

天平元年、摂津ノ国の班田ノ史生丈部《はせつかべ》ノ竜麻呂《たつまろ》縊《くび》れて自殺した時、班田ノ判官大伴ノ三中《みなか》の作った歌。並びに短歌。二首

443天雲《あまぐも》の向臥《むかぶ》す国の、武士《もののふ》と言はれし人は、皇祖《すめろぎ》の神の御門《みかど》に、外《と》の辺《へ》に立ち侍《さもら》ひ、内《うち》の辺《へ》に仕へまつりて、たまかづらいや遠長く、親の名も続ぎゆくものと、母父《おもちち》に、妻に、子どもに、語ひて立ちにし日より、たらちねの母の命《みこと》は、斎瓮《いはひべ》を前に据ゑ置きて、片手には木綿《ゆふ》取り持たし、片手には和栲布《にぎたへ》奉《まつ》り、平けくまさきくませと、天地の神にこひ祈《の》み、如何ならむ年月日《としつきひ》にか、つつじばな匂へる君が、黒鳥《くろとり》のなづさひ来むと、立ちてゐて待ちけむ人は、大君のみことかしこみ、おしてる難波の国に、あらたまの年経《ふ》る迄に、白妙の衣手乾さず、朝宵にありつる君は、如何様に思ひませか、現身《うつそみ》の惜しき此世を、露霜《つゆじも》の置きて去《い》にけむ。時ならずして

遠い国まで、名題の剛の者と言われたところの武士は、皆、天子の尊い御所で、その表

に立って番をし、内の方で御奉公申し上げたりして、いつまでも長く、先祖の名までも、絶えぬように遺してゆくべきものだ。だから自分は任地に行く、と父母にも、妻子にも、元気を付けて言いながら、出発した日から、その母さんは、清らかな瓮《かめ》を、座席の前に据えて置いて、片方の手には、捧げ物の木綿を取り、片方の手には、やわらかな栲《たえ》の布を捧げ申して、無事に、達者にいられるようにと、天地間の神に祈って、こうしていつになれば、美しい竜麻呂の君が、念力に引っぱられてやって来ようか、と起ったり坐ったりして待っていた、その人すなわち竜麻呂は、天子の御命令をかしこまって、難波の国に年が経《た》つまで、著物《きもの》が泣いて濡れ通しに、朝晩暮しておったその竜麻呂さんは、どういう風に思いなさってか、肉体を持って生きている、この世の中を後にして、死ぬ時でもないのに、逝《い》ってしもうたのであろう。（部下の者に対する、情愛の濃《こま》やかさを思わないで、卒然と、この歌を読んではならぬ。）

反　歌

444昨日こそ君はありしか。思はぬに、浜松が上《うへ》の雲にたなびく

ほんに、昨日は竜麻呂さんは生きていたのだ。それに思いがけなくも、今日は火葬せられて、海岸の松原の上の、雲として懸っていることだ。

445何時しかと待つらむ妹に、たまづさの言《こと》だに告げず、去《い》にし君かも
いつ帰って来ることか、早く早くと、国で待っているだろうと思われる細君に、たよりの言葉も告げないで、逝ってしもうた人よ。

天平二年十二月、大宰ノ帥大伴ノ旅人都に向うて出向いた時、作った歌。五首

446吾妹子が見し鞆《とも》ノ浦の樫《むろ》の木は、常世《とこよ》にあれど、見し人ぞなき
死んだ我が妻が見た、鞆の浦の樫の木は、変りなく不老不死であるけれど、見た人は、最《も》早《はや》いない。

447鞆ノ浦の磯の樫《むろ》の木、見む毎《ごと》に、相見し妹は忘らえめやも
鞆の浦の岩浜に生えている樫の木を、これから後も見る度毎《たびごと》に、一処に眺めた妻をば、忘れることは出来はすまい。

448石《いそ》の上に根はふ樫の木、見し人を何処《いか》なりと問はば、語り告げむか
磯の岩の上に根を延ばしている樫の木よ。この木を見た人を、今どこにいるかと問うたならば、この木が知っていて、容子《ようす》を話して聞かしてくれるかも知れない。

右三首、鞆ノ浦を通る日に作った歌。

449妹と来し敏馬《みぬめ》ノ崎を、帰るさに一人して見れば、涙ぐましも
来る時は、妻と一処に通った、敏馬の崎をば、一人で見ると、涙ぐまれることである。

450行くさには、二人吾が見し此崎を、一人過ぐれば、見もさかず来《き》ぬ
行きしなには、二人で私が見た、この敏馬の崎を、今一人で通るので、余りの悲しさに、眺望もしないで通って来た。（第一首は、漢詩文の影響が見える。第三首は、傑作である。木と人間との世界の交渉を感じることの出来たのは、旅人《たびと》の歌の大きなものだ、ということを暗示している。）

右二首、敏馬ノ崎を通った日に、作ったもの。

奈良の家に帰り著《つ》いた時、即座に作った歌。三首

451人もなき空しき家は、草枕旅にまさりて苦しかりけり
人もいないがらんどうになった家は、旅より以上に、いるに堪え難いものだ。

452妹として二人造りし吾が山斎《やま》は、木高《こだか》く繁くなりにけるかも
妻と二人で、造った自分の前栽《せんざい》は、木が高く、みっしりと枝が延びたことであるよ。

453吾妹子が植ゑし梅の木見る毎に、心むせつつ涙し流る
死んだ妻が植えた、梅の木を見る度毎に、圧えていようと思うても、辛抱が出来ないで、心底からむせかえって、涙が出ることだ。（第一首は、旅人の客観力が思われる。同様なつきつめた感じを、こう平気に歌うことの出来る人はあるまい。）

天平三年七月、大納言大伴《おおとも》ノ旅人《たびと》卿の薨じた時の歌。六首
資人《とねりこん》金ノ明軍《みょうぐん》、主人の懐しさに堪えないで、作った歌。五首

454はしきやし栄えし君のいましせば、昨日も今日も、吾《わ》を召さましを
お懐しい盛んでいらっしゃった、御主人がおいでになったら、このように、昨日も、今日も、自分を呼んで、用事をお言い付けにならぬ、というようなことはなく、お召しになってるであろうのに。

455かくのみにありけるものを、萩が花咲きてありやと、問ひし君はも
今日は、こんなに萩が咲いた。それにこの間、花はもう咲いているか、とお問いになった御主人よ。（その方は、最早《もはや》いらっしゃらない。）

456 君に恋ひいたもすべなみ、あしたづの哭《ね》のみし鳴かゆ。朝宵にして
御主人にお焦れ申して、余りの遣《や》る瀬なさに、ただ泣きに泣くばかりである。朝にも晩にも。

457 遠長く仕へむものと、思へりし君しまさねば、心どもなし
いついつまでも、永久にお仕え申し上げよう、と思うていた御主人がおいでなさらんので、元気もなくなってしもうた。

458 みどりごのはひたもとほり、朝宵に哭《ね》にぞ吾が泣く。君なしにして
小さな子どものように、うろうろとはい廻って、朝晩に、声をあげて泣くばかりである。御主人がお亡《な》くなりなさってしもうてから。(既に挽歌の型に這入りすぎている。万葉あたりでも、この辺になれば、形・用語の問題ばかりで、感情は、勘定の外になっているのだ。ただし第二首は弱々しいが、佳作だ。)

内礼《ないれい》ノ正県《かみあがた》ノ犬養《いぬかい》ノ人上《ひとがみ》が、勅を受けて、卿の病を看護していたが、医薬の効がなく亡《な》くなったので、悲しんで作った歌

459 見れど飽かずいましし君が、もみちばのうつろひぬれば、悲しくもあるか

いくら見ても見飽かぬ程、懐しい方でいらっしゃったお方が、衰えて、かくれて行っておしまいになったのが、悲しいことである。

天平七年、大伴ノ坂上郎女、尼理願《りがん》の死んだのを悲しんで作った歌。並びに短歌

460 たくづぬの新羅の国従《ゆ》、人言《ごと》をよしときかして、問ひさくるうからはらからなき国に渡り来まして、大君のしきます国に、うちひさす都しみみに、坊家《さといへ》はさはにあれども、如何様《いかさま》に思ひけめかも、つれもなき佐保の山辺に、なく児《こ》なす慕ひ来まして、しきたへの家をも造り、あらたまの年のを長く、住《すま》ひつついまししものを、生ける者死ぬとふことにまぬかれぬものにしあれば、憑《たの》めりし人のことごとくさまくら旅なる程に、佐保川を朝川《あさがは》渡り、春日野をそがひに見つつ、あしびきの山辺をさして、くら闇《やみ》と隠《かく》りましぬれ、言はむ術《すべ》せむ術しらにたもとほり、唯ひとりして白栲《しろたへ》の衣手干さず、嘆きつつ吾が泣く涙、有馬山雲ゐたなびき、雨に降りきや

新羅《しらぎ》の国から、わざわざ、人の言う語を聞いてよいと思うて、互に慰め合うて憂いを晴しあう、一族兄弟のないこの国へ渡っていらっしゃって、我が日本の天皇陛下のお治めになる国の内で、都は、みっしりと町通りや、家はたくさんあるけれど、そこには住まないで、どういう風に思われたのか、淋しい佐保山の辺へ、山の容子を無上《むしょう》に慕うていらっしゃって、家もこしらえ、年数も長く住みながらいらっしゃったのに、人間世界は、

生きているものは死なねばならぬという、道理から脱することが出来ないものであるので、頼りに思うていた人が、誰も彼も、皆旅に出ている内に、佐保川を朝越えて行って、春日野を後に見ながら、山の方を向いて、痕《あと》も訣《わか》らず、暗闇のように姿を隠してしまわれたので、言うにも言えず、どうしてよいか訣らず、わたし一人、著《き》ている白栲の著物《きもの》の袖が、濡れても干す暇のない程嘆きながら、自分の泣いている涙が、お母さんのいらっしゃる、有馬の山に雲となって懸り、雨となって降ったことだろうか。（と石川命婦に、知らせて遣ったのである。）

反　歌

461 止《とど》め得ぬものにしあれば、しきたへの家従《ゆ》は出でて、雲隠《がく》りにき

いくら恋い慕うても、止めることの出来ない寿命であったものだから、家から出て雲に隠れられた。（坂上ノ郎女の温い心が、少しの誇張もなく現われているのは懐しい。この歌、当時の豪族の家庭の生活や、外人に対する当時の尊敬心などが窺われる。）

これは、新羅ノ国の尼の理願《りがん》というた者が、天子の徳を慕うて、我が国へ来て、数年間、大伴ノ旅人の家にかかっていたが、天平七年、流行の熱病に罹《かか》って死んでしもうた。ところが、旅人・坂上ノ郎女の母なる、石川ノ命婦が、有馬温泉に入湯に出ていた留守の間だったので、坂上ノ郎女が葬送して、その後、母に宛てて送った歌である。

同じく十一年六月、大伴ノ家持死んだ妾《おみなめ》を悼んで作った歌

462 今よりは秋風さむく吹きなむを、如何にか、独り長き夜を寝む

これからは、秋の風が冷く吹いて来るだろうのに、ただ独りどうして、長い夜を寝ようか。

弟の大伴ノ書持《ふみもち》が、それに和《あわ》せた歌

463 長き夜を独りか寝むと君が言へば、過ぎにし人のおもほゆらくに

秋の長い夜を独り寝なければならぬか、とあなたが仰っしゃるにつけて、亡くなった人が、思われることです。（さぞ死んだ人も、淋しく思うているでしょう。）

その後、家持雨落《あまお》ち石《いし》の辺に咲いている、撫子《なでしこ》の花を見て作った歌

464 秋さらば見つつ偲べと妹が植ゑし、宿の撫子咲きにけるかも

秋が来たら、これを見て大事に可愛がって下さい、といとしい人が植えて置いた、屋敷内の撫子が咲いたことだ。（それが、今では、ほんとにかたみになってしもうた。）

七月朔日《ついたち》になって、秋風の吹くのを悲しんで、家持が作った歌

465 現身《うつそみ》の世は、常《つね》なしと知るものを。秋風さむみ、偲《しぬ》びつるかも
人間の世間は、何物もじっとしていない、不変なものでない、ということは、訣《わか》ってい
るのだが、秋風の冷さに、死んだ人のことを思い出して焦《こが》れることだ。

復《また》、家持の作った歌。並びに短歌。三首

466 我が宿に花ぞ咲きたる。其《そ》を見れど、心もゆかず。はしきやし妹がありせば、水鴨《みかも》な
す二人並び居《ゐ》、手折《たを》りても見せましものを。現身《うつそみ》の仮《か》れる身なれば、露霜《つゆじも》の消《け》ぬるが
如く、足引きの山路《やまぢ》を指して、入日なす隠りにしかば、其思《そこも》ふに胸こそ痛め。言ひも
得《え》に名づけも知らに、跡もなき世の中なれば、せむ術《すべ》もなし
自分の屋敷内に花が咲いた。それを見ているが心も晴れない。可愛いあの人が生きてい
たなら、水に住む鴨のように、二人並んでいて、その花を折って見せようものを。人間
の肉身というものは、ほんの仮りの身体《からだ》であるから、秋の末の水霜が消えてしまうよう
に、墓場のある山の方へ向いて行って、まるで入り日のように隠れてしもうたので、そ
のことを思うと、胸が痛くなる。言い表わそうと思うても、言うことも出来ず、名状す
るにも、名状することが出来ない程、何の痕跡も残らない、はかない世の中であるから、
何とも為方《しかた》がない。

反　歌

467 時はしも何時《いつ》もあらむを。心憂《う》くい行く吾妹《わぎも》か。若児《わくご》を置きて
死のうと思えば、何も今に限ったことはないのに、悲しくも、可愛い子どもをうっちゃっておいて、逝ってしもうた人であることよ。

468 出でて行く道知らませば、あらかじめ妹を止めむ関もおかましを
いとしい人の出向いて行く道が訣《わか》っていたら、前々からその人を引き止める関所でも据えて置いたのに。

469 妹が見し宿に、花咲き、時は経《へ》ぬ。我が泣く涙未干《いまだひ》なくに
死んだいとしい人が眺めていた、自分の屋敷内に花は咲いて、ああ死んで後、時が経った。自分の泣いて、こぼす涙は、まだ干《かわ》かないでいる。

その後、まだ悲しみの心が止まなかったので作った歌。五首

470 かくのみにありけるものを。妹も我も、千年《ちとせ》の如く憑《たの》みたりけり
僅かこればかりの果敢《はか》ない命であったのに、あの人も、自分も、千年も生きているもののように信じていたことだ。

471 家離《さか》りいます吾妹《わぎも》を、止《とど》めえに山籠《ごも》りつれ、心どもなし
家を遠のいてお行きになる、いとしい人よ。自分が止めることの出来なかったために、山の中に籠って、出ていらっしゃらないので、元気もなくなった。

472 世の中し常《つね》かくのみと、かつ知れど、痛き心は忍びかねつも
人間世界は、いつもこういう風になるに、きまっているとは、うすうす知っているが、それでもつらい心は、辛抱しかねることだ。

473 佐保山にたなびく霞、見る毎に妹《いも》を思《も》ひ出で、泣かぬ日はなし
佐保山にかかっている霞、それを見る度毎《たびごと》に、そこに埋めてあるいとしい人を思い出して、泣かない日はない。

474 昔こそ余所《よそ》にも見しか。吾妹子が奥つ城《き》と思《も》へば、愛《は》しき佐保山
以前は何とも思わず、余処《よそ》のように思うて眺めていたことだった。しかし今では、そこが可愛い人の墓場だと思うと、懐しい佐保山よ。

同じ十六年二月、安積《あさか》ノ皇子《みこ》の薨ぜられた時、内舎人《うちとねり》大伴ノ家持の作った歌。二首並びに短歌。四首

475 かけまくもあやに畏《かしこ》し。言はまくもゆゆしきかも。吾大君《わごおほきみ》皇子《みこ》の尊《みこと》、万代に見《め》し給はまし、大倭恭仁《おほやまとくに》の都は、うち靡き春さりぬれば、山辺には花咲きををり、川瀬には香魚子《あゆこ》さばしり、いや日けに栄ゆる時に、およづれの曲言《まがごと》とかも、白栲《しろたへ》に舎人粧《とねりよそ》ひて、和束山《わづかやま》御輿《みこし》たたして、久方の天しらしぬれ、臥《こ》いまろびひづち哭《な》けども、せむ術もなし

口の端にかけるのも無上に畏《おそ》れ多く、言うてみるのも勿体ないことだが、私が仕える天子の皇子《みこ》様が千万年もお治めなさるべきはずの、この畿内の恭仁の都は、春が来ると、山の辺には、枝もぶらぶらに、花が咲き、川の浅瀬には、香魚《あゆ》の子が走るように泳いでいる。一日は一日と、段々繁昌してゆく最中に、悪い言いふらしの呪《のろい》の言葉とも思われるような、評判が聞えて来た。それは御身近う随身申し上げている舎人たちが、白い栲の著物《きもの》に著替《きが》えて、和束山をば輿に乗って御出発なされて、天を治めにお登りなされたので、舎人たちは倒れころげて、ずくずくに濡れて泣いているが、何とも為方がないことだ。

反歌

476 吾《わご》大君、天《あめ》しらさむと思はねば、おほにぞ見つる。和束杣山《わづかそまやま》

我が仕え申す皇子が、その山に這入って、天をお治めなさろう、とは予期せなかったので、いつでも見られると思うて、木を伐り出す和束山を、よい加減におろそかに見ていたことだ。

477 あしびきの山さへ光り咲く花の、散りぬる如き吾《わご》大君かも

山さえも輝くばかりに咲いていた、立派な花が散ってしまったようになられた、私の仕えていた御子様よ。

右の歌は、二月三日に作ったもの。

478 かけまくもあやに畏し。吾王御子《わごおほぎみみこ》の尊《みこと》、武士《もののふ》の八十伴《やそとも》の緒《お》を召しつどへ、あともひ給ひ、朝狩りに鹿猪《しし》蹈み起し、夕狩りに鳥蹈み立《た》て、大御馬《おほみま》の口おし止《とど》め、御心《みこころ》をみしあきらめし、活道《いくぢ》山《やま》木立の繁《しじ》に、咲く花もうつろひにけり。世の中はかくのみならし。健男《ますらを》の心ふり起し、剣太刀腰に取り佩《は》き、梓弓靫《ゆき》取り負ひて、天地《あめつち》と弥遠長《いやとほなが》に、万代にかくしもがもと、憑《たの》めりし皇子《みこ》の御所《みかど》の五月蠅《さばへ》なす騒ぐ舎人《とねり》は、白栲《しろたへ》に衣《ころも》とり著《き》て、常なりしゐまひ、ふるまひ、いや日けにかはらふ見れば、悲しきろかも

口に出して申し上げるのも畏れ多いことだが、我が仕え奉る皇子《みこ》様が、大勢の御側仕え

の家来をお召し連れになって、朝の狩りには獣をお踏みたてになり、日暮れの狩りには鳥を踏みたたしたりして、お召しになる馬の口を押え止めて、あたりを御見物なされ、御心をからりとお開きになった、活道山は、木立ちがみっしりと繁っていて、春の末とて花も衰えてしもうた。しかし皇子は、御盛んに、始終こうしておいでになるものだ。世の中は、いつもこうなのに相違はないと思うて、男らしい心を振り起して、刀を腰にさげ、弓を持ち、靫を背負うて、天地と共に、非常に長くいついつまでも、このようにありたいものだ、と頼りに思うていたところの皇子《みこ》の御所に仕えている、蠅のようにたくさん騒いでいる随身たちは、著物《きもの》をば白栲にして、喪に服しているので、いつも盛んに笑うたり、賑やかにした挙動などが、日毎日毎に段々変って行って、しんみりとなってゆくのを見ると悲しいことだ。

反　歌

479 はしきかも。皇子の尊のありがよひ見《み》しし、活道《いくぢ》の道は荒れにけり

立派でいらっしゃったことだ。あの皇子様が御在世の砌《みぎり》、始終往来あそばされた、活道山の道は、おかくれになってから、荒れ果ててしもうたことだ。

480 大伴の名に負《お》ふ靫帯《ゆきお》びて、万代に頼みし心何処《いづく》かよせむ

皇子御在世の砌は、自分は大伴氏の祖先からの、評判通りの武術を以て、いついつまでも、お仕え申そうと御信頼申していた心が、こうなっては、持って行き処がなくなってしもうた。

右の歌は、三月二十四日に出来たもの。

高橋ノ某、死んだ妻を悼んだ歌

481 白栲《しろたへ》の袖さし交《か》へて、靡き寝し我が黒髪の、真白髪《ましらが》にならむきはみ、あらた世に共にあらむと、玉《たま》の緒《を》の絶えじい妹と、結びてし言《こと》は果さず、思へりし心は遂げず、白栲の手《た》もとを別れ、にぎびにし家をも出でて、緑児《みどりご》の泣くをも置きて、朝霧のほのになりつつ、山背《やましろ》の相楽山《さがらかやま》の、山の間に行き過ぎぬれば、言はむすべ、せむすべ知らに、吾妹子《わぎもこ》とさ寝し閨房《つまや》に、朝《あした》には出で立ち偲《しぬ》び、夕《ゆふべ》には入り居嘆かひ、腋挟《わきばさ》む児の泣く毎に、男《をとこ》じもの、負ひみ、抱きみ、朝鳥の哭《ね》のみなきつつ、恋ふれどもしるしをなみと、言《こと》とはぬものにはあれど、吾妹子が入りにし山を、よすがとぞ思ふ

白栲の著物《きもの》の袖を互にさし交《かわ》し合うて、からみついて寝て、自分の髪が、白髪になるまで、この結構な世の中に、一処にいようと思い、二人の仲は切れることでないぞ、お前よ、と約束して置いたことは、果さないで、思うていた心は、為遂《しと》げない内に、私の身の近くを離れて、賑やかであった家から出て、小さな子どもの泣いているのさえ、後に

残して、ぼんやりと遠くなって行って、山城の国の相楽山の山間へ通って行ってしもうたので、口にも言えず、物に手もつかないで、亡き妻と共に寝た寝屋に、朝になると、その表まで出かけて行って、思い出し、日の暮れには中に這入《はい》って、坐って嘆息《ためいき》を吐《つ》き、抱きかかえてる子どもが泣く度毎に、男ながら負うたり抱いたりして、泣いたが上に泣いてばかり焦れていても、その詮のないことのために、何の心もなく、ものも言わない者だけれども、亡くなった妻が這入って行った山を、自分の心の遣《や》り場にしている。

反歌

482 現身《うつそみ》の世の事なれば、余所《よそ》に見し山をや、今はよすがに思はむ

肉身の人間世界のことであるから、無常なのも無理はない。今では為方《しかた》がないから、没交渉に思うて、気にも止めずにいた山をば、心の遣り場としよう。

483 朝鳥の哭《ね》のみやなかむ、吾妹子に今また更に逢ふよしをなみ

こうなった上は、もはや、又再び逢うてだてがないから、声をあげて、泣いてばかりいねばならないだろうか。(この長歌・短歌ともに、万葉後期のものとしては、群を抜いているといわねばならぬ。胸を破るような悲哀が、しなやかな、ほのかな言葉に包まれているのも哀れが深い。高橋朝臣とあるのは、家持の最も昵近《じっこん》な人であったから、名を

書かなかったものと見える。）

右三首は、七月二十日、高橋ノ某が作ったものである。

巻第四

相《そう》聞《もん》

孝徳天皇の皇妹、難波長柄《ながら》ノ宮から、大和に居られる兄天皇に奉られた御歌

484 一日《ひとひ》こそ人も待ちつげ。長き月日《け》をかく待たるれば、ありがてなくも

一日だけならば、人を待ちおおせる心持ちにもなれるが、こんなに長い月日の間を、待っていなければならぬとなると、生きている気がしない。辛抱出来ないことだ。

皇極天皇の御歌。並びに短歌。二首

485 神代よりあれ嗣《つ》ぎ来れば、人さはに国には満ちて、鴨群《あぢむら》の通ひは行けど、我が恋ふる君にしあらねば、昼は日の暮るる迄、夜《よる》は夜《よ》の明くるきはみ、思ひつつ寝《い》の寝《ね》がてにと、あかしつらくも。長きこの夜を

この世界には、神代からどんどんと、人が後から後から現われ出て来るから、国中一杯

にたくさん人がいて、あちらへ歩き、こちらへ行き、歩き廻っているけれども、その中のどれもこれも、私が慕うているお方ではないから、昼は日の暮れるまで、又夜になると、夜の明けるまで、思うていてよう睡《ねむ》れないので、起き明したことよ。長い夜をば。

反　歌

486 山の端《は》に鴨群《あぢむら》騒ぎ行くなれど、我は寂《さぶ》しゑ。君はあらねば

向うの山際には、鴨の一かたまりが鳴きたてて行くが、しかし自分の逢いたい人はいられないから、少しも気を慰めず、淋しいことよ。

487 淡海路《あふみぢ》の鳥籠《とこ》の山なるいさや川、日《け》の此頃は恋ひつつもあらむ

近江の鳥籠の山の辺には、いさや川という川が流れてるというが、その川の名のいさやというように、さあこの日頃は、私のことを思うていて下さるだろうか。どうか訣《わか》らない。

額田《ぬかた》ノ女王《ひめおおきみ》、天智天皇を偲び奉った歌

488 君待つと我が恋ひ居れば、我が宿の簾《すだれ》動かし、秋の風吹く

今にもあの御方がおいでになるか、と待ちこがれていると、人の来るさきぶれのように、

秋の風ばかりが、自分の家の簾を動《うごか》して吹きこんで来た。

鏡《かがみ》ノ女王《ひめおおきみ》の歌

489 風をだに恋ふるは羨《とも》し。風をだに、来《こ》むとし待たば、何か嘆かむ

あなたは風に誑《たぶらか》されたと仰っしゃるが、あなたの方にはお見えになるというたよりがあるから、風にさえ欺《あざむ》かれていらっしゃるので、風にも、それかと思われるのは羨《うらやま》しい。私の方を御覧下さい。もうどうしたって、人はやって来ません。せめて風の音にでも、あの人が来たのか知らん、と待つことが出来れば、何を嘆きましょうか。

吹黄《ふき》ノ刀自《とじ》の歌。二首

490 真野《まぬ》の浦の淀の継橋《つぎはし》、心従《ゆ》も思へや。君が夢にし見ゆる

真野の浦の淀みに架けた継橋の心(真中)ではないが、あなたは、私を心の底から思うて下さるのでしょう。それでこの、私の夢にお現われになったのでしょう。

491 川《かわ》の辺《べ》のいつ藻の花の、いつもいつも来ませ。わが夫子《せこ》。ときじけめやも

我が慕うお方よ。ちょっとの間もあけず、いらっしゃって下さい。そんなに時を定めず、忘れた時分にやって来る、ということがありますものか。

田部《たべ》ノ櫟子《いちいこ》、太宰府赴任の時の歌。四首

492 衣手にとりとどこほり泣く子にも、まされる我《われ》を置きて、如何にせむ(舎人千年《とねりちとせ》)
親の袖に取り縋《すが》って、泣き慕う子ども以上に、あなたを恋しく思うています。この私を捨てておいて、如何なさるお積りですか。

493 置きて行かば、妹恋ひむかも。しきたへの黒髪敷きて。長き此夜を(田部ノ櫟子)
共に寝た時は、あの人の黒髪を、私の下に敷いて寝たことであったが、今残して行ったら、ただ一人、淋しく自分の髪を、妹が自分の身の下敷きにして寝て、私にさぞ焦《こが》れるであろう、この頃の長い夜を。

494 吾妹子を相知らしめし人をこそ、恋ひの益《まさ》れば怨《うらめ》しみ思へ(同じ人)
あの人と、私をば知り合いにしてくれた人は、感謝すべきはずであるのに、焦れる心が深くなると、その恩人が、かえって怨《うらめ》しく思われる。

495 旭かげ匂へる山に照る月の、飽かざる君を、山越しに置きて(同じ人)
美しい山に照っている月ではないが、いつまで見ても、飽かない君をば捨てて置いて、山を距《へだ》てて旅に出た。

柿本ノ人麻呂の歌。四首

496 み熊野《くまぬ》の浦の浜木綿《はまゆふ》、百重《ももへ》なす心は思《も》へど、直《ただ》に逢はぬかも

熊野の浦に生えている浜木綿の茎が、幾重にも重なり合うているように、深く心の中には、思うてはいるけれども、直《じか》に会うたことはない。どうぞ逢いたいものだ。

497 古《いにしへ》にありけむ人も、我が如《ごと》か、妹に恋ひつつ寝《い》ねがてずけむ

ああ眠られない。けれども、昔から恋をしたといわれている人々も、私のようにやはりいとしい人に焦れて、寝つくことをようせなかっただろう。

498 今のみのわざにはあらず。古の人ぞ勝りて、哭《ね》にさへ泣きし

思う人に恋い焦れるということは、今私がしているだけではない。昔の人は、もっともっと甚《ひど》くて、恋しさに、泣きに泣いたくらいだ。

499 百重にも来《き》しかぬかもと思へかも、君が使ひの見れど飽かざらむ

待っていたあの人からの使いがやっと来たのに、それでも何だか不満な気がする。大方

幾度も幾度も機《はた》を織るように、やって来てくれればいい、と自分が思うているからだろうよ。

碁《ご》の檀越《だんおち》、伊勢の国に行った時、家にいた妻の作った歌

500 かむかぜの伊勢の浜荻《はまをぎ》折り伏せて、旅寝やすらむ。荒き浜辺に

今頃は伊勢の浜辺に生え繁っている、荻を折り倒して、その上に、旅寝をしていられるであろう。荒れ果てた浜辺で。

柿本ノ人麻呂の歌。三首

501 処女《をとめ》等が袖布留《ふる》山《やま》の瑞垣《みづがき》の、久しき時ゆ思ひき。われは

あの布留の山の社の玉垣が、社と共に古いように、長い間をば、私は、あなたを思いつめていた。

502 夏野行く小《を》鹿《しか》の角《つぬ》の束《つか》の間も、妹《いも》が心を忘れて思へや

お前さんは、私を疑うているが、私は決して、疎《おろそ》かには考えていない。ちょっとの間でも、お前のうれしい心を忘れていたことがあろうか。

503ありぎぬの騒々《さゐさゐ》鎮《しづ》み、家の妹に物言はず来て、思ひかねつも

騒がしく嘆く人を鎮めるために、物もいわずに、故郷の妻に別れて来て、あの時あんなに、気強くしなかったらよかった、と辛抱出来ない程に、恋しくなって来る。

　柿本ノ人麻呂の妻の歌

504君が家《いへ》に我《わ》が墨坂《すみざか》の家路をも、我《われ》は忘れじ。命死なずば

私が行き通ったことのある、墨坂にある家への道も、命のある限り、決して忘れはしないことだろう。それは初めて、私があなたの家に住みついた処であるから。(離別の後の歌であろう。)

　安倍《あべ》ノ郎女《いらつめ》の歌。二首

505今更に何か思はむ。うちなびき、心は君に寄りにしものを

今頃改めて、他に心を移すようなことがありましょうか。初手《しょて》から、わたしの心は、あなたに頼っていますので。

506吾《わが》夫《せ》子《こ》はものな思ほし。事しあらば、火にも水にも、我なけなくに

あなたはお独りで、そんなに御心配なさることは、ないではありませんか。何か事件が

起ったら、火へでも、水へでも一処に飛びこみましょう。そのわたしがあるではありませんか。

駿河ノ采女《うねめ》の歌

507 しきたへの枕ゆくぐる涙にぞ、浮き寝をしける。恋ひのしげきに
寝てから泣くので、枕をくぐって、床の上へ流れて出る涙のために、ほとんど、水の上に浮いて寝ているように、落《お》ち著《つ》かずに寝ていることです。焦《こが》れる心の甚《ひど》さに。

三方《みかた》ノ沙弥《しゃみ》の歌

508 衣手のわかるる今宵ゆ、妹も、我《われ》も、甚《いた》く恋ひむ哉《な》。逢ふよしをなみ
今夜別れるが、これまでは、そんなに思わなかったが、帰るまでは、逢う手段がないから、私も、いとしい人も、二人とも非常に焦れることであろうよ。

丹比《たじひ》ノ笠麻呂《かさまろ》、筑紫ノ国へ下る時の歌。並びに短歌

509 嫋女《たをやめ》の櫛笥《くしげ》に乗れる鏡なす、三津《みつ》の浜辺《はまべ》に、さにづらふ紐解《と》きさけず、吾妹子に恋ひつつをれば、明昏《あけぐ》れの朝霧隠《がく》り、鳴く鶴《たづ》の哭《ね》のみし鳴かゆ。我《わ》が恋ふる千重《ちへ》の一重《ひとへ》も慰《なぐさ》もる心もあれやと、家のあたり我が立ち見れば、青旗の葛城《かづらき》山にたなびける白雲隠《がく》

り、天離《さかひな》る辺阪《ひな》の国辺《くにべ》に、ただ向ふ淡路を過ぎ、粟島をそがひに見つつ、朝凪《なぎ》に、水手《かこ》の声呼び、夕凪《なぎ》に檝《かぢ》の音《おと》しつつ、浪の上をい行きさぐくみ、岩の間をい行きもとほり、印南都麻浦《いなびつま》みを過ぎて、鳥じものなづさひ行けば、家《いへ》の島荒磯《ありそ》の上に、うち靡き繁《しじ》に生ひたる莫告藻《なのりそ》の、などかも妹に宣《の》らず来にけむ

大和を離れて、難波の三津の浜辺に、しばらく舟出の時を待って、紐も解き放たずに、いとしい妻に焦れていると、仄暗い朝まだきの、朝霧の中を鳴いて行く、鶴のように、泣かずにいられない。この恋しさの千分の一でも、和《やわら》げる気分も起って来るかと、立ち上って国の方を見ると、大和境の葛城山に、かかっている白雲に、隠れてしもうている。それから又、いよいよ地方の国の方へと出かけて、淡路を通り、粟島をば、向うに見やりながら、段々やって行くうちに、朝の静かな海面に、舟乗りが大声で呼びあい、日の暮れの静かな海に、檝の音が聞えたりして、だんだん波の上を分けて行って、岩の間をまわって、印南《いなび》の都麻の浦を通って、浪の上に浮く鳥のように、水につかって漂うて来ると、播州の家の島のま近に来た。その岩浜の岩の上に絡み合うて一杯に生えている、莫告藻《なのりそ》を見ると思い出す。何故あの人に、莫告藻ではないが、詳しく宣《の》らずに、(物もいわず)やって来たのであろうか。

反　歌

510 白妙の袖解きかへて、帰り来む程を数へて、行きて来ましを
別れる時、互に記念のために、解《ほど》いてとり代えて来た著物《きもの》の袖を、大事に持っていて、都へ帰る日数を、今日か明日かと数えながら、早く行って戻って来よう。(長歌も、短歌も、形式に囚われた愚作に過ぎない。)

伊勢行幸の時、当麻《たぎま》ノ麻呂大夫の妻が作った歌

511 我が夫子《せこ》は何処《いづく》行くらむ。沖つ藻の名張《なばり》の山を、今日か越ゆらむ
我が夫は、今頃は、どこらを通っていられるだろう。大方今頃は、伊賀境の名張辺の山を越えていらっしゃるだろう。(音律の上から、勝れた情操を窺うことが出来る。)

ある遊行女婦《うかれめ》の歌

512 秋の田の穂田の刈りばか、かよりあはば、其故《そこ》もか、人の我《わ》を言《こと》なさむ
秋の末の、穂の実った田を刈るように、てんでにそのうけ持ちの分を守っていればよいが、乗り越えてなじみ合うようになったら、そのために人が我々の間を、かれこれ評判するであろう。

志貴《しき》ノ皇子の御歌

513 大原のこの櫟葉《いちしば》の、何時《いつ》しかと我が思《も》へる妹に、今宵逢へるかも
ああ非常な満足だ。いつそうなるか、早う逢いたいと思うていたいとしい人に、今夜初めて、うちとけて逢うたことだ。

阿倍ノ郎女《いらつめ》の歌

514 我が夫子《せこ》が著《け》せる衣《ころも》の針目《はりめ》おちず、入りにけらしな。我が心さへ
私は心までも、すっかりうちこみました。ちょうどあなたが著《き》ていらっしゃる、著物《きもの》の針目のように、少しの隙《す》き間《ま》のおちもなく、すっかりと思い込んでいます。

中臣ノ東人《あずまびと》が、阿倍ノ郎女に贈った歌

515 独り寝て絶えにし紐《ひも》を、ゆゆしみと、せむ術《すべ》知らに、哭《ね》のみしぞ泣く
この頃はただ独り寝ているところが、おまえの結んだ紐が切れた、その袴の紐が大変だと、思うて泣くばかりである。決して、他の人に心を移したのではない。疑わないで許してくれ。

516 我が持《も》たる三合《みつあ》ひに縒《よ》れる糸以ちて、著《つ》けてましもの。今ぞ悔しき
私が持っています、三合《みこ》に縒り合せた糸で、その切れた紐を、著《つ》けて上げたいものです

が、今では残念ながら、そうは出来ません。お生憎様《あいにくさま》。

大納言兼大将軍大伴ノ旅人《たびと》卿の歌

517 榊にも手は触るとふを、うつたへに、人妻と云へば触れぬものかも

神様の御料の榊にさえも、手を触《さ》えることがあるのに、人の女房というと、全然触らないでいねばならぬものかねい。（人妻に送った歌。）

石川《いしかわ》ノ郎女《いらつめ》の歌

518 春日野の山辺の道を、よそりなく、通ひし君が見えぬ頃かも

山の麓の春日野の道を通うて、私のところへ来たあの方が、何のわけもないのに、この頃はちっとも、見えないことだ。

大伴ノ郎女の歌

519 雨《あま》づつみ常する君は、ひさかたのきのふの雨に懲《こ》りにけむかも

あなたは雨が降ると、なかなか出ていらっしゃらぬ方だから、昨夜の雨で濡れたので、それで懲りて、今日はいらっしゃらぬのでしょう。（と軽く、男を揶揄《やゆ》した歌。）

後で、或る人の和《あわ》せた歌

520ひさかたの雨も降らぬか。雨《あま》づつみ、君にたぐひて、この日暮さむ

雨が降って来てくれればいい。雨だから、今日はもう帰りますまいというて、あなたと並んで、一処に今日は暮そうものを。（これは、旅人の若い頃の歌。）

藤原ノ宇合《うまかい》大夫、常陸の国から、遷任して都に上ろうとした時、常陸処女の贈った歌

521庭に立つ麻《あさ》を刈り干し、しき偲ぶ東女《あづまをみな》を忘れ給ふな

私は、こういう卑しい、都風流を知らぬ、東国女です。庭に生えている麻を刈って、それを干すというような、浅ましい生活をして、そうしてその麻を敷いて干すように、しきりに、あなたのことを思いつづけています。この田舎女を、どうぞ忘れて下さいますな。

京職《きょうしきかみ》ノ大夫藤原ノ宇合大夫、大伴ノ坂上ノ郎女に贈った歌。三首

522処女らが玉櫛笥《たまくしげ》なる玉櫛の、神さびけむも。妹に逢はずあれば

処女たちの美しい櫛笥の中につき込まれてある、玉櫛のように、古びて、人からは見えるでしょう。こんなになったのも、あなたに逢わずに、久しくいるからだ。

523よく渡る人は年にもありとふを、何時の間にぞも、わが恋ひにける
長い間辛抱する人は、一年でも耐えているということだのに、かれこれいう人の噂がうるさいから、辛抱していようと思いながら、いつの間にやら、又逢いたくなって来た。

524むし衾柔《ぶすまなご》やが下《した》に伏せれども、妹とし寝《ね》ねば、肌し寒しも
私は苧《むし》でこさえた蒲団の、柔かな中で寝ていますが、いとしい人と一処でないから、からだが冷《つめ》たくてならぬことです。

大伴ノ坂上ノ郎女の答えた歌。四首

525さほ川の小石《さざれ》蹈み渡り、ぬばたまの黒駒《こま》の来る夜は、年にもあらぬか
あなたのめした馬が、佐保川の小石を蹈み越えて、わたしの方へやって来る晩は、譬《たと》い、年に一度でもよいから、あって欲《ほ》しいものです。

526千鳥鳴く佐保の川原のさざれ浪、止む時もなし。我が恋ふらくは
千鳥の鳴いている、佐保の川原に立つ小波のように、わたしは、あなたをちっとの間も、止まず思い続けています。

527来むといふも来ぬ時あるを。来じといふを来むとは待たじ。来じといふものを
あなたは来ようと仰っしゃっても、いらっしゃらない時があるのですもの。来まいと仰
っしゃっていられるのに、おいでになろうという頼みがないから、待たずにいましょう。
来まいと仰っしゃっていますのですもの。(これは必ずしも、宇合が来ぬというたので
はなく、よく渡るの歌などに対する、怨言《うらみごと》であろう。)

528千鳥鳴く佐保の川門《かわと》の瀬を広み、うち橋渡す。汝《な》が来《く》と思《も》へば
さほ川の川の渡り場所の瀬が、あまり広いので、造りつけの橋を渡すことだ。あなたが、
来られようと思うので。

再び、宇合に与えた、坂《さか》ノ上《え》ノ郎女の歌

529佐保川の岸のつかさの柴な刈りそね。ありつつも、春し来たらば、立ち隠るがね
佐保川の岸の高みに生え繁っている、柴は刈らずに、そのままで置け。そのままにして
置いて、春がやって来たら、繁った木の中で、君と二人が隠れこむように。(旋頭歌《せどうか》で
ある。)

聖武天皇、海上ノ女王《うみかみひめおおきみ》に下された御製

530
赤駒の越ゆる馬柵《うませ》の、標結《しめ》ひし妹が心は疑ひもなし

馬が乗りこえようとするのを防ぐ、垣をまわすように、自分が、これは我が思う人だ、と標《しるし》をして置いた、いとしい人の心が変りのないことは、疑うてよいものか。

海上ノ女王が和《あわ》せ奉った歌

531
梓弓爪弾《つまび》く夜音《よと》の遠音《とほと》にも、君が行幸《みゆき》を聞くがよろしも

我が君が、私の家へお越しになった夜は、宿直の人たちが、弓弦を爪で鳴らしている音が、遥かに、寝間の外に聞えます。ただそれだけでさえ、あなたがおこしの晩に聞いているのが、心の愉快なものです。

大伴ノ宿奈麻呂《すくなまろ》の歌。二首

532
うち日さす宮に行く子をま愛《がな》しみ、止《と》むれば苦し。やれば術《すべ》なし

御所へ宮仕えに行く娘さんを、可愛いからとて、留めて置くのは、かえって苦の種になるが、そうかというてやってしまえば、最早《もはや》、自分の心通りにならないから、やる瀬ないことだ。

533 難波潟汐干の余波《なごり》、飽くまでも、人の見る子を我《われ》し羨《とも》しも

今では、他の人の心に従うて、その人が思う存分逢い見ている、その女に私も逢いたくて、羨《うらやま》しくてならぬ。(この二首は、おそらく宿奈麻呂の情人が、宮中へ召されたのを悲しんだので、始めのは、宮中へ這入るのを惜しみ、後のは、高貴の御身の上を、羨んでいるのである。悲痛な恋い歌である。第一首傑作。第二首佳作。)

安貴《あき》ノ王、不敬罪で安芸の国に遣《つかわ》された時、因幡の八上《やがみ》ノ采女《うねめ》を思うて作られた歌。並びに短歌

534 遠妻《とほづま》の茲《ここ》にあらねば、玉梓《たまづさ》の道をた遠《どほ》み、思ふ心安《そら》からなくに、嘆く心安《そら》からぬものを。み空行く雲にもがも。高飛ぶや鳥にもがも。明日行きて妹に言《こと》とひ、我が為に妹もことなく、妹が為我もことなく、今も、見し如《ごと》たぐひてもがも

遠くに置いて来て、いとしい人がここにいないので、道を遥かに離れているだけ、思う心中安くなく、嘆いている心中静かでないのに、いっそ自分の体が、空を行く雲か、空を飛ぶ鳥かにでもなって、今日立って明日著《つ》いて、あの人と話をし、お互のために、二人ながら何事もない容子《ようす》を見合いたいものだ。わかれる前に、二人並んでいたように、今が今、二人で並んでいたいものだが。

反歌

535 しきたへの手枕枕《ま》かず、間置《あひだ》きて年ぞ経《へ》にける。逢はなく思へば

あの人に会わないことを考えて見ると、あの人の手を枕として寝ないで、遠いところへ残して置いて、もう一年も立った。（王の境遇は、極めて同情すべきものであるが、歌は、一向振うていない。心が熱していないからである。それでも、「我が為に妹もことなく云々」の二句は、独創の尊さと、感情の集中とが見える。）

門部ノ王出雲ノ守であった時、部下の官吏の娘の許《もと》に通われたが、暫くとだえた後、復《また》逢おうと思うて、その女に贈られた歌

536 意宇《おう》の海の汐干《しほひ》の潟《かた》の片思《かたも》ひに、思ひや行かむ。道の長てを

私の心は、意宇の海の潮の引いた潟で、片思いだが、お前に焦《こが》れながらも、長い道程《みちのり》を通うて行こうよ。

高田ノ女王、今城《いまき》ノ王に贈られた歌

537 言潔《こときよ》くいたくも言はじ。一日だに、君いしなくば痛き胸ぞも

口でばかり、立派に思うておらぬなどと、思いきって申しますまい。ただ一日でも、あなたがいらっしゃらなければ、悲しくてなりません心ですものを。

538 人言《ひとごと》を繁み、こちたみ、逢はざりき。心ある如勿思《ごとなおも》ひ。我が夫《せ》
人の噂がうるさく、辛《つら》さに、ようお逢い申しませんでした。外《ほか》に訣《わけ》があるように思うて
下さるな。あなたよ。

539 我が夫子《せこ》し遂《と》げむと云はば、人言は繁くありとも、出でて逢はましを
譬《たと》い人の評判は、うるさい程でも、あなたさえこの恋をしおおせようと仰っしゃるなら、
あなたがおいでの時に、お断りするということなく、立ち出て、お逢い申しましょうが。
(これは、前の歌についで歌うたものである。)

540 我が夫子《せこ》に復は逢はじかと思へばか、今朝の別れのすべなかりつる
あなたに、もう再び、逢われまいかと思うたからか存じませんが、今朝お別れ申す時の、
その心の遣《や》る瀬《せ》なかったことを、お察し下さいませ。

541 此世には人言繁み、来む世にも逢はむ。我が夫子《せこ》今ならずとも
今生は、人の評判がうるさくて、為方《しかた》がありませんから、来世には、十分逢いましょう。

今逢われなくても。あなたよ。

542 常やまず通ひし君が使ひ来ず。今は逢はじとたゆたひぬらし

前には、絶え間なくお通いなされたあなたが、今ではお使いも下さいません。もう私には逢うまいと、それで使いをよこすのを、躊躇《ちゅうちょ》していらっしゃるのでしょう。

神亀元年十月、紀伊ノ国行幸に従うた人に贈るため、或る女に頼まれて、笠ノ金村が作った歌。並びに短歌。二首

543 大君の出でましのまに、武夫《もののふ》の八十《やそ》伴緒《とものを》と出で行きしうつくし夫《づま》は、あまとぶや軽《かる》の道より、たまだすき畝傍《うねび》を見つつ、あさもよし紀路《きぢ》に入り立つ、真土山越ゆらむ君は、もみぢ葉の散り交《か》ふ見つつ、親しくは我《わ》をば思はず、くさまくら旅を宜《よろ》しと、思ひつつ君はあらむと、浅々《あそそ》にはかつは知れども、しかすがに黙《もだ》もえあらねば、わが夫子《せこ》が行きのまにまに追はむとは千度《ちたび》思へど、嫋女《たをやめ》の我《わ》が身にしあれば、道守《みちもり》の問はむ答へを云ひやらむ術《すべ》を不知《しらに》と、立ちてつまづく

天皇陛下の行幸なさるにつけて、お附きのたくさんの部下の一人として、出て行った懐しいあなた、軽の街道を通って、畝傍山を見ながら、いよいよそれを越せば、紀州の方へ這入る真土山を、越えていらっしゃるあなたは、山の紅葉の散り乱れるのを、面白そうに眺めながら、わたしのことは、しみじみとも思うても下さらないで、旅に出ている

方がよいと思いながら、あなたはいらっしゃる、と薄々はこうした心の中にも訣《わか》ってはいますが、それだというてそのままに、じっとしてることもえいたしませぬから、あなたがおいでなさる通りに、わたしも後から追いついて行こう、と幾度も幾度も思いはしましたが、わたしはか弱い女の身ですから、街道を番している関守がどこへ行く、と問うた時の答えを、どういい遁《のが》れましょうか。手段が訣《わか》らない、と思いあたると、立ち上っても行きどまります。

反　歌

544 おくれゐて恋ひつつあらずは、紀の国の妹脊《いもせ》の山にあらましものを
後に残って、こんなに焦れているくらいなら、いっそ山になって、紀州の妹山脊山と現われていた方が、ましだったのに。

545 吾が夫子《せこ》が足痕《あと》蹈み求め、追ひ行かば、紀の関守《せきも》りい留《とど》めてむかも
あの方の行かれた道の足痕を、尾《つ》けて行ったなら、紀州真土山にある、紀伊の関の番人が、留めましょうよ。(短歌には、才気が迸《ほとばし》っているに係《かかわ》らず、長歌はくだくだしく、のろのろしたものである。笠ノ金村すら、この通りである。既にこの時代の人が、長歌的情調を失うていたことを示している。)

神亀二年三月、甕《みか》ノ原離宮に行幸の時、笠ノ金村、思う女を得て作った歌。並びに短歌。二首。

546 甕《みか》の原旅の宿りに、たまぼこの道の行きあひに、あまぐものよそのみ見つつ、言《こと》とはむよしのなければ、心のみ咽《む》せつつあるに、天地《あめつち》の神こと寄せて、敷妙《しきたへ》の衣手かへて、己妻《おのづま》と頼める今宵、秋の夜の百夜《ももよ》の、長くありこせぬかも

甕の原で、旅の宿りをしている時に、道で行き逢うた時分に、ものいいかける手段《てだて》もなく、恋い人を外《わき》から見ながら、心の中では咽《む》せ返って悲しんでいたところが、天地の神のお恵みでお授け下され、袖をさしかわして、やっとこの人を自分の妻と思い、二人で寝ている今夜は、譬《たと》えば長い秋の夜が、百晩も重なったように、長くあってくれればよいが。

反　歌

547 あまぐものよそに見しより、吾妹子に、心も、身さへよりにしものを

遥かに側《わき》から見ていた時から、已《すで》にいとしいお前に、心も身も、すべて慕いよっていたのだ。

548 この宵の早明《はや》けぬれば、すべをなみ、秋の百夜を願ひつるかも
せっかく逢うた今夜が、早明けて来たから、そのやる瀬なさに、私は夜の百晩も重なる程の、夜長さを願うていることだ。(長歌に歌わるべき古めかしい、なつかしい情調が流れている。家持などは、既に短歌を祝詞《のりと》の形式にあてはめたようなものとなってしもうている、といわねばならぬ。)

神亀五年、太宰ノ少弐石川ノ足人《たるひと》遷任して、都へ上る時、筑前の国蘆城《あしき》の駅家《はゆまや》で送別をした時、某の作った歌。三首

549 天地の神も助けよ。くさまくら旅行く君が家に至るまで
天地間にいらっしゃるあらゆる神様も、どうぞお力添えを願います。これから、旅へ出かけられますこの御方が、家へ著《つ》かれるまで。

550 大舟の思ひ憑《たの》みし君がいなば、われは恋ひむな。直接《ただ》にあふまでに
大舟に乗ったような心持ちで、頼りにしていたあなたが、ここをお立ちになったなら、直《じか》にお逢い申すまで、さぞわたしは、焦《こが》れていることでしょうよ。

551 大和路《ち》の嶋の浦回《うらわ》に寄る浪の、間《あひだ》もなけむ。我が恋ひまくは

あなたがお帰りなさる大和への道中の、島々の入り込みに寄せて来る浪のように、聊《ちっと》の暇もないことでありましょう。この先、私の焦れようとする心は。（おそらくは、旅人の歌であろう。）

大伴ノ三依《みより》の歌

552 我が君は我奴《わけ》をば死ねと思へかも。逢ふ夜、逢はぬ夜並《ふたゆ》行きぬらむ
あなたは、この私見たような奴は、死ねばよいと思うていらっしゃるので、それで逢う夜があれば、翌《あく》る夜は逢わぬというように、両方をかけていらっしゃるのでしょう。いっそ逢うて下さらぬなら、かえって、心の安まることもありましょうのに。

丹生《にゅう》ノ女王、太宰ノ帥大伴ノ旅人卿に贈られた歌。二首

553 天雲のそきへの極《きは》み遠けども、心し行けば、恋ふるものかも
あなたは、雲の果ての遠い処にいらっしゃいますが、こういう風に私が焦れているのは、大方この心が、そこまで行くからでありましょう。

554 古の人の食《め》させる吉備の酒、疾《や》めば術《すべ》なし。貫簀《ぬきす》賜《たば》らむ
あなたは、私に贈り物だというて、昔の豪《えら》い人たちが飲まれた、という吉備の酒を下さ

ったが、そんな結構な酒でも、この頃は、病気で戴《いただ》きようがありません。いっそ下さるなら、御心尽くし序《ついで》に、貫簀をも頂戴したいものです。そうすれば、この酒を頂いて酔うても、吐くことが出来ますから。

大伴ノ旅人卿、太宰ノ大弐丹比《たじひ》ノ県守卿が、民部卿に遷任するのに、贈った歌

555 **君が為醸《か》みし待《ま》ち酒《ざけ》、夜須《やす》の野に、独りや飲まむ。友なしにして**

あなたと一処に飲もう、と思うて作った酒を、あなたが大和へ行った後では、夜須の野原で、寂しく一人飲んでいねばなりませんか。

賀茂ノ女王、大伴ノ三《み》依《より》に贈られた歌

556 **筑紫《つくし》舟《ぶね》いまだも来ねば、予《あらかじ》め、荒ぶる君を見るが悲しさ**

筑紫舟には、人の間を裂くような魔物を乗せて来るというが、まだそれがやって来ない先から、こんなに心の荒《すさ》んでいるあなたのことを考えるのは、悲しいことだ。

土師《はじ》ノ水通《みずみち》、筑紫から都へ上る海路で作った歌。二首

557 **大舟を漕ぎの進《すす》みに岩に触《ふ》り、覆《かへ》らば覆《かへ》れ。妹によりてば**

海が非常に荒れる。いとしい人のためならば、この舟を漕いで行くにつけて、岩に触《さわ》っ

て、覆るなら覆っても、関《かま》わないけれど。

558 ちはやぶる神の社に我が懸けし、幣《ぬさ》は賜《たば》らむ。妹に逢はなくに
前々から、どうぞ海上恙《つつが》なく、大和へ帰って、いとしい人に逢えますように、と神々の社に捧げ物をして置いたが、これでは、どうも逢わないうちに、魚腹に葬られそうだ。こんなことなら、いっそ捧げ物を返して下さい。

太宰ノ大監《だいけん》大伴ノ百代《ももよ》の恋歌。四首

559 事もなくあり来《こ》しものを。老《お》いなみに、かかる恋ひにも、我は遇へるかも
これまでは、何事もなく過ごして来たのに、年よりになってから、こんなひどい恋に出くわしたことだ。

560 恋ひ死なむ後は何せむ。生ける日の為こそ、妹を見まく欲りすれ
来世を頼むとか何とかいうが、死んでしもうた後は、どうなるものか。役にたたない。生きているこの現世のために、いとしい人に逢いたいと思うているばかりだ。

561 思はぬを思ふと云はば、大野《おほぬ》なる御笠《みかさ》の杜《もり》の神し知らさむ

お前さんは、私を思うているというが、それは嘘だ。人を欺《だま》したなら、大野の郷の御笠の森にいらっしゃる神様が、罰をおあてになろう。

562 暇《いとま》なく、人の眉根《まゆね》を徒《いたづら》に搔かしめつつも、逢はぬ妹かも

誰かが自分を思うている時は、眉毛の根が痒《かゆ》いということだが、始終私に思うているように見せかけて、無駄に眉毛をかかせながら、少しも逢うてくれないお前だ。

大伴ノ坂上ノ郎女の歌。二首

563 黒髪に白髪交り老ゆるまで、かかる恋ひには、いまだ逢はなくに

わたしも随分老《ふ》けて、頭も胡麻塩になった。こんなに年のゆくまで、随分恋もして来たが、こんなにひどい恋には、まだ出逢うたことがない。

564 麦門冬《やますげ》の実《み》ならぬ言《こと》を、我《われ》に寄せ、言はれし君は、誰とか寝《ぬ》らむ

二人の中には、何の訣《わけ》もなかったのであるが、訣ありそうに、評判を立てられた、相手のあの人は、さすがに今思うて見れば、恋しい。誰と仲よくしているか、と思うと羨しい。

賀茂ノ女王の歌

565大伴の見《み》つとは云はじ。茜さす照れる月夜《つくよ》に、直接《ただ》に逢へりとも

この月の良い晩に、ただ二人直《じか》に逢うているけれども、こうして逢うても、誰にもこの媾会したことはいうまい。

太宰ノ大監大伴ノ百代等、駅使《はゆまづかい》に贈った歌。二首

566くさまくら旅行く君を愛《うるは》しみ、たぐひてぞ来し。志珂《しか》の浜辺を(大伴ノ百代)

旅に出かけなさるあなたと、お別れ申すのが惜しさに、お伴して、志珂の浜辺を知らず知らず、並んでやって来たことである。

567周防《すはう》なる岩国山を越えむ日は、手向《たむ》け善くせよ。荒き其道(太宰ノ少典山口ノ若麻呂)

あなたが、この九州を去って、おいでになる道には、周防の岩国山という険《けわ》しい山があります。その山は危《あぶ》ない山ですから、峠の神に捧げ物をして、手落ちなくお祀《まつ》りをして、お越えなされませ。その険しい山道をば。

この二首は、天平二年六月、太宰ノ帥大伴ノ旅人が瘡脚に罹《かか》って、危篤だというので、使いを大和朝廷に遣して、庶弟稲公《いなぎみ》・甥の胡麻呂《えみし》をば、九州へ下して頂いて、遺言をしようと思うたが、朝廷では、この二人を駅使《はゆまづかい》として、旅人の看病に遣された。ところが都合よ

く、数十日立つと回復したので、二人は都へ帰ることになった。それでこの歌を作った二人、並びに旅人の子の家持が、稲公等を送って、夷守《ひなもり》の駅家《はゆまや》まで行って、そこでいよ別れる際、悲しんで作ったものなのである。

太宰ノ帥大伴ノ旅人卿大納言に任ぜられて、上京の間際になって、太宰府の役人たちが、卿を筑前ノ国蘆城《あしき》の駅家《はゆまや》で送別した時の歌。四首

568 三《み》崎曲《さきわ》の荒磯《ありそ》に寄する五百重浪《いほへなみ》、立ちても居ても、我が思《も》へる君(筑前ノ掾門部ノ石《いわ》足《たり》)

御覧なさい。あの三崎の入り込みの荒い岩浜に、高くなったり、低くなったりして、幾重とも知れぬ程に、寄せているあの浪のように、立っても坐っても、しばらくの間も、心から離さずに、思うているあなたです。その御方と別れるのが惜しい。

569 韓人《からびと》の衣染《し》むとふ紫の、心に染《し》みて思ほゆるかも(太宰ノ大典麻田《あさだ》ノ陽春《やす》)

御存じの三韓から来た人が染める、上等の紫の染め草で染めたように、心に浸みこんで、あなたのことが思われてなりません。

570 大和べに君が立つ日の近づけば、野に立つ鹿も、とよみてぞ鳴く(同じ人)

あなたがいよいよ、大和へお立ちになる日が、近づいて参りましたので、野辺に立っている鹿さえもわれわれのように、大きな声を上げて鳴いております。

571 月夜《つくよ》よし。川の音《と》清し。いざここに、行くも、行かぬも遊びて行かな(防人《さきもり》ノ佑《すけ》大伴ノ四綱《よつな》)

今夜は月がよろしい。さあこれから、この地を立つ人も、この地に止《とど》まっている人も、ここで遊んで行こうではありませんか。

太宰ノ帥大伴ノ旅人卿上京した後、沙弥《さみ》ノ満誓《まんせい》が卿に贈った歌。二首

572 まそかがみ見飽かぬ君に、おくれてや、朝夕《あしたゆふべ》にさびつつをらむ

いつお逢い申しても、飽くということのなかったあなたにとり残されて、これからは、朝夕殺風景な日を、続けていねばなりますまいか。

573 ぬばたまの黒髪白く変りても、いたき恋ひには遭ふ時ありけり

こんな苦しいことが、あろうとは思わなかった。私はこんなに年が寄って、髪さえも白くなってしもうた。それに思いがけなく、こんなひどい恋に出くわす時があったことだ。

大納言大伴ノ旅人の和《あわ》せた歌。二首

574 玆《ここ》にありて、筑紫や何処《いづく》。白雲のたなびく山の方にしあるらし

ここから見ると、あなたのいらっしゃる筑紫の方は、どの辺にあたっているでしょう。あの白い雲の、長く懸っている方であるに違いない。

575 日下江《くさかえ》の入り江にあさる丹頂鶴《あしたづ》の、あなたづたづし。伴《とも》なしにして

筑紫にいる時分は、あなたとよくお話をして楽しんだものでした。ところが、大和へ帰ってからというものは、近くにある、日下江の入り江に餌をさがしている、丹頂の鶴ではありませんが、たどたどしい、たよりない日を暮しています。話し相手がなくて。

太宰ノ帥大伴ノ旅人が、京へ立ってから、筑後ノ守葛井《ふじい》ノ大成《ひろなり》が悲しんで作った歌

576 今よりは、城《き》の山道は寂《さぶ》しけむ。我が通はむと思ひしものを

あなたがいらっしゃる間、いつまでも通うて、お逢い申そうと思うていた、城の山道も、あなたがお帰りになってからは、その山道を行くのが寂しく、せいがないことでしょう。

摂津ノ大夫《かみ》高安ノ王、大納言大伴ノ旅人に新しい袍《うえのきぬ》を贈られた歌

577 我が衣を人にな著せそ。網引《あび》きする難波男《なにはをとこ》の手には触るとも

私のこの著物《きもの》は、心を籠めた贈り物ですから、どうか譬《たと》い、難波辺の網引きをする、荒くれ男のような私の手にさわった物で、穢《きたな》いものでも、この著物だけは、他人にやって下さってはお恨みです。

大伴ノ三依が別れを悲しんだ歌

578 天地と共に久しく住はむと、思ひてありし家の庭はも

自分はこの太宰府の官舎に、いつまでも天地のあらん限り、いようと思うていた。その家の庭に、今別れて行くことだ。

金《こん》ノ明軍《みょうぐん》、大伴ノ家持《やかもち》に贈った歌。二首

579 見奉《まつ》りて、未《いまだ》時だに変らねば、年月の如《ごと》思ほゆる君

お逢い申してから、まだ時節も移り変りません。それに、最《も》早《はや》、年月を経過したような心持ちのする恋しい君よ。

580 あしびきの山に生《お》ひたる菅《すが》の根《ね》の、懃《ねも》ろ《ご》見まくほしき君かも

つくづくと、見飽きのする程、見たいあなたでありますが、見られない悲しさよ。

大伴ノ坂上家ノ大嬢《おおいらつめ》、大伴ノ家持に答えた歌。四首

581 生きてあらば見まくもしらに、何しかも死なむよ、妹と、夢《いめ》に見えつる
あなたが夢に出て来て、こう仰っしゃった。「おまえは逢えないくらいなら、死のうと思っていなさるが、何の死ぬる必要がありましょう。生きていたら、逢わないとも限らないのにねい。お前よ」といいなさった。それで、夢が覚めた。

582 健男《ますらを》もかく恋ひけるか。嫋女《たわやめ》の恋ふる心にたぐひあらめやも
なる程それは、あなたの仰っしゃる通り、男でも恋《こ》いはしましょうが、こんなにまではありますまい。女の焦《こが》れる心に、比べることが出来ますものか。

583 鴨頭草《つきぐさ》のうつろひ易く思へかも、我が思《も》ふ人の、言も告げ来《こ》ぬ
褪《あ》せ易い露草のような心持ちで、私を思うていたものと見えて、私の思うていた人は、この頃、物もいうておこさない。

584 春日山朝立つ雲の居ぬ日なく、見まくの欲しき君にもある哉
春日山をば、朝出る雲が、峯にかかっていぬ日がないように、毎日毎日見ていたいあな

たでありますことよ。

大伴ノ坂上ノ郎女の歌

585 出でて去《い》なむ時しはあらむを。故《ことさ》らに妻恋《つまご》ひしつつ、立ちて行くべしや

旅に出るのに、外《ほか》に出て行く時もあろうのに、何もわざわざ、妻を非常に慕うている最中に、行く必要がないのに、立って行くことよ。

大伴ノ稲公《いなぎみ》、田村ノ大嬢《おおいらつめ》に贈った歌

586 相見ずば恋ひざらましを。妹を見て、もとな、かくのみ恋ひば、如何にせむ

いっそ逢わないでいたら、こんなに焦《こが》れることはなかったろうに。逢うたために、これから先も、どうなることやら覚束《おぼつか》ないが、いつまでもこんなに恋しかったら、どうしょうか。

笠《かさ》ノ郎女、大伴ノ家持に贈った歌。二十四首

587 我がかたみ見つつ偲《しぬ》ばせ。あらたまの年のを長く、われも思はむ

今この品を記念にさし上げます。どうかこれを見ながら、わたしのことを思い出して下さい。わたしの方でも、いつまでも、あなたのことを思うていましょう。

588 白鳥の鳥羽《とば》山松の待ちつつぞ、我が恋ひ渡る。此月頃を
あなたがお帰りにならないので、この年月以来、ずっと焦れ続けています。どうか、早くお帰り下さい。

589 衣手をうち多武《たむ》の里にあるわれを、知らずぞ、人は待てど来ずける
わたしが、著物《きもの》をうちたむというその多武の里に住んでいるのを知らないで、あの人は、待っても待っても、来ないでいることだ。

590 あらたまの年の経《へ》行けば、今しはと、ゆめよ、吾が夫子《せこ》。我が名宣《の》らすな
二人の間も、大分長くなった。それでもう、大丈夫というので、うっかりわたしの名を仰っしゃるな。きっとですよ。あなた。

591 我が思《も》ひを人に知らせや、玉櫛笥《たまくしげ》開《ひら》き明《あ》けつと、夢《いめ》にし見えつ
あなたは、きっとわたしの心を、人にお洩らしなさったに違いないでしょう。だから、夢に、櫛笥の蓋《ふた》をあけて、さらけ出したと見えました。

592 暗き夜に鳴くなる鶴《たづ》の外《よそ》にのみ、聞きつつかあらむ。逢ふとはなしに
わたしとあなたとの仲は、暗夜に鳴いている鶴のように、互いの噂ばかりを聞いているべきでしょうか。逢うということはせないで。

593 君に恋ひ、いたも術《すべ》なみ、奈良山の小松が下《もと》に、立ち嘆きつる
あなたに焦《こが》れて、遣《や》る瀬《せ》なさに、あの奈良山の小松の下に、ぼんやり立って、嘆息《ためいき》を吐《つ》いていました。（境遇をあざやかに知ることの出来る佳作。）

594 我が宿の夕かげ草の白露の、消《け》ぬかに、もとな、思ほゆるかも
日暮れ方の仄《ほの》かな光のさしている、我が家の庭の草に置く、白露のように、自分の体も、今にも消えそうに、心細く思われることです。

595 我命《わぎのち》の全《また》けむ限り忘れめや。いや日《ひ》に日《け》には思ひ益《ま》すとも
あなたのことは、私の命のあります限りは、忘れましょうか。こうして段々、深く思うて行くにしても。

596 八百日《やほか》行く浜のまなごも、我が恋ひに、豈勝《あにまさ》らめや。沖つ島守

何百日もかからねば通られぬ浜の、限りない砂の数も、わたしの焦れる心のひどさに、(すなわち、数の多さ)上越《うえ》しましょうか。さびしい独りぼっちなるわたしの恋に。

597 現身《うつそみ》の人目を繁み、岩橋のま近き君を恋ひ渡るかも

人目のうるささに、近間《ちかま》にいらっしゃるあなたに逢われないで、心を掛けて焦れております。

598 恋ひにもぞ人は死にする。水無瀬《みなせ》川《がは》下従《したゆ》我《われ》痩《や》す。月に日《ひ》にけに

こんなものだとは思うていませんでしたが、恋のために人は死ぬらしゅう御座います。表には現われませんが、月日につけていよいよ人目に立たないで、焦れてわたしは痩せて行きます。

599 朝霧のおほに相見し人故《ゆえ》に、命死ぬべく恋ひ渡るかも

ほんの少しばかり出逢うた人だのに、その人のために、命がなくなる程、焦れ続けていることだ。

600 伊勢の海の磯も轟《とど》ろに寄する波、畏《かしこ》き人に恋ひわたるかも

伊勢の海の岩浜をゆすって、寄せ来る波ではないが、畏《おそ》れ多い人に思いを寄せて、焦《こが》れているのことだ。

601 心従《ゆ》も吾《わ》は思《も》はざりき。山川も隔《へだた》らなくに、かく恋ひむとは
あなたとわたしとの間は、そんなに遠く隔っている訣《わけ》でもないのに、こんなに焦れましょうとは、しんそこ思いもかけなんだことです。

602 夕されば物思《も》ひまさる。見し人の言《こと》とふ姿、面影にして
それでも、日中はそんなにもありませんが、日が暮れると、物思いが段々ひどくなって参ります。その人が、私に物をいいかけられる姿が、幻に現われて。

603 思ふにし死にするものにあらませば、千度《ちたび》ぞ我は死にかへらまし
ひどく思い込めば死ぬというが、果してその語の通りならば、こんなにひどく思うているのだから、千度まで死にかわることでしょう。

604 剣大刀《つるぎたち》身にとり副《そ》ふと夢に見つ。何の兆《さが》ぞも。君にあはむ為
今寝た夢に、わたしの体に剣をとり添えていたと見ました。これは何の兆《しるし》でしょうか。

あなたと逢うを願う身にとって。（これは恐らく恋人に逢う夢は見ないで、剣と添い寝をしたというので、死なねばならぬ凶兆であろうというのであろう。）

605 天地の神しことわりなくばこそ、我が思《も》ふ君に逢はず、死にせめ

もし天地にありとある神様が、この心持ちを聞き分けて下さらないとすれば、我が思うているあの人に逢わずに、焦れ死ぬこともあるだろうが、そういう心配はないと信じている。

606 我が思ふ人もな忘れ。おほなはに、浦吹く風の止む時なかれ

身分が違いますから、深く思うて下さいとは願いませんが、それならそれ相応に、浦吹く風が、吹き止む時がないように、わたしとの間も、切れる時がないようにして下さい。

607 皆人を寝よとの鐘はうつなれど、君をし思《も》へば、寝《い》ねがてぬかも

最早亥《い》の刻になって、誰も皆寝よ、という鐘は打っていますが、あなたを思うて寝つかれません。

608 相思はぬ人を思ふは、大寺の餓鬼《がき》の後《しり》へに額《ぬか》づくがごとし

大寺には餓鬼の形がありますが、元より、人間の感じがあろうとは思われません。ちょうど思うておらぬ人に焦《こが》れているのは、あの餓鬼の前にでも行くことか、後に廻って、辞儀をしているようなもので、とんと手答えがなく、じれったいものです。

609 心従《ゆ》も我《わ》は思《も》はざりき。又更に、我が故郷《ふるさと》に帰り来むとは

二度と、自分のもとの家に帰って来ようとは、真実わたしは、思うていませんでした。あなたに迎え取られて、あなたの家にばかり、居著《いつ》くことと思うていたのに。

610 近くあらば、見ずともあらむを。弥遠《いやとほ》に君がいませば、ありがつましじ

あなたの近くにおりますなら、一日や二日お逢い申さずとも、辛抱出来ましょうが、こんなに非常に遠く、あなたがおいでなさるので、わたしは、生きていられますまい。

右二首、別れた後に、更《あらた》めておくった歌。

大伴ノ家持の和《あわ》せた歌。二首

611 今更に妹に会はめやと思へかも、甚《ここだ》我が胸おぼぼしからむ

二度と再び、お前さんに逢われまい、と思うているから、こんなに甚《ひど》く、自分の胸がぼんやりしているのであろう。

か。

612 なかなかに黙《もだ》もあらましを。何すとか、相見初《そ》めけむ。遂げざらまくに

こんなことならば、あの時に、いっそものもいわず、手出しもせず、そのままでいたらよかったのに。何のために、遂げられるという訣《わけ》でもないのに、逢い始めたのであろうか。

山口ノ女王《ひめおおきみ》、大伴ノ家持に贈られた歌。五首

613 物思《も》ふと人に見えじと、慭《なまじひ》に、常に思へど、ありぞかねつる

始中終《しょっちゅう》恋をしていると悟られまい、といつも押し隠しているけれども、もう辛抱していることが出来なくなった。

614 相思はぬ人をや、もとな、白栲《しろたへ》の袖ひづ迄に哭《ね》のみし泣かも

相思の間柄でない人を思うて、袖がぼとぼとになるまで、声を上げて、よしない嘆きをするのは、馬鹿なことだが為《し》方《かた》がない。

615 我が夫子《せこ》は相思《も》はずとも、しきたへの君が枕は、夢に見えこそ

譬《たと》いあのお方は、わたしが思うていてはくださらないでも、せめて私

の夢には、あの方の手枕をしていると見えてくれ。

616 剣大刀名の惜しけくも我《われ》はなし。君に逢はずて年の経ぬれば

昔はうき名が立つのをば大事に思うていたが、今では名ぐらいは何ともない。あなたに逢わないで、こんなに、長くなっているのだから、人に知られても、逢いたいと思う心が耐《たま》らなくなった。

617 蘆《あし》べより満ち来る潮の、いやましに思へか、君が忘れかねつる

海の潮が、蘆の生えているあたりに、ずっとさして来るように、昨日よりは今日と、段々深く思うてゆくためか、月日が経つ程、あなたのことが忘れられません。

大神《おおみわ》ノ郎女、大伴ノ家持に贈った歌

618 さ夜中に友呼ぶ千鳥。物思《も》ふとわび居《を》る時に、鳴きつつ。もとな

真夜中に、鳴いて伴《つれ》を呼ぶ千鳥よ。私が物思いをしながら、しょんぼりとしている時分に、心もとなく鳴いていることだ。

大伴ノ坂上ノ郎女の男を恨んだ歌。並びに短歌

619 おしてる難波の菅《すげ》の懇《ねもご》ろに、君がきこして、年深く長くし云へば、まそかがみ磨《と》ぎし心をゆるしてし其日の極み、波の共《むた》靡く玉藻の、かにかくに心は持たず、大舟の憑《たの》める時に、ちはやぶる神や離《さ》けけむ。現身《うつそみ》の人か障《さ》ふらむ。通はせる君も来まさず。たまづさの使ひも見えずなりぬれば、いたも術《すべ》なみ、ぬばたまの夜《よる》はすがらに、あからひく日暮るる迄、嘆けども効《しるし》をなみ、思へども便《たどき》を知らに、嫋女《たわやめ》と云はくもしるく、た童《わらは》の哭《ね》のみ泣きつつたもとほり、君が使ひを待ちやかねてむ

しみじみとあなたが仰っしゃって、いつまでも長く、間を続けて行こうといいなさったから、しっかりとしていた心を、あなたのために緩《ゆる》めたその日以来、波と一処に絡み合う藻のように、あの人この人と移り行く心はもたず、あなたに頼《たよ》っている最中に、ちょうど神様が、二人の間を引き裂かれたのか。それとも、世間の人が、邪魔をしているのか、通うていらっしゃったあなたも、お越しにならず、使いさえも姿が見えなくなったので、非常に遣《や》る瀬なくて、夜は夜通し、昼は日の暮れるまで、嘆いていても、何の詮《かい》もなく、思うていても、何の手段も訣《わか》らず、人が弱い女というている通りに、まるで赤ん坊のように泣くばかりで、うろうろと立ったり、居たり、こうしてあなたの使いを待ちかねておらねばなりませんか。

反歌

620 始《しょて》めより長く云ひつつ憑《たの》めずば、かかる思ひにあはましものか
初手から、あなたがいつまでもというて、頼《たよ》らせておいでにならなかったら、こんなひどい物思いに出くわしたものでしょうか。

西海道ノ節度使ノ判官佐伯《さえき》ノ東人《あずまびと》の妻が、夫に贈った歌

621 間《あひだ》なく恋ふれにかあらむ。くさまくら旅なる君が、夢にし見ゆる
旅に出ていらっしゃる夫が、間断なく私のことを思いつめていらっしゃるからか、夢にお逢い申すことだ。

佐伯ノ東人の和《あわ》せた歌

622 くさまくら旅に久しくなりぬれば、尚こそ思へ。な恋ひそ吾妹《わぎも》
私こそ、旅に出て長くなるから、お前を思うのだ。お前は私のことを、くよくよ焦《こが》れて心配してはいけない。

池辺ノ王が、宴席に吟ぜられた歌

623 松の葉に月は移《うつ》りぬ。紅葉《もみちば》の過ぎぬや。君が逢はぬ夜多《おほ》み
嗚呼《ああ》今晩も月がこんなに松の葉の辺まで移って来て、夜が更けた。あの人は、この頃一

向見えない晩が多い。これを思うて見ると、或いは死なれたのではあるまいか。(これは宴会に出なかった人を、揶揄《やゆ》して贈られたものと見える。)

聖武天皇、酒人《さかひと》ノ女王を思われた御製

624 道に会ひて笑まししからに、降る雪の消《け》なば消《け》ぬかに、恋ひ思《も》ふ吾妹《わぎも》

道の行きすがりに、にっこりとせられただけで、降る雪のように、身さえ消え入りそうに、私が焦れているいとしい人よ。

高安ノ王、裹《つと》に入れた鮒を、或る処女に贈られた時の歌

625 沖辺行き岸《へ》に行き、忙《いそ》や、妹が為我が漁《すなど》れる藻《も》伏《ふ》し束鮒《つかふな》

川の岸に行ったり、真中へ行ったりして、一所懸命になって、お前さんのために、とった藻の中に棲んでいた一握《ひとつか》みもあるこの鮒だ。よく味わうてください。

八代《やしろ》ノ女王、聖武天皇に奉られた歌

626 君により、言《こと》の繁きを、故郷の飛鳥《あすか》の川に、禊《みそ》ぎしに行く

わたしがどこへ行く、とお尋ねになるのですか。あなたのために、かれこれと評判を立てられましたのをば、洗い浄めるために、さびれた都、飛鳥川へ出掛けて行くのです。

某の処女《おとめ》、佐伯ノ赤麻呂に答えた歌

627 我が手もと枕《ま》かむと思《も》はむ健男《ますらを》は、涙に沈み、白髪《しらが》生ひにたり

わたしの手を枕にして、共に寝ようと思うお方は、こういうことを、予《あらかじ》め承知していて貰いたい。わたしは恋にしみついてしもうて、そのために、白髪がこんなに生えてまいりました。

佐伯ノ赤麻呂の和《あわ》せた歌

628 白髪生ふることは思はず。涙をば、かにもかくにも、求めて行かむ

あなたは白髪が生えた、というていられまするが、白髪の生えたくらいは、念頭に置いてはいません。ただ私のために、零《こぼ》して下さる涙をば、つき止めて参りましょう。

大伴ノ四綱、宴席で詠んだ歌

629 何すとか使ひの来つる。君をこそ、かにもかくにも待ちがてにすれ

御都合がつこうが、つくまいが、ともかくも此方《こちら》は、一心に待っていますのです。それに何のために、使いがやって来たのですか。使いなどは待ってはいません。(宴会に出席出来ぬよしの使いをよこした人に、返事した歌。古い恋い歌であろう。)

佐伯ノ赤麻呂の歌

630初花の散るべきものを。人言《こと》の繁きによりて、滞《よど》む頃かも

人の評判のうるささに、はかばかしゅうも逢わないで、躊躇しているこの頃だ。いっそこれくらいならば、のっけに死んでしもうた方が、ましだったのに。

湯原ノ王《おおきみ》、某ノ処女と贈答せられた歌

631うはへなきものかも。人は。然《しか》ばかり遠き家路を帰す、思へば(湯原ノ王)

愛想のないことだね。こんなに遠い家への道を、又出戻りしなさるのを考えて見ると。この人は。

632目には見て、手には取られぬ、月の中《うち》の桂の如き妹を如何にせむ(同じ王)

ちょうど、いとしい人は月の中に生えているという、桂の樹のようなものだ。目には見えていても、手には入れられぬのだから、どうしたら宜《よ》かろう。

その処女の答えた歌

633如何許り思ひけめかも、しきたへの枕かたさる夢に見え来《こ》し(某ノ処女)

自身でも、そんなに思うていませんでしたが、考えると、よほど深く思いこんでいたものと見えます。お逢い申さないで寝た夜の夢に、お見えになりました。

634家にして見れど飽かぬを。くさまくら旅にも妻のあるが羨《とも》しさ(某ノ処女)

家の中でお逢い申しても、満足しないくらいだのに、恋しいあなたは、旅にお出かけだというのが、物足りませぬ。

湯原ノ王が再び、贈られた歌。二首

635くさまくら旅にも妻は率《え》たらめど、櫛笥《くしげ》のうちの珠とこそ思へ

旅も、なるほど、女は連れて来られようが、お前さんを連れて来なかったのは、お前さんは、大事な人で、箱の中の珠とも思うているからだ。

636我が衣《きぬ》をかたみに奉《まだ》す。しきたへの枕離《か》れずて、枕《ま》きてさ寝ませ

私の著物《きもの》を、身代りに差し上げて置きます。どうか枕の辺から、いつも離さずに、わたしの代りに、かかえておやすみ下さい。

処女が又答えた歌

637 吾が夫子《せこ》がかたみの衣《ころも》、つまどひに、わが身は離《さ》けじ。言《こと》はずとも
あなたの身代りのお著物《きもの》は、わたしのからだをば離しはしますまい。著物では、物はいわないにしましても、あなたにお逢い申していると思うていましょう。

又、湯原ノ王から
638 唯一夜距《へだ》てしからに、あらたまの月か経ぬると、思ほゆるかも
ただの一晩、お前と離れていただけだのに、一月も立ったか、と思われることだ。

又、処女から
639 我が夫子がかく恋ふれこそ、ぬばたまの夢に見えつつ寝《い》ねらえずけれ
それで訣《わか》りました。あなたがそんなに、わたしのことを思うていて下さったので、その晩は夢にお見えなされて、眠られなかったのです。

再び、湯原ノ王から
640 はしけやし、ま近き里を、雲居にや恋ひつつをらむ。月も経なくに
懐しいことだ。別れてからまだ一月も立たないし、里程《みちのり》といっても、そんなに遠くもない里をば、まるで、及びもつかぬ空の辺にあるように、焦《こが》れておらねばならんのですか。

再び、処女から

641 絶ゆと云はば、わびしみせむと、焼大刀《やきだち》のへつかふことは、からしや。吾君《わぎみ》

もし切れてしまうというたら、わたしが悲観して愚痴をいうだろうと、当り障りのないことを仰っしゃるのは、そりゃ甚《ひど》う御座います。あなたよ。

重ねて、湯原ノ王の歌

642 吾妹子に恋ひて乱れば、くるべきにかけて縒《よ》らむと、我が恋ひそめし

自分の心が、お前のために焦れて、糸のように乱れたら、かのくるべきにでもかけて、縒り合す方法もある。まあ焦れるだけ焦れよう、と覚悟してかかったのである。

紀ノ郎女、人を恨んで作った歌。三首

643 世の中の女《め》にしあらば、我が渡る妹夫《いもせ》の川を渡りかねめや

わたしの身を、川に譬えて見れば、妹夫《いもせ》の川を渡りかねる、すなわち夫婦の間が円満に行きかねているが、世間普通の女ならば、そんなに苦しまないものを、とつくづく喞《かこ》たずにいられませぬ。

644 今は吾《わ》は詑《わ》びぞしにける。いきのをに思ひし君をゆるさく、思へば

あなたは、わたしが命懸けで思い込んでいたお方ですのに、他の女に奪われたのは、全くこちらの油断です。その気を許していたことを思うて、今になって悲観していることです。

645 白栲《しろたへ》の袖わかるべき日を近み、心に咽《むせ》び、哭《ね》のみし泣かゆ

互に袖を分って、別れねばならぬ日が近寄って来たので、表に出さないが、心中に咽《む》せんで、泣かずにはいられません。

大伴ノ駿河麻呂の歌。一首

646 健男《ますらを》の思ひ詑びつつ、度多《たびまね》く嘆く嘆きを負はぬものかも

そんなに、つれのうするものではありません。男がこんなに悲観して、幾度も幾度も嘆《ため》息《いき》を吐《つ》いて悲しんでいる。その因果応報が、あなたの身にかからないとも限らないのですよ。

大伴ノ坂上ノ郎女の歌

647 心には忘るる日なく思へども、人の言こそ繁き君にあれ

怨言《うらみごと》では恐れ入ります。わたしは心中では、一日も忘れる日がない程、あなたのことを思うていますが、かれこれと、人の評判が、うるさく立ったあなたでありますから、辛抱しているのです。

大伴ノ駿河麻呂の歌。一首

648 あひ見ずてけ長くなりぬ。此頃は如何に、よけくや。いぶかし。吾妹

お逢い申さずに、日数が長くなりました。この頃はどうですか。障《さわ》りなくいらっしゃいますか。気懸りです。あなたよ。

大伴ノ坂上ノ郎女の歌

649 夏葛《くず》の絶えぬ使ひのよどめれば、事しもあるごと思ひつるかも

先頃は、一日の絶え間もなく、やって来た使いが、この頃は、一向躊躇《ちゅうちょ》して出て来ないので、これは何かあるだろうというように感じていたことです。

大伴ノ三依、女に別れて、復逢《また》うた時の歌

650 吾妹子は常世《とこよ》の国に住みけらし。昔見しより若《わか》えましにけり

我が愛する人は、あの仙人の住む、常世《とこよ》の国に住んでいたのに違いない。今日逢うて見

ると、昔見たよりは、ずっと若返っていらっしゃることだ。

大伴ノ坂上ノ郎女の歌。二首

651 ひさかたの天の露霜《つゆじも》置きにけり。家なる人も、待ち恋ひぬらむ

天から降る水霜も、最早《もはや》おりていることだ。今頃は、故郷の家の人は、約束の時が来た、というので、帰りを待ち焦れているだろう。

652 玉主《たまぬし》に玉は授けて、かつがつも、枕と我は、いざ二人寝む

大事にした玉のような娘ですが、れっきとしたあなたという持ち主が出来た以上はお手渡しして、これからは淋しいが、ひっそりとわたしは一人寝をして、その代り、枕を相手に寝《やす》みましょう。どうか、娘を大事にしてやって下さい。

大伴ノ駿河麻呂の歌。三首

653 心には忘れぬものを、たまたまも見ざる日多《まね》く、月ぞ経にける

真実忘れていないのだが、思い寄らず逢われぬ訣《わけ》があって、出逢わない日が、たくさん経たのである。

654逢ひ見てば月も経なくに、恋ふといはば、虚言《をそ》ろと、我を思ほさむかも
お逢い申してからは、まだ一月も経たないのに、逢いたくて、焦《こが》れている、と申したら、例の嘘だとお思いになるかも知れませんね。

655思はぬを思ふと云はば、天地の神し知らさむ。疑ふな。ゆめ
私は決して、嘘はいいません。愛してもいない人に焦れているというたならば、天地に満ちていらっしゃる神のお見通しで、罰をお当てになりましょう。疑うて下さるな。

大伴ノ坂上ノ郎女の歌。六首

656吾のみぞ君には恋ふる。我が夫子《せこ》が恋ふとふことは、言《こと》のなぐさぞ
あなたはそんなことを仰っしゃるが、やっぱり嘘です。恋に焦れているのは、わたしばかりです。あなたが恋しいと仰っしゃるのは、ほんの冗談に過ぎません。

657思はじと云ひてしものを、唐棣《はねず》色の移ろひ易き我が心かも
あなたの心の変り易いように、わたしの心も変り易い。それだから、あなたのことを思うまいというていながら、又変って、あなたを思うている。同じ変り易くても、あなたの変るのと違いましょう。

658思へれど験《しるし》もなしと知るものを。なぞ多《ここだ》くも我が恋ひ渡る
思うたところで、その詮《かい》もなかろうとは、知っていて、何故こんなに、甚《ひど》く、あなたのことを、焦れ続けているのでありましょうか。

659予め人言繁し。かくしあらば、しゑや、我が夫子《せこ》。将来《おく》は如何にあらめ
まだろくろく逢いもしない先から、うるさく評判が立っています。ほんに、あなた、こんなことだったら、将来どうで御座いましょうか、案ぜられます。

660汝《な》をと吾《あ》を、人ぞさくなる。いで吾君《わぎみ》。人の間言《なかごと》聞きこすな。ゆめ
あなたと、わたしとを、人が離間《りかん》しようとしています。どりや、確《しっ》かりして、人の離間の言に、決して耳をお貸しなさるな。あなたよ。

661恋ひ恋ひて逢へる時だに、うるはしき事尽してよ。長くと思《も》はば
いつまでも二人の仲を続けようとお思いなさるならば、せめてこうして、焦れ焦れて、やっと逢うた時だけにでも、どうぞ、ありだけの愛情をお注ぎ下さい。

市原ノ王の歌

662 英虞《あご》の山五百重《いほへ》隠せる志氏《しで》の崎、さで延《は》へし子の、夢にし見ゆる

ここから見れば、志摩の英虞《あご》の山が、幾重にも幾重にも立って隠している、あの志氏の崎に行った時に、狭手網《さであみ》をさしていたあの蜑処女《あまおとめ》の姿が、夢によく現われる。

安倍《あべ》ノ年足《としたり》の歌

663 佐保渡り、吾家《わぎへ》の上に鳴く鳥の、声懐しき愛《は》しき妻《つま》の子

佐保山を越えて、ずっと自分の家の上までやって来て、鳴いて通る鳥の声のように、懐しい我が愛する妻なる人よ。

大伴ノ像見《かたみ》の歌

664 石《いそ》の上《かみ》降るとも雨に障《さや》らめや。妹に逢はむと云ひてしものを

先日、あの人に、今日は逢おうというて置いたのに、譬《たと》い雨が降ったとて、雨に邪魔せられて行かないでいようか。

安倍ノ虫麻呂の歌

665 向ひ居て見れども飽かぬ吾妹子《わぎもこ》に、立ち別れ行かむたづき知らずも

向い合うて坐っていて、見ても見飽かぬいとしい人に別れて、旅に出かけて行くのは、あてもつかないことだ。

大伴ノ坂上ノ郎女の歌。二首

666 逢ひ見ぬは、幾何久《いくばくひさ》もあらなくに、甚《ここだ》く我は恋ひつつもあるか

逢わないことは、そんなに長くもならないのに、非常にわたしは焦れていることだ。

667 恋ひ恋ひて逢ひたるものを。月しあれば、夜はこもるらむ。暫《しま》しはあり待て

そんなに急ぎなさるな。焦れて、やっと逢うたのです。空には月が残っていますから、まだ明けるには、間もありましょう。もう暫《しば》く、そのままでおいでなさい。

右は、虫麻呂と、郎女とが、母方の従兄妹《いとこ》であるところから、互に恋人の心持ちで、戯れに贈答したものである。

厚見《あつみ》ノ王の歌

668 朝にけに色づく山の白雲の、思ひ過ぐべき君ならなくに

朝毎《ごと》にいよいよ、紅葉の色深くなった、山にかかっている白雲ではないが、このまま、焦れる心をうっちゃってしまうことの、出来るあなたではありません。

春日ノ王の歌

669 あしびきの山橘の色に出でて談《かた》らひ続ぎてば、逢ふこともあらむ

あのやぶこうじの実が、山の中で目に著《つ》くように、今は譬《たと》い、逢えないでも、思うているよしを、顔色に出して、この関係を続けていたなら、逢えることもあるだろう。

湯原ノ王の歌

670 月読《つきよみ》の光に来ませ。あしびきの山を隔てて遠からなくに

あなたと私と、山を越えて遠くない処に住んでいます。夜になったからとて、月の光があるではありませんか。それをたよりにいらっしゃい。（これは、恋い歌ではなかろう。）

某の和《あわ》せた歌

671 月読の光はさやに照せれど、惑《まど》ふ心は堪へじとぞ思ふ

あなたは月の光を頼って来い、と仰っしゃるが、なるほど月は鮮かに照らしていますが、私のこの思いに乱れて、方角もつかぬ心では、とても、歩いて行くことが出来ません。（これも恋人の心持ちで、男の作った歌。）

安倍ノ虫麻呂の歌

672 しづたまき数にもあらぬ命もち、何しか甚《ここだ》、我が恋ひわたる
数える程もない、短い命を持ちながら、何しかその短い寿命の間に、どうしてこんなに、あなたのことを思い続けているのでしょう。

大伴ノ坂上ノ郎女の歌。二首

673 まそ鏡《かがみと》磨ぎし心を緩《ゆる》してば、後《のち》に云ふとも、効《しるし》あらめやも
一所懸命に磨きをかけて、思い込んでいた心を緩めたなら、いくら後から、残念がってかれこれいうても、効能があろうか。

674 またまつく遠近《をちこち》かねて言《こと》は云へど、逢ひて後こそ悔いにはありと云《い》へ
男というものは、目《ま》の当りのことも、後のことも、変りはないというて、頼りになるような顔はするけれど、うっかり逢うた後は、後悔の種であるというから逢われません。

中臣《なかとみ》ノ郎女、大伴家持に贈った歌。五首

675 女郎花《をみなへし》咲沢《さきさは》に生ふる花がつみ、曽《かつ》ても知らぬ恋ひもするかも

わたしはあなたに逢いましてから、これまで一度も経験のない、恋《こ》い焦《こが》れ方を致していることです。

676 洋《わた》の底奥《おき》を深めて、我が思《も》へる君には逢はむ。年は経ぬとも
海の底のずっと先の方まで、深くわたしが思い込んでいるあなたに、今逢えなければ、いつまでも辛抱していて、逢える時を待ちましょう。

677 春日山朝ゐる雲の、おぼぼしく、知らぬ人にも恋ふるものかも
春日の山に、朝懸っている雲ではないが、よくも知らぬ、ぼんやりとした人に、わたしは焦れていることだ。

678 直接《ただ》に逢ひて、見てばのみこそ、たまきはる命に対《むか》ふ我が恋ひ止まめ
わたしの恋をなくするには、外に方法はありません。直接に、あの方に逢うて見たら、命とつりがえの恋が止みましょうが、外には方法はありません。

679 否《いな》と云はば強ひめや。我が夫《せ》。菅《すが》の根の思ひ乱りて恋ひつつもあらむ
そんなに思わせ振りは、やめて下さい。いっそいやだといって下されさえすれば、無理

にもとはいいますまい。わたしは、自分だけで心乱れて、焦れておりましょう。

大伴ノ家持、仲の善かった人と、久しく逢わなかった頃の歌

680 蓋《けだ》しくも人の間言《なかごと》聴けるかも。多待《ここだ》てども、君が来まさぬ

こんなにひどく待っていますが、あなたがいらっしゃらないのは、大方、人の離間《りかん》する辞《ことば》に、耳を傾けなさったのでしょう。

681 なかなかに絶えむと云はば、かく許り、いきのをにして我が恋ひめやも

いっそ切れようといって下さったら、かえってこんなに、命懸けでわたしが焦れましょうか。

682 相思ふ人にあらなくに、懇《ねもご》ろに心尽して恋ふるわれかも

別に、相思の間がらでもないのに、一心になって焦れていることだ。

大伴ノ坂上ノ郎女の歌。七首

683 云ふ言《こと》の畏《かしこ》き国ぞ。紅《くれなゐ》の色にな出でそ。思ひ死ぬとも

うっかり言《もの》をいえば、恐しい目にあう世界だ。だから、うっかり顔色に出してはいけま

せん。譬《たと》い焦れて死んでも。

684今は吾《わ》は、死なむよ。我が夫《せ》。生けりとも、我に寄るべしと、云ふといはなくに
もうわたしは、覚悟して死にましょう。譬い生きていたところで、あなたの心が、わたしの方へ向いて下さる訣《わけ》というでもないのに。

685人言《ごと》を繁みや、君を、ふたさやの、家を隔てて恋ひつつをらむ
人の言のうるささに、思うあなたを、わたしの家へお呼び申さずに、別々にいて、焦れていねばならんものでしょうか。

686此頃に千年や行きも過ぎぬると、我や然《しか》思ふ。見まく欲《ほ》れかも
近来僅かの間に、千年も過ぎてしもうたように思うのは、わたしが逢いとう思うために、そう考えるのでしょうか。

687愛《うるは》しと我が思《も》ふ心、早川の堰《せ》きと堰くとも、尚や崩《く》えなむ
愛《いと》しいとわたしが思う心は、流れの急な川が、堤を破るように幾何《いくら》喰いとめても、それでも崩れて恋しくなることでしょう。

688青山を横切る雲の著《いちじる》く、自《われ》と笑《ゑ》まして、人に知らゆな
青い山の上を、白い雲が横切って通ると、はっきり見えますが、そうした風に、人目につき易く、思い出し笑いなどして、人に悟られぬようにして下さい。

689海山も隔たらなくに、何しかも、婦《め》事《ごと》をだにも甚乏《ここだとも》しき
あなたと、わたしとの間は、海と山とを隔てているという訣《わけ》ではありません。それに何故お出逢い申すことさえ、甚《ひど》く尠《すくな》いのでしょうか。

大伴ノ三依、別れを悲しんだ歌

690照れる日を暗《やみ》に見なして泣く涙、衣濡しつ。干す人なしに
赫々と照っている日さえも、暗の夜のように、光も見えない程、泣く涙が、慰めて乾す人がないので、著物《きもの》を濡らしている。

大伴ノ家持、ある処女に贈った歌。二首

691ももしきの大宮人は多かれど、心にのりて思ほゆる妹
宮中に仕えている、女官たちはたくさんあるけれど、自分の心中に、のしかかって離れ

ずに、思われるいとしい人よ。

692 うはへなき妹にもあるかも。斯《か》く許《ばか》り人の心を尽《つく》さく、思へば
愛相のない無情な人であることだ。こんなにまで、人に苦労さすのを考えると。

大伴ノ千室《ちむろ》の歌

693 かくしのみ恋ひや渡らむ。秋津野にたなびく雲の、過ぐとはなしに
こんなにばかりして、ずっと焦れ続けねばならぬか。秋津野に懸っている雲なら、直消《すぐ》
えるが、いつまでたっても、この心持ちは、消えるということはないのだ。

広河ノ女王の歌。二首

694 恋ひ草を、力車に七車《ななぐるま》積みて恋ふらく。我が心から
これも自分の心から求めてしたことで、何とも為方《しかた》はないが、この頃は恋い草を荷積車
に七台分も積んで、それを曳いて苦しむように、恋に苦しんでいることだ。

695 恋ひは、今はあらじと我は思へるを、何処《いづく》に、恋ひぞ、握《つか》み懸れる
すっかり恋を退治してしまって、もう恋は残っていないと思うていたのに、どの辺に恋

の奴が、ひっ著《つ》いて、振り落されずに、掛かっていたのであろうか。

石川ノ広成《ひろなり》の歌

696家人に恋ひ過ぎめやも。河蝦《かはづ》鳴く泉の里に、年の経行《へゆ》けば
奈良の都を捨てて、恭仁《くに》の都のある、河鹿《かじか》の鳴いている泉の里に住んでから、月日が立った。それにつけても、いよいよ、家人を思う心が、うっちゃることが出来そうもない。

大伴ノ像見《かたみ》の歌。三首

697我が聞きにかけてな言ひそ。刈薦《かりごも》の乱りて思ふ。君がただかを
自分の耳へそういうことは、決して聞かせてくれるな。滅多無上に思い込んでいる、恋い人の容子《ようす》をば。

698春日野に朝居る雲のしくしくに、我は恋ひます。月に日《ひ》にけに
春日野に朝じっと懸っている雲が、いつもいつもあるように、いつもいつも自分は、深く思いこんで行くばかりである。月日が経つ毎《ごと》に、いやましに。

699一瀬には千度障《ちたびさや》らひ行く水の、後も逢ひなむ。今にあらずとも

二人の中は、ちょうど一瀬を過ぎるのに、幾度となく邪魔物に出会うて、流れる水のようなものであるが、将来はきっと逢おうよ。今は楽に逢えないでも、辛抱していよう。

家持、処女の家の門まで行った時の歌

700かくしてやなほや帰らむ。近からぬ、道の間《あひだ》をなづみ参来《まゐき》て

私の家から、ここまでは、随分近くない里程《みちのり》です。その里程に難渋しながら、参上していながら、そんなにまでしながら、無駄に帰らねばならんのでしょうか。

河内ノ百枝《ももえ》ノ処女《おとめ》、家持に贈った歌。二首

701はつはつに人を相見て、いかならむ何《いづ》れの日にか、又よそに見む

苦心した結果、やっとの思いで、恋しい人にお出逢い申しておきながら、又どうした具合で、いつか縁が切れて、他人として見るようになりましょうか。なりそうな気がします。

702ぬば玉のその夜の月夜《つくよ》、今日迄に我は忘れず。間《ま》なくし思《も》へば

私は、間断なくあなたのことを思うていますので、お逢い申した、あの晩の月の容子を、今日になるまで、忘れはいたしません。

巫部《かむこべ》ノ麻蘇《まそ》ノ処女《おとめ》の歌。二首

703 我が夫子《せこ》をあひ見しその日、今日迄に、我が衣手は乾《ひ》る時もなし
あなたにお逢い申したその日から、今日になるまで、恋しさに泣いていますので、袖の乾く間もありません。

704 栲縄《たくなは》の長き命を欲《ほ》らくは、絶えずて人を見まほしめこそ
いつまでも生きていたい。長い命が欲しい、と思うのは、いつまでも、その人を見たいと思えばこそであります。

大伴ノ家持、童女《うない》に贈った歌

705 はね蘰《かづら》今する妹を夢《いめ》に見て、心の中《うち》に恋ひわたるかも
新しく男を知り初める、お前さんを、夢に見てから、表には現わさないで、心の中で、焦れ続けていることだ。

童女《うない》の答えた歌

706 はね蘰いまする妹はなかりしを。如何なる妹ぞ、甚恋《ここだ》ひたる

あなたは、いまする妹をと仰っしゃったが、それはわたしの方ではなかったので、他のどういうお方を、そんなに夢に見るまで、焦《こが》れていらっしゃったのでしょうかね。

粟田《あわた》ノ処女、大伴ノ家持に贈った歌。二首

707 思ひやる術《すべ》の知らねば、かたもひの底にぞ、われは恋ひなりにける

焦れる心をうっちゃる手段が訣《わか》りませんので、とうとう、わたしはどん底まで、焦れて参りました。

708 又も逢はむよしもあらぬか。白栲《しろたへ》の我が衣手にいはひ留めむ

あの時は、うっかり別れてしまいました。もう一度、逢う方法がなかろうか。そうしたら此度《こんど》こそは、自分の著物《きもの》に、あなたの魂を、結び留めて置く、禁厭《まじない》をしましょう。

豊前ノ国の処女大宅女《おとめおおやかめ》の歌

709 夕闇は道たづたづし。月待ちていませ。我が夫子《せこ》。その間《ま》にも見む

月が出るまでの暗がりの道は、とぼとぼと訣《わか》りにくいものです。どうか月が出るまで待って、その上で、お出かけ下さい。その間にでも、見ていとう御座います。あなたよ。

(佳作。)

安都《あと》ノ扉《とびら》ノ処女の歌

710 み空行く月の光に、只一目相見し人の、夢にし見ゆる
空を渡る月の光に、僅か一目だけ見かわしたような儚《はか》ない契りの人が、夢に見えて心を悩ますことよ。

丹波《たにわ》ノ大女《おおめ》ノ処女《おとめ》の歌。三首

711 鴨鳥《かもどり》の遊ぶ此池《この》に、木《こ》の葉《は》落ちて、浮べる心我が思はなくに
あなたは、そんなにわたしを疑いなさるが、わたしは、そんな鴨の泳いでる池に、木の葉が浮いているような、うわついた心を、起したことはありません。

712 美酒《うまざけ》を、三輪の祝部《はふり》が斎《いは》ふ杉、手触《てふ》りし罪か。君に逢ひ難き
三輪の神主が、大事に清めて仕えている、神木の杉のような、勿体《もったい》ないあなたに触わった罪と見えまして、あなたに逢われないことよ。

713 垣《かきほ》なす人言《ひとごと》聞きて、吾夫子《わがせこ》が心たゆたひ、あはぬ此頃《この》
垣のように、我々の身を繞《めぐ》る、たくさんの人の評判を恐れて、あなたの心が、それで躊《ちゅう》

躇《ちょ》して、この頃は、逢わないでいることよ。

大伴ノ家持、処女に贈った歌

714 心には思ひわたれど、よしをなみ、外《よそ》にのみして、嘆きぞわがする
心には、ずっと思い続けているが、いい寄る方がなくて、側から見ているばかりで、嘆息を吐《つ》くばかりである。

715 千鳥鳴く佐保の川門《かはと》の清き瀬を、馬うち渡し、何時か通はむ
佐保川の渡り瀬の、清らかな瀬をば、馬を渡していつ、自分が、あの人のもとへ通おうか。

716 夜昼《よるひる》といふ弁《わき》別知らず、我が恋ふる心は、蓋し夢《いめ》に見えきや
夜昼という差別もなく、自分が恋い慕うている心は、あの人の夢にあらわれただろうか。

717 つれもなくあるらむ人を。片思《も》ひに我は思へば、わびしくもあるか
同情のない人を、自分だけが片思いしているのは、情ないものだ。

718 思はずに、妹が笑《ゑま》ひを夢に見て、心の中に燃えつつぞをる
思いがけなく、夢にいとしい人の笑顔を見て、心の中で、独り、こがれていることだ。

719 健男《ますらを》と思へる我を。かく許り憔悴《みつ》れに憔悴《みつ》れ、片思《も》ひをせむ
自分は、立派な一人前の男だと思うている。それだのに、こんなにまで、衰えた上に衰えて、片思いをしているのが、腑甲斐《ふがい》ないことだ。

720 むらぎもの心砕けて、かく許り我が恋ふらくを、知らずかあるらむ
心配に心を砕いて、こんなにまで、わたしがこがれているのを、あの人は、知らずにいるのだろうか。

某が、聖武天皇に奉った歌

721 足びきの山にしをれば、風流《みやび》なみ、我《わ》がするわざを。咎め給ふな
ほんの心ばかりのしるしに、こんなものを奉りますが、山に住んでいますので、都風な、上品なことは出来ません。こんな鄙《ひな》びた、つまらぬ捧げ物をお咎《とが》め下さいますな。（坂上ノ郎女が、佐保の家で作ったものだ、という異本の伝えは、真であろう。）

大伴ノ家持の歌

722 かく許り恋ひつつあらずは、石木《いはき》にもならましものを。物思《も》はずして

こんなに色々物を思うくらいならば、いっそ物を思わないで、石や木になってしもうたら、ましであったろう。

大伴ノ坂上ノ郎女、跡見《とみ》ノ荘園《なりどころ》から、家に残っている娘の大嬢《おおいらつめ》に贈った歌。並びに短歌

723 常世《とこよ》にと我が行かなくに、小《を》金門《かなど》にもの悲しらに思へりし吾《わ》が子の刀自《とじ》を、ぬば玉の夜昼《よるひる》と云はず、思ふにし我が身は痩せぬ。嘆くにし袖さへ濡れぬ。かく許りもとなし恋ひば、故郷に此月頃をありかつましじ

遠い、仙人のいるような外国へ、わたしが行くのではないのに、門に出て悲しく思いながら、わたしを見送っていた、我が娘なる御寮人を、夜昼の分ちなく思うているために、自分の体は痩せた。嘆くために袖までも、いつも濡れている。こんなに、心細く焦《こが》れているのならば、これから先、幾月か、この寂《さび》れ果てた跡見《とみ》の里に、辛抱してようているだろうか。

反　歌

724 朝髪の思ひ乱りて、かく許り汝姉《なね》が恋ふれぞ、夢《いめ》に見えける

こんなにまで心乱れて、無上《むじょう》にわたしのことを、お前さんが思うているからか、夢に逢うたことだ。

右の歌は、大嬢への返歌である。

聖武天皇に奉った坂上ノ郎女《いらつめ》の歌。二首

725 鳰鳥《にほ》の潜《かづ》く池水、心あらば、君に、我が恋ふる心しめさね

にお鳥が潜《もぐ》っている池よ。池の真中を池の心というが、お前にもその心があって、思いやってくれるならば、我が君に、わたしの焦れている心をば、お見せ申してくれ。(とわたしの心は、池の心のように深い、と間接に示した歌。)

726 外《よそ》にゐて恋ひつつあらずは、君が家《いへ》の池に住むとふ鴨にあらましを

脇から焦れているくらいなら、あなたのおいでになる御殿の、池に住んでいるとか聞いています、その鴨になった方が、宜《よ》かったのでした。

大伴ノ家持、坂上家の大嬢《おおいらつめ》に贈った歌

727 萱草《わすれぐさ》我が下紐《したひも》に著けたれど、醜《しこ》の醜《しこ》草、言《こと》にしありけり

萱草を下衣の紐に著《つ》けたならば、物忘れをするというから、著けたのであるが、一向忘れはしない。この上なく詰まらない草だ。萱草なんて、語だけであった。

728 人も無き国もあらぬか。吾妹子と携はり行きて、たぐひてをらむ
他に誰も住んでいない、国があってくれれば宜《よ》いが、お前さんと手をつないで行って、遠慮なく始中終《しょっちゅう》並んで暮していよう。

大伴ノ坂上ノ家ノ大嬢、大伴ノ家持に贈った歌。三首

729 玉ならば手にも纏《ま》かむを。うつそみの世の人なれば、手にまき難し
玉であったら、手に纏きつけて、大事にしていようのに、人間世界であるので、手に纏きつけて、体を離さずいる、ということが出来ません。

730 逢はむ夜は、いつもあらむを。何すとか、その宵逢ひて言《こと》の繁きも
あんな日に、わざわざ逢う必要はなかったのだ。他に逢うべき夜は、幾らでもあったのだ。あんな晩に逢うたものだから、人の評判が、やかましくなったのだが、なぜ逢うたのでしょう。

731我が名はも、千名《ちな》の五百名《いほな》に立ちぬとも、君が名立たば惜しみこそ泣け

あなたはわたしが泣くのを、不思議がっていなさるが、あたり前ではありませんか。わたし等の名前は、譬《たと》いどのくらいに評判せられても、千通りが五百通りでもかまいませぬ。が、ただあなたの名の出るのが、大事さに泣くのであります。

大伴ノ家持の和《あわ》せた歌。三首

732今しはし、名の惜しけくも我《われ》はなし。妹によりてば、千重《ちへ》に立つとも

もう今では、名が大事でも何でもない。いとしい人のためにならば、幾重に悪い評判が立ってもかまいません。

733うつそみの世やも並行《ふたゆ》く。何すとか、妹に逢はずて、我《わ》が独《ひと》り寝む

人間の世の中は、一度過ぎても、又一度あるというように、二途《ふたみち》かけることが出来ましょうか。それにどうして、恋しい人に逢わないで、辛抱して独り寝を致しましょう。

734我が思ひかくてあらずは、玉にもが。まことも、妹が手に纏かれなむ

こんな風に自分が思うているくらいならば、いっそ玉にでもなりたいものだ。ほんとにおまえさんのいうた通り、いとしいおまえの手に纏《ま》かれることが出来よう。

再び、坂上ノ家ノ大嬢、家持に贈った歌

735 春日山霞たなびき、心ぐく照れる月夜《つくよ》に、独りかも寝む

春日山に霞がかかって、気の詰まって来るように、照っている月を見ながら、今夜は独り寝ることか。

又、家持、坂上ノ家ノ大嬢に和《あわ》せた歌

736 月夜《つくよ》には門に出で立ち、夕占《ゆふけ》とひ、足占《あしうら》をぞせし。行かまくを欲《ほ》り

月の照っている晩には、表へ出て行って、夕まぐれの道行く人の、言を聞いて辻占をしたり、又足占をして見たりして、今夜行けば逢えようかなどと考えて見た。あなたの処へ行きたさに。

又、大嬢、家持に贈った歌。二首

737 かにかくに人は云ふとも、若狭路《わかさぢ》の後瀬《のちせ》の山の、後《のち》も逢はむ。君

かれこれと、色々人は評判を立ててもかまいません。今は遠慮しておいて、若狭地方にあるという、後瀬山ではないが、将来あいましょうよ。あなたよ。

738世の中《なか》し苦しきものにありけらく。恋ひに堪へずて死ぬべく、思へば
世界というものは、苦しいものであったことだ。恋に辛抱し切れないで、自分が死のう
としているのを、考えて見れば。

再び、家持、坂上ノ家ノ大嬢に和《あわ》せた歌。二首
739後瀬山後も逢はむと思へこそ、死ぬべきものを、今日迄も生けれ
あなたの仰っしゃる通り、後々に逢うこともあろうと思えばこそ、死ぬはずを、今日ま
で生きていたのです。
740言《こと》のみを後も逢はむと、懇《ねもご》ろに我《われ》を憑《たの》めて、逢はぬ妹かも
口でばかり、将来逢おう、とくれぐれもわたしに頼りにさせて置いて、逢うてくれない、
つれない人だこと。

その後更に、大伴ノ家持から、坂上ノ家ノ大嬢に贈った歌。十五首
741夢の会《あ》ひは苦しかりけり。驚きて、掻き探れども、手にも触れねば
夢に出逢うたのは術《すべ》ないものです。目が醒めて、あなたがいなさるか、と探って見ても、
手にもさわりませんから。

742 一重のみ妹が結びし帯をすら、三重結ぶべく、我が身はなりぬ
あなたが結んでくれた時分は、ただ一重廻りであった帯が、三重廻りになる程、私は痩せました。

743 我が恋ひは千引《ちび》きの岩を七許《なな》り、首に懸けむも。心のかたき
私の焦《こが》れる心は、千人がかりで曳く岩を、七つ程も、首に引きかけたようです。それで、心が堪え難く、苦しゅうあります。

744 夕さらば、宿あけ設《ま》けて我《われ》待たむ。夢に逢ひ見に来むとふ人を
日暮れになったら、宿を明けて用意して待っていましょう。実際逢えないでも、深く思うている時には、夢にあいに来るというから、その逢いに来る人を待っていましょう。

745 朝夕《よひ》に見む時さへや、吾妹子が見とも見ぬ如《ごと》、尚恋しけむ
今は逢われないで、こんなに苦しんでいるが、もし、晴れて朝晩に見ることが出来るようになっても、(始終あの人を見ていながら)少しも逢わないように、いよいよ恋しゅうなるでしょう。

746生ける世に吾は未見ず。言絶《ことた》えて、かくおもしろく縫へる袋は

随分長く、暮して来ましたが、これまでには、こんなに形容出来ない程、旨《うま》く縫うた袋は、見たことがありません。（これはおそらく、大嬢が、自分は情も、血もない、皮でこさえた袋のような女だ、というて来たのに答えたのであろう。）

747吾妹児がかたみの衣下《した》に著て、直接《ただ》に逢ふまで、我が脱がめやも

あなたが別れる時に、記念に下さった衣を、下に重《かさ》ね著《ぎ》して、直接に会うことの出来るまで、どんなことがあっても、脱ぎますものか。

748恋ひ死なむそれも同じぞ。何せむに、人目、人言《ごと》こちたみ、吾《わ》がせむ

いずれ、焦れて死ぬのであって見れば、人目や、人の評判がうるさいというたところで、それも同じことだ。どうして、それに負けて思い止ってしまおうか。

749夢《いめ》にだに見えばこそあらめ。かく許り見えずてあるは、恋ひて死ねとか

せめて夢にでも、逢うて下さるのなら訣《わか》っていますが、こんなにまで、会うて下さらずに、いらっしゃるのは、大方死ねというお心でしょう。

750 思ひ絶えわびにしものを。なかなかに、何か苦しくあひ見初《そ》めけむ
思い断念《あきら》めて、悲観しながらも、それで済んでいたのに、憖《なま》じこんな苦しい思いをするために、なぜ逢いかけたのであろう。

752 かく許り面影にのみ思ほえば、如何にかもせむ。人目繁くて
人目のうるささに逢わないでいて、こんなに幻にばかり見て、慕われるようなことであったら、終《しまい》には、どうなることであろう。

753 あひ見ては、暫《しま》しも恋ひはなぎむかと、思へど、いとど恋ひまさりけり
いっそのこと、逢うたなら、しばらくの間でも、焦れる心は静まるだろうか、と思うていたが、逢うて見たら、いよいよ非常に焦れて来た。

754 夜《よ》のほどろ、我が出でて来れば、吾妹子が思へりしくし、面影に見ゆ
夜の中に、あなたの家を出て来たので、わたしが出た後で、あなたがわたしのことを、思うていらっしゃった様子が、幻に見えます。

755 夜のほどろ出でつつ来らく、度多《まね》くなれば、我が胸切り焼くが如し
あなたに逢うても、夜の中に出て来ることが度重なるので、一層恋しくなって、胸が切ったり焼いたりするように、悲しく感ぜられる。

大伴ノ田村ノ家ノ大嬢、妹坂上ノ家ノ大嬢に贈った歌。四首
756 外《よそ》に居て恋ふれば苦し。吾妹子をつぎてあひ見む、こと謀《はか》りせよ
側《わき》にいて、焦れているのは、術ないものである。お前さんと続け様に逢うていられる、謀《はかりごと》をそちらでも考えて下さい。(これは男女の贈答に準《なぞら》えて、恋人の心持ちになって作ったもの。)

757 遠からばわびてもあらむを。里近くありと聞きつつ、見ぬがすべなさ
遠く距《へだた》っておれば、悲観しながらでも、辛抱していましょうが、ごく近くに住んでいられる、と聞いて逢わないのは、遣《や》る瀬《せ》ないことです。

758 白雲のたなびく山の、高々に我が思ふ妹を、見むよしもがも
早く会いたい、と待ち焦れているお前さんに、どうぞ、逢う手段《てだて》がないものでしょうか。

759 如何ならむ時にか、妹を、葎生《むぐらふ》の賤しき宿に入りまさせなむ
いつになったら、お前さんはおこし下さるでしょうか。（という意味を、裏から、どういうおりに、葎の原のきたない家に、お入れ申そうかというたのである。）

大伴ノ坂上ノ郎女、竹田ノ荘園《なりどころ》から、娘の大嬢《おおいらつめ》に贈った歌。二首

760 うち渡す竹田の原に鳴く鶴《たづ》の、間なく時なし。我が恋ふらくは
ずっと見渡す、竹田の原に鳴く鶴のように、ちっとも止む間もなく、いつと限っていないことだ。わたしの焦れているのは。

761 早川の瀬にゐる鳥のよしをなみ、思ひてあらし、我子《あこ》はも。あはれ
急流の川の瀬に住んでいる鳥が頼りどころがないように、わたしがこんな遠方にいるので、たよりなさに、恋しく思うているに違いない、その子たちがいとしゅうてならぬ。

紀ノ郎女、大伴ノ家持に贈った歌

762 神さぶと、否には非ず。はたやはた、かくして後《のち》にさぶしけむかも
あなたのいうことが嫌だ、という訣《わけ》ではありません。自分は古めかしゅうなっていますが、それはそれとして、あなたに許した上で、わたしがこんなに、老《ふ》けていては、さぞ

殺風景なことでありはすまいかと思います。

763玉の緒を泡緒《あわを》に縒《よ》りて結べれば、ありての後も逢はざらめやも

わたしは、禁厭《まじない》に玉を貫く緒をば、淡路《あわじ》結びに縒って結んでいますから、それでこういう風にして辛抱して、今だけでなく、後にも逢えない、ということはありますまい。

大伴ノ家持の和せた歌

764百年に老《お》い舌《じた》出でてよよむとも、我は厭はじ。恋ひは増すとも

あなたが、百歳にもなって、ものいう声さえも、歯を洩れ勝ちに、はっきりしないようになっても、嫌わずにいつまでも、愛して焦れていよう。いよいよ、恋が募って来ることはあるかも知れぬが、どうして、捨てる気遣いはない。

恭仁《くに》の都にいて、奈良の坂上ノ家ノ大嬢を思うて、大伴ノ家持の作った歌

765一重山《ひとへ》へなれるものを。月夜良《つくよよ》み、門に出で立ち、妹か待つらむ

自分は遠方に来ているのであるが、あの人は、山一重隔《へだ》っているとも考えないで、月の良さに、門へ出て、私が来るかと待ってるだろう。

藤原ノ郎女、この歌を聞いて、坂上ノ大嬢に代って和《あわ》せた歌

766 **道遠み来じとは知れるものからに、しかぞ待つらむ。君が目を欲《ほ》り**

道が遠いから、来まいとは大嬢も知っているのだけれども、あなたの仰っしゃるように、待っているのだろう。あなたの顔が見たくて。

大伴ノ家持、又、大嬢に贈った歌。二首

767 **都路を遠みや、妹が、此頃は誓《うけ》ひて寝《ぬ》れど、夢《いめ》に見え来ぬ**

都の方の遠いからか、毎晩夢に見るようにと禁厭をして寝るけれども、この頃は一向、お前が夢に出て来なさらぬ。

768 **今しらす恭仁の都に、妹に逢はず久しくなりぬ。行きてはや見な**

新しく建てて領し給える恭仁《くに》の都にいて、いとしい人に逢わないで、長くなった。早く行って見よう。

大伴ノ家持、紀ノ郎女に答えた歌

769 **ひさかたの雨の降る日を、只一人山辺にをれば、いぶせかりけり**

私のいる恭仁の都は、山の中です。その山の辺《あたり》に、ただ一人いると、雨の降る日は、ほ

んとうに陰気です。

大伴ノ家持、恭仁の都から、坂上ノ大嬢に贈った歌

770人目多《おほ》み逢はざるのみぞ。心さへ、妹を忘れて我が思はなくに

監視している人がたくさんあるので、逢わないばかりです。逢わないからというて、お前さんを思い忘れたりはいたしません。

771詐《いつは》りも似付きてぞする。現《うつ》しくも、まこと吾妹子我に恋ひめや

あなたは嘘までもほんとらしゅうなさる。まざまざとした偽《いつわ》りだ。実際はどうして、私に焦れているなどということがありましょうか。

772夢にだに見えむと、我は欲《ほ》しけれども、あひし思《も》はねば、宜《うべ》見えざらむ

譬《たと》い逢うことが出来ないでも、せめて夢になりと逢いたいものだ、と私は願うているけれども、なるほど片思いだから、夢にも見えないのも、無理はなかろう。

773言《こと》とはぬ木すら紫陽花《あぢさゐ》。諸茅《もろち》等《ら》が練《ねり》の村人《むらと》に欺《あざむ》かえけり

もの言わぬ木でさえも、紫陽花のような、移り気なものがあるのに、用心もしないで、

自分はあの諸茅《もろじ》という絹織の村人に、うっかり欺《だま》されたことであった。その諸茅の村人は、あなたなんですよ。

774 百千度恋ふといふとも、諸茅等が練《ねり》の言《ことば》し、吾は憑《たの》まじ

諸茅の里人が、練絹を売り附けるような嘘の口上を、譬い幾度繰りかえされても、私は決して、信頼は出来ません。

大伴ノ家持、紀ノ郎女に贈った歌

775 鶉鳴く古りにし里ゆ思へども、何《なに》ぞも妹に逢ふよしもなき

昔いた里すなわち、奈良の都の時分から、お前さんを慕うていたが、どうしてこんなに、あう手段がないのだろう。

776 言出《ことで》しは誰が言《こと》なるか。小《を》山田《やまだ》の苗代《なはしろ》水の中淀《なかよど》にして

言い出したのは、そもそも、誰がいい出したのですか。それに逢うよしもなきなどと、口前のよいことをいうて、中途で飽いて、いい加減に寄りつきもなさらないで、口ばかりは、御立派なことです。

大伴ノ家持、再び、紀ノ郎女に贈った歌。五首

777 吾妹子が宿の籬《まがき》を見に行かば、蓋《けだ》し、門《かど》より帰しなむかも

お前さんの住んでいる、閨房《ねや》の前の垣を見ようとして行ったら、大方門から追い帰しなさるだろうね。

778 うつたへに籬の姿見まく欲《ほ》り、行かむと云へや。君を見にこそ

垣根を見に行ったら、追い帰しなさろうというと、又心ないあなただから、ほんとうに、てっきり垣を見に来ると思いなさるかも知れないが、私が行きたいというのは、垣が見たいばかりでいいましょうか。あなたを見るためなんですよ。

779 板葺《いたぶき》の黒木《くろき》の屋根は、山近し、明日伐り採りて、持ちて参来《まゐこ》む

あなたのお住みになる、家の屋根の木材は、こんなに山が近いのだから、明日でも取って参りましょう。

780 黒木取り、茅《かや》も刈りつつ仕へめど、勤《いそ》しき汝《わけ》と、褒《ほ》めむともあらず

私はあなたのためなら、一所懸命に、山に這入って荒木を採って来たり、屋根を葺く茅も刈って来ましょうが、忠実なお前だ、と褒めて下されそうにもありませんことよ。

781 ぬばたまの昨夜《よべ》は帰しつ。今宵さへ、我を帰すな。道の長てを
あなたは昨夜、私をそのまま戻しなさった。今晩までも又追い帰すようなことをしては
下さるな。遠い距離の道を行くのですもの。

紀ノ郎女、裹物《つともの》を友に贈った歌

782 風高み岸《へ》には吹けども、妹《いも》が為、袖さへ濡れて苅れる玉藻ぞ
海岸には風が高く吹いていたけれども、それに貪著《とんじやく》なく、立つ波に袖までも濡れて、お
前さんのために摘んだ、これは、お土産の玉藻です。

大伴ノ家持、某処女に贈った歌。三首

783 一昨年《をととし》の先《さき》つ年より今年迄恋ふれど、なぞも、妹にあひ難き
私がお前に焦《こが》れている心は、今年や去年のことではない。一昨年の、も一つ先の年から
今年まで、ずっと焦れ続けているのだが、どうして、お前に逢われないのだろう。

784 現《うつつ》には更にもえ云はじ。夢にだに、妹が手《た》もとを枕《ま》き寝《ぬ》とし見ば
こうなつた上は、もう繰りかえしては、現実に逢うてくれ。どうのこうのとは、よう申

しません。せめて夢にでも、お前さんと一つになって、手を枕に寝ているとさえ見たら、それで満足だ。

785 我が宿の草の上《へ》白く置く露の、命も惜しからず。妹に逢はずあれば

一向お前に逢うことが出来ないから、もう今では、自分の屋敷の草の上に白く置いている露のように、命がなくなっても、大事ないと思う。

大伴ノ家持、藤原ノ久須麻呂《くすまろ》に贈った歌。三首

786 春の雨弥頻降《いやしき》るに、梅の花未《いまだ》咲かなく、いと若みかも

春雨はどんどんと降り続けていますが、梅の花はまだ咲きません。大方非常に若樹であるからでしょう。(これは、久須麻呂の家にいた、年若い女の許《もと》へやったのだといわれているが、久須麻呂は、家持が同性の愛人であったものと見える。そして後《の》の二首の歌は、決して久須麻呂が、他人に代って作ったものではなく、自分の心を叙べたものであろう。)

787 夢の如思ほゆるかも、はしきやし君が使ひの多《まね》く通へば

可愛いあなたの使いが、度々《たびたび》やって参りますので、あまりの嬉しさに、夢のように思わ

れます。

788 うら若み、花咲き難き梅を植ゑて、人の言繁《ことしげ》み、思ひぞ我《わ》がする

あまり若々として、容易に花の咲かぬ梅を、自分のもとに植えこんで、評判がうるさくて、自分は物思いをしている。

再び、家持、久須麻呂に贈った歌。二首

789 心ぐく思ほゆるかも。春霞たなびく時に、言《こと》の通へば

春霞のかかっている、人の心を感傷せしめる時分に、便りがやって来ると、気がつまるように思われることだ。(傑作。)

790 春風の音にし出なば、ありさりて、今ならずとも、君がまにまに

春風ではないが、私を愛しているとさえ、あなたが言に出して下さったならば、このままにしておって、今逢わなくても宜しい。あなたの心任せに待っていましょう。

藤原ノ久須麻呂の答えた歌

791 奥山の岩かげに生ふる菅《すが》の根の、懇《ねもご》ろ、我《われ》も相思はざれや

奥山の岩かげに生える、麦門冬の根ではないが、私の方でも、懇《ねんご》ろに、思わないでいましょうか。

792 **春雨を待つとにしあらし。我が宿の若木の梅も、未《いまだ》ふふめり**

春雨が降っているといわれますが、一向降らんじゃありませんか。あなたのいわれた、私の屋敷の若木の梅も、降って来るのを待っているという訣《わけ》でもありましょうか。まだつぼんでいます。(あなたは一向来て下さらぬ。あなたのおいでを、待ちかねているという意。若木の梅は、久須麻呂自身である。)

巻第五

雑《ぞう》の歌

□太宰ノ帥《そち》大伴ノ旅人《たびと》卿、凶問《きょうもん》に報《こた》えたる歌。一首並びに序
過故《くわこ》重畳し、凶問累《しき》りに集《つど》へば、永《ひたす》らに崩心の悲しみを懐き、独り断腸の泣《なみだ》を流しぬ。但、両君の大助に依りて、傾命纔《けいめいわづ》かに継げるのみ。筆言を尽さざるは、古今歎く所なり。

793 **世の中《なか》は空しきものと知る時し、いよよますます悲しかりけり**

仏法では、すべて存在している物質は、同時に空《くう》だと説いているが、悲しいことに出おうて、はじめてこの世界が何物も皆仮りの形で、空しいことだと思い当った時は、悟りがひらけたのだから、安心出来そうなものだが、何も考えていなかった時分よりも、更に痛切に悲しみを感じることだ。（これは大和から共に来た、妻女が死んだ時に、自分も病気になったが、癒えて後、府の政を代って行のうてくれた人々に贈ったものらしい。）

神亀五年六月二十三日
蓋《けだ》し聞けらく、四生《ししやう》の起滅することは、方《まさ》に夢の如《ごと》くにして皆空しく、三界《さんがい》の漂流することは、環《たまき》の息《や》まざるに喩ふてへり。所以《ゆゑ》に維摩《ゆゐま》大士《だいし》、方丈に在《いま》しても、染疾《ぜんしつ》の患を懐《いだ》くことあり、釈迦能仁双林《のうにんそうりん》に坐《いま》しても、泥洹《ないをむ》の苦しみを免るること無かりき。故に、二聖の至極なるさへ、力負の尋《つ》ぎて至るを払ふこと能はざりしを知りぬ。三千世界、誰か能く黒闇《こくあん》の捜り来るを逃れむ。二鼠競ひ走りて、而《しか》も目を渡《わた》る鳥は旦《あした》に飛び、四蛇争ひ侵して、而《しか》も隙《ひま》を過ぐる駒は夕に走りぬ。嗟乎《ああ》痛しい哉。紅顔、三従《さんしよう》と共に、長く逝き、素質、四徳と与《とも》に永《とこしな》へに滅びぬ。何ぞ図りきや、偕老、要期に違ひ、独飛、半路に生ぜむとは。蘭室《らんしつ》の屏風《へいふう》徒らに張りて、断腸の哀しみ弥《いよよはなはだ》痛し。枕頭の明鏡空しく懸りて、染筠《せんゐん》の涙は逾《いよいよ》落つ。泉門一たび掩《おほ》へば、再見るに由《よし》なし。嗚呼哀しい哉。

愛河波浪已先滅　愛河の波浪は已に先に滅び
苦海煩悩亦無結。　苦海の煩悩は亦た結ぶこと無し
従来厭離此穢土　従来此の穢土《えど》を厭離《おんり》しつ
本願託生彼浄刹。　本願は生を彼の浄刹《じようせつ》に託すにあり

日本挽歌《やまとばんか》。並びに短歌。五首
794 大君の遠《とほ》の領《みかど》と、しらぬひ筑紫《つくし》の国に、泣く子なす慕ひ来まして、息だにも未《いま》だやすめず、年月も幾許《いくだ》もあらねば、心ゆも思はぬ間《あひだ》に、打靡き臥《こや》しぬれ、言はむすべせむ

すべ知らに、草木をもとひさけ知らず、家ならば形《かたち》はあらむを、うらめしき妹の尊《みこと》の、吾《あれ》をばもいかにせよとか、鳰鳥《にほとり》の二人並び居、かたらひし心そむきて、家離《いへさか》りいます

天皇陛下の遠い辺鄙《へんぴ》の領土とせられている、筑紫の国まで、赤ん坊が親を慕うように、自分を恋しがってついて来られて、永の旅路に疲れた息もまだ休めないで、歳月もまだいくらにもならないので、こんなことになろうとは、心底から思うておらなかった最中に、起き上ることが出来ずに、病み臥してしまわれたから、何とも彼《か》とも為方《しかた》もなく、苦しみをいい表わす術もわからず、せめて物いわぬ草や木にも物をいうて、憂さはらしをしょうと思うても、その術がわからず、答えてもくれない。苦しんでいたが、それでも家にさえいて下されば、姿は目の前にあったろうものを、うらめしい無情な、私の大事にしている細君が、この私をどうなってもかまわぬと思うてか、あの水に浮く鳰鳥のように、始終二人並んでいて、契りを交わしていた心を捨てて、家から離れていらっしゃることだ。

反　歌

795 家にゆきていかに吾《あ》がせむ。枕づく閨房《つまや》さぶしく思ほゆべしも

家に帰ったところで、どうしょうか。何にもならないことだ。帰れば、閨房が寂しゅう思われることだろうよ。

796はしきよし。かくのみからに、慕ひ来《こ》し妹が心のすべもすべなさ

かような風になってしまうだけに過ぎなかったのに、そのために、わざわざ自分を慕うてやって来た、可愛い妻の心の中を思うと、どう考えても遣る瀬なくてやる瀬なくて、しかたがない。

797悔《くや》しかも。斯く知らませば、青丹《あをに》よし国中《くぬち》ことごと見せましものを

残念なことだ。こういう風になると、わかっていたら、せめて奈良の都中を、すっかり見物させておいたのに。

798妹が見し樗《あふち》の花は散りぬべし。わが泣く涙いまだ干《ひ》なくに

いとしい人が病中に見ていた樗の花は、もうそろそろ散り初めているだろう。自分の泣いている涙が、まだ乾かないうちに。

799大野《おほぬ》山《やま》霧立ち渡る。わがなげくおきその風に、霧立ち渡る

大野山にはずっと霧が立っている。あれは自分が吐息つく息の風に、霧が立ち渡っているのだ。（この序賦及び日本挽歌は、旅人を慰めるために、憶良が作ったのである。）

神亀五年七月二十一日

筑前ノ国守山ノ上ノ憶良　上《たてまつる》

□惑える情《こころ》を反さしむる歌。並びに序

或人《あるひと》、父母を敬ふことを知らず、侍《かしづ》き養ふことを忘れ、妻子を顧みざること、脱履《だつり》よりも軽くして、自らは畏《ゐ》俗先生《ぞくせんじやう》と称して、意気青雲の上に揚れりと雖《いへど》も、身体は猶《なほ》塵俗の中にありて、未修行得道の聖を験《し》らず。蓋《けだ》し是、山沢に亡命する民なり。所以《ゆゑ》に、三綱を指し示し、五教を更め開きて、遺《お》くるに歌を以てして、其惑ひを反さしめぬ。歌に曰はく、

800 父母を見れば尊し。妻子《めこ》見れば愍《めぐ》し愛《うつく》し。世の中は斯くぞ、ことわり。もちどりのかからはしもよ。行方知らねば。』穿沓《うけぐつ》を脱ぎ捨《つ》る如く、蹈み脱ぎてゆくちふ人は、石《いは》木《き》より生《な》り出《で》し人か。汝が名宣《の》らさね。』天《あめ》へ行かば、汝《な》がまにまに。地《つち》ならば大君います。この照す日月の下《した》は、天雲の向臥《むかぶ》す極み、蝦蟇《たにぐく》のさ渡る極み、聞《きこ》し治《を》す国のまほらぞ。かにかくに欲しきまにまに、然《しか》にはあらじか

両親を見る時は、尊いという心が起り、妻子を見ると、いたわしく可愛い。なるほど人間は、黐《もち》にかかった鳥のように、はなれ難いことだ。けれども、世の中はこういう風なのが、道理なのだ。我々は世界をはなれてどこへも行く先がないのだから。ところが、履物を脱いでうっちゃるように、蹈み脱いで行く人は、一体どういう人だろう。石や木

から生れて出た人か。お前は、一体どうした人間だ。禽獣ではあるまいか。お前の所属している、部類の名を仰っしゃい。ともかくも、天へ昇って行ったら、なるほどお前の勝手だ。しかし地上にいる以上は、お前より偉い天皇陛下がいらっしゃる。この月日の照らしている天の下は、空の雲が遥かに連っているだけの広さ、蝦蟇《ひきがえる》が水や陸を歩いて行けるだけの広さ、天があり、地があるだけは、天皇陛下が治めていらっしゃる国の、おっ開いた結構なところである。まあ何しろ、あれこれとしたい三昧《ざんまい》にやるということは、それは然るべきことではあるまいよ。

反歌

801 ひさかたの天路《あまぢ》は遠し。なほなほに家に帰りて、業《なり》をしまさに

空へ昇る道は、非常に遠い。まあまあ、そんなにひねくれないで、すなおに、家に帰って、為事《しごと》をなさいよ。

□釈迦如来の金口《ごんく》、正《まさ》に説き給へらく、等しく衆生を思ふこと、羅睺羅《らごら》の如くすと宣《のたま》ひ、又愛《いつくし》むことは、子に過ぎたるは無しと説き給へり。至極の大聖すら、尚子を愛む心あり。況《いは》めや、世間の蒼生《あをひとくさ》、誰か子を愛《うつくし》まざらむ。

802 瓜喰《は》めば子ども思ほゆ。栗食めばましてしぬばゆ。いづくより来たりしものぞ。まな

かひに、もとな、かかりて、安寝《い》し寝《な》さぬ

甜瓜《まくわうり》を食うと、子どもが思い出される。栗を食うとなおさら思い出される。そうした風に、何につけても、思い出される子どもという者は、一体どういうところから、どうしてやって来たものであるか知らぬが、目の間に、心もとないばかりに、始終ちらついていて、安眠をばさせないことだ。

反　歌

803 銀《しろがね》も、黄金《こがね》も、玉も、なにせむに優《まさ》れる宝。子に如《し》かめやも

銀も、黄金も、あらゆる宝も、どうして一等の宝なものか。子に及ぶ宝があろうか。

□世間《よのなか》の住《とどま》り難きを哀しめる歌。一首並びに序

集《つど》へ易く排《はら》ひ難きは、八大辛苦にして、遂《と》げ難く尽し易きは、百年の賞楽なり。古人の歎きし所、今亦之《ここ》に及びぬ。所以《ゆゑ》に因りて、一章の歌を作りて、二毛の歎きを撥《はら》ひぬ。其歌に曰はく、

804 世の中《なか》の術《すべ》なきものは、年月の流るる如し。取りつづき追ひ来《く》るものは、百種《ももくさ》に迫《せ》めより来《き》たる。』処女等《をとめ》が処女さびすと、韓玉《からたま》を手《た》もとに纏《ま》かし、白栲《しろたへ》の袖振りかはし、紅《くれなゐ》の赤裳《あかも》裾《すそび》曳き、よち子らと手たづさはりて、遊びけむ時のさかりを、止《とど》みかね過

ぐしやりつれ、みなのわたか黒《ぐろ》き髪にいつの間《ま》か霜の降りけむ。丹《に》のほなす面《おもて》の上に、いづくゆか皺かき垂《た》りし、常《つね》なりしゑまひ、眉《まよ》びき、咲く花の移《うつ》ろひにけり。世の中は、かくのみならし。』健男《ますらを》の男《をとこ》さびすと、剣大刀腰にとり佩《は》き、猟弓《さつゆみ》を手《た》握《にぎ》り持ちて、赤駒《あかごま》に倭文《しづ》鞍《くら》うちおき、はひ乗りて遊び歩《ある》きし世の中や、常にありける。処女等がさ鳴《な》す板戸を、押し開きい辿り寄りて、ま玉手の玉手さし交《か》へ、さ寝し夜のいくだもあらねば、手束《たつか》杖《づゑ》腰にたがねて、かゆけば人にいとはえ、かく行けば人に悪《にく》まえ、およしよは、かくのみならし。たまきはる命惜しけどせむ術もなし

世の中のやるせないことは、年月が流れるようであることだ。後から後からと続いて追かけて来る生老病死の苦は、様々な風になって、せめ寄せ届いて出る。それで、若い者は総て年が寄ってしまう。処女たちが処女らしいわざをするとて、美しい韓国の玉を腕に纏《ま》きつけ、白栲の著物《きもの》の袖を互に振りながら、紅で染めた、赤い袴の裾を曳き、おない年位の娘等と、手をつなぎ合うて、遊んでいた若い頂上の時代を、引き止めておくことが出来ないので、取り逃してしもうたために、真黒な髪に、いつの間に霜が降ったのか、真赤な顔の上に、どこから皺《しわ》が出て来たのか知らないが、いつも変らなかった笑顔も、薄く引いた眉毛の曲線も、衰えてしもうたことだ。世の中というものは、こういう風になるのに極っているのだ。男の方でいうと、丈夫な男が、男らしいことをしようとして、刀をば腰に纏《まと》い、狩りの弓を手に握って持ち、赤毛の馬に倭文の布の泥障を置い

て、それに這い上って乗って、あちらこちらと遊び廻った、その時代が、いつまでも変らずにあったろうか。その男がたたいて鳴す板戸を、処女が出て来て、押し開けて、さぐり寄って、玉のような美しい手をさし交わし、寝た晩がそんなにたくさんにもならないうちに、とっくの間に、杖を腰のあたりで萎《しな》う程によりかかって、あちらへ行けば、人に嫌われ、こちらへゆけば、人に悪まれたりするという風で、大体世の中は、こういう風になるのに極っているのだ。もちろん命は惜しいけれども、何とも為方《しかた》がない。

反　歌

805 常磐《ときは》なすかくしもがもと思へども、世のことなれば止《とど》みかねつも

堅い磐《いわ》のように、そういう風に老いもせず、変りもせずにいたい、とは思うものの、これはかない人間世界のことであるから、喰い止めることが出来ないでいることとよ。

神亀五年七月二十一日、嘉摩《かま》ノ郡に於て撰《つく》り定《さだ》めつ。筑前ノ国守山ノ上ノ憶良

□伏して来書を辱《かたじけな》くし、具《つぶ》らに芳旨《はうし》を承《う》けて、忽、漢《かん》を隔つる恋ひを成し、復《また》梁《りやう》を抱く意《こころ》を傷《いた》みぬ。唯冀《ねが》はくは、去留恙なくして、遂に披雲せむことを待つのみ。（大伴ノ淡等《たびと》謹状）

歌詞。両首

806竜《たつ》の馬《ま》も、今も得てしが、青丹《あをに》よし寧楽《なら》の京《みやこ》に往きて来《こ》むため
昔の人は、竜の馬に乗って、千里を駛《か》けたといいますが、今、私も、竜の馬なりとも欲しいものです。奈良の都へ、始中終往《しょっちゅう》って帰ってくるために。

807現《うつつ》には逢ふよしもなし。ぬばたまの夜《よる》の夢《いめ》にを、つぎて見えこそ
正気で起きている間は、逢う手だてもない。だから、夜見る夢に、絶えず逢うて下さい。

答えたる歌。二首

808竜の馬を、吾《あれ》は求めむ。青丹よし寧楽の京に来む人のたに
竜の馬を、私は探しておきましょう。奈良の都へやって来よう人の、お役にたてるために。

809ただに逢はずあらくもおほし。しきたへの枕去らずて、夢《いめ》にし見えむ
直接にお逢い申さずにいることも、月日が度重なってまいりました。ですから、おやすみの枕元を離れないで、いつも夢でお目にかかりましょう。

大伴ノ淡等謹状

梧桐《きり》の日本琴《やまとごと》一面（対馬結石山《ゆふしやま》の梧桐の孫枝《ひこばえ》なり。）

此琴、夢に娘子《をとめ》に化《な》りて曰はく、余《われ》は根を遥かなる島の崇《たか》き巒《みね》に託《よ》せ、幹《から》を九陽の休《よ》き光に晞《さら》し、長く煙霞を帯びて、山川の阿《くま》に逍遥し、遠く風波を望みて、雁と木との間に出入しぬ。唯、百年の後、空しく溝壑《こうがく》に朽ちむことを恐れにしが、偶《たまたま》、良匠に遭ひて、散じて小琴となりぬ。質の麁《あら》く、音の少《ひく》きを顧みずして、恒《つね》に君子が左琴とならむことを希ふてへり。

即歌ひて曰はく、

810 いかにあらむ日の時にかも、声知らむ人の膝の上《へ》、吾が枕《まくら》かむ

どういう時の、どういう日になったなら、自分の音を聞《き》き別《わ》けてくれる人の、膝の上を枕として据えられて、弾《ひ》かれるようになれようか。

僕《われ》、詩詠に報いて曰わく

811 言《こと》とはぬ木にはありとも、うるはしき君が手馴《たな》れの琴にしあるべし

ものをいわない木であっても、立派な方の手で弾き馴らされる琴と、おまえさんはなれるでしょう。

琴の娘子《をとめ》答へて曰はく、敬しみて徳音を奉《う》けつ。幸甚々々てへり。片時にして覚め、即夢の言に感じ、慨然として黙止《もだ》あることを得ず。故に公の使に附して、聊《いささ》か以て進御するの

み。謹状不具。

天平元年十月七日、使に附けて進上して、謹しみて中衛高明閣下《かうめいかふか》に通じぬ。謹空《きんくう》

□跪いて芳音を承《う》けて、嘉懽《かくわん》交《こもごも》深し。竜門の恩、復《また》蓬身の上にも厚かるを知りて、恋ひ望み殊に念ふこと常の心に百倍しつ。謹しみて白雲の什《うた》に和せて、以て野鄙の歌を奏しぬ。

房前謹状

812 **言とはぬ木にもありとも、吾が兄子《せ》が手馴《た》れの御琴、地《つち》に置かめやも**

ものをいわない木ではあっても、あなたのお使いつけの御琴をば、地べたにおいてよいものですか。(これは大伴旅人が、当時中衛ノ大将であった藤原房前に、対馬の結石山の梧桐の樹でこさえた和琴を、太宰府から都へ使した、太宰ノ大監大伴ノ百代《ももよ》に預けて、持参させた時に、当時流行の支那神仙譚に擬して、琴の精霊が、房前のところへ行きたいというたから差し上げるという趣向で、贈ったのである。だから前の二首は、もちろん旅人の作ったものであるはずである。)

十一月八日、使の大監に付け還して、謹しみて尊門の記室に通じぬ。

□鎮懐石の歌。一首並びに短歌(山ノ上ノ憶良)

筑前ノ国怡土《いと》ノ郡深江ノ村子負《こふ》ノ原に、海に、臨める丘の上に、二つの石あり。大なる者は、

長さ一尺二寸六分、囲《めぐ》り一尺八寸六分、重さ十八斤五両にして、小なる者は長さ一尺一寸、囲り一尺八寸、重さ十六斤十両なり。並びに皆楕円状にして、鶏子《とりのこ》の如し。其美しく好きこと、勝《あ》へて論ふ可からず。所謂径尺の璧《たま》なり。（或人云はく、此二石は、肥前ノ国彼杵《そのき》ノ郡平敷の石なり。占ふに当りて、手に取るてへり）深江ノ駅家《はゆまや》を去ること、二十里許《ばかり》にして、近く路頭に在り。公私の往来に、馬を下りて跪拝せざること莫し。古老相伝へて曰はく、往者《いにしへ》息長足日女《おきながたらしひめ》ノ命、新羅の国を征討したまひし時、茲《この》両石を用《も》ちて御袖の中に挿み著けて、以て鎮懐《ちんくわい》（実は是御裳の中にありき）と為したまひきてへり。所以《ゆゑ》に、行人此石を敬拝すてへり。乃《すなはち》歌を作りて曰はく、

813 かけまくはあやに畏し、足日女《たらしひめ》神の命《みこと》、韓国《からくに》をむけ平げて、御心を鎮め給ふと、い取らして斎《いは》ひ給ひし、ま玉なす二つの石を、世の人に示し給ひて、万代に言ひ継ぐがねと、海《わた》の底沖つ深江《ふかえ》の海上《うなかみ》の子負《こふ》の原に、御手づから置かし給ひて、神《かむ》ながら神さびいます、奇《くし》み霊《たま》、今のをつつに、尊きろかも

口に申し上げるのは、無上《むじょう》に恐れ多いことだが、神功《じんぐう》皇后と申し上げた、あの貴い御方が、朝鮮の国を従え平げるために、御心持ちをおちつけなさるために、お取りなされて、祀らせられた、玉のような立派な二つの石を、その後、世間の人にも、お見せあそばして、幾万年後までも、いい継ぐようにと、深江の里の海岸の、子負の原に、御自身のお手で、お置きなされて以来、神のお心通りに、物古りて、神々しくいらっしゃる、尊い

神のくしみ霊である、この二つの石よ。様々不思議なことの行なわれた大昔から、現在に伝わって、尊いことであるよ。

反　歌

814 天地の共に、久しく云ひ継げと、この奇《くし》み霊《たま》敷かしけらしも

天地と一処に永く語り継いで行くように、と神功皇后が、この霊妙不思議な石を、お据えになったのにちがいない。

右の事伝へ云へるは、那珂ノ郡伊知ノ郷簑島《みのしま》の人建部《たけべ》ノ牛麻呂、是なり。

梅花の歌。三十二首並びに序

天平二年正月十三日、帥老の宅に萃《あつま》り、宴会を申《の》べつ。時に初春の令月《よきつき》にして、気淑《きよ》く風和《なご》やかに、梅は鏡前の粉《よそほ》ひを披き、蘭は珮後《はいご》の香を薫《かを》しぬ。加以《しかのみならず》、曙の嶺は雲を移し、松は蘿《うすもの》を掛けて蓋《きぬがさ》を傾け、夕の岫は霧を結びて、鳥は縠《となみ》に封《ふう》ぜられて林に迷ふ。庭には新蝶舞ひ、空には故雁帰れり。於是《ここに》天を蓋《きぬがさ》にし、地を座して、膝を促《ちかづ》けて、觴《さかづき》を飛し、言《いふこと》を一室の裏《うち》に忘れて、衿《えり》を煙霞の外に開き、淡然として自ら放ち、快然として自ら足れり。若《けだ》し翰苑に非るよりは、何を以て情を攄《の》べむ。請はくは、落梅の篇を紀《しる》さむことを請ふ。古今夫《それ》何ぞ異ならめや。宜しく園の梅を賦して、聊か短詠を成すべしてへり。

（大伴ノ旅人）

大弐紀ノ卿

815 むつき立ち春の来らば、斯くしこそ、梅を折りつつ、楽しき終へめ
(今日に限らず、この後も)、毎年正月になって、春が来著《らいちゃく》したら、こういう風に、いつも梅を折ってかざして、楽しさの限りを尽して遊ぼうよ。

少弐小野ノ(老)大夫

816 梅の花今咲ける如《ごと》、散りすぎず、吾《わ》が家《へ》の園にありこせぬかも
梅の花が今咲いている通りに、いつまでも散ってしまわずに、自分の家の庭にもあってくれればよいが。

少弐粟田ノ大夫(人上)

817 梅の花咲きたる園の青柳《あをやぎ》は、蘰《かづら》にすべくなりにけらずや
こうして、楽しく遊んでいるが、この梅の花の咲いている庭の青柳は、もう頭に纏《ま》きつけて、いいようになっているじゃないか。(梅をかざした上に、青柳も蘰にしよう。)

筑前ノ守山ノ上ノ大夫(憶良)

818春さればまづ咲く宿の梅の花、ひとり見つつや、春日《はるひ》暮さむ
このお邸の梅の花は、春がくると、第一番に咲く花だ。それを自分ひとりだけが見て、永い春の日をば、楽しんでいてもしようがない。人と共に楽しもう。

豊後ノ守大伴ノ大夫（三依《みより》？）
819世の中は恋しけ。しゑや。斯くしあらば、梅の花にもならましものを
世の中というものは、どうしても執著の続《つ》がれる恋しいものだ。嗚呼こうして、梅に焦れていて、死ぬようなことがあったら、梅の花になりと、なって見たいものだ。

筑後ノ守葛井ノ大夫（大成）
820梅の花今盛りなり。思ふどち挿頭《かざし》にしてむ。今盛りなり
梅の花は、今が頂上である。仲よし同士、頭にさして遊ぼうよ。今真盛りである。

笠ノ沙弥（満誓《まんせい》）
821青やなぎ梅との花を折りかざし、飲みての後は、散りぬともよし
青柳と、梅と両方の花を折って、頭に挿して、酒を飲んで楽しんだ後は、散ってもかまわない。

主人（太宰ノ帥大伴ノ旅人）

822 我が園に梅の花散る。ひさかたの天より、雪の流れ来るかも

自分の家の庭に、梅の花が散る。或いは空から、雪が降って来るのではなかろうか、とも思う。

大監大伴氏ノ百代《ももよ》

823 梅の花散らくはいづく。しかすがに、この城《き》の山に雪は降りつつ

梅の花が散っているというのは、一体どこだろう。（とその自分のいる場所の梅をば、とぼけて指して）まだなかなか散らない。それはそうとして、もう一方、目の前に在る城の山には、雪がまだ、降った上に降っている。

少監阿（部？）氏ノ奥島《おきしま》

824 梅の花散らまく惜しみ、わが園の竹の林に、鶯鳴くも

自分の庭の竹の林では、梅の花の散るのを惜しがって、鶯が鳴いていることだ。

少監土《は》（師《じ》）氏ノ百村《ももむら》

825 梅の花咲きたる園の青柳を、蘰《かづら》にしつつ遊び暮さなよ。
梅の花の咲いてる庭に、のびた青柳をば、蘰として纏《ま》き附《つ》けて、今日は一日遊び暮そう

大典史《ふびと》(部《べ》)氏ノ大原
826 うちなびく春の柳と、わが宿の梅の花とを、いかにか判《わ》かむ
自分の庭にさいている、梅の花と、春の青柳とをば、どちらがいいと、判断をしようか。

少典山(口)氏ノ若麻呂
827 春されば、梢隠《こぬれがく》りて、鶯の鳴きて寝《い》ぬなる。梅が下枝《しづえ》に
春になると、木蔭に隠れて、鶯が鳴きながら寝ることだ。その梅の下枝の方で。

大判事舟《ふね》(?・丹比《たじひ》?)氏ノ麻呂
828 人毎に折りかざしつつ遊べども、いやめづらしき梅の花かも
だれもかれも、折って頭に挿して、遊んでいるが、それならば、珍しくも何ともないか
というと、見れば見るほど、めずらしい梅の花だ。

ないか。

829梅の花咲きて散りなば、桜花つぎて咲くべくなりにてあらずや
薬師《くすりし》張《ちょう》(?)氏ノ福子《さきこ》
梅の花が散ってしまうたならば、その後に続いて、もう桜が咲きそうになっているではないか。
筑前ノ介佐《さ》(伯《えき》?)氏ノ子首《こぶと》
830万代に年は来経《きふ》とも、梅の花、絶ゆることなく咲きわたるべし
いつまでも、年は立ちかわりやって来ても、梅の花は、いつの年も、絶えてしまうことなく、咲き続くことだろう。

831春なれば、うべも咲きたる梅の花。君を思ふと、夜《よ》寝《い》も寝《ね》なくに
壱岐ノ守板《いた》(持《もち》?)氏ノ安麻呂
春になったので、道理こそ、なるほど梅の花が咲いたことだ。この頃は、この梅の花なる君を、待《ま》ち焦《こが》れるために、夜寝ることもしないでいる。

832梅の花折りてかざせる諸人《もろびと》は、今日の間は娯《たの》しくあるべし
神司荒(?)氏ノ稲布《いなしく》

梅の花をば、折って頭に挿しているたくさんの人たちは、今日中は、さぞ愉快であるだろう。

大令史(小《お》?)野《ぬ》氏ノ宿奈麻呂

833 毎年《としのは》に春の来らば、斯くしこそ、梅をかざして、楽《たぬ》しく飲まめ

毎年春が来たら、その度毎《たびごと》に、梅を頭に挿して、こういう風に、楽しく酒を飲むことにしょう。

小令史田(?)氏ノ肥人《くまびと》

834 梅の花今盛りなり。百鳥《ももとり》の声の恋《こ》ほしき春来たるらし

梅の花は、今真盛りである。待ち焦れていた、いろいろの鳥の声のする春が、いよいよ、やって来たに違いない。

薬師高《くすりしこう》(?)氏ノ義通《ぎつう》

835 春さらばあはむと思《も》ひし梅の花、今日の遊びに逢ひ見つるかも

春になったら逢いたいもんだ(梅を愛して、人扱いにしている。)と思うていた梅の花に、今日この宴会に、逢うて見たことだ。

陰陽《うら》ノ師《し》礒(部)氏ノ法麻呂《のり》

836 梅の花手折りかざして遊べども、あきたらぬ日は、今日にしありけり

梅の花を折って、頭に挿していくら遊んでも、満足しない日は、今日の日である。

竿《かぞえ》ノ師《し》志(紀?)氏ノ大道《おおじ》

837 春の野《ぬ》に鳴くや鶯。なつけむと、我《わ》が家《や》の園に梅が花咲く

春の野に鳴いている鶯をば、なつけ寄せようと思うて、我が庭には、梅の花が咲いている。

838 梅の花散りまがひたる岡びには、鶯鳴くも。春かたまけて

大隅ノ目榎(本?)氏ノ椀麻呂《もい》

梅の花が、あたりをかきくらまして散っている岡の辺には、一心に春を待ちうけて、鶯が鳴いていることだ。

839 春の野《ぬ》に霧立ち渡り降る雪と、人の見るまで、梅の花散る

筑前ノ目田(?)氏ノ真上

春の野に雨気がずっとかかって、雪が降っていると知らない人が思うほどに、梅の花が散っている。

壱岐ノ目村(?)氏ノ彼方《おちかた》

840 **春柳蘰《かづら》に折りし、梅の花。誰か浮べし。酒杯《さかづき》の上《うへ》に**

蘰に折って纏《ま》きつけた梅の花をば、盃の上へ誰が浮べたのであるか。(自然に散ったのを、こういうたのである。)

対馬ノ目高(橋?)氏ノ老《おゆ》

841 **鶯の音《おと》聞くなべに、梅の花、我家《わぎへ》の園に咲きて散る、見ゆ**

鶯の声をば聞いていると、同時に、梅の花が、我が家の園に散る。それが見える。

薩摩ノ目高(橋?)氏ノ海人《あま》

842 **我が宿の梅の下枝《しづえ》に遊びつつ、鶯なくも。散らまく惜しみ**

自分の家の梅の下枝に、鶯が花の散るのを惜しんで、鳴いていることだ。

土師氏ノ御通《みみち》

843梅の花折りかざしつつ、諸人の遊ぶを見れば、都しぞ思《も》ふ

梅の花を折って、頭に挿しながら、たくさんな人の遊んでいるのを見ると、都のことを思い出す。

小野氏ノ国堅《くにかた》

844妹が家《へ》に雪かも降ると見るまでに、甚《ここだ》もまがふ梅の花かも

いとしい人の家に、雪が降っているのか、と思われるほど、ひどくまぎらわして咲く梅の花であることよ。

筑前ノ掾門(部)氏石足《いわたり》

845鶯の待ちがてにせし梅が花。散らずありこそ。思ふ子が為

鶯が待ちかねていた梅の花が、やっと咲いたのだから、自分のいとしゅう思う人が見るまでは、その人のために、散らずに残っていてくれ。

小野氏ノ淡理《あわまさ》

846霞立つ永き春日をかざせれど、いや懐しき梅の花かも

霞が立って、のどかな永い春の日に、頭にかざしていくら遊んでも、ちっとも厭《あ》かない

で、ますます、なつかしく思われる梅の花だこと。

員外《いんがい》、故郷を思う歌。両首(大伴ノ旅人)

847 我がさかりいたく降《くだ》ちぬ。雲に飛ぶ薬食《は》むとも、また復《を》ちめやも

自分の壮年の時期は、非常にふけてしまった。これでは、雲に飛んで昇れる、仙人になる薬を飲んだとて、も一度、もとの若さに戻ることがあるものか。

848 雲に飛ぶ薬食む従《よ》は、都見ば、いやしき吾身《あがみ》またをちぬべし

雲に昇って、飛行自在を得る薬をのむよりも、恋しい都さえ見れば、その尊さによって、この賤しい老爺のからだも、若返ることだろう。(この歌は、右の観梅の宴に、大伴旅人が別につくって、皆に示したものと見える。)

後より追って、梅の歌に和《あわ》せて作りたる歌。四首(大伴ノ旅人)

849 残りたる雪に雑《まじ》れる梅の花、早くな散りそ。雪は消《け》ぬとも

残っている春の雪に雑って、咲いている梅の花よ。片方の雪は、消えてしまっても、急には散らないでいてくれ。

850 雪の色を奪ひて咲ける梅の花、今盛りなり。見む人もがも

雪の白い色をうばうて、それにうち勝って、真白に咲いている梅の花は、今が頂上である。誰か見る人がないかしらん。

851 わが宿に盛りに咲ける梅の花、散るべくなりぬ。見む人もがも

自分の屋敷うちに、真盛りに咲いている梅の花が、散りそうになって来た。誰か見る人があればよいが。

852 梅の花夢《いめ》に語《かた》らく、みやびたる花と吾思《あれも》ふ。酒に浮べこそ

わたしの見た夢に、梅の花が現われて話すことには、私自身、上品な雅趣のある花だと思います。どうぞ、酒に浮べて下さいというた。(これは、前の梧桐日本琴の歌と、同じ趣向である。)

□松浦《まつら》河に遊びて、贈答したる歌。八首並びに序(大伴ノ旅人)

余暫く松浦ノ県《あがた》に往きて、逍遥したるを以て、聊《いささ》めに、玉島の潭《ふち》に臨みて遊覧しつ。忽に、魚を釣る女子《をとめ》等に値《あ》ひぬ。花容双《なら》びなく、光儀《よそほひ》匹《たぐひ》なし。柳葉を眉の中に開き、桃花を頬の上に発《ひら》く。意気は雲を凌ぎ、風流は世に絶えたり。僕問ひて曰へらく、誰が郷の誰が家の

児等ぞ。けだし疑はくは、神仙とふ者かと。娘等《をとめ》皆咲《わら》ひて答へて曰へらく、児等は漁夫の舎《やど》の児、草菴の微《いや》しき者にして、郷もなく、家もなし。何ぞ称して云ふに足らめや。唯、性《さが》水に便《かな》ひ、復、心山を楽《この》む。或は洛浦《らくほ》に臨みて、徒らに玉女を羨み、乍ち巫峡《ふかふ》に臥して、以て空しく烟霞を望めり。今邂逅《わくらは》に貴客に相遇ひて、感応するに勝《た》へず。輒《すなはち》、款曲《くわんきよく》を陳べむ。而今以後《いまよりのち》豈《あに》偕に老いざるべけめやてへり。下官対へて曰へらく、唯唯《さりさり》、敬《つつ》しみて芳命を奉《う》けつと。時に、日は山の西に落ち、驪馬《りば》は去らむとす。遂に懐抱を申《の》べ、因りて詠歌を贈りて曰はく、

853 あさりする海人《あま》の子どもと人は云へど、見るに知らえぬ。貴人《うまびと》の子と

魚や貝をせせり歩く、海士の児だと、この人々はいうていられるが、見ただけで、身分のある人の娘さんだ、ということが訣《わか》っている。

答《こた》え詩《うた》に曰わく

854 玉島のこの川上《かはかみ》に、家はあれど、君をやさしみ、あらはさずありき

私の家は、この玉島川の川の上に在りますが、あなたが恥しさに、身分は明らかにせず、匿《かく》していたのでございます。

蓬客《たびびと》等、更に贈れる歌。三首

855 松浦川《まつら》。川の瀬光り、鮎釣ると、立たせる妹が裳の裾濡れぬ
鮎を釣ろうとして、松浦川の川の瀬が光るほど、美しい姿で、立っていらっしゃる、いとしい人の袴の裾が濡れたことだ。

856 松浦なる玉島川に、鮎釣ると立たせる子等が家路知らずも
松浦の玉島川で、鮎を釣ろうと立っていらっしゃる、いとしい人の家は、どう行くのやら、その路がわからない。

857 遠つ人松浦の川に、若鮎《わかゆ》釣る妹が手《た》もとを、我《われ》こそ枕《ま》かめ
松浦の川べりで、若い鮎を釣っている、いとしい人の手を枕としたいものだ。誰よりも自分が。

娘《おとめ》等更に報《こた》えたる歌。三首

858 若鮎《わかゆ》釣る松浦の川の川波の、なみにし思《も》はば、我《われ》恋ひめやも
若鮎を釣る、松浦川の川波ではないが、なみなみに、あなたのことを思うているくらいならば、こんなに焦《こが》れましょうか。

859春されば、我家《わぎへ》の里の川門《かはと》には、鮎子さ走《ばし》る。君待ちがてに
春になると、私の在所の川の渡り場には、あなたを待ちかねて、鮎の子が走っておりま
す。だから来て見て下さい。

860松浦川七瀬《ななせ》の淀は淀むとも、われはよどまず。君をし待たむ
松浦川のたくさんの淀む瀬は、淀んでじっとしているにしても、私はあなたのためには、
たるんだりしませずに、一途《いちず》にあなたをお待ち申しましょう。

□後に、人の追って和《あわ》せたる詩。三首(大伴ノ旅人)
861松浦川川の瀬疾《はや》み、くれなゐの裳の裾濡れて、鮎か釣るらむ
松浦川の川の瀬が早いので、赤い袴の裾を濡らして、その処女は、鮎を釣っているんで
しょうよ。(この三首は、この行に加わらなかった人の心持ちで作ったのである。)

862人皆の見らむ松浦の玉島を、見ずてや、吾はこひつつ居らむ
誰も彼も、皆の人が見ているはずの、松浦の郡の玉島を、私は見ないで、こんなに焦れ
ておらねばならぬのか。

863 松浦川玉島ノ浦に、若鮎《わかゆ》つる妹らを見らむ、人の羨《とも》しさ
松浦川の玉島の浦で、若鮎を釣っているところの、娘たちを見ているはずの人が、羨しいことだ。

吉田ノ宜《よろし》の答えて和せたる歌

宜、啓《まを》す。伏して四月六日の賜書を奉《う》け、跪いて封函を開きて、芳藻を拝読し、心神開朗として、泰初の月を懐にするに似て、鄙懐除祛《のぞこ》りて、楽広が天を披《ひら》くが若くなりき。辺城に羇旅すれば、古旧を懐《おも》ひて、志を傷《いた》ましめ、年矢停《とどま》らざれば、平生を憶ひて、涙を落すが若きに至りては、但《ただし》達人は安んじて排《うつ》り、君子は悶ゆることなしてへり。伏して冀《ねが》はくは、朝には懐翟《くわいてき》の化を宣《の》べ、暮には放亀の術を存《たも》ち、張趙を百代に架け、松喬を千齢に追はむのみ。兼ねて垂示を奉《う》くるに、梅花の芳席には、群英藻を摛《の》べ、松浦の玉潭には、仙媛贈答し、杏檀《きやうだん》に各言べたる作に類《たぐひ》せり。衡皐《かうかう》が税駕《ぜいが》の篇かと疑ひ、耽讃吟諷して、感謝し歓怡しぬ。宜が主を恋ふる誠は、誠に犬馬を逾え、徳を仰ぐ心は、心葵藿《きくわく》に同じからむ。而《しか》るに碧海は地を分ち、白雲は天を隔て、徒らに傾延を積めり。何《いづく》に労緒を慰めむ。孟秋節に膺《あた》り、伏して願はくは、万祐日に新ならむことを願ふ。今相撲ノ部領使《ことりづかひ》に因りて、謹しみて片紙を付しぬ。宜、謹啓不次。

諸人の梅花の歌に和し奉る歌。一首

864 後れゐて長恋《ながこひ》せずは、御園生《みそのふ》の梅の花にもならましものを

こちらに残っていて、いつまでもこがれているよりは、あなたの御庭の、梅の花にでもなりたいものです。

松浦の仙媛の歌に和《あわ》せたる歌。一首

865 君を待つ松浦《まつら》ノ浦の処女《をとめ》等は、常世《とこよ》の国の蜑処女《あまをとめ》かも

あなたのお越しを待っている、その松浦の浦の娘たちは、常世の国の娘の蜑《あま》でしょうよ。

君を懐ふこと未尽きず、重ねて題したる。二首

866 はろばろに思はゆるかも。白雲の千重に隔《へだ》てる筑紫の国は

白雲が幾重にもかかって、間を隔てている筑紫の国は、遠方から、非常に遠く思いやられることです。

867 君が行き日《け》長くなりぬ。奈良路なる島の木立も神さびにけり

あなたの御旅は、よほど日が長くなりました。出られた跡の、奈良地方のあなたの屋敷の、お庭の泉水の山の木立ちも、神々しいばかりに、古びてまいりました。

天平二年七月十日

□山上ノ憶良の松浦の歌

憶良　誠惶頓首謹啓

憶良聞けらく、方岳諸侯、都督刺史《しし》は、並《とも》に典法に依りて、部下を巡行し、其風俗を察すてへり。意《こころ》の内多端にして、口外に出し難し。三首の鄙歌を以て、五臟の鬱結を写さむと欲す。歌に曰はく、

868 松浦県《まつらがた》佐用媛《さよ》の子が、領巾《ひれ》振りし山の名のみや、聞きつつをらむ

松浦の県の佐用媛という娘が、領巾を振ったという、領巾振山の名ばかりをば、聞いていねばなりませぬか。その地に臨まないで。

869 帯姫《たらしひめ》神の命の、魚《な》釣らすと、み立たしせりし石を、誰《たれ》見き

神功皇后様という尊い御方が、魚をお釣りなさるとて、立っていらっしゃった、という石を見たのは、誰だろう。私ではなかったのだ、見たあなた方が羨しいことだ。

870 百日《ももか》しも行かぬ松浦路。今日行きて、明日は来《き》なむを。何かさやれる

百日とはかからない松浦地方は、今日出掛けて行って、明日はもう帰って来られるはずだのに、何か邪魔をせられて、自分は行けないのだろう。

天平二年七月十一日

筑前ノ国司山上ノ憶良謹上

□領巾《ひれ》麾嶺《ふるみね》を詠める歌。一首

大伴ノ佐提比古《さでひこ》ノ郎子《いらつこ》、特に朝命を被りて、使を藩国に奉じ、艤《ふなよそほ》ひし棹して言《ここ》に帰《ゆ》き、稍《やうや》く蒼波に趣けば妾《をみな》なる松浦佐用嬪《さよひめ》面此別れの易きを嗟《なげ》き、彼会ふことの難きを歎き、即高山の嶺に登り、遥かに離れ去る船を望み、悵然《ちやうぜん》として、肝を断ち、黙然として魂を銷《け》し、遂に領巾《ひれ》を脱《と》りて麾《ふ》る。傍なる者涕《なみだ》を流さざるはなかりき。因りて此山を号けて、領巾麾《ふる》嶺と曰ふてへり。乃歌を作りて曰はく、

871 遠つびと松浦佐用媛、つま恋《ご》ひに領巾《ひれ》振りしより、負《お》へる山の名

松浦佐用媛が、つれあいにこがれて、領巾をふってから、ついた山の名の、領巾麾嶺よ。

後に人の追って和《あわ》せたる歌

872 山の名と言ひ継げとかも、佐用媛がこの山の上《へ》に、領巾をふりけむ(大伴ノ旅人)

山の名として、後々までもいい継いでゆくように、という心であったのか、あの松浦佐用媛が、この山の上で、領巾を麾《ふ》ったのだろう。

最後《いとおく》れて、追って人の和《あわ》せたる

873　万代に語り継げとし、この岳《をか》に領巾ふりけらし。松浦佐用媛(同じ人)
幾万年後までも、語りつげという心で、この山で、領巾《ひれ》をふったものに違いない。あの松浦佐用媛よ。

最々後《いといと》れて、追って和せたる。二首
874　海原の沖行く船を帰れとか、領巾ふらしけむ。松浦佐用媛(同じ人)
海上の沖の方を行く舟を、帰れという心でか、領巾を麾《ふ》ったそうな、あの松浦佐用媛よ。
875　行く船をふりとどみかね、いかばかりこほしくありけむ。松浦佐用媛(同じ人)
去って行く舟を、領巾ふって、止めることが出来ないので、どのくらい、恋しく思うたことであろう。松浦佐用媛が。

書殿《ふみどの》に餞酒《うまのはなむけ》したる日の倭歌《やまと》。四首
876　天飛《あま》ぶや鳥にもがもや。都までおくりまをして、飛びかへるもの
自分が、空を飛ぶ鳥にでもなれたらよいが、そうすれば、ひとり都へおかえし申さずに、都までお送り申して、飛び返って来るのに。

877 独身嶺《ひともね》のうらぶれをるに、立田山御馬《みま》近づかば、忘らしなむか

筑然豊後の境に在る独身山という山が、しょんぼりと寂しく、君に別れて立っているのに、あなたの御馬が、立田山へ近寄って行ったら、九州の山などは、忘れておしまいになるでしょうよ。

878 いひつつも後こそ知らめ。殿《との》しくも寂《さぶ》しけめやも。君坐《いま》さずして

あなたがお出かけになったとて、寂しいはずがありますものかなどいいながらも、後にはいよいよ思い知ってわかることであろう。あなたがお出でにならないで、長いお別れになるのだから、

879 万代にいまし給ひて、天の下まをし給はね。禁中《みかど》去らずて(山ノ上ノ憶良)

いついつまでも、朝廷をおひきなさらずに、いらっしゃって、天下の政を、天皇陛下に代って、お治めなさいませ。

□聊か私懐を布《の》べたる歌。三首

880 あまさかるひなに五年住《す》まひつつ、都の手《て》ぶり忘らえにけり

田舎に五年も住んでいて、とうとう優美な都の風俗が、自分で知らぬ間にいつとなく、

忘れられてしまったことだ。

881 斯くのみや息づきをらむ。あらたまの来経《きへ》ゆく年の限り知らずて
こんなにばかり、溜め息をついていねばならぬかしらん。どんどん来ては経ってゆく年の、いつになればという程も訣《わか》らないで。

882 吾主《あがぬし》の恩賚《みたま》給ひて、春さらば、寧楽の京に召上《めさ》げたまはね
あなた様の御心添えをもちまして、春になったら、奈良の都へお召し上せ下さいませ。

天平二年十二月六日　筑前国司山上ノ憶良謹上

□三島ノ王《おおぎみ》、後れて追って、松浦佐用嬪面《ひめ》の歌に和《あわ》せられた歌。一首

883 音に聞き、目には未見《いまだみ》ず。佐用媛が領巾ふりきとふ、君まつら山
評判には聞いていて、実際にはまだ見ないことだ。佐用媛が領巾をふった、と伝えるところの、君を待つという、その松浦山よ。

□大典麻田《あさだ》ノ陽春《やす》、大伴ノ君熊凝《きみくまごり》のために、志を述べたる歌。二首

884国遠き道の長てを、おぼほしく、恋《こ》ふや過ぎなむ。言問《ことと》ひもなく
故郷遥かな道の長い距離を、家の人にものいうこともしないで、たよりなく思うて、焦《こが》れながら、通って行かねばならぬだろうか。

885朝露の消《け》易きわが身、他国《ひとくに》に過ぎがてぬかも。親の目を欲《ほ》り
朝露のように、消え易い自分のこのからだながら、知らぬ他国で、親の顔を見たく思いながら、死んで行きにくいことだ。

□筑前ノ国守山ノ上憶良敬《つつ》しみて、「熊凝《くまごり》の為に、其志を述ぶる歌」に和《あわ》せたる歌。六首並びに序

大伴ノ君熊凝は、肥前の国益城《ましき》ノ郡の人にて、年十八歳なり。天平三年六月十七日を以て、相撲ノ使某国司官位姓名の従人《ともびと》と為りて、京都に参向《まゐむか》ひつ。天なるかな。不幸にして路に在りて、疾《やま》ひを獲て、安芸ノ国佐伯ノ郡高庭の駅家《はゆまや》にて身故《みまか》りぬ。臨終の時、長歎息して日へらく、伝へ聞く、仮合《けがふ》の身は滅ぶること易く、泡沫の命は駐《とど》まること難してへり。所以《ゆゑ》に千聖已に去り百賢留らず。況《いは》めや凡愚の微者《いやしき》何ぞ能く逃れ避《よ》かむ。但我老親並《とも》に菴室に在り。我を待ちて日を過し自《おのづか》ら傷心の恨《うらみ》有らむ。我を望むに時を違へば、必喪明の泣《なみだ》を致さむ。哀しき哉。我が父。痛しき哉。我が母。一身死に向ふ途にあるを患へず。唯二

親在生の苦を悲しむ。今日長く別れて、何《いつ》の世か覲《み》ることを得むといひ乃《すなはち》、歌六首を作りて死にたり。其歌に曰はく、

886 うちひさす都《みや》へのぼると、たらちねの母が手離《はな》れ、常知《つねし》らぬ国の奥処《おくが》を、百重山越えて過ぎゆき、何時しかも都を見むと、思ひつつ語らひをれど、己が身しいたはしければ、玉桙《ほこ》の道の隈《くま》みに、草手折り柴うちしきて、とこじものうちこいふして、思ひつつ歎き臥せらく、国にあらば、父とり見まし。家に在らば、母とり見まし。世の中は斯くのみならし。犬じもの道に臥してや、命すぎなむ〔わが齢《よ》すぎなむ〕

お召しに因って、都へ上るために、お母さんの手許をはなれ、これまで一向知らなかった、国の奥の方へ奥の方へと行って、幾重にも重なった山をこえて通ってゆき、そして早く都を見よう、と人々と話し合うていたところが、自分のからだが苦しいので、道の曲り角の、草を折り、芝を下に敷いて、それを床のようにして、たおれて寝て、ため息ついて、様々と寝ながら考えたことには、国にいたら、父が看病して呉れようのに。家にいたら、母が看病してくれようのに。世の中はこういう風に、思うようには行かないものにちがいない。こうして犬のように、道端に寝て、自分の命がなくなってしまうことであろう。

反　歌

887 たらちしの母が目見ずて、おぼほしく、何方《いづち》向きてか、吾《あ》が別るらむ。わが齢《よ》すぎなむ
お母さんの顔も見ないで、たよりなく出かけて行くのだが、どちら向いて別れて行くのか。又どちら向いてこの世を去るのか。それさえ訣《わか》らない。

888 常知《つねし》らぬ道の長手を、くれぐれと、如何にか行かむ。かりてはなしに。餉《かれひ》はなしに
平生は一向知らない、遠い距離の道をば、あてどもわからず、おさきまっ暗に、どうして行けばよかろうか。旅籠《はたご》賃とてはなく、弁当にする乾飯もなくて。

889 家に在りて母がとり見ば、慰むる心あらまし。死なば死ぬとも。後は死ぬとも
家にいて、お母さんが看護してくれたら、譬《たと》い苦しいにしても、慰まる心持ちもするだろう。譬い死ぬにしても。どの道後々は、死なねばならぬにしても。

890 出でて往にし日を数へつつ、今日今日と吾《あ》を待たすらむ、父母らはも。母が悲しさ
出かけて行った日を数えて幾日たったから、今日らは帰るだろう、今日らは、と自分を今頃待っていらっしゃるはずの、お父さんや、お母さんよ。ああお母さんのお心がおいとしい。

891 一世《ひとよ》には、再見えぬ父母を、おきてや、永く吾《あ》が別れなむ。相別れなむ
人間の一生に、二度と遇われない、お父さんやお母さんを、後へ残して、いつまでも永く別れて、旅に行くのであろうか。双方別れねばならぬのか。（これらの反歌は、六句三十八文字の、言わば一種の旋尾歌ともいうべき形で、奈良の薬師寺の仏足石の歌と同じ体である。）

貧窮問答の歌。一首並びに短歌

892 風交り雨降る夜の、雨交り雪ふる夜は、すべもなく寒くしあれば、固塩《かたしほ》をとりつづしろひ、糟湯酒うちすすろひて、しはぶかひ、はなびしびしに、しかとあらぬ鬚かき撫でて、吾をおきて人はあらじとほころへど、寒くしあれば、麻衾《あさぶすま》引き被《かが》ふり、布《ぬの》肩ぎぬありのことごと、著そへども寒き夜すらを、吾よりも貧しき人の、父母はうべ寒からむ。妻子《めこ》どもは乞ひて泣くらむ。この時はいかにしつつか、汝《な》が世は渡る。』天地は広しといへど、吾《あ》が為は狭《さ》くやなりぬる。日月は明しといへど、吾《あ》が為は照りや給はぬ。人皆か、吾《あれ》のみや然る。わくらはに人とはあるを、人並みに吾《あれ》もなれるを、綿もなき布肩衣《ぬのかたぎぬ》の、海松《みる》の如わわけ下《さが》れるかがふのみ肩にうちかけ、伏《ふ》せ廬《いほ》の曲げ廬《いほ》の中に、ひた土《つち》に藁とき敷きて、父母は枕の方に、妻子《めこ》どもはあとべの方に、囲《かく》みゐて

憂ひさまよひ、竈《かまど》には煙ふき立てず、甑《こしき》には蜘蛛《くも》の巣《す》かけて、飯炊《いひかし》ぐ事も忘れて、ぬえどりののどよひをるに、いとのきて短きものを、端きるといへるが如く、笞《しもと》とる里《さと》長《をさ》が声は、閨房戸《ねやど》まで来たち喚《よば》ひぬ。斯くばかりすべなきものか。世の中の道

風交りに雨の降る夜で、そして又その雨に雪が交って降って来る晩は、実に、遣《や》る瀬《せ》がないほど寒いので、固めた塩をつついては食い、つついては食い、酒の糟《かす》を溶いた湯を、すすってはすすりして、咳をし、くさめを間断なくして、しっかりとも生えていぬ鬚《ひげ》をば撫でながら、自分をさし措いては、偉い人間はあるまいという風に、自慢をしてはいるけれど、それでもやはり寒いことは寒いので、麻布団を引き被り、布の袖なしを、ありたけ重《かさ》ね著《ぎ》しても、こんなにまで寒い晩だのに、自分より貧乏な人の親たちは、腹がへって寒くあろう。女房児は、物を食べさせてくれというて、せがんで泣いているであろう。こういう時には、どうして、お前の生活を続けて行くのか。

天地の間は、広いとはいうものの、私のためには狭くなっているのでしょうか。日や月は、明らかに照っているというものの、私等のためには、照っては下さらないのでしょうか。世間の人が、皆すべてこうなのでしょうか。それとも、私ばかりがそうなのでしょうか。我々は、やっとの思いで人間と生れていますのに、人間並に、私も出来ましたのに、それにこの有様は、どうしたことでしょう。綿も這入っていない布の袖なしの、海松のようにぼろぼろに裂けてしまったぼろばかりをば、肩に引掛けて著《き》、掘立小屋の

蒲鉾《かまぼこ》小屋の中に、地べたに直《じか》に藁をといて敷いて、お父さんや、お母さんは、自分の枕の方に寝させ、女房子などは、足許の方に寝かして、ぐるりと円くなって、悲しんだり呻いたりしています。又一方、食物の方をいうと、竈では烟も吹き出さしたこともなく、御飯を蒸す甑には、蜘蛛が巣をかけているというような塩梅《あんばい》で、御飯を炊《た》くことすら忘れたというような風で、うんうん呻いている程で、それでなくてさえ、ひどいのに、非常に短いものは、又その上に、端を切ることがあると世間の諺に申す通りで、鞭を持った里長がわめきにくる声が閨房《ねや》の入口までやって来て、大声でわめきます。人間世界の生活方便というものは、こんなにまで、遣る瀬ないものですことよ。

反　歌

893 世の中を憂しと、やさしと思へども、飛び立ちかねつ。鳥にしあらねば

この世界は、いやなものだと思い、又肩身の狭い恥しいものだと、思うてはいますが、さて飛び立って、余処《よそ》へも行ってしまうことが出来ないでいます。鳥でございませんから。

山ノ上ノ憶良　頓首謹上

□好去好来《こうきょこうらい》の歌。一首並びに反歌。二首

894 神代よりいひ伝《つ》てけらく、空見つ大和の国は、すめろぎのいつくしき国、言霊《ことだま》の幸《さち》は

ふ国と語りつぎ、いひつがひつつ、今の世の人もことごと、目に前に見たり、知りたり。人多《さは》にみちてはあれども、高光る日の御《み》門《かど》には、神ながらめでの盛りに、天の下まをし給ひし、家の子と選び給ひて、大命《おほみこと》戴きもちて、唐土《もろこし》の遠きさかひに、遣《つかは》されまかりいませ、海原の岸《へ》にも、沖にも、神づまりうしはきいます、諸の大御神たち、舟の舳《へ》に導き申《まを》し、天地の大御神たち、大和の大国御《おほくにみ》魂《たま》、ひさかたの天つみ空ゆ、天翔り見渡し給ひ、事終へて帰らむ日には、又更に大御神たち、船の舳《へ》に御手うち掛けて、墨縄をはへたる如く、あてかをし値嘉《ちか》ノ崎より、大伴ノ三津《みつ》ノ浜びに、ただ泊《は》てにみ船は泊てむ。つつみなく、さきくいまして、早かへりませ

大昔から、いい伝えて来たことには、この日本の国は、御先祖の神様たちのおこしらえになった、立派な国であり、それから、語には不思議な作用があって、霊妙な結果を現わす国だ、と語り伝え、いい伝えしてまいりました。それで、その実例は、現代の人も、皆実際に見てもいるし、知ってもいます。ところが、人がたくさんにこの日本には充満していますが、貴い禁裡では、神様の御意志通りに、御寵愛の頂上として、天下の政を代って治めていらっしゃった、お方の後とて、このお方をお択《えら》びなされて、(それがために)仰せを奉戴して、遠い唐土のはてまで、御派遣になったので、御所を下って、お出かけになると、海上では、海岸でも、沖の方でも、お寄り集りになって、自分たちのものとして領していられる、たくさんの神様たちが、舟のみよしに立って、御案内を申

し上げ、それから、その外《ほか》の天地間の神々様、それから、大和の国の総地主《じぬし》の神が、空をばお飛びになり、ずっとお見渡しなされて、お守りになる。それから、又御用事を果して、帰って来られる時には、また改めて、神様たちが舟のみよしに、手を持ちかけて、まるで墨縄を引いたように、値嘉の島の崎からして、難波の大伴の郷の、三津の浜辺まで、外には道寄りもしないで、真直に舟が参って止りましょう。慎しまねばならぬような障り事もなく、達者においでなされて、早くお帰りなさいませ。（わたしが、こうして語に出して祈る言霊の力で。）

反　歌

895 **大伴ノ三津ノ松原かきはきて、我立ち待たむ。はや帰りませ**

大伴の郷の三津の松原をば、掃き清めて、私は出かけて待っていましょうから、早くお帰り遊ばせ。

896 **難波津にみ船泊てぬと、きこえ来ば、紐解きさけて、立ちはしりせむ**

難波の舟つきに、お舟が到著《とうちゃく》した、と都へ聞えて来たら、これまで禁厭に結んで解かなかった袴の紐を、解きあけて、出かけて走りまわって、うろたえることでしょう。（これは、丹比広成の愛人の心になって、歌ったものと見るがよい。）

天平五年三月一日(良が宅に対面して献りたるは、三日なりき。)

山ノ上ノ憶良

謹しみて、大唐大使卿の記室に上る

□痾《やまひ》に沈みて、自ら哀しめる文

山ノ上ノ憶良作りぬ

窃《ひそ》かに以《おも》ふに、朝夕山野に佃食《てんしよく》する者も、猶災害無くして、世を渡ることを得、昼夜河海に釣漁する者も、尚慶福有りて、経俗《けいぞく》を全《また》くしぬ。況めや、我胎生してより今日に至る迄、自ら修善の志有りて、曽て作悪《さあく》の心無かりき。所以《ゆゑ》に、三宝を礼拝《らいはい》して、日毎に勤めざること無く、百神を敬重して、夜毎に闕くること有ること鮮《すくな》し。嗟乎《ああ》媿《はづか》しき哉《かな》。我如何《いか》なる罪を犯せばか、此重き疾ひに遭へる。初めて痾《やまひ》に沈みてより已来《いらい》、年月稍《やや》に多し。是年《ことし》七十有四にして、鬢髪斑白に、筋力尫羸《わうるゐ》なり。但《ただ》に年の老いたるのみならず、斯《この》病を加へつ。諺に曰はく、痛き瘡には塩を灌ぎ、短き材は端を截るてへるは此謂《いはれ》なり。四支動かず、百節皆疼き、身体太《はなはだ》重くして、鈞石《きんせき》を負へるが如し。布を懸けて立たむと欲すれば、翼折れたる鳥の如く、杖に倚りて、且《まさ》に歩まむとすれば、跛足の驢《うさぎうま》に比《たぐ》へり。吾以《おも》ふに身の已に穿俗《せんぞく》にして、心亦塵を重ねぬ。禍の伏す所、祟《たたり》の隠るる所を知らむと欲して、亀卜《きぼく》の門に、巫祝《ふしゆく》の室に、往きて問はざること無し。若しくは実に、若しくは妄りに、其教ふる所に随ひて、幣帛を奉り、祈禱せざること無かりき。然も弥《いよいよ》、苦しみを増すことはあれど、曾て減《のぞこ》り差《い》ゆることなかりき。吾聞く、前代に多々《しばしば》良医有りて、蒼生の病患を救ひ療じきと。楡柎《ゆふ》・扁鵲《へんじやく》・華他《くわた》・秦の和緩《くわくわん》と、葛稚川《かつちせん》と、陶隠居《たういんきよ》と、張仲景《ちやうちゆうけい》との若《ごと》きに至りては、皆是、世に在りし良医にして、除き愈《いや》さざるはなかりき。件の医を追望することは、敢て及ぶ所にあらねど、若し聖医・神薬とふ者に逢ひて、仰ぎ願はくは、五臓を割き刳り、百病を抄《と》り探り、尋ねて膏肓《かうくわう》の隩処《あうしよ》に達して、二豎《にじゆ》の逃げ匿るる処を顕《あらは》さむと欲しぬ。』命根既に尽きて、其天年を終へても、尚哀しみと為せるに、何ぞ況めや、生禄未半ならずて、鬼の為に枉《ま》げ殺され、顔色壮年にして、病の為に横はり、困しむ者に於いてをや。世に在りての大なる患は孰《いづ》れか此より甚しからむ。「任徴君の曰へらく、病は口より入る。故に君子は其飲食を節すといへり。斯に由りて、之を思へば、人の疾病に遇ふことは、必しも妖鬼のわざにあらず。夫、医方諸家の広説、飲食禁忌の厚訓、知ること易くして、行ふこと難き鈍情、三者の目に盈ち、耳に満つこと由来久しかり。抱朴子の曰へらく、人は但、其死ぬるに当れる日をだに知らぬが故に、憂へざるのみ。若し誠に羽翮して期を延ばすことを得べきを知らば、必将に之を為さむとすといへり。此を以て観れば、乃知る。我が病ひは、蓋し斯、飲食の招く所にして、自ら治すること能はざる者か。」帛公略説に曰はく、伏して思ふに、自ら励みて、斯《この》長生を以《おも》ふに、生は貪るべく、死は畏る可し。天地の大徳は、生と曰ふ。故に死にたる人は、生ける鼠にだに及《し》かず。王侯なりといふとも、一旦にして気絶えば、金を積むこと山の如くなりとも、誰か富めりと為さむ。威勢海の如くなりとも、誰れか貴しと為さむてへり。遊仙窟に曰はく、九泉の下の人は、一銭も値《あたひ》あらずてへり。孔子の曰はく、之を天に受けつ。変易《へんやく》す可からざる者は、形なり。之を命に受けつ。

請ひて益す可からざる者は、寿なりてへり。故に生の極めて貴く、命の至りて重きを知りぬ。言はまく欲すとも、言窮らば、何を以てか言はむ。慮らむと欲すとも、慮り絶えば、何に由りてか慮らむ。惟《おも》ふに、人賢愚となく、世古今となく、咸《あな》悉く嗟歎しぬ。歳月は競ひ流れて、昼夜に息はず。老疾は相催して、朝夕に侵し動し、一代の歓楽は、未《いまだ》席の前に尽きざるに、千年の愁苦は、更に座の後《しりへ》に継ぐてへり。若し夫、群生の品類《ほんるゐ》、皆尽くること有る身を以ちて、並《とも》に窮《きはま》ることなき命を求めざるは莫し。所以《ゆゑ》に道人・方士の自ら丹経を負ひて、名山に入りて、而《しか》も薬を合するは、性を養ひ神を恰《よろこば》し、以て長生を求むるなり。抱朴子の曰へらく、神農の云はく、病癒えずして、安《いづく》に長生することを得むてへり。帛公又曰はく、生は好《よ》き物なり。死は悪《にく》き物なり。若し不幸に、長生することを得ずとせば、猶生涯に病患なきを以て、福大なりと為さむてへり。今、吾、病ひの為に悩まされ、臥《ふ》しも居《ゐ》も得ず、東に向ひ西に向ひて、為す所を知ること莫し。福無きこと至りて甚しく、総て我に集へり。人願ひて天従ふとふこと、若し実有《まことあ》らば仰ぎ願はくは、頓に此病を除き、頼《さきはひ》に平《つね》の如くなるを得む。鼠を以て喩と為すこと、豈愧ぢざらめや

□俗道の仮合《けがふ》即離《そくり》して、去ること易く、留ること難きを悲歎したる詩。

一首並びに序

窃かに以《おも》ふに、釈慈の示教は、先、三帰五戒を開きて、法界《ほふかい》を化《け》し、周孔の垂訓は、前に三綱・五教を張りて、以て郡国を斉しく済《すく》ひぬ。故に引導二つなりと雖、悟りを得ることは一つなるを知りつ。但以《おも》ふに、世には恒《つね》の質无《な》し。所以《ゆゑ》に陵谷更り変りぬ。人には定れ

る期《とき》无し。所以に寿夭は同じからず。撃目《またたき》の間に、百齢已に尽き、臂を申ばす頃《ひま》に、千代亦空し。旦には席上の主と作《な》り、夕には泉下の客となりぬ。白馬走せ来らば、黄泉何ぞ及ばむ。隴上《ろうじやう》の青松には、空しく信剣懸り、野中の白楊には、但《ただ》悲風吹く。是《ここ》に世俗本隠遁の室無く、原野唯長夜の台あり。先聖は已に去りて、後賢は留らず。如《も》し贖《あがな》ひて免さる可くあらば、古人誰か、価《か》ふ金無けむ。未独り存して、遂に世の終るを見し者有るを聞かず。所以《ゆゑ》に維摩大士は、玉体を方丈に疾み、釈迦能仁は、金容を双樹に掩ひぬ。内教に曰へらく、黒闇の後より来ることを欲せずば、徳天の先に至るに入ることなかれてへり。故に生るれば必死ぬることあり。死ぬること若し欲せずば、生れざるに如かざるを知る。況めや縦《たとひ》、始終の恒教を覚れりとも、何ぞ存亡の大期《だいご》を慮らむ

俗道変化猶撃目　　俗道の変化《へんげ》は目を撃《しばた》く猶《ごと》く
人事経紀如申臂　　人事の経紀は臂を申ぶる如し
空与浮雲行大虚　　空しく浮雲と与《とも》に大虚を行かば
心力共尽無所寄　　心と力と共に尽き　寄する所無し

□老身の重病年を経て、辛苦し、及《また》児等を思う歌。五首

897 たまきはるうちの限りは、平けく安くもあらむ。事もなく凶《も》なくもあらむを。世の中の憂《う》けく、つらけく、いとのきて痛き疵《きず》には、辛塩《からしほ》を灌《そそ》ぐちふ如く、益々《ますます》も重き馬荷《うまに》に、上荷《うはに》うつといふことの如、老《お》いにてある我が身の上に、病をら加へてあれば、昼

はも歎かひ暮し、夜《よる》はも息づき明し、年長く疾みしわたれば、月累《かさ》ね患ひさまよひ、ことごとは死なな思へど、五月蠅《さばへ》なす騒ぐ児等《こども》を、捨《うつ》てては死には知らず。見つつあれば心は燃えぬ。かにかくに思ひわづらひ、哭《ね》のみしなかゆ

せめて命のある間だけは、無事に安心して、生きていたいものだ。又何事もなく、いやな事もなく、生きていたいのに、世の中のいやなつらいことには、譬《たと》えにいう通り、非常に痛む疵には、辛い塩をかけるというが、その通りに、又非常に重い馬の荷に、上荷をばつけ添えるというが、その通りに、たださえ、年のよっている自分の体のうえにもって来て、病気までつけ添えているので、昼は日が暮れるまで、歎いてい、夜は夜が明けるまで、溜め息をついて起きてい、永年の間、病気し続けているので、幾月も幾月も、心配したり呻いたりして、こんなことならば、死んでしまおうとは思うけれど、蠅がたかるように、騒いでいる子どもをばうっちゃって置いては、死ねそうにもない。それかというて、眺めていると、心は煩悶して焼けるように思われる。それで、あれやこれやと思案を決しかねて、泣かずにいられないで、ただ泣くばかりである。

反歌

898 慰むる心はなしに、雲隠《がく》りなき行く鳥の、哭《ね》のみし泣かゆ

どうして見ても、慰まるような心持ちはせないで、雲の中を鳴いてゆく鳥ではないが、

泣かずにいられないで、泣くばかりである。

899すべもなく苦しくあれば、出で走り、往《い》ななと思《も》へど、児らにさやりぬ

遣瀬《やるせ》なく、苦しいので、いっそ家を出奔して、遠くへ行ってしまおう、とは思うものの、可愛い子どもらが邪魔になって、それも、ようせないでいることだ。

902水泡《みなわ》なす脆《もろ》き命も、栲縄《たくなは》の千尋《ちひろ》にもがと、願ひ暮しつ

水面に浮ぶ泡のように脆い命だが、それをば、栲で編んだ縄が、幾百尋もあるように、長くあればよい、と始終思い通《どお》しに思うていることだ。

903倭文《しづ》たまき数にもあらぬ身にはあれど、千歳にもがと思ほゆるかも

自分の身は、人らしい仲間にも這入らない者ではあるが、千年までも、と思われることだ。

去りぬる神亀二年作りき。但、類を以て、故らに更めて、茲に載せぬ。

天平五年六月、丙申ノ朔《ついたち》の三日戊戌の日作りぬ。

男子名は古日《ふるひ》と云えるを恋うる歌。三首

904世の人の貴み願ふ、七種《ななくさ》の宝も吾は何せむに。わがなかの生れ出でたる、白玉の我が子古日は、明星《あかぼし》の明くる旦《あした》は、しきたへの床のべ去らず、立てれども居《を》れども、共に戯《たはぶ》れ、夕星《ゆふつづ》の夕になれば、いざ寝よと手を携《たづさ》はり、父母もうへはなさかり、さきくさの中にを臥《ね》むと、うつくしく其《し》が語らへば、いつしかも人と成り出でて、悪しけくも善けくも見むと、大船の思ひたのむに、思はぬに、横しま風の被《おほ》ひ来ぬれば、せむすべのたどきを知らに、白栲《しろたへ》の襷をかけ、まそ鏡手にとりもちて、天つ神仰ぎ祈《こ》ひ請《の》み、国つ神伏して額《ぬか》づき、かからずも、かかりも、神のまにまと、立ちあざり、我が祈《こ》ひ請《の》めど、しましくもよけくはなしに、稍々《やややや》に形くづほり、朝な朝な言《こと》ふ言やみ、たまきはる命絶えぬれ、立ち躍り、足ずり叫び、伏し仰ぎ、胸うち歎き、手にもたる吾《あ》が児《こ》とばしつ。世の中の道

世間の人が大事がって欲しく思うている、あの色いろの宝物も、私にとっては何になりましょう。生れて出て来た、私らの間の大事の子古日という子は、明《あけ》の明星の出る朝には、必ず床のほとりについていて、立つにつけすわるにつけ、すべて自分と一処にふざけて遊び、宵の明星の出る晩になると、さあ寝なさいというて、手を持って纏《まと》いついて、お父さんも、お母さんも、私の傍をば離れてはいけません、真中に寝るんだ、と可愛らしゅうあれがいうにつけては、早く一人前の人間と成長して、悪くなるか、善くなるか、ともかくも行末が見たいもんだ、と将来のことを心頼みにしていたところが、思いがけ

なくも、横あいから吹いて来た暴風のために、どうしてよいか、その目的《めど》もつかずに、ただこの上は、かなわぬ時の神だのみだ、と白い栲《たえ》でこしらえた襷《たすき》をかけ、澄みきった鏡をば手に持って、天の神を頼み祈り、土地の神をば礼拝して、助かるものか、助からないものか、ともかくも神様任せに致します。お助け下さい、とうろうろと騒ぎ廻って祈っているけれど、ちっとの間も、よいということはなく、段々と容子《ようす》が変って、げっそりと痩せて肉が落ち、一日は一日と、余計に、辞《ことば》さえ出なくなって、命がなくなってしもうたので、躍り上って悲しみ、じだんだ蹈んで、大声あげて上を向いたり、下を向いたりして、自分の胸をたたいて、嗚呼とうとう自分の大事の子どもをば、手から飛ばすように失うてしもうたことだ。こういうなさけないことが、人間世界の道理なのだ。この長歌は、脱落のあることは疑いがない。（多少散文的の冗長な叙述はあるが、さすがに急処急処は外《はず》れていない。）

反　歌

905 若ければ道行き知らじ。賂《まひ》はせむ。下辺《したべ》の使ひ。負ひて通らせ

今死んでゆく子は、まだ玩是《がんぜ》ないのだから、道をどう行っていいのか訣《わか》るまい。お礼をばしょうから、下の方の国の使わし者よ。負うて通らしてやってください。

906 布施《ふせ》おきて、我は祈ひ請《この》む。あざむかず、ただに率行《ゐゆ》きて、天路《あまぢ》知らしめ

お布施をば供えて、私は願い祈ります。どうぞ、意地悪く、だましたりなんかしないで、真すぐに近道をつれて行って、天へ昇る道を知らせてやって下さい。（これは、或いは憶良の歌を見て、旅人などが与えた、弔問の歌ではなかろうかと思われる。）

右一首、作者詳《つば》らならず。但し、その歌の体を思うに、山ノ上の操に似たれば、この次《ついで》に載す。

巻第六

雑《ぞう》の歌

□養老七年五月、吉野行幸の時の歌
笠《かさ》ノ金村《かなむら》の作った歌。並びに短歌。二首

907 激湍《たぎ》の上《うへ》の御舟の山に、瑞枝《みづえ》さし繁《しじ》に生ひたる樛《とが》の木の、いや継ぎ継ぎに万代にかくし知らさむ、み吉野の秋津の宮は、神からか尊かるらむ。国からか見が欲しかるらむ。山川を清み、さやけみ、うべし、神世ゆ定めけらしも

吉野の激湍《げきたん》の辺に聳《そび》えている、御舟山で若々とした枝をさし出して、生えている樛《とが》の木で、この上継《つ》ぎつぎに、いつまでも天皇陛下が、こうして領していらっしゃるべき、吉野の秋津野の御所は、神様の所為《せい》で、こんなに尊く見えるのであろうか。それとも、土地の所為で、こんなに見ても飽かないのであろうか。山や川の景色が清らかで、さっぱりとして、なるほどこれでこそ、大昔から、ここを離宮の場所と定められたのに違い

ないのだ。

反　歌

908 毎年《としのは》に、かくも見てしが。み吉野の清き河内《かふち》の激《たぎ》つ白波

こういう風にして、毎年見ていたいものだ。吉野の清らかな川の流域の、激している波の容子《ようす》をば。

909 山高み、白木綿花《しらゆふばな》に落ち激《たぎ》つ、激《たぎ》湍の河内《かふち》は、見れど飽かぬかも

山が高くて、勾配の急なために、激《げき》して落ちて、白い木綿でこさえた花のように、泡の立つ激流の流域の景色は、見ても見ても、見飽かないことだ。

車持《くらもち》ノ千年《ちとせ》の作った歌。並びに短歌

913 うまごりあやにともしく、鳴る神の音のみ聞きし、み吉野の真木《まき》立つ山ゆ見下《くだ》せば、川の瀬毎に、明け来れば朝霧立ち、夕されば河蝦《かはづ》鳴くなり。紐解かぬ旅にしあれば、吾《わ》のみして清き川原を見らくし惜しも

無上《むしょう》に景色が見たく、雷のように音に聞いて、まだ知らなかった、吉野へ来て、檜の生えている山から見下すと、下を流れる川の瀬々に、夜明けになると朝霧が立ち、晩が来

ると河鹿が鳴いている。旅のこととて、妻を家に置いて来たから、自分ばかりが、このさっぱりした川原の景色を、見るのが惜しいことだ。

反　歌

914 激湍《たぎ》の上《うへ》の御船の山は畏《かしこ》けど、思ひ忘るる時も日もなし
激流の傍に聳えている御舟山は、恐しい山だけれども、その辺《あたり》の景色は、一日一時間たりとも、すこしも忘れる暇もない。

(異本の歌。二首)

915 千鳥鳴くみ吉野川の川音《と》なす、止む時なしに思ほゆる君
千鳥の鳴く、吉野川の川の流れの音のように、休む間もなく、思われるあなたよ。

916 茜さす日並《けなら》べなくに、我《わ》が恋ひは、吉野の川の霧に立ちつつ
幾日も日がたったという訣《わけ》ではないが、故郷に妻が置いてあるので、自分の慕う心のために、吉野川の川霧となって立つ程に、ため息をつきつきしていることだ。

□神亀元年十月五日、紀伊行幸の時、山部ノ赤人の作った歌。並びに短歌。二首

917安治《やすみ》しし我大君《わご》の、常宮《とこ》と仕へ奉《まつ》れる、雑賀野《さひかぬ》ゆ背《そがひ》に見ゆる沖つ島、清き汀《なぎさ》に風吹けば白波騒ぎ、潮干れば玉藻刈りつつ、神代より、しかぞ尊き。玉津島山

天皇陛下の変りなくお通いになる御所と思うて、お仕え申している、海中の島、すなわち、雑賀野から向うの方に見える沖の島よ。その島のさっぱりした波うち際に、風が吹くと波が騒ぎ、潮が引くと、人々が出て玉藻を刈っている。大昔から、こういう風に尊い景色であったのだ。この玉津島は。

反　歌

918沖つ島荒磯《ありそ》の玉藻、潮干満《ひみ》ち、い隠ろひなば、思ほえむかも

沖の島の荒い岩浜に生えている、玉藻よ。あの潮のひいている所へ、満潮がさして来て、隠れてしもうたら、さぞ干潟の逍遥が思われるであろうよ。

919和歌ノ浦に潮満ち来れば、潟《かた》をなみ、蘆《あし》べをさして、鶴《たづ》鳴き渡る

和歌の浦に潮がさして来ると、だんだん遠浅がなくなるので、蘆の繁っている岸をさして、鶴が鳴きつれて、ずっと飛んで来る。

□神亀二年五月、吉野行幸の時の歌

笠ノ金村の作った歌。並びに短歌。二首

920 あしびきのみ山もさやに、落ち激《たぎ》つ吉野の川の、川の瀬の清きを見れば、上辺《かみべ》には千鳥頻鳴《しばな》き、下辺《しもべ》には河蝦《かはづ》妻呼ぶ。ももしきの大宮人も、遠近《をちこち》に繁《しじ》にしあれば、見る毎にあやに賞《とも》しみ、たまかづら絶ゆることなく、万代にかくしもがもと、天地の神をぞ祈る。畏《かしこ》かれども

山の景色も、さっぱりと見えるばかり、落ちて激する吉野川の激湍の、清らかな景色を見ると、上の方には、千鳥が始終鳴いている。下の方には、河鹿が伴《つれ》を呼んでいる。それで御所に仕えている人たちも、あちらこちらに、一杯出ているので、見る物毎《ごと》に、無《む》上《しょう》に捨て難く思われて、いつまでもこうして、絶えずに、お伴をして来たいものだ、と勿体ないことだが、天地の神を祈ることだ。

反　歌

921 万代に、見《み》とも飽かめや。み吉野の激《たぎ》つ河内《かふち》の大宮処《おほみやどころ》

幾万年まで見ていたとて、飽こうか。この吉野の激流の流域にある、天子の御所よ。

922 人皆の命も、我も、み吉野の激湍《たぎ》の常磐《とこは》の、常《つね》あらぬかも

吉野の激湍にある、大きな固い岩のように、同行の人々の命も、我が命も、常住不断あ

って欲しいものだ。

山部ノ赤人の歌。二首、並びに短歌。三首

923 安治《やすみ》しし我大君《わご》の、高治《し》らす吉野ノ宮はたたなづく青垣籠《ごも》り、川波の清き河内《かふち》ぞ。春べは花咲きををり、秋されば霧立ち渡る。其山の弥益々《いやますます》に、此川の絶ゆることなく、ももしきの大宮人は、常《つね》に通はむ

我が天皇陛下が領していらっしゃる吉野の御所は、むくむくと続いている青垣のような、山に籠《こも》っている所の、川波のさっぱりとしている流域である。春頃は、枝もぶらぶらに花が咲き、秋になると、霧がずっと立つ。その山が変らないように、この川がとぎれないように、御所に仕えている人々は、いつまでもかわらずに、通うて遊ぶことだろう。

反歌

924 み吉野の象山際《きさやまぎは》の梢《こぬれ》には、多《ここだ》も、騒ぐ鳥の声かも

吉野の象山の上の梢では、まあほんとに、たくさん鳴き騒いでいる、鳥の声であることよ。

925 ぬば玉の夜の更け行けば、楸《ひさぎ》生ふる清き川原に、千鳥頻《しば》鳴く

夜がだんだん更けて行くと、楸の生えている、清らかな川原に、千鳥がしっきりなしに鳴く。（こういう、静寂な境地に興趣を持つことが出来たのは、赤人の優れた歌人なることを示すもので、今日存している彼の歌では、これが第一の傑作だ。）

926 安治《やすみ》しし我大君《わご》は、み吉野の秋津の小野の、野の上《ぬへ》には、鳥見《とみ》据ゑ置きて、み山には、射部《いめ》立てわたし、朝狩りに鹿《しし》蹈み起し、夕狩りに鳥蹈み立てて、馬並《な》めてみ狩りぞたたす。春の茂野《しげぬ》に

我が天皇陛下は、吉野の秋津野の辺に、鳥獣の足跡を探す人をいさせて置かれ、山にはずっと獣を待ち伏せて、弓を射る人を設けて置かれ、朝狩りには、寝ている鹿を蹈み立たし、夕狩りには塒《ねぐら》の鳥を蹈み立たしたりして、馬を並べて、大勢狩りを挙行あそばすことだ。草木の茂った春の野に。

反　歌

927 あしびきの山にも、野にも、御狩人《みかりびと》、猟矢《さつや》たばさみ乱りたり、見ゆ

遥かに見渡すと、山にも野にも一杯に、天子の御狩りの狩人《かりうど》が、猟の矢を腋《わき》に挟んで、彼処此方《あちらこちら》に乱れ込んでいる。それがここから見える。（広い空間に錯雑した物象を、こう単純化したのは偉い。佳作。）

□同十月、難波行幸の時、笠ノ金村の作った歌。並びに短歌

928 おして照る難波ノ国は、あしがきの旧《ふ》りぬる里と、人皆の思ひいこひて、つれもなくありし間に、うみをなす長柄《ながら》ノ宮に、真木柱太高《ふとたか》しきて食国《をすくに》を治《をさ》め給へば、沖つ鳥味原《あぢふ》ノ原《はら》に、物部《もののふ》の八十《やそ》伴《とも》ノ緒《を》は廬《いほり》して都なしたり。旅にはあれども

世間の人のすべてが、難波の国は荒れ果てた里であると思うて、そこに行くことを躊躇《ちゅうちょ》していたために淋しかったが、長柄の宮に檜の柱を太く高く据えられて、この日本国をお治めなさるので、味原の原では、たくさんの御家来衆は、小屋掛けをして都を作った。故郷離れた旅ではあるけれども。

反　歌

929 荒野《あらぬ》らに里はあれども、大君の領《し》きます時は都となりぬ

里は荒れはてた野原だけれども、我が天子の居所と定めて住まれた時は、ちゃんと、都となってしまうてることだ。

930 蜑処女《あまをとめ》、棚《たな》なし小舟《をぶね》漕ぎ出《づ》らし。旅の宿りに檝《かぢ》の音《と》聞ゆ

蜑の処女が、小さな舟を漕ぎ出しているに違いない。宿っている旅の仮小屋に、艣《ろ》の音

が聞えて来る。

車持《くらもち》ノ千年《ちとせ》の歌。並びに短歌

931 いさなとり浜辺を清み、うち靡き生ふる玉藻に、朝凪に千重波《へ》より、夕凪に五百重《いほへ》波よる。岸つ波《へ》の弥《いや》しくしくに、月に日《け》に、日々《ひび》に見れども、今のみに飽き足らめやも。

白波のい咲き回《めぐ》れる住ノ江の浜

この住ノ江の浜は、海岸がさっぱりして、そこに絡み合うて生えている玉藻に、朝凪の時分にも、夕凪の頃にも、幾重とも知れぬ程、浪が寄せかけて来る。その寄せて来る海岸の波のように、幾度も幾度も、毎月毎日、いつもいつも見ても飽かない。それに今見るだけで満足が出来ようか。白波が砕けて、花のように立ちながら、取り巻いていることの住ノ江の浜よ。

反歌

932 白波の千重《へ》に来よする、住《すみ》ノ吉《え》の岸の埴原《はにふ》に、にほひて行かな

波が、幾度も幾度も打ちかけて来る。この住ノ江の岸の赤土原で、著物《きもの》に色を著《つ》けて行こうよ。

山部ノ赤人の歌。並びに短歌。一首

933 天地の遠きが如く、日月の長きが如く、おしてる難波ノ宮に、吾大君《わご》国知らすらし。御饌《みけ》つ国日の御調《みつき》と、淡路の野嶋《ぬしま》の蜑《あま》の、海の底《わた》奥《おき》ついくりに、鰒珠《あはびたま》さはにかづき出《で》、舟並《な》めて仕へ奉《まつ》るが尊し、見れば

天地が遥かに隔っているように、光陰が永久に続いているように、長く久しくと、我が天子が、国をお治めになるに違いない。御食料を奉る国のこととて、淡路の野島の海人《あま》が、毎日の献り物として、沖の方の海の底の石にひっついている、鰒の真珠をたくさん、潜《むぐ》って取って来て、天子に奉り物として、幾艘もの舟を並べて、運んで来るのを見ていると、尊い天子のありがたさが、しみじみと思われる。

反　歌

934 朝凪に檝の音《と》聞ゆ。御饌《みけ》の国野島の海人の舟にしあるらし

朝凪いだ海に、艪《ろ》の音が聞える。御食料を奉る国なる、あの野島から来る、海人の舟に違いない。

□三年九月十五日、播磨ノ国印南野《いなみぬ》に行幸せられた時、笠ノ金村の作った歌。並びに短歌。二首

935 名寸隅《なきずみ》の舟瀬《ふなせ》ゆ見れば、淡路島松帆《まつほ》ノ浦に、朝凪に玉藻苅りつつ、夕凪に藻塩焼きつつ、蜑処女在りとは聞けど、見に行かむよしのなければ、健男《ますらを》の心はなしに、嫋女《たわやめ》の思ひたわみて、徘徊《たもとほ》り、我はぞ恋ふる。舟《ふね》、檝《かぢ》をなみ

名寸隅の里の波止場から見える、淡路の松帆の浦には、朝凪の時分には玉藻を刈ったり、夕凪の時分には藻塩木を焼いたりして、評判の美しい海人の処女がいる、ということを聞いてはいるけれども、見に行く方法がないので、男らしい確《しっか》りした心持ちはなくしてしもうて、女のように屈託して、浜辺を徘徊《うろうろ》しながら、渡る舟や艣がないために、ただ焦《こが》れているばかりである。(金村の古風に優れていたことは、これを見ても知れる。飛鳥藤原朝以前の人の、感情が生きている。)

反　歌

936 玉藻刈る蜑処女らを見に行かむ。舟《ふね》、檝《かぢ》もがも。波高くとも

玉藻を刈っている、松帆ノ浦の蜑処女を見に行こう。波が高くても見に行こう。舟や艣があってくれればよいが。

937 行き周《めぐ》り見《み》とも飽かめや。名寸隅《なきずみ》の舟瀬の浜に、頻《しき》る白浪

あちらから見、こちらから見ても、満足することがあろうか。この名寸隅の村の波止場

の浜に、始終うち寄せて来る、波の景色は。

山部ノ赤人の歌。並びに短歌。三首

938 安治《やすみ》しし我大君《わご》の、神ながら高知らせる、印南野《いなみぬ》の大海《おほうみ》の原《はら》の、荒栲《あらたへ》の藤江《ふぢえ》ノ浦に、鮪《しび》釣ると蜑舟《あまぶね》騒ぎ、塩焼くと人ぞさはなる。浦を吉《よ》み宜《うべ》も釣《つ》りはす。浜を好《よ》み宜《うべ》も塩焼く。あり通ひ見せすもしるし。清き白浜。

我が天皇陛下が神の御意志どおりに、領していらっしゃる、印南野の中で、広々とした海面に向うた藤江の浦に、鮪を釣ろうと、海人が騒いでいる。塩を焼くというて、人がたくさんたかっている。なるほど浦がよいから、釣りをするのも尤《もっと》もだ。浜がよいから、塩を焼くのも尤もだ。これでは、度々お通いになって御覧になるのも、その筈《はず》のことだと思われる。清らかなよい景色の、白砂の浜よ。

反歌

939 沖つ波岸《へ》波静けみ、あさりすと、藤江の浦に舟ぞ騒《さや》げる

沖の方の波も、海岸の方の波も、静かであるので、漁《りょう》をするとて、藤江の浦に、舟がやかましく騒いでいる。

940 印南野《いなみぬ》の浅茅《あさぢ》おしなべさ寝《ぬ》る夜の、け長くしあれば、家し偲《しぬ》ばゆ

印南野の浅茅を押し伏せて、寝る夜が長く、幾日にもなるので、家のことが思い出されてならぬ。

941 明石潟。潮干の道を、明日よりは、した笑《ゑ》ましけむ。家近づけば

明日からは、明石潟の潮の引いた道を歩きながら、心中では、何となしに心勇みがせられることであろう。家がだんだん近づいて来てるから。(単に叙景詩人としてばかりでなく、かく抒情にも、侮《あなど》るべからざる手腕を示している。傑作。)

辛荷《からに》ノ島を過ぎた時、山部ノ赤人の作った歌。並びに短歌。三首

942 あぢさはふ妹が目離《か》れて、しきたへの手《た》もとも枕《ま》かず、樺皮《かには》纏《ま》き作れる舟に、ま檝貫《かぢぬ》き、我が漕ぎ来れば、淡路の野島《ぬじま》も過ぎ、印南都麻《いなみつま》辛荷ノ島の島の間従《ゆ》、我家《わぎへ》を見れば、青山の其処とも見えず、白雲も千重になり来ぬ。漕ぎ廻《た》むる浦の尽《ことごと》行き隠《かく》る島の崎々、隈《くま》もおかず思ひぞ我が来《け》る。旅の日《け》長み

いとしい人にも無沙汰をして、その手も枕とせず、樺《かば》の皮を蔽《おお》うた舟に、棹をさして、自分が漕いで来ると、淡路の野島を過ぎてしまうた。それから又、印南の郡の都麻の里の辛荷の島を通って、その間から、自分の家のある方を見ると、青い山の連っている、

あの辺《あたり》ともはっきり訣《わか》らない。白雲さえも、幾重にも隔《へだ》ててしもうた。漕ぎ廻って行くどの浦でも、行く内に、だんだん隠れる島のどの崎でも、その行く道の曲り目毎《ごと》に、家のことを思いながら、ふりかえりながらやって来た。旅の日数が長くなったので。

反　歌

943 玉藻刈る辛荷《からに》ノ島にあさりする、鵜《う》にしもあれや、家思はざらむ

家のことを思うまいとしても気にかかる。玉藻を刈る辛荷の島に餌をせせっている鵜ででもあれば、家を思わないでいられようが、人間の私はそうした訣《わけ》にはいかぬ。

944 島隠《がく》り我が漕ぎ来れば、羨《とも》しかも。大和へ上る。ま熊野《くまぬ》の舟

島々の間を自分が漕いで来ると、ふと出会うたのは、熊野の舟が、大和の方へ上って行くのであった。羨《うらやま》しいことよ。（旅愁の漲《みなぎ》った歌。傑作。）

945 風吹けば、波か立たむと、さもらひに、都多《つた》の細江に浦隠りをり

風が吹き出して来たから、多分波も立つだろうと思うて、待つために、都多の細江に隠れていることだ。（平凡な事件を、かくまで、人の胸に沁ませることが出来たのは、赤人の、詩人としての価値を語っている。佳作。）

敏馬《みぬめ》ノ浦を過ぎた時、山部ノ赤人の作った歌。並びに短歌

946 みけむかふ淡路の島に、直向《ただ》ふ敏馬《みぬめ》ノ浦の、沖辺には深海松《みる》とり、浦回《うらわ》には莫告藻《なのりそ》苅り、深海松の見まく欲しけど、莫告藻《なのりそ》の己《おの》が名惜しみ、間使《まづかひ》も遣《や》らずて、我は生けるともなし

ここは淡路の島に直《じか》に面しているところの、敏馬《みぬめ》の浦である。この沖の方では、深海松が採れる。岸の方では、莫告藻が採れる。深海松ではないが、見たいことは見たいが、莫告藻の名の評判が立っては大事であるから、時折りの使いさえ遣《や》らないので、自分は、生きている元気もない。

反　歌

947 須磨の蜑の塩焼き衣《ぎぬ》の、なれなばか、一日も、君を忘れて思はむ

須磨の海人の著《き》ている塩焼き衣の、なれなれによごれているように、自分も旅にいないで、あの人の傍になれて近附いているのならば、一日だけでも忘れることが出来るであろう。

四年正月、諸王及び群臣等を授刀寮に禁足せしめられた時、某の作った歌

948 真葛はふ春日の山は、うち靡き春さり行くと、山下《した》に霞たなびき、高円《たかまど》に鶯鳴きぬ。物部《もののふ》の八十伴《とも》ノ緒は雁《かりがね》の来継ぐ此頃、かく継ぎて常にありせば、友並《な》めて遊ばむものを。馬並めて行かまし里を。待ちがてに我がせし春を、かけまくもあやに畏く、云はまくもゆゆしからむと、予めかねて知りせば、千鳥鳴くその佐保川に、石《いそ》に生ふる菅の根とりて、忍草祓《しぬぶぐさはら》へてましを、行く水に禊《みそ》ぎてましを。大君の命《みこと》かしこみ、ももしきの大宮人の、玉桙の道にも出でず、恋ふるこの頃

春日の山では、春がやって来るというので、山の麓には霞がかかっているし、頂上の高円山では、鶯が鳴いている。ところが宮中を守っているたくさんの役人たちは、雁が後から後からとやって来るこの頃、このような愉快な日がいつも続いてあったら、友人と一処に遊びに出かけよう、馬を連ねて行きたいと思う里だのに。ところがそういう風に待ちかねて、私たちがいた春になったに関《かかわ》らず、とんだ事が起ったのだ。こういう風に口に出していうのも、非常に畏《おそれ》多く又慎しまねばならぬ事になると、前から予期することが出来たならば、佐保川の石に生えている、菅の根をとって、それを裂いて、忍草に取り雑えて、祓えをして置いたのに、又その川の水に禊ぎをしておいたらよかったのに、そうせなかったために、とんでもない目に遭うて、御所の役人たちが、御所の中に閉じ籠ったまま、表通りへも出ないで、外の春景色に焦れている。幾日かの間をば。

反　歌

949梅柳すぐらく惜しみ、佐保のうちに遊びしことを、宮もとどろに

梅や柳が、なくなってしまうことのなごりおしさに、佐保山の中で遊んだことをば、御所も響くばかりに、評判を立てられたことだ。（この歌はおそらく、当時三十七八歳で、葛城ノ王というていた頃の橘諸兄卿などの作って、不平を洩らしたものに違いない。名は顕《あらわ》すのを憚ったのだ。）

これは、神亀四年の正月に、王や群臣の子ども数人が、春日野で毬打《ぎちょう》遊びをしていたところが、驟《にわ》かに雨が降って、雷鳴があったが、宮中では鳴弦護衛に与《あずか》る侍衛の人々が、一人もいなかった。そこで、それ等の公達を、授刀寮に禁足せしめて、外に出されなかった時、或る人の作ったものである。

□五年、難波行幸の時の歌。四首

950大君の境《さか》ひ給ふと、山守り据ゑ守《も》るとふ山に、入らずば、止まじ

天子が他の人々のいる所から、区劃を立てて人を入れないためにと、山番を設けて守っていらっしゃるそうな山に、這入《はい》らないでおこうか。（これは平常、宮中では、男女の区別が厳重であるが、行幸の時は、比較的寛大なところから、今こそという、意気込みを陳《の》べたものである。）

951見渡せば近きものから、石隠《いそがく》り、輝《かがよ》ふ玉を取らずば、止まじ
ずっと見渡すと、近くではあるが、行き難い岩陰に輝いている、あの玉を手に入れないでは、思い止るまい。（これも、宮中で目に見ながら、自由にならぬ宮女たちを、思うた歌である。）

952韓《から》衣著奈良《きなら》の里の島松に、玉をしつけむよき人もがも
昔物語にある、仙人が思う心を伝えるために、故郷の家の木に、玉を懸けたというが、自分が家の人を思うている心を示すために、奈良の里にある庭の前栽《せんざい》の松に、玉をつけてくれる仙人のような人がないか知らん。

953さ雄鹿の鳴くなる山を、越え行かむ日だにや、君にはた逢はざらむ
都を離れて、鹿の鳴く淋しい山を越えて旅する日でも、あの人に逢わないで、辛抱していられようか。

右四首、笠ノ金村集に見えている。或る人は車持《くらもち》ノ千年の歌だという。

膳《かしわで》ノ王《おおきみ》の歌

954 朝には海岸《うなひ》にあさりし、夕されば大和へ超ゆる雁《かり》し、羨《とも》しも
自分は大和を離れて来ているが、あの雁は、朝は海岸で餌を探しているが、晩になると、大和へ越えて行く。あの雁が羨しいことだ。

太宰ノ少弐石川ノ足人《たるひと》の歌
955 さすたけの大宮人の家と住む、佐保の山をば思ふやも。君
あなたは御所の役人たちが、家として住んでいる佐保山に、焦《こが》れていらっしゃいましょうね。如何です。

太宰ノ帥大伴ノ旅人の答えた歌
956 安治《やすみ》しし吾大君《わご》の食国《をす》は、大和も、茲《ここ》も、おやじとぞ思ふ
安らかに治め給う、我が天皇陛下の御領の国は、都のある大和も、又この筑紫も、同じであると思うている。

同年十一月、大宰府の役人たちが、香椎ノ宮に参って帰る時に、馬を香椎ノ浦に止めて、てんでに感想を叙べた歌(三首)
太宰ノ帥大伴ノ旅人の歌

957 いざ子ども。香椎ノ潟に、白栲《しろたへ》の袖さへ濡れて、朝菜摘みてむ
さあ家来どもよ。この香椎潟におり立って、波のしぶきに白栲の衣の袖を濡らしても、朝食《あさげ》のさいの菜を摘もうではないか。

大弐小野ノ老《おゆ》の歌

958 時つ風吹くべくなりぬ。香椎潟潮干の浦に、玉藻刈りてな
どうやら、潮時の風が吹き出しそうになって来た。今の間に、香椎潟の潮の引いている浦で、藻を刈ろうではないか。

豊前ノ守宇努《うぬ》ノ男人《おひと》の歌

959 行き帰り、常に我が見し香椎潟、明日《あす》ゆ後には、見むよしもなし
ここを往復して、いつも眺めていた、香椎潟の景色も、明日から後は、見る方便もあるまい。

大伴ノ旅人、遥かに吉野の離宮を思うて作った歌

960 隼人《はやひと》の迫門《せと》の巌も、鮎走《あゆばし》る吉野の激湍《たぎ》に、なほ如《し》かずけり
隼人の住んでいる、薩摩の海峡の聳《そび》えた巌の勝れた容子《ようす》も、どうしてどうして、年魚《あゆ》の

走っている、吉野の激湍に及ぶことではない。

大伴ノ旅人、次田《すきた》の温泉《いでゆ》に泊って鶴の声を聞いて作った歌

961 温泉《ゆ》の原に鳴く丹頂鶴《あしたづ》は、我が如く、妹《いも》に恋ふれや、時分《わ》かず鳴く

この温泉の湧く原中に、鳴いている鶴は、やはり自分のように、いとしい人を恋しがっているからかして、時の区別もなく、始終鳴いている。

天平二年、勅《みことのり》に依って、擢駿馬使《ちゃくしゅんめし》大伴ノ道足が、太宰府に来た時の歌

962 奥山の岩に苔生《む》し、畏くも問ひ給ふかも。思ひあへなくに

これは、恐れ多くも、歌はどうだとのお問いで御座いますが、まだよくも考えついていませんのです。(古歌を吟じたのである。)

これは、勅使大伴ノ道足が、太宰ノ帥大伴ノ旅人の家に招待せられて行った時に、駅使《はゆまづかい》葛《ふじ》井《い》ノ広成に歌を詠むように勧めたので、広成が即座に吟じたものであるという。

同年十一月、大伴ノ坂上ノ郎女《いらつめ》、旅人の官舎から、都へ旅立った時、筑前ノ国宗《むな》像《かた》ノ郡名児ノ山を越えて作った歌

963 大汝少彦名《おほなむちすくなひこな》の神こそは、命《なづ》けそめけめ。名のみを名児《なご》ノ山と負ひて、我が恋ひの千《ち》

重《へ》の一重も慰めなくに

この山は、昔大汝ノ命、少彦名ノ神が名をつけ始められたのであろうが、それにしては、名児山というから、心が穏かになるかと思うと、名ばかりが名児山で、自分の焦《こが》れる心の千分の一も、慰めてくれないことだ。(これは、途中から、兄旅人に贈ったものであろう。)

同じく、坂上ノ郎女《いらつめ》、海路で岸の貝殻を見て作った歌

964 我が兄子《せこ》に恋ふるは苦し。暇《いとま》あらば、拾ひて行かむ。恋ひ忘れ貝

あなたに焦れているのは、術《すべ》ないものだ。暇さえあれば、ゆっくりと物忘れをするという、忘れ貝を拾うて行って、恋を忘れようのに。

同年十二月、大伴ノ旅人、大納言となって、都に上る時、某ノ処女の作った歌。

二首

965 凡《おほ》ならば、かもかくもせむを。畏《かしこ》みと、振りたき袖を忍びたるかも

これがよい加減な身分の人であったら、お別れ際にああもし、こうもしようものを。尊い方であるので、畏れ多いと思うて、別れを惜しんで、振りたい袖さえも、辛抱していることです。

966 大和路は雲隠りたり。然れども、吾が振る袖を、無礼《なめ》くと思ふな
大和の国の方は、雲に隠れている程遠い。それほど、あなたと私との身分は離れていま す。けれども、恋しさに私が袖を振るのを、無礼にもこのようなことをする、とお思い 下さいますな。

これは、旅人が都へ上る門出に、馬を水城《みずき》に駐めて、太宰府の官舎を顧みて別れを惜しんだ時に、送って来た役人の中に遊行女婦《うかれめ》の児島という女が雑《まじ》っていたが、余波《なごり》を惜しんで作ったもの。

大納言大伴ノ旅人の答えた歌。二首

967 大和路の吉備《きび》の児島を過ぎて行かば、筑紫の児島思ほえむかも
これから大和へ行く道の、吉備の児島を通って行ったならば、この筑紫の児島のことが、思い出されることであろうよ。

968 健男《ますらを》と思へる我や、みづくきの水城《みづき》のうへに、涙のごはむ
自分は立派な男だ、と自任しているのだ。その自分でありながら、この水城の堤防の辺で、別れが惜しいからというて、涙を拭うべきではないのに、不覚の涙を零《こぼ》した。（悲

哀を男性的に表している。佳作。)

三年、大納言大伴ノ旅人、奈良の家で、故郷を思うた歌

969 暫《しま》しくも行きて見てしが。神南備《かむなび》の淵はあせにて、瀬にかなるらむ

我が故郷の、飛鳥の神南備山の下の淵は、久しく行かぬ間に、あせてしまって、瀬になっているだろう。一寸でも行って見たいものだ。

970 うつそみの栗栖《くるす》の小野の萩が花、散らむ時にし、行きて手向《たむ》けむ

あの栗林のある野の萩の花が、散っている時分すなわち、今行って、故郷の飛鳥の神南備の社の神に、幣《ぬさ》を手向けたいものだ。

四年、藤原ノ宇合《うまかい》西海道ノ節度使として遣《つかわ》された時、高橋ノ虫麻呂の作った歌。並びに短歌

971 白雲の竜田の山の、露霜《じも》に色づく時にうち越えて旅行く君は、五百重《いほへ》山い行きさくみ、仇《あた》守る筑紫に至り、山の極《そき》野の極《そき》見よと、伴部《とものべ》を分《わか》ち遣し、山彦の答へむ極み、蝦蟆《たにぐく》のさ渡る極み、国形《くにがた》を見し給ひて、冬籠り春さり行かば、飛ぶ鳥の早く来まさね。竜田路《ち》の岡辺の道に、丹《に》躑躅《つつじ》のにほはむ時の、桜花咲きなむ時に、やまたづの迎へ参出《まゐで》

む。君が来まさば

竜田山の木の葉が、秋の末の水霜のため、色著《いろづ》く時分に、あなたはここを越えてお出でなさるが、これから、幾重にも重なった山を蹈み分けて行って、筑紫の国に到著《とうちゃく》して、山の極《はて》、野の極までも、残りなく見聞して来い、と従う部下の人を分け遣わして、あの地で山のこだまが答えるだけの地の限り、又蝦蟆《ひきがえる》の歩いて行くだけの地の果までも見聞なされて、春になったら、空飛ぶ鳥のように、早く帰っていらっしゃいませ。竜田越えの山中の道に、赤い躑躅が、ほんのりと咲き出す時分で、それから又、桜の花の咲いている時分に、ここまで出迎えに参りましょう。あなたが帰っていらっしゃったら。

反　歌

972 千万の軍勢《いくさ》なりとも、言挙《ことあ》げせず、捕《と》りて来《き》ぬべき壮夫《をとこ》とぞ思ふ

敵は譬《たと》い、たくさんの軍勢であっても、いざこざなく、俘《とりこ》にして帰って来そうな頼もしい大丈夫だ、とあなたをば信じます。

聖武天皇、酒を節度使等に与えられた時の御製。並びに短歌

973 食国《をすくに》の遠《とほ》の御門《みかど》に、汝等《いまし》しかくまかりなば、平らけく我は遊ばむ。手抱《たむだ》きて我は在《いま》さむ。皇我《すめらわ》が厳《うづ》の御手もち、掻き撫でぞ犒《ね》ぎ給ひ、うち撫でぞねぎ給ひ、帰らむ日相飲

まむ酒《さけ》ぞ。この豊御酒《とよみき》は

この日本国の遥かな領土へ、このようにして、汝たちが朕《わし》のところから出かけて行って、治めてくれれば、朕は安心して遊んでいることが出来よう。又手を拱《こまね》いたままで、何もしないでいることが出来よう。汝等が帰って来た時には、天皇なる自分のこの尊い手で、汝等の身を撫で撫でして、その心労を犒《ねぎら》いあそばして呑む酒だぞ。この立派な酒は。その節又、一処に飲もうぞ。

反歌

974 健男《ますらを》の行くとふ道ぞ。おほろかに思ひて行くな。健男《ますらを》の伴《とも》

立派な男の、名誉として勇んで行くべき道だ。決しておろそかに思うて行くな。立派な男たちよ。

右の歌、一説に太上(元正)天皇の御製だとも伝えている。

中納言阿部ノ広庭の歌

975 かくしつつあらくをよみぞ。たまきはる短き命を、長く欲りする

こういう愉快な心持ちで暮していることが嬉しさに、短い命が長くあるように、と願うている。

五年、日下山《くさか》を越えて、神社《かむこそ》ノ老麻呂《おゆ》の作った歌。二首

976 難波潟《なにはがた》潮干の余波《なごり》、よく見てな。家なる妹が待ちとはむ為

難波の遠浅の海の、潮の引いた処に立つ余波の、心地よい有様を、詳しゅう見て置こう。家にいる妻が、私を待ちうけて、問う時の用意に。

977 直越《ただごえ》の此道にして、おしてるや難波の海と、名づけけらしも

昔神武天皇が、浪速《なにわ》の海と名をおつけになったというが、大方この直越《ただごえ》の道でおつけになったのであろう。それに違いない。(当時浪速の国の説明伝説を、こういう風に訛伝《かでん》していたものと考えるがよい。)

山ノ上《やまのうへ》ノ憶良《おくら》大病の時の歌

978 壮夫《をとこ》やも空しかるべき。万代に語り継ぐべき名は立たずして

男として、無駄に一生を終ってよかろうか。後々まで、人が語り継ぐような、名をば立てないで。

右一首、憶良が大病の時、藤原ノ八束が、河辺ノ東人をやって見舞わせたところが、礼を述べた後に、涙を拭うて、吟じたものである。

大伴ノ坂上ノ郎女、姪《おい》の家持と、佐保の家から、西の家へ帰る途中の歌

979 我が兄子《せこ》が著《け》る衣《きぬ》薄し。佐保風はいたくな吹きそ。家に到るまで

あなたが著《き》ている著物《きもの》は薄い。佐保山から吹き下す風は、家に著《つ》くまで、ひどく吹いてくれるな。

安倍ノ虫麻呂の月の歌

980 あまごもり三笠の山を高みかも、月の出で来《こ》ぬ。夜はくだちつつ

三笠山が高いために、月は出て来ないのか知らん。夜は、こんなに更けているのに。

大伴ノ坂上ノ郎女の月の歌。三首

981 雁高《かりたか》の高円《たかまど》山を高みかも、出で来る月の、遅く照るらむ

雁高の里の高円山が高いからか、それでさし上る月が、こんなに遅く出て、照らしているのであろう。

982 ぬばたまの夜霧の立ちて、おぼほしく照れる月夜の見れば、悲しさ

夜の霧が立っているために、ぼんやりと照っている月を見ていると、悲しいことだ。

983 山の端《は》のささら美壮夫《えをとこ》、天の原とわたる光見らくし、よしも

山上に出た小さな美《よ》い男のお月様が、広々とした空を通って行くのを見ていると、よい心持ちだ。

豊前ノ国の処女大宅女《おとめおおやかめ》の月の歌

984 雲隠《がく》りゆくへをなみと、我が恋ふる月をや、君が見まく欲《ほ》りする

雲に隠れて、どこへ行ったかわからなくなったために、わたしが焦《こが》れている月を、あの方は、見たいと思うていらっしゃるだろうか。そんなことはなかろう。(失うた恋を、思うた歌である。)

湯原《ゆはら》ノ王の月の歌。二首

985 天に在《ま》す月読壮夫《つくよみをとこ》。賄《まひ》はせむ。今宵《こよひ》の長さ五百夜《いほよ》つぎこそ

天に御座るお月様よ。お礼を致しましょう。どうか今晩の長夜を、更に幾百という程続けて出ていて下さい。

986 はしきやし、ま近き里の君来むと、大野辺《おほのび》にかも、月の照りたる

近い里に住んでいる、懐しいあなたが来るというので、それでこんなに、広い野原に、月が照っているのだろう。（宴席に人を招いた歌。）

藤原ノ八束《やつか》の月の歌

987 待ちがてに我がする月は、妹が著《け》る三笠の山に、こもりてありけり

自分が待ちかねている月は、あのいとしい人が著《き》る、笠という名の、三笠山に隠れていることだ。

市原ノ王《おおきみ》の宴会に、父君安貴《あき》ノ王の長寿を祝福せられた歌

988 春草は後はうつろふ。巌《いはほ》なす常磐《ときは》にいませ。貴き吾君《わぎみ》

春草のように、御盛んにと祝いたいが、後には衰えるものでありますから、いっそ、岩のように、いつまでも、固くおいであそばせ。尊いあなた様よ。（思想に曲折がある。佳作。）

湯原《ゆはら》ノ王の祈酒《さかほがい》の歌

989 焼大刀《やきたち》の稜《かど》打ち放ち、健男《ますらを》の祝《ほ》ぐ豊御酒《みき》に、われ酔《ゑ》ひにけり

刀の脊を削るまで撃って、切り火をして、立派な男が祝い清めて、醸《かも》した立派な酒に、

自分は酔うたことだ。

紀ノ鹿人《かひと》、跡見《とみ》ノ茂岡《しげ》の松を詠んだ歌

990 茂《しげ》岡に神さび立ちて栄えたる、千代松の木の年の知らなく

この茂岡山に、神々しいまで古びて、元気で立っている千代を待つとも見える、松の木の年の程がわからないことだ。

同人、泊瀬川の辺《ほとり》に行って作った歌

991 岩走り激《たぎ》ち流るる泊瀬川、絶ゆることなく、復も来て見む

岩の上を走って、激しく流れる、この泊瀬川よ。川の水の絶えないように、途絶えることなく、又幾度も来て見よう。

大伴ノ坂上ノ郎女、元興寺《がんごうじ》の里を詠んだ歌

992 故里《ふるさと》の飛鳥《あすか》はあれど、あをによし奈良の飛鳥を見らくし、よしも

昔住んでいた飛鳥は、もちろんよい所だが、奈良の飛鳥も、なかなか見るのに、愉快な処だ。

同じ人の三日月の歌

993 月立ちて唯三日月の、眉根《まよね》掻き、け長く恋ひし君に逢へるかも

三日月のような眉毛の根を、痒《かゆ》いので掻きながら、あなたがいらっしゃるか、と欺されながら長く焦れて待っていた、そのあなたにやっと逢うたことだ。

大伴ノ家持の三日月の歌

994 ふりさけて三日月見れば、一目見し人の眉引《まよびき》思ほゆるかも

天をば遥かに振り仰いで、三日月を見ると、ただ一目逢うたことのある人の、眉毛の容《よう》子《す》が思い出されることだ。

大伴ノ坂上ノ郎女、親戚を集めて宴会した時の歌

995 かくしつつ遊び飲みこそ。草木すら、春は生ひつつ、秋は散りぬる

いろんなことを考えずに、こうして面白く遊んで酒をお飲みなさい。人間も生きている間は、しばらくだ。草木でも、春には芽が生えて来ながら、秋には散るのが、常ではないか。

六年、海《あま》ノ犬養《いぬかい》ノ岡麻呂、詔に応じて奉った歌

996み民われ、生《い》ける効験《しるし》あり。天地の栄ゆる時にあへらく、思へば
天子様の人民なる、私のような身分の低い者でも、生きている詮《かい》が御座います。天地の万物が、御威徳で栄えている、御代におうていることを思いますという と。（放胆な頌《しょう》徳《とく》歌。傑作。）

同三月、難波ノ宮行幸の時の歌。六首

997住《すみ》ノ吉《え》の粉浜の蜆《しじみ》、あけも見ず、籠りてのみや、恋ひわたりなむ
住吉の粉浜で採れる蜆ではないが、うち明けて、人に逢いもしないで、心中に隠して、恋い続けているべきであろうか。

右一首、作者知れず。

998眉の如、雲居に見ゆる阿波の山、かけて漕ぐ舟、とまり知らずも
ここからは、眉毛のように、水平線の空の辺に見えている、阿波の国の山を目がけて、漕いで行く舟よ。その泊り場所はどこなのだろうか。

右一首、船《ふね》ノ王の歌。

999茅《ち》渟《ぬ》回《わ》より雨ぞふり来る。磯《し》歯《は》津《つ》の蜑《あま》綱手乾したり。濡れあへむかも

芽渟の里の入り江の辺から、雨が降って来る。磯歯津の蜑が引き綱を乾しているが、濡れないでそのままで、あられようか。うまくとり入れればよい。

右一首、住ノ吉の浜遊覧の時、守部ノ王詔に応じて奉られた歌。

1000 子らがあらば、二人聞かむを。沖つ洲《す》に鳴くなる鶴《たづ》の暁《あかとき》の声

あの沖の方の洲に鳴いている、鶴の暁の鳴き声よ。ここに思う人が一処にいたなら、二人で聞こうものを。惜しいものだ。

右一首、同じく、守部ノ王の歌。

1001 健男《ますらを》はみ狩りに立たし、処女らは赤裳裾びく。清き浜びを

若い男等は狩りに出かけて行き、処女たちはさっぱりとした美しい浜を、赤い袴の裾を曳《ひ》いて歩いている。

右一首、山部ノ赤人の歌。

1002 馬の歩みおさへ留めよ。住ノ江の岸《きし》の丹土原《はにふ》に、にほひて行かむ

そんなにせくことはない。馬の足を制して、止めさせよ。これから、住吉の岸にある赤土原で、著物《きもの》に色を著《つ》けて行こうではないか。

右一首、安倍ノ豊継の歌。

筑後ノ守外従五位下葛井《ふじい》ノ大成、蜑《あま》の釣舟を眺めて作った歌

1003 蜑処女玉求むらし。沖つ波恐《かしこ》き海に舟出《ふなで》せり、見ゆ

蜑人の娘が、沖の波の恐《おそろ》しゅう立っている海に、舟を出しているのが見える。あれは、玉を探し求めているのだろう。

桉作《くらつくり》ノ益人《ますひと》の歌

1004 思ほえず来ませる君を、佐保川の河蝦《かはづ》聞かせず、帰しつるかも

思いがけなくおいで下さったあなたですのに、佐保川の河鹿の声も、お聞かせ申さずにお帰し申したことです。残念に存じます。

これは、当時内匠《たくみ》寮の大属であった作者が、知人を集めて宴会した時、来られた内匠《たくみ》ノ頭《かみ》佐為《さい》ノ王が、日の傾かないうちに帰られたので、余波《なごり》惜しさに作って奉った歌である。

八年六月、吉野離宮行幸の時、山部ノ赤人詔に応じて作った歌。並びに短歌

1005 安治《やすみ》しし吾大君《わご》の見《み》し給ふ吉野ノ宮は、山高み雲ぞたなびく。川速み瀬の音《と》ぞ清き。神さびて見れば尊く、よろしなべ見れば清《さや》けし。此山の尽きばのみこそ、此川の絶え

ばのみこそ、ももしきの大宮処止《や》む時もあらめ

我が天皇陛下が、御覧なされる吉野の御所は、山が高くて、雲が懸っているし、川が急流で、瀬の鳴る音が爽やかに聞える。神々しゅう古びて、尊く見える。山と川との配合が宜しくて、見ていても心持ちがよい。この御所はいつまでも絶えないで、続くに違いない。譬《たと》えていえば、この山がなくなってしまう時があったら、この川の水がなくなる時があったら、この御所もなくなるだろうが、そういう気遣いはない。

反　歌

1006 神代より吉野ノ宮にあり通《がよ》ひ、高知らせるは、山川をよみ

大昔から、この吉野の御所へ、度々《たびたび》お通いなされてそこを天子のものとして、御覧なされたのは、山や川の景色が、よいからである。

市原ノ王、唯お一方しか、お子のないのを悲しまれた歌

1007 言《こと》とはぬ木すら、女《いも》と男《せ》ありとふを、只独子《ひとりご》にあるが苦しさ

ものを言わぬ木でも、配人《つれあい》があって、雄木雌木などという風だのに、自分の子は兄弟もなく、ただ独りであるのが、頼りなく心苦しいことだ。

1008 山の端《は》にいさよふ月の出でむかと、我が待つ君が、夜はくだちつつ

忌部《いむべ》ノ黒麻呂、約束した友の来ないのを恨んだ歌

山の上にぐずぐずとしていて、出ぬ月と同じく、今にもお出でになろうか、と待っているあなたは、夜が段々更けて行くのに係《かか》わらず、お出でにならない。

十一月、左大弁葛城ノ王《おおきみ》以下に、橘氏を賜うて、臣列に加えられた時の太上天皇(元明)の御製

1009 橘は、実さへ、花さへ、その葉さへ、枝に霜降れど、弥常葉《いやとこは》の木

橘の木は、実も、花も、その葉も、それから、その枝までも、霜が降り積んでも、ますますびくともしない。いつまでも葉のおちない木だこと。(四句の曲折が、音楽的でよい。帝王的な大づかみなところがあって妙だ。佳作。)

これは、天平八年十一月九日、正三位葛城ノ王・従四位上佐為ノ王等を臣下に列して、橘氏を賜うた。その時、太上天皇、天皇(聖武)御同座で、皇后宮で酒宴を催されて、同時に、御酒と、宿禰《すくね》の骨《かばね》を下された時の御製である。

橘ノ奈良麻呂、詔に応じて奉った歌

1010 奥山の真木の葉凌《しの》ぎ降る雪の、古りは益《ま》すとも、地《つち》に落ちめやも

奥山の檜の葉を降り埋める雪が、幾何《いくら》降り積んでも地べたに落ちないように、幾年が経って古びて行っても、我々は尊い天子の御裔《すえ》なのだから、賤《いや》しい土民のような者には、なり下りは致しません。

十二月十二日、歌儛所《うたまいどころ》詰めの諸王・群臣等が、葛井《ふじい》ノ広成の家に集って、宴会した時の歌。二首

此来《このごろ》古儛盛りに興り、古歳の者漸く晩《お》いぬ。理《まさ》に宜しく共に古情を尽し、同《とも》に此歌を唱ふべし。故らに此趣に擬《なぞら》へて、古曲二節を献る。風流意気の士、儻《も》し此集《つど》ひの中に在らば、争《いか》で念ひを発して、心々古体に和せよ。

1011 **我が宿の梅咲きたりと告げやれば、来《く》とふに似たり。散りぬともよし**

自分の前栽《せんざい》の梅が咲いた、と人の処へ告げてやった後で、まだ、返事も来ない先から、何だか来そうな心持ちがする。この上は、梅がもう散っても、来て下されさえすれば、それで満足だ。(四句がよい。)

1012 **春されば、ををりにををり、鶯の鳴く我《わ》が島ぞ。止まず通はせ**

春が来たので、木の枝がぶらぶらになる程、花が咲いて、鶯が鳴いているという前栽の景色である。絶えずやって来て下さい。

九年正月、橘ノ少卿(佐為)並びに諸大夫等《まへつぎみたち》、弾正《だんじょう》ノ尹《かみ》門部ノ王の家に集って、宴会した時の歌

1013 あらかじめ君来まさむと知らませば、門にも、宿にも、玉敷かましを

前々からあなたがお出でになろうと知っていたら、門にも、屋敷の中にも、玉を敷いて飾って置きましたのに。(佳作。)

右一首、門部ノ王

1014 一昨日《をととひ》も、昨日も、今日も見つれども明日さへ見まく欲しき君かも

あなたはほんとに、お懐しい方だ。一昨日も、昨日も、それから今日も見たけれど、その上明日までも見たいお方だ。(すなおである。ただこういう歌はどうかすれば、嫌味を伴い易いものだが、それがない。一つは、先取特権というのであろう。佳作。)

右一首、橘文成《あやなり》

榎《え》ノ井《い》ノ王《おおきみ》、後に作って、主人に和《あわ》せられた歌

1015 玉敷きて待たましよりは、たけそかに来たる今宵し、楽《たぬ》しく思ほゆ

あなたは、玉を敷いて置いたらよかった、と仰っしゃるが、それよりも、ずかずかと、

突然やって参りました今夜は、用意して待って下さったよりも、愉快に思われます。

二月、諸大夫等《まえつぎみたち》、左少弁巨勢《こせ》ノ宿奈《すくな》麻呂の家に集って、宴会した時の歌

1016 海原《うなばら》の遠き《とこよ》わたりを、風流男《みやびを》の遊ぶを見むと、なづさひぞ来し

わたしは常世の国から、海上の遠い渡航をして、この風流な方々の遊んでいらっしゃるのを、見ようと心を引かれて、やって参りました。

右一首は、その時白紙に書いて、壁に吊り下げてあった歌である。その文句に、蓬莱《ほうらい》仙媛焉《これ》を作りぬ。漫《すずろ》に風流秀才の士の為にす。斯《こ》れ、凡客望み見る所にあらざる哉《か》とあった。

四月、大伴ノ坂上ノ郎女、賀茂ノ神社に参った時、序《ついで》に、逢坂山に登って、近江の湖水を眺望して、日の暮れに帰った時の歌

1017 ゆふだたみ手向《たむ》けの山を、今日越えて、何れの野辺《ぬべ》にいほりせむ。子等

今日、道祖神《ふなどのかみ》に手向けをする山を越えて来たが、家来どもよ。今晩はどの辺の野辺で、仮小屋を建てて泊ろうか。(逢坂を出れば、畿内の外である。ところが、その日頂上まで行って、引き返して来たのであるから、山を越えたのと同じことになるので、軽い滑稽味をもって、旅愁を歌うものである。)

十年、元興寺《がんごうじ》の僧が、嘆いて作った旋《せ》頭歌《どうか》

1018 白玉は人に知らえず。知らずともよし。知らずとも、我《われ》し知れらば、知らずともよし

立派な白玉が、人に知られないでいる。しかし知られないでもかまわない。詰まらぬ人が知ってくれないでも、自分さえ値《ねうち》のあることを知っていたら、人は知らないでもかまわない。（この歌は、或いは純粋の旋頭歌でなく、575・777或いは57・57・77となる音脚かも知れない。）

右一首、或る人の云うには、元興寺の僧で、智慧が秀れていながら、世に知られず、人に侮られていたのが、作ったのだそうである。

石《いそ》ノ上《かみ》ノ乙麻呂、土佐の国に流罪にせられた時の歌。三首並びに短歌。二首

1019 石《いそ》の上《かみ》布留《ふる》の命《みこと》は、嫋女《たわやめ》の惑《まど》ひによりて、馬じもの縄とりつけ、鹿《しし》じもの弓矢囲《かく》みて、大君の命畏《みことかしこ》み、天離《さか》る鄙辺《ひなべ》に退《まか》る。ふるごろも真《ま》土《つち》の山ゆ帰り来《こ》ぬかも

石ノ上のあの布留の御前《ごぜん》は、女の間違いで、馬のように縄をつけ、鹿のように弓矢で囲まれて、警護厳しく田舎の方へ、天子の命令を畏まって、退去せられることだ。けれども真土山の辺から、帰って下さればよいが。

1020
1021 大君の命畏み、さしなみの国にいでます、はしきやし我が夫《せ》の君を、かけまくもゆ

ゆし畏し、住ノ吉《すみえ》の現人神《あらひとがみ》の、舟の舳《へ》にうしはき給ひ、著き給はむ島の崎々、より給はむ磯の崎々、荒き波、風に遭はせず、つつみなく、病《やまひ》あらせず、速《すむや》けく返し給はね。本つ国べに

天子の御言を畏まって、このお社に向いおうた国まで、お行きなさる恋しい夫を、口にかけて申すも勿体ない、恐れ多いことだが、住吉の御威光のあらたかな神様が、舟の舳先に自分で鎮座して、お守り下さって、乙麻呂卿の乗っていられる舟が、著《つ》きなされるどの島の崎でも、寄りなされるどの岩浜の崎でも、荒い波や風に逢わせないように、神の祟《たた》りなく、病いにとり著《つ》かれさせにならずに、一刻も早く、故郷の国の方へお戻し下さいませ。

（右二首、乙麻呂の近親の歌か。）

1022 父君に我は愛子《まなご》ぞ、母刀自《ははとじ》に我は寵子《めづこ》ぞ。参上《まゐのぼ》る八十氏人の手向《たむ》けする懼《かしこ》ノ坂に、幣《ぬさ》奉《まつ》り我はぞ退《まか》る。遠き土佐路《とさぢ》を

自分はお父様には可愛がられた子であり、母上にはいとしがられる子として育って来たのだ。その父母に別れて、京都へ上って参るたくさんの人々の、お供え物をして通る懼坂に、幣を奉って、旅路の平安を祈り、反対にいよいよ自分は、遠い土佐への道を、都から下って行くことだ。

反　歌

1023 大崎の神の小浜《をはま》は狭けれど、百舟人《ももふなびと》も過ぐといはなくに

大崎の神がいらっしゃる浜は狭いが、そこを通る舟人は、参らないで通り過ぎるということはない。自分は、そこにさえ、立ちよらずに行く。

右二首、乙麻呂の歌。

八月二十日、右大臣橘ノ諸兄《もろえ》の家で宴会した時の歌。四首

1024 長門《ながと》なる沖つ借島《かりしま》、奥《おく》まへて我が思ふ君は、千年にもがも

自分が治めている、長門の沖中にある、借島ではないが、奥深う私が思い込んでいますあなたは、千年までもいて下さい。

右一首、長門ノ守巨曽倍《こそべ》ノ対馬の歌。

1025 奥まへて我を思へる吾が兄子《せこ》は、千年五年年《いほとせ》ありこせぬかも

心の底まで、私のことを思うていて下さる、お前さんは、同様に千年も、五百年も、生きていて下されたいものだ。

右一首、諸兄の和《あわ》せた歌。

1026 ももしきの大宮人は、今日もかも、暇をなみと、里に行かざらむ
御所に仕えているお役人たちは暇がないから、それで、今日もまた、私宅の方へ帰らずに、勤めていられることなのでしょうよ。

右一首、右大臣が、故豊島《てしま》ノ采女《うねめ》の歌だといわれたもの。

1027 橘の下《もと》に道踏み、八衢《ちまた》にものをぞ思ふ。人に知らえず
橘の木蔭の道を歩いて、市場の四通八達の辻に立つように、様々に物思いすることです。思う人には通ぜないで。(百敷《ももしき》のの歌は、諸兄が、豊島の采女の歌として、覚えていたのである。橘の歌は、右大弁高橋安麻呂が、豊島ノ采女が作ったものと覚えていたのだが、二つながら、古歌を少しかえたもので、後の歌は、巻の二に見えた三方沙弥の歌に、よく似ている。)

右一首、右大弁高橋ノ安麻呂が故豊島采女の作った歌だというたもの。

十一年、天皇(聖武)高円野《たかまど》に遊猟せられた時、里の中に逃げ込んだ獣が、勇士に出くわして捕われた。そこで、その獣を、天皇の御狩り屋に献上するとて、添えた歌。一首

1028 健男《ますらを》が、高円山にせめたれば、里におり来る鼯鼠《むささび》ぞ。これ
これは達者な若者たちが、高円山で追いつめたために、都の坊中《さと》へ下りて来た鼯鼠で御
座います。

右一首、大伴ノ坂上ノ郎女の歌であるが、その鼯鼠は奉らないうちに死んだので、沙汰や
みになった。

十二年十月、太宰ノ少弐藤原広継、謀反して、軍勢を都へ発したので、天皇伊勢
へ行幸せられた時、河口ノ行宮で内舎人《うちとねり》大伴ノ家持の作った歌

1029 河口の野べにいほりて、夜の経《へ》れば、妹が手《た》もとし思ほゆるかも
河口の野の中に仮小屋を建てて宿って、幾夜にもなるので、枕として寝た、いとしい人
のかいなが、思い出されることだ。

天皇(聖武)の御製

1030 妹に恋ひ我が松原ゆ、見渡せば、潮干の潟に、鶴《たづ》鳴き渡る
いとしい人に焦《こが》れて、自分が逢うことを待っている、という名の松原を見渡すと、潮の
引いた遠浅の海に、鶴が鳴いて、ずっと飛んで行くことだ。

丹比ノ家主《いえぬし》の歌。一首

1031 おくれにし人を偲ばく、志氐《しで》ノ崎木綿《ゆふ》とりしでて、行かむとぞ思ふ

都へ残して置いた人が、思い出されることだ。ここは志氐の崎というから、この志氐の崎の神に、木綿を吊し下げて、その人の無事を祈って通ろうと思う。

狭残《さざん》ノ行宮で、大伴ノ家持の作った歌。二首

1032 大君の出でましのまに、吾妹児《わぎもこ》が手枕枕《ま》かず、月ぞ経にける

天子が行幸《みゆき》なされるにつけて、従うて来て、恋しい人の手枕もせないで、一月も立った。

1033 御饌《みけ》つ国志摩の蜑ならし。真熊野《まくまぬ》の小舟《をぶね》に乗りて、沖辺漕ぐ見ゆ

あの熊野の舟に乗って、沖の方を漕いでいるのは、御食料を奉る国なる、志摩の国の蜑《あま》に違いない。

美濃ノ国多芸《たぎ》ノ行宮で、大伴ノ東人《あずまびと》の作った歌

1034 古ゆ人の云ひ来《け》る老人《おいびと》の復《を》つとふ水ぞ。名におふ激湍《たぎ》の瀬

古からいい伝えている評判通りの、激流の速瀬である。如何にもここに来て見ると、年とった人も、若返る水だと思われる。(養老元年、元正天皇が美濃に行幸せられた時、

多度山の清水を見て、この清水を飲む者は、白髪が黒くなり、脱けた毛が又生え、盲いた目があき、色々の病気が治る、といわれたそのお言に依ったのであるが、その時の清水と、この激湍の瀬とは、別物でなければならぬ。)

大伴ノ家持の歌

1035 多度《たど》川の激湍《たぎ》を清みか、古《いにしへ》ゆ、宮つかへけむ。激湍の野《ぬ》の辺《べ》に

昔からこの激湍の野の辺に、宮を拵《こしら》えたのは、この多度川の激湍の景色が、さっぱりしているからに違いない。そのはずだ。

不破ノ行宮で、大伴ノ家持の作った歌

1036 関なけば、かへりにだにもうち行きて、妹が手枕枕《ま》きて寝ましを

人の止める関さえなくば、ちょっとがえりに帰って、あの人の手枕を枕として、寝て来ように、不都合にも、ここは不破の関だ。

十五年八月十六日、内舎人大伴ノ家持、恭仁《くに》ノ都を讃美して作った歌

1037 今造る恭仁ノ都は、山川の清きを見れば、宜《うべ》、領《し》らすらし

今新しく拵えた恭仁の都は、山川の景色が爽やかである。それを見ると、なるほどこの

ために、そこを占めて、都を建てられたはずだ、と合点の行くことだ。

高丘《たかおか》ノ河内《こうち》の歌。二首

1038 **故郷は遠くもあらず。一重山越ゆるがからに、思ひぞ我がせし**

もと住んでいた奈良の都は、ここから遠くもない。ここに来て見れば、山一重越えて来るだけであるのに、そのために、色々と、心配を自分がしたのが馬鹿らしい。

1039 **我が兄子《せこ》と、二人しをれば、山高み、里には、月は照らずともよし**

恭仁の都は、山が高く聳《そび》えているので、月が照って来ない。けれども、あなたと二人でさえいれば、月ぐらい照らなくてもかまわない。

安積《あさか》ノ親王《みこ》、少弁藤原ノ八束の家で、宴会せられた日、内舎人大伴ノ家持の作った歌

1040 **ひさかたの雨は降り頻《し》け。思ふ子が宿に、今宵は明して行かむ**

雨は、降り通しに降ってもよい。今宵は仲のよいこの人の内で、夜を明して参りましょう。(恋に寄せて、主人の接待振りを悦んだものである。)

十六年正月五日、諸卿大夫《まえつぎみたち》安倍ノ虫麻呂の家に集って宴会した時の歌(作者知れず。但し、主人虫麻呂の歌らしい。)

1041 **我が宿の君松の木に降る雪の、行きは行かずて、待ちにし待たむ**
自分は君を待っている。自分の屋敷の松の木に、雪が降り積っている。その雪という語の、行くということは、まあまあせないで、いつまでも松で、待っていましょうよ。

同月十一日、活道《いくじ》の岡に登って、一本の松の蔭に集って酒を飲んだ時の歌。二首

1042 **一松《ひとつ》。幾世か経ぬる。吹く風の声の清きは、年深みかも**
この一本松よ。幾百年立ったことであろうか。松の上を吹く風の、声の爽やかなので見れば、随分年がふけているのであろう。

右一首、市原ノ王の歌

1043 **たまきはる命は知らず。松が枝を結ぶ心は、長くとぞ思ふ**
自分は今、この松の枝を結んで、我が齢を長く守ってくれと、ともかく約束をして置く。しかしこの先、幾年生きているか、その寿命の程はわからないけれど。

右一首、大伴ノ家持の歌

寧楽《なら》ノ都の荒れた跡を悲しんだ歌。三首(作者知れず)

1044 紅《くれなゐ》に深く染《し》みにし心かも。寧楽ノ都に、年の経ぬべき

自分のこの心は、深く深く紅に浸み込んだようだと見えて、新しい恭仁の都に行かないで、年の立つまで、ここに暮して行くことだろう。

1045 世の中を常なきものと、今ぞ知る。寧楽《なら》ノ都のうつろふ、見れば

世の中のすべてのものは、始終じっとせず、変るものだということが、今明らかに訣《わか》った。あの盛んであった寧楽の都が、こんなに衰えたのを見ると。

1046 石葛《いはつな》のまた復《を》ち返り、あをによし寧楽ノ都を見むよしもがも

も一度若い昔に返って、盛んであった、都としての平城京を見る術がなかろうか。

さびれた寧楽ノ都を悲しんだ歌。並びに短歌。二首

1047 安治《やすみ》しし吾《わご》大君の、高しかす大和の国は、皇祖《すめろぎ》の神の御代より、しきませる国にしあれば、あれまさむ御子の継々《つぎつぎ》、天の下知らしまさむと、八《や》百万《ほよろづ》千年《とせ》をかねて奠《さだ》めけむ奈良ノ都は、陽炎《かぎろひ》の春にしなれば、春日山三笠の野《ぬ》辺《べ》に、桜花木陰《このくれ》隠り、貌《かほ》鳥は間なく頻鳴《しばな》き、露霜の秋さり来れば、八釣山烽火《とぶひ》ノ岡に萩の枝《え》をしがらみ散らし、さ雄鹿

は妻呼びとよめ、山見れば山も見がほし、里見れば里も住みよし。物部《もののふ》の八十伴《とも》ノ緒《を》のうちはへて里なみしけば、天地のよりあひの極み、万代に栄え行かむと、思ひにし大宮すらを、頼めりし奈良の都を、あらた世のことにしあれば、大君のひきのまにまに、春花の移ろひ易《かは》り、群鳥《むらとり》の朝立ち行けば、さすたけの大宮人の蹈み鳴し通ひし道は、馬も行かず、人も行かねば、荒れにけるかも

我が天皇陛下が政を下して、治めていられる大和の国は、御先祖の神様の御代から、定めて都の地としていられる国であるから、後へ後へ現われておいでなさる、神の御裔の天子は、この国で、いつまでも、天下を治めておいでなさろうというので、幾百万年の後のことまでも予期して奠められた奈良の都は、非常によい所で、春になると、春日山の三笠の野に、桜花が木蔭に隠れて咲くし、貌鳥《かおどり》は絶間《たえま》なく鳴きしきっているし、冷い水霜の降る秋がやって来ると、春日の八釣山の辺烽火ノ岡に、萩の枝をば足に纏《まと》いつけて蹈み散らしながら、鹿が雌を呼んで、あたりを振動させて鳴く、というような有様で、山を見ると、いつまでも見ていたい山だし、里はというと、住み心地のよい里である。御所を守るたくさんの御家来衆が、長々と町通りが出来るように、家を建て続けているので、天地の果てるところ、時間の続く限り、いつまでも繁昌することであろうと思うていた内裏《だいり》だのに、その信じて疑わなかった奈良の都が、この無常なる世界のことであるから、天子のお気のむく通りに、移って行って、人々がそこを出発してしもうたので、

これまでは御所に仕える役人衆が、蹈み慣れて通うていた道には、馬も通わなければ、人も通わずなって、荒れたことだ。

反　歌

1048 立ちかはり古き都となりぬれば、道の芝草長く生《お》ひにけり

栄えていた都も、一変して旧都となってしもうたので、道の両側に植えてあった芝草が、道を蔽《おお》い隠すばかりに延びたことよ。

1049 なつきにし奈良の都の荒れ行けば、出で立つごとに、嘆きしまさる

これまで馴染んでいた奈良の都が、だんだん荒れるので、おもてへ出て見る度《たび》に、変ったのがいよいよ目について来て、嘆息がいよいよひどくなって来る。

新しい恭仁の都を讃美した歌。二首並びに短歌。七首

1050 現神吾大君《あきつかみわごおおきみ》の、天の下八洲《やしま》の中《うち》に、国はしも多くあれども、里はしもさはにあれども、山並みの宜しき国と、川並みの立ち合ふ里と、山城《しろ》の鹿脊《かせ》山の間《ま》に、宮柱太敷《ふとし》き立てて、高知らす布当《ふたぎ》ノ宮は、川近み瀬の音《と》ぞ清き。山近み鳥が音《ね》とよむ。秋されば、山も轟ろに、さ雄鹿は妻呼びとよめ、春されば、岡べも茂《しじ》に、巌には花咲きををり、

あなともし。布当ノ原。いと尊《たふと》。大宮処。宜《うべ》しこそ、我大君《わごおほきみ》は、神のまに聞《きこ》し給ひて、
刺竹《さすたけ》の大宮ここと奠《さだ》めけらしも

生き神様なる我が天皇陛下の御領地の大八洲の中に、国はなるほどたくさんあり、里はなるほどたくさんあるが、山続きの具合のよい国で、又幾筋もの川の並びが配合がよくなっている、便利な里であるというので、山城の鹿脊《かせ》山のところに、御所の柱を太くお据えになって、初めていらっしゃる布当の原の御所は川が近いので、瀬の音が爽やかに聞えて来るし、山が近いので、鳥の声があたりを響《とよも》すように聞えて来る。さて秋になると山も動《とよも》すばかりに、雄鹿が雌鹿を呼び立てて鳴くし、春になると、岡一杯に木の葉が繁り、岩の上には、花がぶらぶらに咲くというような、こんなにまで見ごとな布当の原よ。こんなにまで尊い内裏の在り場所よ。なる程これでこそ、天皇陛下が、神様の御心の通りにお従いなされて、御所をここにと定められたはずだと思われる。

反　歌

1051 甕《みか》ノ原布当《ふたぎ》ノ原を清みこそ、大宮処標《しめ》さすらしも

甕の原なる、布当の原がさっぱりしている。なる程、これでこそ、内裏を建てる場所と標をつけられたはずである。

1052 山高く川の瀬清し。百代《ももよ》まで神しみ行かむ、大宮処

布当の野辺の景色は、山が高く聳えてい、川の瀬の容子《ようす》がさっぱりとしている。何百年後までも、いよいよ物古りて、神々しくなって行くべき、大内裏の場所である。

1053 吾《わご》大君神の尊《みこと》の、高知らす布当《ふたぎ》ノ宮は、百樹《ももき》茂《も》る山は木高し。落ち激《たぎ》つ瀬の音《と》も清し。鶯の来鳴く春べは、巌《いはほ》には、山下《した》光り錦なす花咲きををり、さ雄《を》鹿《しか》の妻呼ぶ秋は、雨霧《ぎら》ひ時雨《しぐれ》をいたみ、さにづらふ紅葉散りつつ、八千年にあれ継がしつつ、天の下治《しろ》し召さむと、百代《ももよ》にもうつろふまじき大宮処

我が天皇陛下が、領していらっしゃる、布当の宮のまわりの、数限りなく、樹の生えている山には、木が高く茂っているし、落ちて激する瀬の音も、爽やかである。それで鶯の来て鳴く春の時分は、山陰も耀《かがや》くばかりに、岩の上には花がぶらぶらに咲いているし、雄鹿が伴《つれ》を呼ぶ秋には、空が雨気に曇って、時雨が甚《ひど》く降るので、紅葉が始終散っている。こういう有様であるから、幾千年たっても、このままで、後から後から天子が出て来られて、お継ぎになって、天下をお治めになったにしても、いついつまでも、衰えそうもない大内裏よ。

反歌

1054泉川行く瀬の水の絶えばこそ、大宮処うつろひ行かめ
この内裏の辺を流れて行く、泉川の川瀬の水が、絶えないように、この内裏もいつまでも衰えて行くことではない。もしこの川の水が絶えたら、内裏も衰えるかも知れないが、そんな気遣いはない。

1055布当山《ふたぎ》。山並《な》み見れば、百代にもうつろふまじき大宮処
布当山の山続きの具合を見ると、如何にも都の周囲をとり巻いていて、頼もしげに見える。譬《たと》い何百年経っても、衰えそうには思われない大内裏の地よ。

1056処女《をとめ》らが績麻《うみを》かくとふ鹿脊《かせ》の山、時の行ければ、都となりぬ
娘たちが績み合せた麻糸をかけて紡《つむ》ぐ、道具の桛《かせ》という名を持った、鄙《ひな》びた鹿脊山も、時が来たので、都となった。(佳作。)

1057鹿脊《かせ》の山木立を繁み、朝さらず来鳴きとよもす、鶯の声
鹿脊山は木並びが繁っているので、毎朝おちもなく来て、あたりを響《とよも》して鳴く鶯の声よ。

1058狛《こま》山に鳴く時鳥《ほととぎす》、泉川わたりを遠み、ここに通はず

ここから程遠からぬ、狛の里の山に鳴いている時鳥は、泉川の川の渡り場所が遠いので、ここへは通わないので、声が聞えない。

春の日に、甕《みか》ノ原の旧都の荒れた趾を見て、悲しんだ歌。並びに短歌。二首

1059 甕ノ原恭仁《くに》ノ都は、山高く川の瀬清し。ありよしと人は云へれど、ありよしと我は思へど、古りにし里にしあれば、国見れど人も通はず。里見れば家も荒れたり。はしけやし。斯くありけるか。神籬《みもろ》つく鹿脊《かせ》山の間《ま》に、咲く花の色珍らしく、百鳥の声懐しく、ありが欲《ほ》し住みよき里の、荒るらく惜しも

甕の原の恭仁の都は、あたりの山が高く、川の瀬の景色が爽やかである。それで住むのに適当だ、と人もいい、自分も思うているのだが、最早《もはや》さびれた里であるから、あたりの土地の容子《ようす》を見ても、人も通わない。町通りの有様を見ても、家も荒れ果ててしもうている。いとしや、こんなにまでなっていたことよ。あの立派な鹿脊山の処に、咲いている花の色が見事で、囀《さえず》るたくさんの鳥の声が懐しくて、いつまでもこのままにいたいと思うた、その住むのに適当な里が、荒れて行くのが惜しいことだ。

反歌

1060 甕《みか》ノ原恭仁《くに》ノ都は荒れにけり。大宮人のうつろひぬれば

甕の原の恭仁の都は、荒れ果ててしもうたことだ。御所に宮仕えをする人たちが、移って行ってしもうたので。

1061 咲く花の色は変らず。ももしきの大宮人ぞ、立ち変りぬる

咲いている花の色は、昔のままで変らないが、ここにいた御所に仕えた人たちが、変動してしもうたことだ。

難波ノ宮で作った歌。並びに短歌。二首

1062 安治《やすみ》しし吾《わご》大君の、あり通《がよ》ふ難波ノ宮は、いさなとり海傍《かたつ》附きて、玉拾ふ浜辺を近み、朝はふる波の音《と》騒ぎ、夕凪に檝《かぢ》の音聞ゆ。暁《あかとき》の寝《ね》覚《ざ》めに聞けば、わたつみの潮干のむた、浦洲《うらす》には千鳥妻呼び、葦べには鶴《たづ》鳴きとよみ、見る人の語《かた》りにすれば、聞く人の見《ほ》まく欲りする、みけむかふ味原《あぢふ》ノ宮は、見れど飽かぬかも

我が天皇陛下が、常に往来あそばす、難波の御所は、海のすぐ側《そば》に近よっていて、それで、玉を拾う海辺が近くて、朝動揺する波の音が、騒しく聞え、夕凪の時分には、艫の音が聞える。それで明け方の床の中で、目覚めて聞いていると、潮の引いている海の海岸の浅瀬には、千鳥が配偶《とも》を呼んでいるし、葦の生え茂った岸には、鶴があたりを振動させて鳴いていて、非常に面白い所だ。それで、ここへ来て見た人が、話の種にするの

で、それを聞いた人が、又見たがっている。この難波の味原の宮は、いくら見ても、飽かぬ程よいところである。

反歌

1063 あり通ふ難波ノ宮は海近み、蜑処女らが乗れる舟見ゆ

始終往来する難波の御所は、海が近いので、蜑の処女どもの乗っている舟が、手にとるように見える。

1064 潮干れば葦べに騒ぐ丹頂鶴《あしたづ》の、妻呼ぶ声は、宮もとどろに

潮が引いて行くと、葦の生えた岸に、騒がしく鳴いている丹頂鶴の、連れを呼ぶ声は、御所をゆり動す程である。

敏馬《みぬめ》ノ浦を通って作った歌。並びに短歌。二首

1065 八千《やち》矛《ほこ》の神の御代より、百舟の泊《はつ》る港と、八《や》洲国百舟人《しまぐにももふなびと》の定めてし敏馬ノ浦は、朝凪に浦波騒ぎ、夕波に玉藻は来よる。白真砂《しらまなご》清き浜べは、行き帰り見れども飽かず。宜《うべ》しこそ、見る人毎に、談《かた》りつぎ偲《しぬ》びけらしき。百代経て偲《しぬ》ばえ行かむ、清き白浜

八千矛の神といわれた大国主《おおくにぬし》ノ命《みこと》のいられた時分から、たくさんの舟の泊る港と、日本

国中の多くの舟人たちがきめていた、敏馬の浦は朝風に海岸の波が騒ぐし、日暮れの波には、美しい藻がよって来る。真白な砂のある、さっぱりとした浜辺は、いくら行ったり来たりして、見ても見飽かぬことだ。なる程これでこそ、ここに来て見た人は、誰でも人から人へ話し伝えて、この景色をば慕うたものと思われる。これから後も、幾百年経っても、人に慕われることであろう。このさっぱりした景色の白砂の浜よ。

反　歌

1066 **まそかがみ敏馬《みぬめ》ノ浦は、百舟の過ぎて行くべき浜ならなくに**

敏馬の浦は、ここを通る舟は、どの舟も寄らずには、行き過ぎることの出来る浜ではない。非常に景色のよい処だ。

1067 **浜清み、浦うるはしみ、神代より千舟《ちふね》の泊《は》つる大和田の浜**

浜がさっぱりとしているし、入り込みの様子が美しいので、大昔から、たくさんの舟が泊る所の、大和田の浜よ。

右二十一首、田辺《たなべ》ノ福麻呂《さきまろ》集に見えている。

巻第七

雑《ぞう》の歌

1068 天《あめ》の海に雲の波立ち、月の船星の林に漕ぎ隠《かく》る、見ゆ
譬《たと》えて見れば、天は海だ。その海に雲の波が立っている。そうしてそこに、月の船が浮んでいて、林とも見える程、たくさん並んでいる星の林の中に、漕ぎ隠れて行く。それがここから見える。（極《きわ》めて幼稚な趣向に、興味を持った歌である。しかしこの時代には、ともかくも、珍しいものであったのだ。）
右一首、人麻呂集に見えている。

月

1069 常《つね》はかつて思はぬものを。この月の過ぎ隠《かく》らまく、惜しき宵かも
これまでは、一度もこれほどに思うたことがないのに、今夜の月の隠れてしまおうとす

るのが、非常に惜しまれる晩だ。非常に良い月だこと。

1070 健男《ますらを》の弓末《ゆずゑ》振り起し、雁高《かりたか》の野《ぬ》べさへ清く、照る月夜《つくよ》かも

立派な男が弓の先を振り立て、狩りをするという名の雁高野に、今夜さす月は、非常にさやかな月で、野原までも、さっぱりと見えることだ。

1071 山の端に躊躇《いさよ》ふ月を、出《い》でむかと待ちつつ居《を》るに、夜ぞ降《くだ》ちける

いくら待っても、山ぎわを離れて来ないで、ぐずぐずしている月を、今に出るか出るかと、待っている内に、夜が更けてしまうたことだ。

1072 明日《あす》の夜《よひ》照らむ月夜《つくよ》は、偏寄《かたよ》りに、今宵によりて、夜長からなむ

今夜は、非常に月の良い晩だ。いっそのこと、明日照らすはずの分《ぶん》も、今夜に集って出て、いつまでもいつまでも、月の出ている間が、長くあってほしいものだ。

1073 玉簾《たまだれ》の小《を》簾《す》の間《ま》通《とほ》し、独居《ひとりゐ》て見る効験《しるし》なき、夕月夜《ゆふづくよ》かも

今夜は、非常に淋しい晩だ。思う人が来ないもの。独り起きているのでは、簾越しに見ていても、見る詮《かい》のない宵月だ。

1074 春日山《かすがやま》。遍《お》して照らせる此月は、妹《いも》が庭にもさやけかりけり
春日山からこの辺へかけて、ずっと照らしてる今夜の月に照されて、やって来て見ると、月はいとしい人の家の庭にも、あざやかに照っていたことだった。

1075 海原《うなばら》の道《みち》遠みかも、月読《つくよみ》の光り少《すく》き。夜は降《くだ》ちつつ
やっとの思いで、月が出て来た。しかしここまでは、海上余程距離が遠いかして、月の光が薄くしかささない。夜が段々更けて行っている。

1076 ももしきの大宮人の、罷《まか》り出でて遊ぶ今宵の、月のさやけさ
宮中に仕えている人たちが、御所を退《さが》って、楽しげに遊んでいる、今夜の月の鮮かなことよ。

1077 ぬばたまの夜渡る月を止《とど》めむに、西の山辺に、関もあらぬかも
夜の空を運《めぐ》り行く月をば、這入《はい》らせないようにしたいもんだが、西の山の方に、月を止める関所が、あってくれればよいんだがな。

1078 この月のここに来たれば、今とかも、妹が出で立ち、待ちつつあらむ
おやもう、今夜の月が、こんなに上まで昇って来たから、私が来るのは今だというので、いとしい人が立ち上って、外へ出て、待ち待ちしてるだろう。

1079 まそかがみ照るべき月を、白栲《しろたへ》の雲か隠せる。天《あま》つ霧かも
月が出てるのだから、もっと明るく、照らさねばならんはずだが、白栲の布のように拡がった雲が、隠して見せないのか。それとも空に立つ霧が、隠してるのかしら。

1080 久方《ひさかた》の天照《あまて》る月は、神代にか出でかへるらむ。年は経《へ》につつ
天に照っている月は、何万年も経っていながら、いつも鮮かだ。おそらくは、月の生れた神代の時の光に、いつも立ち戻って、老いぬからだろう。

1081 ぬばたまの夜《よ》渡《わた》る月をおもしろみ、我が居《を》る袖に、露ぞおきにける
夜空を運《めぐ》り行く月が、あまり風情があるので、いつまでも忘れて、坐ったまま眺めていた自分の袖に、気がつくと、露がしっとりと置いたことだ。

1082 水底《みなぞこ》の玉さへ鮮《さや》に見ゆべくも、照る月夜《つくよ》かも。夜の更けぬれば

宵の中は落《お》ち著《つ》かなかったが、夜が更けて来たので、あたりも森《しん》として、月の光も澄みきって、水の底に沈んだ玉がありそうな気のする、それまでも、はっきりと見えそうな心持ちになる。（月の夜の、神秘な感じを述べたもの。）

1083 **霜曇《しもぐも》りすとにかあらむ。久方の夜渡《よわた》る月の見えなく、思へば**

空を行く月が、見えなくなった。恐らくは、この空の曇っているのも、今夜は霜が降るためであろう。

1084 **山の端に躊躇《いさよ》ふ月を、何時とかも、我が待ち居らむ。夜は更けにつつ**

山ぎわに出きらないで、ぐずぐずしている月をば、いつまで待っていたなら、出るのであろう。夜はだんだん、更けて行くのに。

1085 **妹が辺《あたり》我が袖振らむ。木の間より出で来る月に、雲勿《な》靡《たなび》き**

この峰を越えれば、もう愛する人の家も見えない。今このいとしい人に知らせるために、その家の方へ袖を振って心をなぐさめようと思う。木立ちからさして来る月に、雲がかかるというと、自分の振る袖が見えないから、雲よ懸るな。

1086 靫《ゆき》かくる伴《とも》ノ緒《を》広き大伴《おほとも》に、国栄えむと、月は照るらし

靫を負う武士の家柄の、その一家一門の広い大伴家の宴会だ。その月見の場に、一杯に月が照して来た。見よ見よ、大伴氏一族の守護に依って、日本の国は、栄えるに違いない。めでたい月の光だ。（酒宴に歌うた讃《たた》え歌《うた》。）

雲

1087 穴師《あなし》川《がは》。川波立ちぬ。巻向《まきむく》の弓月《ゆづき》ヶ岳《たけ》に、雲居《くもゐ》立つらし

穴師川に波が立ちだした。川上の巻向山の中の高峰の弓月ヶ岳には、風気《かざけ》が起って、雨雲が出かけてるに違いない。

1088 あしびきの山川《やまがは》の瀬の鳴るなべに、弓月《ゆづき》ヶ嶽《たけ》に、雲立ち渡る

谷川の浅瀬に、波の音がひどくしだしたと同時に、弓月ヶ岳に、雲が一帯に出て来た。

右二首、人麻呂集に見えている。

1089 大海に島もあらなくに、海原《うなばら》の動揺《たゆた》ふ波に、立てる白雲

広々とした海上に出て見ると、大きな波がのたりのたりと立っている。その末の方に、白雲が出ているが、どちらを見ても広い海に、島さえも見えない。頼《たより》ないことだ。（佳

作。）

右一首、伊勢行幸に陪従した人の歌。

雨

1090 我妹子《わぎもこ》が赤裳《あかも》の、裾の湿《ひづ》つらむ、今日の小雨に、我さへ濡れ哉《な》

いとしい人が道を歩いて、赤い袴の裾が、ぼとぼとになっている、と思われるこの雨に、あの人ばかり濡れさせては置かない。濡れないでもすむわたしまでも、濡れて見ようよ。

1091 徹《とほ》るべく、雨はな降りそ。我妹子《わぎもこ》が形見《かたみ》の衣、我《われ》下に著《け》り

下までとおる程、ひどく降ってくれるな。いとしい人の身がわりにくれた著物《きもの》を、私は、下に著《き》ているのだ。

山

1092 なるかみの音《おと》のみ聞きし、巻向《まきむく》の檜原《ひばら》の山を、今日見つるかも

評判にばかり聞いていた、巻向山脈の中の、檜林のある檜原山をば、やっとの思いで、今日初めて見たことだ。

1093 神籬《みもろ》の其山並《やまなみ》に、子等が手を巻向山は、配合《つき》のよろしも
神を祀《まつ》ってある三輪山の、その山続きに、美しい山が見える。それがあの、可愛い人の手を枕《ま》くという名の、巻向山であるが、ほんに、両方の配合が適当だこと。

1094 我が衣色に染《し》みなむ。美酒《うまざけ》を神籬《みもろ》の山は、紅葉しにけり
神籬《みもろ》の山は、すっかり紅葉してしもうたことだ。あの山に這入って行ったら、自分の著物《きもの》までも、真赤になるだろう。

右三首、人麻呂集に見えている。

1095 みもろつく三輪山見れば、隠国《こもりく》の泊瀬《はつせ》の檜原《ひばら》思ほゆるかも
神さまを祭る場所を設けてある、あの三輪の山を見ると、その山続きにある泊瀬の里の檜原山が、連想せられることだ。

1096 古《いにしへ》の事は知らぬを。我見ても久しくなりぬ。天《あま》ノ香具山《かぐやま》
(天地は悠遠である。語部《かたりべ》の物語や、歴史の書物はほんの一部分しか教えない。)自分等は、この長い時間に対して、何の知識を持っていないというてもよい。この太古からの天の香具山よ。私が見始めてからでも、随分長くなったものだ。(傑作。)

1097 吾《わ》が夫《せこ》を此方《こち》巨勢山《こせやま》と、人は言へど、君も来まさず。山の名ならし

この山は、巨勢山だ巨勢山だと人がいう。その名の通りに、自分の大事のお方を、此方《こちら》へ来させそうなもんだに、あの方はおいでにもならない。ほんの山の名に過ぎないのだ。つまらない。

1098 紀路《きぢ》にこそ、妹山《いもやま》あり言《と》へ。たまくしげ二上山《ふたかみやま》も、妹こそありけれ

紀州地方には、妹山という名高い山がある、という人の噂だが、何、大和の二上山にも、男山女山《せやまいもやま》と並んでいて、女山はあるのだ。

岡

1099 傍岡《かたをか》の此向《むか》つ峯《を》に椎蒔かば、今年の夏の蔭に擬《そそ》らむ

この里の向い合せにある峰なる、この傍岡山に、今から椎を蒔《ま》いて置く。こうしておけば、今年の夏には、涼しい木蔭として、高く聳《そび》えるだろう。

河

1100 巻向《まきむく》の穴師《あなし》の川従《かはゆ》行く水の、絶ゆる事なく、また顧みむ

巻向山から流れて出る、穴師川の景色は、非常によい。だからその川を流れて行く水が、とぎれないように、自分もこれきりではなく、また見に来よう。

1101 ぬばたまの夜来《よるさ》り来れば、巻向の川音《かはと》高しも。嵐かも疾《と》き

夜になって来たところが、巻向川の川の音が高くなって来た。山颪《やまおろし》が激しくなったのか知らん。

右二首、人麻呂集に見えている。

1102 おほきみの三笠《みかさ》の山の帯《おび》にせる、細谷川の音のさやけさ

三笠山が、ひきまわしにしている、細い谷川の音が、鮮かに聞えて来ることよ。(音律の美を極めた歌で、内容の単調なのも、問題にはならぬ。傑作。)

1103 今しきは見めやと思ひし、み吉野《よしぬ》の大川淀を、今日見つるかも

幾度も幾度も、吉野川の景色を見たが、老年になったから、もう見られることはないと思うていた吉野川の大淀の景色をば、今日、見ることが出来た。

1104 馬並《な》めて、み吉野川を見まく欲《ほ》り、うち越え来てぞ、激湍《たぎ》に遊びつる

吉野川をば見たく思うて、同志の人々と、馬を並べて、山を越えて来て、急勾配を激して流れる早瀬の景色を見て、遊んでいることだ。

1105 音に聞き、目にはまだ見ぬ、吉野《よしぬ》川六田《むつた》の淀を、今日見つるかも

評判に聞いて、見たい見たいと思いながら、まだ直接に見たことのなかった、吉野川の絶景、六田の淀をば、今日初めて、やっとの思いで見てることだ。

1106 河蝦《かはづ》鳴く清き川原を、今日見てば、何時か越え来て、見つつ偲ばむ

河鹿《かじか》の鳴いているさっぱりとした、美しい川原の景色を、今日こうして見た上で、この後いつになったら、山越えをして、この景色を再び見ながら、今のことを思い出すようなことがあるだろうか。

1107 泊瀬《はつせ》川。白木綿花《しらゆふばな》に落ち激《たぎ》つ瀬を鮮《さや》けみと、見に来し。我《われ》を

少女たちが、頭や、著物《きもの》の装飾に付けるゆうでこさえた花のように、真白に早瀬を流れ落ちて激する、泊瀬川の川の瀬の景色がよいというので、見にやって来た私だもの。よい加減では帰れない。

1108 泊瀬川。流るる水脈《みを》の瀬をはやみ、堰堤《ゐで》越す波の音の鮮《さや》けく
泊瀬川を眺めると、流れる水の水脈にある、浅瀬の水の勢が激しいので、堰堤を越して、流れ落ちる波の音が、はっきりと愉快に聞えてくることだ。

1109 さひのくま檜隈《ひのくま》川の瀬をはやみ、君が手取らば、寄《よ》しいはむかも
檜隈川を渡るのに、その瀬が早いからとて、あなたの手を、助けに取ったならば、人が何とかこじつけて、訣《わけ》ありそうに噂を立てるだろうよ。

1110 斎《ゆ》種蒔《たねま》く新墾《あらき》の小田《をだ》を求めむと、脚結《あゆ》ひ出で濡れぬ。此川の瀬に
足固めをして家を出て、あちらこちらさがし廻って、新規に開墾する地を求めるために、この川の水に、ぼとぼとに濡れてしもうた。（これはおそらく、裏に恋人を求める苦心をいうたものだろう。王朝の頃には、開墾すればそれだけ、自分の所有地になるので、この歌も、その時代を知らねば訣《わか》らぬ。）

1111 古《いにしへ》も、斯《か》く聞きつつや偲びけむ、此古川《ふるかは》の清き瀬の音《と》を
この川は太古からの名高い古い川である。私が今来て見ると聞いたに違わず、さわやかな瀬の音がしている。昔の人も評判を聞いて、私が兼々《かねがね》この音を聴きたいとて思い懸け

ていたように、この川の瀬の音が聴きたい、景色が見たい、と思うていたことであろう。

1112 はね蘰《かづら》今する妹をうら若み、いざ、率川《いざがは》の音のさやけさ

今初めて自分と交会《あいびき》する愛人が、若くなよなよとしている。さあ早く会おうと心がいらつ。それに又率川の音が、さわやかに聞えて来て、心持ちのよい晩だ。

1113 この小川《をがは》。みなぎらひつつたぎち行く。走井《はしりゐ》の上《うへ》に言挙《ことあ》げせずとも

噴き出している泉の辺の神に、願立てをして雨を降してくれと願うているが、御覧なさい。今この小川に来て見ると、非常な勢いで流れる水のしぶきが、霧のように立ちながら激して走って行く。これを見れば口に出して祈るまでもなく、神は嘉納せられたのだ。(恋人の我に心のあるのを悟った歌。)

1114 吾が紐を妹が手持ちて、結八《ゆふや》川、又顧みむ。万代迄《よろづよまで》に

結八川に臨んで見ると、非常に景色が良い。いつまでもいつまでも長生きして幾度も幾度もこの景色を見にやって来よう。

1115 妹が紐結八《ゆふや》川内《かふち》を、古の淑人《よきひと》見つと。此《こ》を誰知らむ

昔名高い徳の勝れた仙人のような人が、この結八川の景色を褒《ほ》めたということであるが、それは優れた人のことなればこそ、伝わっているのである。今私がここに来て、この景色を賞美したということが、後世に伝わりそうもない。

露

1116 ぬばたまの我が黒髪に、降《ふ》りなづむ天の露霜《つゆじも》、とれば消えつつ

外に立っていると、自分の髪の上に降りたまる秋の末の、冷やかな水霜は、手に取ろうとすると、消えてしまうが、又すぐ髪にかかる。

花

1117 あさりすと磯に見し花、風吹きて浪は寄るとも、取らずばやまじ

あちこちと獲物を探して歩いて、岩浜に咲いている花を見つけた。その花はたとい風が吹いて、浪がそこにうちかけ来ようとも、取らずにはいられない。(やっとの思いで見つけ出した恋い人を、たとい障礙《しょうげ》が多くとも、うっちゃって置けようか。)

葉

1118 古にありけむ人も、吾如《わがごと》か、三輪の檜《ひ》原に挿頭《かざし》折りけむ

三輪山の檜林を通って、私は標《しるし》の檜の枝を折ってかざす。昔の三輪へ参った人も、私のように檜原を通ると、檜を折って頭に挿したものであろう。（と見ぬ世の人を偲ぶ歌。）

1119 行く川の過ぎぬる人の手折《たを》らねば、うらぶれたてり。三輪の檜原は
死んだあの人は共に来ず、自分ひとり、檜原で、檜の葉をかざす。この悲しい心で見ると、何だか檜林も、しょんぼりとしているように見える。（悲哀を通じて、博大な心が見える佳作。）

苔

1120 み吉野の青根が峰の苔むしろ。誰か織るらむ。経緯《たてぬき》なくに
吉野の青根が峯に来て見ると、蓆のように一面に苔が生え拡がっている。これはどういう人が織ってるのであろうか。見たところ、経糸《たて》も緯糸《よこ》もないのに。

草

1121 妹許《いもがり》と、我が通《かよ》ひ路《ぢ》の婌薄《しぬすすき》。我し通へば、靡け。篠原《しぬはら》
恋い人の家へ行くとて、自分の通う路にある、なよなよと立っている薄よ。私が行く路を妨げるな。私が行くのだから、靡《なび》いて通して呉れ。

鳥

1122 山の端に渡る秋沙《あきさ》の、行きてゐむ其川の瀬に、波立つな。ゆめ

見渡すと、秋沙が群れをなして、遠方の山ぎわにすれすれに飛んでゆく。あれは、彼方の川に行くのであろうが、その川の瀬に、何卒《どうぞ》波が立って、鳥を苦しめてやってくれるな。

1123 佐保川の清き川原に鳴く、千鳥、河蝦《かはづ》と二つ、忘れかねつも

どうかすると、奈良の佐保川の、さっぱりとした景色の川原に鳴いていた、千鳥と、それから河鹿と、この二つの声が忘れられず、思い出され勝ちである。

1124 佐保川に騒立《さわだ》つ千鳥。さ夜更けて其声聞けば、寝ねがてなくに

ああ又佐保の川原では、千鳥がじっと寝ていないで騒いでいる。あの声を聞くと、どうしてもねられないことだ。

故郷を偲ぶ歌

1125 清き瀬に千鳥妻呼び、山の端《は》に霞立つらむ。神南備《かむなび》の里《さと》

飛鳥の都の辺の、飛鳥の神を祀った、神南備山の麓の里の景色が思われる。定めて、飛鳥川の清い浅瀬には、千鳥が相手を呼んで鳴いてるだろうし、山の上には、ほんのり霞が立ってるだろう。(佳作。)

1126 年月《としつき》も未経《いまだへ》なくに、飛鳥川《あすかがは》、瀬々《せぜ》従《ゆ》渡しし石橋《いははし》もなし

飛鳥藤原の都が奈良に遷《うつ》ってから、まだ歳月もたたないのに、もう飛鳥川の浅瀬浅瀬に掛け渡した、石橋もなくなっている。

井

1127 落ちたぎつ走井《はしりゐ》の水の清くあれば、渡りは、我は行きがてぬかも

どうどうと噴き出して湧いている、清水の激して流れている、小川が清らかであるから、それを濁してまで、渡っては、どうしても行かれないね。

1128 馬酔木《あしび》なす栄えし君が、穿《ほ》りし井の岩井の水は、飲めど飽かぬかも

馬酔木の花が、この清水の掘り抜きの上に、真白に咲いている。この井戸を掘ったお方も、あの花のように栄えていられたのだ。その人の遺して置かれた岩の中から噴き出る清水をば、どれ程飲んでも、飽かないことだ。

和琴

1129 琴とれば嘆息《なげき》さきだつ。蓋《けだ》しくも、琴の下樋《したび》に、妻やこもれる

どうも不思議だ。琴を弾きかけると、弾かない先から、何だか悲しく嘆息が出てくる。ひょっとしたら、琴の胴の中に、恋い人が隠れていて、それがこんなに、悲しますのではないかしらん。（情痴の極、幼稚化した感情は貴いものだ。傑作。）

吉野の歌

1130 神《かむ》さぶる岩根《いはね》こごしき、み吉野《よしぬ》の水分山《みくまりやま》を見れば、かなしも

ほんに立派な荘厳な事だ。神々《こうごう》しい岩が角々しゅう立っている、吉野の水分の神のおいでになる山を眺めると。

1131 皆人《みなひと》の恋ふるみ吉野、今日見れば、宜《うべ》も恋ひけり。山川清み

誰も彼も、皆吉野山が見たい見たいというていた。その吉野山を今日見て、なるほど皆が見たがったのも無理がない、と合点がいった。それは山や川の景色のさっぱりしてるためであると。

1132 夢《いめ》の曲《わた》。言《こと》にしありけり。現《うつつ》にも見て来《こ》しものを。思ひし思《も》へば

思い思うた結果、吉野川の中で最も、景色のよいといわれている夢の曲という、入り込みの景色をば、正気で自分は見て来たんだもの。夢の曲という名前は、あれは語だけだったのだ。自分は実地に、よい景色の夢の曲を見て来た。

1133 皇祖神《すめがみ》の神《かみ》の宮人《みやびと》の冬薯《ところづら》、いやときじくに、我がかへりみむ

吉野山にお祀り申してある、尊い神のお社に仕える人の、冠にかけている冬薯で、私もとこしえ即ちいつまでも、幾度も幾度も、吉野を見にやって来よう。

1134 吉野川岩門《いはと》かしはと、常磐なす我は通はむ。万代迄に

吉野川の岩と岩との間にある、堅い石のように、いつまでも変りなく、長生きして千年も万年も、この吉野川の景色を見に来たい。

山城国の歌

1135 宇治川は淀瀬《よどせ》なからし。網代人《あじろびと》船呼ばふ声、遠方近方《をちこち》聞ゆ

宇治川に行って見ると、網代をかけて魚を取る人が、急流なために、水の淀んでいるような瀬がなく、かけようとするうちに流される。その辺は、よいかなどと、船にといか

ける声が方々で聞える。（佳作。）

1136 宇治川に生ふる美藻《すがも》を、川疾《はや》み、採らず来にけり。つとにせましを

宇治川に生えている美しい藻をば、土産に持って家に帰りたいのに、流れが急なため、採らずに戻って来てしもうたことだ。

1137 宇治人の避《よ》き行《ゆ》く網代《あじろ》、我ならば、今はよらまし。こづみならずとも

宇治の人は、網代に触れぬように舟を漕ぐ。その網代に川の木屑が寄ってくるように、かの人と私とが、ふりかわってあったならば、こんなにまで慕われたなら、言に従うて、あの人にたよるものを。（人間と木屑とは、別だけれども。）

1138 宇治川を船渡せ、をと呼ばへども、聞えざるらし。檝《かぢ》の音《おと》もせず

宇治川をば舟を渡してくれ。「おうい」と大きな声で呼んでも、こちらへ漕いで来る檝の音もせないところから見れば、聞えぬのだろう。（運動の、著しく顕《あらわ》れた歌。）

1139 ちはや人宇治川浪を清みかも、旅行く人の立ちがてにする

旅路を行く人が、宇治をば立ち去り難く、ぐずぐずと誰もする。それは宇治川の流れの

景色が、よいからであろうか。

摂津国の歌

1140 しなが鳥猪《ゐ》名《な》野《ぬ》を来れば、有馬山夕霧立ちぬ。宿《やど》りはなしに

広々とした猪名野を通って行くと、彼方に見える有馬山には、最早《もはや》夕霧が立っている。自分はまだ泊るべき宿もわからないでいる。（佳作。）

1141 武《む》庫《こ》川《がは》の水を疾みか、赤駒の足掻《あが》くそそぎに、濡れにけるかも

武庫川を渡って、衣がぼとぼとになった。それは水が早いためか、又は、私の乗った赤駒の水を、搔き分ける足のしぶきに、濡れたのであろうか。

1142 命のさきくあらむと、岩走る垂水《たるみ》の水を、掬《むす》びて飲みつ

命が健康に長くあるようにするには、垂水村に流れている、滝すなわち垂水を飲めばよいという通り、手で汲んで飲んだことだ。

1143 さ夜《よ》更《ふ》けて堀江《ほりえ》漕ぐなる松浦《まつら》船《ぶね》。檝《かぢ》の音《と》高《たか》し。水脈《みを》疾《はや》みかも

夜が更けてから、難波の疏水を漕ぐところの船がある。あれは、九州松浦から来た大き

な船である。その船の檝の音が、非常に高く聞える。それは、水脈が早く流れるので、一所懸命に漕いでるからでであろうか。

1144 くやしくも満ちぬる潮《しほ》か。住ノ江の岸の浦曲《うらわ》従行《ゆ》かましものを

住吉の入り江の景色が非常に良いから、入り込んだ海岸伝いに行きたいのに、生憎《あいにく》に、潮の奴《やつ》めがさして来た。

1145 妹が為貝を拾ふと、茅渟《ちぬ》ノ海に濡れにし袖は、干せど乾かず

恋人よ。お前さんのために、貝を拾おうとて、著物《きもの》がぐしょぐしょになってしもうた。御覧、干しても乾かない。この著物は、お前さんのために、一所懸命になったお蔭だよ。

1146 めづらしき人を、我家《わぎへ》に住ノ江の岸の、埴原《はにふ》を見むよしもがな

可愛い大事の人を、我が家に住み込ませるという語に縁のある、その住ノ江の岸の赭土《あかつち》を採る原を、どうかして見に行く方法がないかしらん。(住ノ江の景色を見たいという意味。)

1147 暇《いとま》あらば拾ひに行かむ。住ノ江の岸に寄るとふ、恋ひ忘れ貝

忘貝《わすれがい》という名にあやかって、恋を忘れる忘貝が、住ノ江の浜を探せば落ちてあろう。暇があったら、拾いに行きたいものだが、行く間がないので、こんなに恋をするのだ。

1148 馬並《な》めて、今日我《わ》が見《み》つる、住ノ江の岸の埴原《はにふ》を、万代に見む

住ノ江の岸の赭土《あかつち》原を見たい見たいと思うていたが、今日人々と馬に乗って見に行ったが、真に絶景だ。長生きをしていつまでも、見に来たいもんだ。

1149 住ノ江に行くといふ道に、昨日《きのふ》見し恋《こ》ひ忘《わす》れ貝、言《こと》にしありけり

諺《ことわざ》に忘貝を見つけたら物忘れをするというが、昨日自分は住吉へ行く途中の海浜で、忘貝を見つけたが、忘貝というのは、ほんの名前だけで、今日になっても、まだ恋を忘れていない。駄目だな。

1150 住ノ江の岸に家もが。沖《おき》に、岸《へ》に、寄する白波、見つつしぬばむ

住ノ江の景色は、非常に良い。この心持ちをいつまでも忘れないために、沖の方に立ち、海岸に寄せて来る白波を見るために、住ノ江の岸に、家があってくれればよいが。

1151 大伴ノ三津《みつ》ノ浜辺をうちさらし、寄り来る波の、行方《ゆくへ》知らずも

摂津の国大伴の郷三津の浜辺を洗うて、寄せて来る波は見ていると、だんだん遠くへ行って、行き方が知れなくなってしまう。

1152 檝《かぢ》の音《と》ぞほのかにすなる。蜑処女《あまをとめ》沖《おき》つ藻《も》苅《か》りに、船出《ふなで》すらしも

海に遥かにほんのりと檝の音がする。あれは、大方蜑の娘どもが、沖の方に生えてる藻を刈りに、船を出しているに違いない。

1153 住ノ江の名呉《なご》ノ浜辺に、馬立てて玉拾《ひり》ひしく、常忘《つねわす》らえず

住ノ江の名呉の浜辺に馬を止めて、玉を拾うたことは、いつもいつも思い出されて忘れられない。

1154 雨は降る。仮盧《かりほ》はつくる。何時の間に、名呉《なご》の潮干に、玉は拾はむ

住ノ江の浦へ行ったら、玉を拾うて遊ぼう、と楽しんで来たところが、著《つ》くとすぐ、この雨だ。雨は降るし、仮小屋は建てねばならぬし、現在住ノ江の浦に来ていながら、いつになったら、名呉の浜の潮の退いた所に下り立って、玉を拾うことが出来るのだろう。

1155 名呉《なご》ノ海の朝明《あさけ》の余波《なごり》、今日もかも、磯の浦曲《うらわ》に乱りてあらむ

この間中は、名呉の海辺で遊んだが、あの夜の引き明けの潮の退いた、潟に立っている余波が、何だか目に残っているが、大方今日らあたりも、岩の多い、あの入り込んだ海岸に、立ち騒いでいるのであろう。

1156 住ノ江ノ遠里小野《とほざとをぬ》の真榛《まはり》もち、摺れる衣の、盛り過ぎゆく

住ノ江へ行った時分に、あの近所の遠里小野の榛の木で、摺った模様の著物《きもの》を著《き》て、その派手な容子《ようす》を誇っていたが、もうその著物の色が頂上過ぎて、段々褪せて来た。

1157 ときつ風吹かまく知らに、名呉《なご》ノ海の朝明《あさけ》の潮に、玉藻刈りてな

潮時を知らす風が、いつ吹いて来るかわからないから、この名呉の海辺の、夜の引き明けの潮加減の時分に、玉藻を刈りましょうよ。

1158 住ノ江の沖つ白波、風吹けば来寄する浜を、見れば清しも

住ノ江の浜の景色を見ていると、風が吹くため、沖の方の泡立った浪が、寄せて来る。その浜辺の景色を見ると、心がさっぱりすることだ。

1159 住ノ江の岸の松が根うちさらし、寄り来る波の音の清しも

住ノ江の海岸に生えている、松の根を洗い洒《さら》すその波の、寄せて来る音のさわやかなことよ。

1160 難波潟《なにはがた》。潮干に立ちて見渡せば、淡路ノ島に鶴《たづ》渡る、見ゆ

潮の退いた遠浅な難波の海に下り立って、ずっと遠くを見ると、淡路の方へかけて、鶴が連ねて飛んでゆくのが見える。

旅の歌

1161 家離《さか》り、旅にしあれば、秋風の寒き夕《ゆふべ》に、雁《かり》鳴き渡る

自分は今家から遠く離れて、旅に出ている。ちょうど秋風が身に沁むような、日の暮れに、雁が空をば鳴き連ねて渡る。(この時代には、既に雁については、支那風の連想を持っていたので、そのつもりで見るがよい。)

1162 円形《まとかた》の水門《みなと》の洲鳥《すどり》、波立つや、妻呼びたてて、岸に近《へ》づくも

伊勢の国に旅をして、円形の港に泊っていると、沖の遠浅の洲に宿る鳥が、波が起って寝就かれないのかして、自分の連れをやかましく呼びながら、段々岸辺に近づいてくる。

1163 愛知潟《あゆち》潮干にけらし。知多《ちた》ノ浦に、朝漕ぐ船も、沖に寄る、見ゆ
尾張の知多の浦へ来て、朝の海を見ると、漕いでいる船も、岸に寄らずに、沖の方に出ているのが見える。大方愛知潟の潮が退いたために、海岸は漕がれないからだろう。

1164 潮干れば、その潟に出でて鳴く鶴の、声遠ざかる。あさりすらしも
汐がひくと、その遠浅の海に下り立って鳴いている、鶴の声が段々遠く沖の方へやってゆく。大方先へ先へ、餌をせせって歩いているのだろう。

1165 夕なぎにあさりする鶴《たづ》、潮満てば、沖波高み、己《おの》が妻喚ぶ
日暮れの風の止んでいる時分に、海に出て餌をせせっている鶴が、ずんずん先へ行って、沖の波が高く起ちだしたために、慌《あわ》てて自分の連れを大きな声で呼んでいるのが聞える。

1166 古にありけむ人の、求めつつ、衣《きぬ》に摺りけむ、真野《まぬ》の榛原《はりはら》
昔いた人たちも、私のように真野の榛原に、榛を採りにはいって、それで衣に摺り付けたに違いない。

1167 あさりすと、磯に我が見し莫告藻《なのりそ》を、いづれの島の海士《あま》か刈るらむ

磯端に獲物はないかと、さがして歩いて、私が見付けて置いた、あの莫告藻をば、どこの島の海士が、今頃は刈り採っているだろう。（藻ならば、いくら先んじられてもかまわないが、実は美しい女だから、残念だ。）

1168 今日もかも、沖つ玉藻は、白波の八重折るが上《うへ》に、乱りてあらむ

大分風のはげしい海の方では、沖の方に白波が幾重にも幾重にも、うねうねと立っている。あの辺にある玉藻は、今頃は、波の上に乱れて漂うているだろう。（何とない歌ではあるが、暗示的で佳い。）

1169 近江の湖《うみ》、水門《みなと》は八十《やそぢ》。何処《いづく》にか、君が船泊《は》て、草結びけむ

知った人の曽遊を思う。今近江の湖水に来て見ると、港が何十ともしれぬ程あるので、あの人が船を止めて、草を結んで枕として寝たという処は、どこだかわからない。

1170 漣《さざなみ》の連庫山《なみくら》に雲居れば、雨ぞ降るちふ。帰り来《こ》。我が兄《せ》

漣郡の連庫山に、雲が懸った時は、雨が降ると人が言うている。それ、雨が降りそうだ。旦那が早くお帰りになればよい。

1171 大み船泊《は》てて候《さもら》ふ、高島の三尾《みを》の勝野《かちぬ》の渚《なぎさ》し思ほゆ
波が高いので、天子の御船が、泊って船を出す時分を考えているところの、あの高島郡の三尾の、勝野の波うちぎわが思われる。私も行って見たい。

1172 何処にか船乗《ふなの》りしけむ。高島の香取《かとり》ノ浦従《ゆ》漕ぎかよふ船
香取の浦をば、あちこちと漕いでいるあの船は、どこから出発したものだろう。

1173 飛驒人の真木《まき》流すといふ丹生《にふ》ノ川、言《こと》は通へど、船ぞ通はぬ
自分とあの人との間柄は、飛驒の国の人が檜の材木を流すという、あの丹生川で、語だけは、取り交わすことは出来るが、船が通わぬように、出かけることが出来ない。

1174 あられふり鹿島ノ崎を波高み、過ぎてや行かむ。恋しきものを
鹿島の崎は、是非寄って行きたいとなつかしく思うけれど、そこは波が高いために、通り過ぎて行かねばならぬことか。

1175 足柄《あしがら》の箱嶺《はこね》飛び越え行く鶴《たづ》の、ともしき見れば、大和し思ほゆ
足柄山脈の中の箱根の山を見ていると、その上を時々鶴が飛んで行く。その羨しい容子《ようす》

を見ていると、大和のことが思われる。

1176 夏麻《なつそ》ひく海上潟《うながみがた》の沖つ洲《す》に、鳥は聚《すだ》けど、君は音《おと》もせぬ
海上潟の沖の方の洲では、夜になると、鳥が聚《あつま》って騒いでいるが、あの方は騒ぐどころか、一言の音信もない。

1177 若狭なる三方《みかた》ノ海の浜清み、い行きかへらひ、見れど飽かぬかも
若狭の三方の海の砂浜の景色が、さっぱりしているので、行ったり来たりしても、飽かないことだ。

1178 印南野《いなみぬ》は行き過ぎぬらし。あまづたふ日笠《ひかさ》ノ浦に波立てり、見ゆ
段々漕いで来るうちに、日笠の浦が見えて来て、そこに波の立っているのも見え出した。ではもう、印南野の沖は、通り過ぎたに違いない。(佳作。)

1179 家にして我は恋ひむな。印南野の浅茅《あさぢ》が上を照りし月夜《つくよ》は
今印南野にいて、浅茅の生えた上に照っている月を眺めているが、家に帰って、このことが過去になったならば、定めて今夜のことが、恋しいだろうね。

1180 荒磯《ありそ》越す波を恐《かしこ》み、淡路島見ずや過ぎなむ。甚近《ここだ》きを
岩浜の険阻な処を、うち越える波の恐しさに、船を寄せないから、上陸して、淡路島の容子も見ないで、通り過ぎてしまわねばならぬのか。このようにまで、近い処に来ていながら。

1181 朝霞やまずたなびく竜田山。船出《ふなで》せむ日は、我恋ひむかも
この難波の浦から見ていると、大和の竜田山は、朝の霞がいつでもかかっている。いよいよ出発してしまうたら、せめても大和を偲ぶ物にしていた、竜田山も見えなくなるから、定めて、恋しくてたまらなくなるだろう。

1182 蜑小《を》船帆かも張れると見るまでに、鞆《とも》ノ浦曲《うらわ》に波立たり、見ゆ
非常な高い波が立って、まるで蜑の船が帆を張っている、と見える程に、鞆の浦の入り込みに波が立っている。それが、こちらから見える。

1183 さきく行きて、又顧みむ。健男《ますらを》の手に纏《ま》きもたる、鞆ノ浦曲を
立派な男が手に鞆を巻き付けている、この鞆という浦の入り込みをば、達者で旅をして

来て、見に戻ろう。

1184 鳥じもの海に浮きゐて、沖つ波騒ぐをきけば、あまた悲しも
船に乗って、鵜か鴨のように海に浮んでいながら、大洋の波の騒ぐのを聞くと、非常に悲しくなってくることだ。(哀愁が胸にせまる。傑作。)

1185 朝凪に、真《ま》楫《かぢ》漕ぎ出でて見つつ来し、三津ノ松原波越しに見ゆ
朝海の凪《な》いでいる間に、楫を漕いでその景色を見ながらやって来たところの、三津の松原が、今は波の立っている間に見える。

1186 あさりする蜑処女らが、袖とほり濡れにし衣、干せどかわかず
海に獲物をさがし廻る、蜑《あま》の少女どもの、袖まで通って、ぼとぼとになった著《き》物《もの》は、干しても乾かない。

1187 網《あ》引《びき》する蜑とや見らむ。飽《あく》浦《ら》の海、清き荒磯を見に来《こ》し我を
飽浦の海の荒磯のさっぱりした景色をば、見に来た自分であるのに、人は海岸をうろうろしているから、網引きをする蜑だと思うているかもしれぬ。

右一首、人麻呂集に見えている。

1188 **山越えて遠津の浜の岩躑躅。我が来たるまで、含《ふふ》みてあり待て**

遠津の浜の、岩の隙々にある、躑躅《つつじ》の花の蕾《つぼみ》よ。今度私がここに到著《とうちゃく》するまで、蕾のまま、そのままで待っておれ。(遠津処女に与えた歌で、決して、他人に許すなとの意。)

1189 **大海にあらしな吹きそ。しながどり猪名《ゐな》の水門《みなと》に、船はつるまで**

猪名の川口に船が著《つ》くまで、何卒《どうぞ》大海原を漕ぐ間は、大風よ。吹いてくれるな。(西国から京都へ上る時、海中で詠んだ歌。)

1190 **船はてて、戕牁《かし》ふり立てて廬《いほり》せむ。名呉江《なごえ》ノ浜辺過ぎがてぬかも**

名呉の入り海の浜辺の景色がよいので、通り過ぎるのが出来ないことだ。船は、これで泊りにして、かし杭を打ちこんで、仮小屋を建てて泊ろう。

1191 **妹が門《かど》泉の川の瀬を疾《はや》み、我が馬つまづく。家《いへ》、思《も》ふらしも**

泉川の瀬の疾さに、馬が爪先を立てて、躊躇《ちゅうちょ》している。諺に人が噂をしていれば、馬がつまずくというが、これは家で、私のことを思うてるに違いない。

1192 白栲《しろたへ》に匂ふ真土《まつち》の山川《がは》に、我が馬拘泥《なづ》む。家恋ふらしも

大和を出て、紀州へ越える真土山にかかって来ると、山の赭土《あかつち》に、真白に映じ合うて、山の川が流れている。その辺に来た時に、自分の馬は一向前へ進まない。これは大方、家で自分に焦《こが》れているからだろう。

1193 脊の山に直《ただ》に対《むか》へる妹の山。言許せやも。打橋《うちはし》渡す

紀州の脊山に、直接に向い合うている妹山よ。吉野川が間を隔てているが、この頃は造り付けの橋を渡しているが、大方脊山の心をば、取り入れたからだろう。

1208 妹に恋ひ、我が越えゆけば、脊の山の、妹に恋ひずてあるが、ともしさ

大和を離れて紀州にかかると、早、いとしい人の上にばかり、心が懸って為方《しかた》がない。思いつづけて越えて来ると、その脊山は、妹山と離れていても、何とも思わないで、立っている容子《ようす》が、羨しいことだ。

1209 人ならば母が愛子《まなご》ぞ。あさもよし紀の川の辺《べ》の妹《いも》と脊《せ》の山

まるで、夫婦が仲よく並んでいるような、紀の川の辺の妹脊山を見ると、こういう風な

想像が起る。円満な家庭に、母を大事にし、又母に可愛がられている夫婦だとも思われる。

右七首、藤原ノ房前《ふささき》の歌。年月知れず。

1210 吾妹子に我が恋ひゆけば、ともしくも、並び居《を》るかも。妹と脊の山
いとしい人に心牽《ひ》かれて、思いつつ行くと、羨しいことに、ちゃんと夫婦《いもせ》の山が並んで立っていることよ。

1211 妹があたり、今ぞ我が行く。目のみだに、吾に見えこそ。言とはずとも
いとしい人の家の辺を、私は今通っている。せめて、語は交わさないでも、顔ばかりは見せてくれ。

1212 阿提《あで》過ぎて糸我《いとが》の山の桜花。散らずあらなむ。帰り来むまで
紀の国の阿提の里を通ってかかる、糸我山に咲いているこの桜の花よ。これから南方に行って帰って来るまで、散らずにいてくれ。

1213 名草《なぐさ》山言《こと》にしありけり。我が恋ひの千重《ちへ》の一重《ひとへ》もなぐさめなくに

国を出て、紀伊の国に来ると、名草山がある。大和の人を思う心も、その山へ来れば、慰《なぐさ》まりそうなものだが、名前ばかりで、自分の思いの千分の一も和《なだ》めてくれない。

1214 **英多《あだ》へ行く小為手《をすて》の山の真木の葉も、久しく見ねば、苔生《む》しにけり**
英多地方へ行くのに、通る小為手山は、以前は通ったこともあるのだが、この頃は久しく行かないので、その山の檜の葉や、枝にも、日蔭の蘰《かずら》などが、今日来て見ると、生えさがるようなことになっていた。

1215 **玉津島。よく見ていませ。青丹《あをに》よし奈良なる人の待ち問はば、如何に**
玉津島の景色をよく観察しておいでなさい。お帰りになって、奈良にいられた方が、待ち受けて、この景色を、お問いなさったら、如何なさいます。

1216 **潮満たば如何にせむとか。わたつみの神が手渡《て》る蜑少女ども**
蜑《あま》の少女たちよ。遥かな沖へ出て、海の神の手許《てもと》を通る程遠くへ行ってるが、潮がさして来たら、どうしょうという積りか。早く戻って来るが宜《よ》かろう。

1217 **玉津島。見のよろしくも我はなし。都に在りて恋ひまく、思へば**

玉津島の景色がよいよいと、人は皆騒ぐが、私は景色がよいとも思われない。都に残ってる人が、私のことを思うているだろうということを考え出すと、どうして独り楽しめるものか。

1218 黒牛《くろうし》の海、紅《くれなゐ》匂ふ。ももしきの大宮人し、漁《あさ》りすらしも

黒牛潟の海辺に、今日は常に見ぬ美しい真紅な色が、ちらちらとしている。朝廷の官女たちが、海辺に獲物をさがしているからに違いない。

1219 和歌の浦に白波立ちて、沖つ風寒き夕は、大和しおもほゆ

沖の方から吹いて来る風が寒くて、和歌ノ浦に真白な波が立つ日の暮れと今日もなった。私は家のある、大和のことが思われてならぬ。

1220 妹が為玉を拾ふと、紀の国の由良のみ崎に、此日暮しつ

いとしい人の土産に、玉を拾おうと思うて、紀伊の国の由良の岬で、今日は一日さがしまわって、日を暮してしもうた。

1221 我が船の檝《かぢ》は勿《な》引《ひ》きそ。大和より、恋ひ来《こ》し心いまだ飽かなくに

この海岸の景色は、見たくて見たくて、大和を出るから、思いつづけて来たのだから、乗っている船の櫂を動かさないで、もっと眺めさせてくれ。まだ十分満足というまでは、見ていないのだから。

1222 玉津島。見れどもあかず。如何にして、包みもて行かむ。見ぬ人の為
玉津島の景色は、見ても見ても満足しない。どうかして、容《い》れ物《もの》に容れて、大和まで持って行きたいものだ。見ないで家にいる人に、見せたいから。

1194 紀の国の雑賀《さひか》ノ浦に出で見れば、蜑のともし火、波間より見ゆ
紀州の雑賀の浦に出て見ると、波の間に、蜑《あま》の漁《いさ》り火《び》が見える。

1195 麻衣《あさごろもけ》著ればなつかし。紀の国の妹脊の山に、麻蒔く我妹
姉さん。お前をば、私は人ごとのようには思わないよ。お前が今蒔いている麻の著物《きもの》を、私は著《き》ているから。(紀州の妹山脊山の辺で、麻蒔く女に詠みかけた歌。)

1196 つともがと、乞はば取らせむ、貝拾ふ我を濡らすな。沖つ白波
国に帰って、家人が土産でも欲しい、というたら遣《や》るのだ。その貝を拾うてる、私を濡

らしてくれるな。沖の方から寄って来る波よ。

1197 手に取るがからに、忘ると、蜑の言ひし恋ひ忘れ貝、言《こと》にしありけり

手に持つと、その場で憂えをば忘れてしまう、と蜑《あま》が教えてくれた、忘れ貝は名前だけであって、実際は、恋を忘れる貝ではなかったのだ。

1198 あさりすと磯に棲《す》む鶴《たづ》。明けゆけば、浜風寒み、己妻《おのづま》呼ぶも

磯から飛び立たずに、じっとして、餌をせせっている鶴が、夜が明けるというと、浜の風が寒いので、大きな声で連れを呼んでいる。

1199 藻刈り船沖漕ぎ来《く》らし。妹ヶ島形見《かたみ》ヶ浦に鶴かける、見ゆ

この海岸の景色を見ていると、向うに妹ヶ島が見える。そしてこの辺一帯の形見ヶ浦に、鶴が飛び廻っているのが見える。それは大方、藻刈り船が沖から漕いで来るので、鶴が逃げるのに違いない。

1200 我が船は沖べな離《さか》り。迎へ船かた待ちがてり、浦ゆ漕ぎあはむ

自分の乗っている船の船人よ。あまり船をば沖遠くはなれて、漕いでくれるな。迎えに

来る船を待ちがてら、海岸を行って会うようにしようと思う。

1201 大海の水底《みなそこ》とよみ立つ波の、寄らむと思《も》へる磯のさやけさ
ひどい波が立って、大洋の底の方までも、動揺させてうち寄せて来る、その海岸は、又譬《たと》え方なく、さっぱりとした景色である。

1202 荒磯従《ありそゆ》もまして思へや、玉ノ浦の離れ小島《こじま》の、夢《いめ》にし見ゆる
今自分は、こんな荒磯にいるが、紀州の玉の浦にただ一つ立っている小島が、夢に見えることだ。おそらくこんな景色よりも以上に、思うているからだろう。(妻ある男が、他の意中の女が、でも、奥様は大切でしょうというたのに答えた歌。)

1203 磯の上《へ》に爪木《つまぎ》折《を》り焚《た》き、汝《な》が為と、我が潜《かづ》き来し。沖つ白玉
この土産は粗末に思うてくれるな。お前のためだからというので、寒い体をあぶるために、磯の辺に木の端くれを折っては焚き、折っては焚きして、温めては潜り込み、温めては潜り込みして、やっと手に入れて来た、沖の真珠の玉だぜ。

1204 浜清み、磯に我が居れば、見む人は、蜑とか見らむ。釣りもせなくに

浜の景色が美しいので、磯にじっとしゃがんでいると、傍観する人は、蜑だと思うかも知れぬ。別に釣りもしていないんだが。

1205 沖つ櫂《かい》いそしむものか。見まく欲《ほ》り、我がする里の隠らく、惜しも

余波《なごり》が惜しい。もっと見たいと思う海辺の里が、隠れてゆくのが惜しいことだ。まあほんとに、一所懸命に、沖の方を漕ぐのに努めることよ。も少し怠けてくれてもよいのに。

1206 沖つ波岸《へ》つ藻巻き持ち、寄り来《く》とも、君にまされる玉寄らめやも

沖から打ってくる波が、海岸に生えている藻までも、巻き込んで来る。何程《いくら》よい玉がうち上げて来るとしても、あの方以上の、美しい玉があるものか。

1207 粟島に漕ぎ渡らむと思へども、明石の門《と》波《なみ》いまだ騒げり

早く粟島に渡りたいと思うているのに、生憎《あいにく》にも明石海峡の波がまだ荒れて、高くて行かれない。あの人を乗せた船は、遥かな沖へ出てしもうた。

1223 わたの底沖漕ぐ船を、岸《へ》に寄せむ風も吹かぬか。波立たずして

波が立っては困るが、どうぞそのままに、船を海岸へ寄せてくれる、風がないかしらん。

いかにも余波《なごり》おしい。

1224 **大葉山《おほば》。霞たなびきさ夜更けて、わが船はてむ泊知《とまり》らずも**
海岸の方を見ると、遥かに大葉山には、霧が懸っていて、夜はもう更けているけれども、自分の乗った船は、どこへ著《つ》くのか、その港がわからない。

1225 **さ夜更けて海峡《と》中《なか》の方《かた》に、おぼほしく呼びし船人、はてにけむかも**
夜眼さめていると、遥かな海峡の方面で、しかも深夜に、大きな声でやかましくいうていたが、一体どうしたことだろう、と心許《こころもと》なく思うているうちに、声も聞えなくなった。大方船乗りたちが泊りに著《つ》いて、もう落付いてしもうたのだろうよ。(佳作。)

1226 **三輪ヶ崎荒磯《ありそ》も見えず、波立ちぬ。何処従行《いづくゆ》かむ。避《よ》き路《ち》はなしに**
三輪ヶ崎の岩浜の荒い海岸さえも、被《おお》うばかりに激しい波が立っている。避けて通る路はないんだが、どこを通ってあちらへ行こうかしらん。

1227 **磯に立ち沖辺を見れば、藻刈り船蜑漕ぎ出《づ》らし。鴨かける、見ゆ**
岩浜に立って沖の方を見ると、鴨が飛びまわっている、その有様が見える。それは、藻刈り船に蜑が乗って、あの辺に漕ぎ出たからであろう。

1228 風早《かざはや》の美穂《みほ》の浦曲《わ》を漕ぐ船の、船人騒ぐ。波立つらしも

風の激しい美穂の入り海をば漕いでいる船の船人が騒いでいるのが、手に取るように聞える。波が立ってるに違いない。

1229 我が船は明石の浜に漕ぎはてむ。沖べな離《さか》り。さ夜更けにけり

もう夜も更けた。船人どもよ、今夜はこの船を明石の浜へ漕《こ》ぎ著《つ》けようではないか。そんなに沖遠く漕いでゆくな。

1230 ちはやぶる鐘《かね》ヶ岬《みさき》を過ぎぬとも、我は忘れじ。志珂《しか》の皇神《すめがみ》

長らく筑前の国に住んでいたが、自分もいよいよ都に帰ることになった。もうこの鐘ヶ岬を漕ぎ過ぎれば、お別れだが、私のいた時分に、よくお参りした、志珂の社の尊い神様よ。私はこの後も決して、お忘れ申しますまい。何卒《どうぞ》海上をお守り下さいませ。（海峡の荒ぶる神に、手向けた歌。）

1231 天霧《あまぎら》ひ西南風《ひかた》吹くらし。水茎の遠賀《をか》の水門《みなと》に、波立ち渡る

空はおぼろに、霧が立ちこめている。遠賀の港に波が一杯に立っているのを見れば、大方また、西南風が吹き出したのだろう。

1232 **大海の波は恐《かしこ》し。然れども、神を斎《いは》ひて船出《ふなで》せば、如何に**
大洋の波は、それは恐しい。しかしながら斎戒沐浴して、神様にお願いして、船を出しさえすればよかろうと思う。そうしてはどうですか。

1233 **処女らが織るはたの上を真櫛もちかかげ、栲《たく》島波間より見ゆ**
はた織りの処女が織る機糸の上をば、梭《ひ》でかきあげて、たくる、その栲島が、立つ波の中に見える。

1234 **潮はやみ、磯曲《わ》に居れば、潜《かづ》きする蜑とや見らむ。旅ゆく我を**
あまりさし潮の勢いが激しいので、入り江にじっとしていると、人は海に潜《むぐ》る蜑と思うているかもしれぬ。旅行している自分だが。

1235 **波高し。如何に、檝取《かぢと》り。水鳥の浮き寝やすべき。なほや漕ぐべき**
おい船頭さん。大分波が高くなったようだが、もうこの辺で船を止めて、泊ったらよいだろうか。それとも、もっと先まで漕いでゆくか。（変化に富んだ歌。技巧も優れている。傑作。）

1236 **夢にのみつぎて見ゆれば、笹島の磯越す波の、頻々《しくしく》おもほゆ**
笹島の岩浜を、上までうちあげる波ではないが、故郷のことが夢の中でばかり、後から後から見えるので、しっきりなしに思われてならぬ。

1237 **静けくも、岸には波は寄りけるか。此家通《いへとほ》し聞きつつ居れば**
じっと聞いていると、森《しん》として海岸には波がうち寄せて来ているらしく、この家の中から耳をすましていると、ずっと波の音が聞えて来る。

1238 **高島の阿渡《あと》白波は騒げども、我は家思ふ。いほり悲しみ**
高島の阿渡の川に近く、仮小屋を建てて泊っていると、波の音が高く聞えるが、それにもまぎれないで、自分は家のことを思い出す。こんな仮小屋住いが、沁みじみと悲しくなってくるので。

1239 **大海の磯下揺《もとゆす》り立つ波の、寄らむと思《も》へる浜のさやけく**

岩浜の岩の根本まで揺すって、立つ波ではないが、自分が寄ろうと思うている、浜辺のさわやかなことよ。

1240 玉くしげ三《み》諸戸《もろど》山《やま》を行きしかば、おもしろくして、古《いにしへ》おもほゆ

備中の国に来て、昔から名高い三諸戸山の山路を歩いている時分に、あまり趣の深い景色であるにつけて、自分らの見ぬ昔のことまでも偲ばれる。

1241 ぬば玉の黒髪山を朝越えて、山下露に濡れにけるかも

黒髪山の朝越えをして、山陰に落ちて来る露のために濡れたことだ。（この歌は黒髪と露との配合に、中心興味があるのである。）

1242 足引きの山ゆき暮し、宿からば、妹立ち待ちて、宿かさむかも

山路を行くうちに、日が暮れて宿を借ろうとしたら、知らぬ処女の可愛いのが、門に出て、この自分をとめてくれるだろう。何卒そんな処に宿りたいものだ。

1243 見渡しの近き里曲《さとわ》を徘徊《たもとほ》り、今ぞ我が来《こ》し。領巾《ひれ》振りし野に

見渡す距離の近い野に、処女が立って、領巾を振って私を招いていた。早くそこへ行き

たい、と思いながら、村里の辺をぐるぐる廻っていたもんだから、やっと来ることが出来た。（歳久しくて、辛うじて成就した恋の歌。）

1244 **処女らが放髪《はなりのかみ》を、由布山《ゆふやま》の雲はたなびき。家のあたり見む**

少女たちのおかっぱさんに垂《さ》げた髪ではないが、あの結うという名の、由布嶽《ゆうだけ》から出た雲よ。家の辺を見ていたいのだから、横に延びてかかってくれるな。

1245 **志珂《しか》の蜑の釣り船の綱の堪へがてに心に思ひて、出でて来にけり**

志珂の浦の蜑の釣り船の纜《ともづな》ならば、切れずに持ち堪えていようが、自分はこらえきれないで、会いにやって来た。

1246 **志珂の蜑の塩焼く煙、風をいたみ、立ちは昇らず、山にたなびく**

志珂の浦の蜑の、塩を焼く煙が、山颪《やまおろし》の激しさに、空まで昇らずに、山の中腹に、横に懸っている。

1247 **大汝《おほなむち》少彦名《すくな》御《み》神《かみ》のつくらしし、妹脊の山は、見らくし、よしも**

妹山脊山と、こういう風に並んでいるのが面白い。大汝ノ神、少彦名ノ神が、寄って造られたということだが、実に人間では出来ぬ奇蹟だ。

1248 吾妹子の見つつ偲《しぬ》びし沖つ藻の、花の咲けらば、我に告げこそ

沖つ藻の花が咲いているならば、早く私に告げて来い。せめてその花を見て、遠方にいるいとしい人を思うて慰もう。いとしい人は沖つ藻の花が嗜《す》きで、それを見て大事にしていた。

1249 君が為、浮沼《うきぬ》の池の菱採《ひしと》ると、我が染《し》めし袖濡れにけるかも

家にいる人のために、菱を採ってあげようと思うて、浮沼の池で、わたしの美しい染色の著物《きもの》が濡れてしもうたことだ。

1250 妹が為、菅《すが》の実《み》取りにゆく我を。山路惑《まど》ひて、此日暮しつ

愛する人のため、麦門冬《やますげ》の実を取ろうと出かけて行った私だ。その私が、山路に迷うて、今日一日歩いていた。ああもう日も暮れた。

右四首、人麻呂集に見えている。

問答

1251 佐保川に鳴くなる千鳥。何しかも、川原を偲《しぬ》び、いや川のぼる
佐保川に鳴いている千鳥よ。一体なぜそんなに、川原を慕うて、川上の方へ川上の方へ
と上って行くのだ。この辺でも同じことでないか。

1252 人こそは大概《おほ》にも言はめ。我が甚《ここだ》偲ぶ川原を、標結《しめゆ》ふな。ゆめ
他の人は知らぬこと。はばかりながら、この千鳥は、そんなよい加減なことでは、満足
出来ない。非常に慕うて求めている川原であるのだ。私の這入《はい》れないような、縄張りを
付けてくれるな。(問いの歌は、或る男が妻をさし置いて、色々な女を訪問して歩くの
を、揶揄《やゆ》した歌。答えは、諌《いさ》めだてして邪魔してくれるな、とこれも軽く反抗したも
の。)

右二首、鳥を詠んだもの。

1253 漣《さざなみ》の滋賀津《しがつ》の蜑は、我なしに潜《かづ》きはなせそ。波立たずとも
漣の県《あがた》の滋賀津の蜑《あま》は、自分のいる時でなくては水潜りはするな。どれ程波が立たない
でも。

1254 大船に檝《かぢ》しもあらなむ。君なしに潜《かづ》きせめやも。波立たずとも

なるほど仰せの通りあなたのいらっしゃらぬ処で、水潜りは決して致しますまい。たとい波はなくとも。しかしあなたのお越しも、随分手間どるではありませんか。あなたのお乗りになる、大船に檝をつけて来て下さったら、よいと思いますが。(問いは男より女へ、私の外の人には逢うてくれるなと、久しく訪れないで贈った歌。答えは女より男へ。)

右二首、白水郎《あま》を詠んだもの。

臨時

1255 鴨頭草《つきくさ》に衣ぞ染《し》める。君が為、斑《まだら》の衣摺《す》らむと思ひて

この著物《きもの》は、あなたのために、色々な色に摺り混ぜようとて摺ったところが、つい露草の色が、私の著物にもしみついてしまいました。(女より男へ。始めはただ、親切にしていたのが、恋愛に移って行ったのをいう。)

1256 はるがすみ井《ゐ》の上《へ》従《ゆ》直《ただ》に道はあれど、君に会はむと、徘徊《たもとほ》り来《く》も

用水の傍を通って、真直に行く近道はあるけれど、近道を行かないで、わざわざ廻り道をして来たことだ。あなたに会いたいばかりに。

1257 道の辺《べ》の草深百合《くさふかゆり》の、花笑《ゑ》みに笑ますがからに、妻と云ふべしや
道端の草藪の中に、笑んでいる百合の花ではないが、あなたは私の顔を見て、花やかに、にこりなさったからというて、我が妻と言うてよいものだろうか。

1258 沈黙《もだ》あらじと、言《こと》の慰種《なぐさ》に言ふ事を、聴き知れらくは、からくぞありける
じっと黙ってもいられまいというので、わたしは、ほんのじょうだんに、あの人の噂をしたのだが、それをさきで、聴いて悟ったとは、困ったことだ。

1259 佐伯《さへき》山卯の花持ちし悲しきが、手をし取りてば、花は散るとも
佐伯山でつんだ、卯の花を持っているかあゆい人よ。そう手を取っては花が散る、と怒るものではありませんよ。花くらい散ってもよいではありませんか。私はあなたの手さえ執れば、十分なんだから。

1260 ときじくに、斑《まだら》の衣著《き》欲《ほ》しかも。島の榛原《はりはら》、時ならずとも
斑の衣は、いつ著《き》ても差し支えがない。だからいつでも著たくなる。それで榛の生えている川島へ、いつ這入って榛を取っては悪い、と決った訣《わけ》ではない。（裏面は、今は時でないと断った女を誘う歌。）

1261 山守りの里へ通ひし山路《やまみち》ぞ、繁くなりける。忘れけらしも
山守りが始終里へ通って行った山路が、草木が生え繁ってしもうた。来る路を忘れて来なくなったからに違いない。（訪わぬ男を、山守りに譬《たと》えたもの。）

1262 あしびきの山椿咲く八峯《やつを》越え、鹿《しし》待つ君がいはひ妻かも
山椿の花の咲いている、多くの峯を越えて、鹿の来るのを待ちうけて、じっと隠れて、大事をとっているように、大事のお神さんですね。（男の細君を大切にするをからかったもの。）

1263 暁《あかとき》と夜烏《よがらす》鳴けど、此峯《このみね》の梢《こぬれ》が上《うへ》は、未しづけし
あなたはそんなに帰りたいのですか。なるほど夜烏は、朝だと鳴いてます。しかし前の山の木の梢は静かではありませんか。あれは月夜烏が鳴いたんですよ。

1264 西の市に唯一人出《で》て、目並《めなら》べず買へりし衣《きぬ》の、商《あき》じこりかも
西の市へ、ただ一人出かけて行って、人の考えも聞かず、比較もせずに、買うた著物《きもの》が、非常な買い被りであった。（見どころのない女に、懲りた男の歌。）

1265 今年行く新防人《にひさきもり》が麻衣《あさごろも》、肩の紕《まよひ》は、誰かとり見む

今年下《くだ》って行く、新しい防人の麻衣よ。その麻衣の肩の辺のぬけて来たのは、誰が世話をしてよくしてやろうか。（防人の母妻或いは、その心持ちを奈良の都人が、防人の西下を見て、同情を催して作った歌と見える。孤独と不自由な生活に深く同情した歌。傑作。）

1266 大船を荒海《あるみ》に漕ぎ出で、弥船《やふね》たけ、我が見し子等がまみは著《しる》しも

大きな船を荒海に漕ぎ出して、一所懸命に檝《かじ》をかくように、命がけで会うた可愛い人の面貌《おもざし》は、忘れられぬことだ。

所について、思いを発《の》べた歌

1267 ももしきの大宮人の、蹈みし趾《あと》どころ 沖つ波来よらざりせば、失《う》せざらましを

ここは百官が歩いた旧趾である。沖の方からやって来る波が、ここまでうち寄せなかったら、こんなにまで、その趾がなくなりはすまいのに。（おそらくは、滋賀の都の歌であろう。沖つ波は、天武天皇の軍を暗示したものと見てもさしつかえがない。）

右十七首、古歌集に見えている。

1268 子等が手を巻向《まきむく》山は、常《つね》あれど、過ぎにし人に行き覓《ま》がめやも
少女の手をば枕とする、という名の、巻向山は常住不変だが、亡くなってしもうた人には、行ってまぐ、すなわち媾会《であ》うことが出来ようや。

1269 巻向《まきむく》の山辺とよみて、行く水の泡沫《みなわ》の如し。世人《よひと》我等は
巻向山の麓を鳴り響《とよも》して流れてゆく水は、なるほど激しい勢いだが、さてその泡沫は、すべていつの間にか消えてあともなくなってしまう。我等人間世界に生れ出たものは、すべてこんな風になるのだ。

右二首、人麻呂集に見えている。

物に寄せて、思いを発《の》べた歌

1270 籠国《こもりく》の泊瀬《はつせ》の山に照る月は、盈《み》ち虧《か》けすといふ。人の常なき
泊瀬の山に照っている月は、満ちたり欠けたりするが、本体は常住不変である。然るに人は、常住不変ではいられない。

右一首、古歌集に見えている。

1272 太刀の後鞘《しり》に、入野《いりぬ》に葛《くず》引く我妹《わぎも》。ま袖もち、著せてむとかも。夏葛引くも

旋頭歌《せどうか》

刀の先と鞘との関係ではないが、入るという名の入野で葛を引いているいとしい人よ。それを織って、わたしに著《き》せようというので、袖に絡ませて、そのように、夏葛を引いていなさるのか。

1273 住ノ江の花づま君が、馬乗りごろも。さにづらふ漢女《あやめ》をすゑて、縫へる衣ぞ

只今この著物《きもの》を差し上げます。住吉の里の美しい我が夫《せ》すなわちあなたの馬乗りの著物にして下さい。これは特別に、漢服《あやはとり》の縫女を家に呼び寄せて、縫うた著物です。

1274 住ノ江の出見《いでみ》の浜の柴な刈りそね。処女等が赤裳の裾の、濡れて行かむ見む

草刈り男よ。この住の江の出見の浜に生えている、灌木をそのように刈らずに残して置け。若い女たちが、赤い裳裾を濡らしながら、浜辺を歩く姿をば隠れて見たいと思うから。

1275 住ノ江の小田を刈らす子。奴《やっこ》かもなき。奴あれど、妹がみ為と、秋の田を刈る

この住吉の田を刈っていなさるお方よ。見うけるところが、お前さんの家には、奴隷がないから、そうなさるのか。いえ私の家には奴隷はいますけれども、いとしい人の御為に刈るのだから、人任せには出来ないで、自分で稔った田を刈っているのです。

1276 池の辺の小《を》槻《つき》がもとの篠《しぬ》な刈りそね。それをだに、君がかたみに、見つつ偲ばむ
この池の辺の槻の下の笹原の蔭で、あの方とよく出会うたことがある。あの方は今いられない。この篠もあの方の記念物である。それを見ながら、あの方のことを思い出す種にするのだ。刈らずに置いてくれ。

1277 天なる姫菅原の茅な刈りそね。みなのわたか黒《ぐろ》き髪に、芥《あくた》し著《つ》くも
この姫という処にある、菅原に生える草を刈らずに置きなさい。お前さんのその真黒な髪に、ごみが附きますから。

1278 夏蔭の閨の下びに、衣裁つ我妹《わぎも》。心設《うらま》けて、我がため裁たば、やや寛《おほ》に裁《た》て
大分精が出るね。夏の涼しい木蔭の下の、部屋の中で、著《き》物《もの》を裁っているいとしい人よ。私のために、こしらえる心づもりで裁つのならば、幾分か寛う裁って置いてくれ。

1279あづさゆみ引津の岸《へ》なる、莫告藻《なのりそ》の花。摘む迄に会はざらめやも。莫告藻の花

引津の海岸に生えている莫告藻の花が咲いて、摘むことの出来るまで、会いに行かずにはおらないから、安心していらっしゃい。そのように喧《やかま》しく言って、人に洩らしてはなりませんぞ。それ、花の名も言うなという、莫告藻ではないか。

1280うちひさす宮路を行くに、我が裳は破《や》れぬ。たまのをの思ひしなへて、家にあらましを

お前さんに会うため、朱雀大路に行きかいするのが、あまり度々《たびたび》で、袴は破れてしもうた。それでも駄目なのだ。これくらいならば、家にいて意気銷沈《いきしょうちん》して籠っている方がましだった。

1281君が為、手力《たぢから》疲れ織れる衣服料《きぬがね》。春さらば、如何なる色に摺りてばよけむ

こんなに一所懸命に、手がだるくなる程力を入れて織った、著物《きもの》の材料になる布をば、春になって草木の葉や花が出る時分になったら、どんな色に摺ったら宜《よろ》しいだろうか。

1282はしだての椋橋山《くらはし》に、立てる白雲。見まくほり、我がするなべに、立てる白雲

椋橋山に白雲が立っている。山を見ようとすればする程、従うて、白雲が立って邪魔を

する。

1283 はしだての椋橋川の石《いは》の橋はも。栄えにし君が渡しし石の橋はも
この椋橋川にかかっている石の橋よ。あの名高い方が御壮んでいられた頃、かけられた石の橋よ。

1284 はしだての椋橋川の、川の沈菅《しづすげ》。我が刈りて、笠にも編まず。川の沈菅
椋橋川の底にある菅。私はそれを刈ったのだ。しかしまだ、笠にも編まずにある。（十中八九成就しながら、女の解けぬを嘆いた歌。）

1285 春日すら、田に立ち疲る君は悲しも。わかぐさの妻なき君は、田に立ち疲る
ただ一人春の田に立って、一所懸命に働いているお前さんはいとしい人だ。お前さんは、妻もなしに、この長閑《のどか》な春の日を、田で働いている。

1286 山城《しろ》の久世《くぜ》の社に、草な手折《たを》りそ。其《し》が時と、立ち栄ゆとも、草な手折りそ
久世の社に参る人は、咲いた花を折って、神に手向ける。ここに今が自分の時だ、と咲き誇ってる草がある。それにしてもこの草だけは、折りとることは出来まいぞ。（他人

の妻に、心移す男を戒めた歌。)

1287 あをみづら依綱《よさみ》ノ原に、人も会はぬかも。いはばしる近江県《あふみあがた》の物語りせむ
この広々とした依網の原で、誰か自分に行き逢うてくれぬかしらん。近江の県の古い歴史を知って話せるような人が来て、この辺の話をしてくれたらよいが。

1288 水門《みなと》なる蘆の末葉《うらは》は、誰か手折《た》りし。我が夫子《せこ》が振る袖見むと、我ぞ手折りし
入り江の口に生えている、蘆の幹の端を折ったのは誰だ。それは私が折ったのです。この蘆が邪魔で、あのお方の振る袖が見えぬから、それで折りました。

1289 垣越ゆる犬を呼びこせ、鳥狩《とが》りする君。青山の葉茂《はしげ》き山辺、馬休め。君
犬どもを呼んで来させて、狩りに出かける、元気なあなた様。少しは馬も休めてやるが宜しいでしょう。青く若葉の茂った山の辺では。

1290 わたの底沖つ玉藻の莫告藻《なのりそ》の花。妹と我と、此処にしありと、莫告藻の花
自分と、愛人と、この海岸で出会うているが、海の底から打ち上げられた、美しい莫告藻という藻の花よ。お前の名が莫告藻だから、私と愛人とが、こんな処にいるというて

はいけないよ。

1291 此岡に草刈る童《をぐな》、然《しか》な刈りそね。ありつつも、君が来まさむ、み秣《まくさ》にせむ

ここの岡で、草を刈っている子どもよ。そのように刈るな。そのままにして置いて、あの方がおいでになった時の、馬の秣にしようから。

1292 江林《えばやし》に宿る鹿《しし》やも、覓《ま》くによろしき。白栲《しろたへ》の袖捲きあげて、鹿《しし》まつ我が夫《せ》

白栲の著物《きもの》をまくり上げて、矢をつがえて、江の辺の林に泊りに鹿の来るのを、待っている我が愛する君よ。そのように一所懸命にならなくってもよいじゃありませんか。今夜は、宿ってお出でなさい。そのようにしたところで、そうとれる訣《わけ》はないんだから。

1293 あられふり遠江《とほつあふみ》の阿渡《あど》川柳。刈れれども、またも生《お》ふとふ、阿渡川柳

この近江の国の遠江の里の、阿渡川にある柳よ。それは、刈っても刈っても生えて来るということだが、その阿渡川柳のように、一時会わずにいても、又会うようになる。そのように心配すな。

1294 朝づく日向ひの山に、月立《た》たり、見ゆ。遠妻しもたらむ人は、見つつ偲《しぬ》ばむ

ああ前の山に月が現われた。それが見える。自分は何とも思わないが、遠方にいる妻のある人は、この月を見ては、定めて妻のことを、思い出すことであろう。

1295 春日なる三笠の山に、月の船出づ。みやびをが飲む盃に、影に見えつつ

おや春日の三笠山から、お月様が、船に召して出て来られた。上品な人たちの手にしている盃の中に、影としてうつりながら。(月の宴の即興の歌。)

右一首、古歌集に見えている。

譬喩の歌

衣に寄せた歌

1296 今つくる斑《まだら》の衣、目につきて、我におもほゆ。いまだ著ねども

今裁っているだんだら染めの著物《きもの》は、どうも目がひかれるように、わたしには思われる。そして体にはつけて見ないけれども、自分にはどうも配合が宜《よ》さそうに思われる。(まだわが心は遂げないが、その姿が目に沁みついて、忘れることが出来ぬとの意。)

1297 紅に、衣染《し》めまく欲しけども、著て匂はばや、人の知るべき

紅色に、著物《きもの》をば染めたいが、著《き》てそれが目立った節には、人が自分の著ている著物に、気がつくだろう。（恋い人と思うままに会いたいけれど、そうすれば、人に悟られる恐れがある。）

1298 千名《ちな》に、人は言ふとも、織り続《つ》がむ。我が機物《はたもの》の白麻衣

様々に人は取り立てて言うだろうが、私は自分の機にかけて、織り出した白い麻すなわち恋をば、どこまでも織り続けて行こう。人の語を恐れはせぬ。

右三首、柿本人麻呂集に見えている。

玉に寄せた歌

1299 鶴群《あぢむら》の婉《とを》よる海に船浮けて、白玉とらむ。人に知らゆな

群れているあじ鴨が波に連れて、彼方《あちら》により此方《こちら》によりしている海上に、船を浮けて、自分たちは白玉を探し出そう。人はあじ鴨の群れのようにたくさんいるのだから、我々のすることに、気の付かないようにせなければならぬ。

1300 遠近《をちこち》の石《いそ》の中なる白玉を、人に知らえず、見むよしもがも

あちこちの岩の中にある白玉、すなわちたくさんな処女等に、世間の人の目に触れない

で、会う方法はないものか。

1301 海神《わたつみ》の手に纏持《まきも》たる玉ゆゑに、磯の浦曲《うらわ》に潜《かづ》きするかも

海の神の環《たまき》にしている玉のように、父母に大事にせられている、その人を得ようとして、一所懸命に荒い岩浜の海に潜るような、苦心をしていることだ。

1302 海神の持《も》たる白玉見欲しけば、千度あり継げ。潜きする蜑

得難い人を手に入れようとして、幾度も幾度も海に潜る蜑《あま》のように、度々《たびたび》自分は名をなのることだ。

1303 潜きする蜑は継ぐとも、海神の心し得ずば、見ゆといはなくに

なるほどあなたが、私のために苦心していい入れていなさるのは、訣《わか》っていますが、自分を守っているわたつみの神とも言うべき、父母の心持ちが訣りませんから、あなたに会うて戴く、と申すことは出来ません。（女の返歌。）

右五首、人麻呂集に見えている。

木に寄せた歌

1304 天雲のたな引く山に籠りたる、我が下心木の葉知るらむ

雲の懸っているような、高い山の奥に隠れている、私の心の底は、誰にも訣《わか》るまいが、山の木の葉は知っているだろう。さてさて知らず顔をしている人だ。

1305 見れど飽かぬ、人国《ひとくに》山の木の葉をし、我が心から、懐しみ思ふ

見ても見ても満足しない、人国山の木の葉ではないが、人の妻なるお前を、心の所為《せい》で、懐しまずにはいられない。

右二首、人麻呂集に見えている。

花に寄せた歌

1306 此山の紅葉の下の花を、わがはつかに見つつ、帰らく恋し

紅葉の木の下に咲いている花を、ほんの一目見ただけで、手にも取らずに帰るのは、心を牽《ひ》かれるものだ。あの人は、僅かに見ただけで、そのままになっている。

右一首、人麻呂集に見えている。

川に寄せた歌

1307 此川従《ゆ》、船は行くべくありと言へど、渡り瀬毎に守《も》る人あるを

この川をば船は行けそうだが、渡る場所場所に、番人が付いているので、どうも為方《しかた》がない。(この人は、わが心通りになりそうだが、親や兄が、許しそうもない。)

海に寄せた歌

1308 **大海をさもらふ水門《みなと》、事しあらば、何処《いづく》ゆ、君が我《わ》を率《ゐ》隠さむ**

大洋に波が立っているので、その風間を考えている川口に、又波が起るというようなことがあったならば、どこをどう逃げて、私を連れて隠して下さるだろうか。(安心だと思うているのに、一難免れて又一難、障礙《しょうげ》が起りそうな、不安を感じた歌。)

1309 **風吹きて海の荒れぬれ、明日と言はば、久しかるべし。君がまにまに**

風が吹いたために、海が荒れている如く、今日は障りがある、明日のことになさい、と言うたなら、さぞ待ち遠しくお思いなさろう。あなたのお望みなさるように、いつでも逢いましょう。

1310 **雲隠る小《こ》島の神の、畏《かしこ》けば、目は隔つれど、心隔てや**

遥かな小島にいる神の恐しさに、隔てていてそこに渡らない如く、お前の親の守りを恐れて、会うことは隔っているが、心はどうして隔てていようか。変りはないから、安心してくれ。

右三首、人麻呂集に見えている。

衣に寄せた歌

1311 橡《つるばみ》の衣著る人は事なしと、言ひし時より、著ほしくおもほゆ

身分のない人は、鈍色《にびいろ》の著物《きもの》を著《き》ているので障りがない、と話した人がある。恋に障りのないように、身分をおとしてでも、鈍色の著物が著たいといつも思う。

1312 おほよそに我し思はば、下に著てなれにし衣《きぬ》を、とりて著めやも

又そのように人の心を疑うている。下に著込《きこ》んで、著心地《きごこち》のよい程に、なれた著物のような、馴染深い人を捨てて、お前についた私じゃないか。よい加減に思うているくらいならば、取《と》り更《か》えはしないはずだ。

1313 紅《くれなゐ》の濃染《こぞ》めの衣《きぬ》を下に著て、上にとり著ば、言《こと》なさむかも

紅の色濃く染めた衣のような、馴染深い君を隠して、下に著《き》ているようにして、上を取りつくろうていても、人は噂を立てるだろう。

1314 橡《つるばみ》の解《と》き洗ひ衣《ぎぬ》、怪しくも、ことに著ほしき此夕かも
著《き》ればさわりがないという橡染めの鈍色の衣が、今日はとりわけ著たくてたまらない心持ちになる、この頃の二人の間に、障礙《しょうげ》の多いことよ。

1315 橘の島にし居れば、川遠み、晒《さら》さず縫ひし、我が下衣
橘の里の島の地に住んでいる人は、川まで遠いので、洗濯をせぬそうだ。私も、あの人とうき名を立てられたが、それを濯《すす》ぐことはしないで、そのまま夫婦になっている。

糸に寄せた歌

1316 河内女《かふちめ》の手染《てぞ》めの糸を繰りかへし、片糸にあれど、絶えむと思へや
河内の女が、自分の染めた片糸を、繰り返し繰り返しするように、はかない仲だが、いつまでも、仲は続けて行って、切れようとは、夢にも思うていない。

玉に寄せた歌

1317 海《わた》の底沈《し》透《づ》く白玉。風吹きて、海は荒るとも、取らずば止まじ
海の底にすいて、上から見える白玉よ。譬《たと》い海上には、風が吹き荒れていても、取らないで置こうか。どんな困難をしても、この恋は成就して見せる。

1318 底清み、沈透《しづ》ける玉を見まく欲《ほ》り、千度ぞ宣《の》りし。潜《かづ》きする蜑
海の底が清らかなので、沈んでいる玉が透いて見えるのが見たさに、すなわち美しい処
女を得たさに、自分という蜑《あま》は、幾度も幾度も名のりをしたことだ。

1319 大海の水底《みなぞこ》照し沈透《しづ》く玉。いはひてとらむ。風な吹きそね
海の底が照るまでに、光り輝いて沈んでいる玉を、斎戒して神に祈って取ろう。風よ吹
くな。（美しい君を、用心して我が手に入れようとするのに、邪魔が這入《はい》るな。）

1320 水底に沈透《しづ》く白玉。誰故に、心尽して我が思はなくに
自分がこのように、精力を消耗するまで思いつめているのは、お前さんならぬ他の人の
ためでしょうか。水の底に沈んで見える玉のような、美しいお前さんのためです。

1321 世の中は常かくのみか。結びてし白玉の緒の、絶ゆらく思へば
玉の散らないように貫いて置く、緒の切れることがある。そのことを思うて見ると、世
の中はすべて、この道理に過ぎないものだ。合せ物は離れ物だ。

1322 伊勢の海の蜑の採りつる鰒玉《あはびたま》。採りて後もか、恋ひのしげけむ
伊勢の蜑《あま》が玉を採るように、苦心して女を手に入れた後も、恋は止むということなく、更に激しく盛んになることだろう。

1323 海《わた》の底沖つ白玉。よしをなみ、常かくのみや、恋ひ渡りなむ
海の底に沈んでいる、深海の玉の採る術のないように、この君を手に入れる方便なしに、いつもいつもこのように、ずっと恋しく思うていなければならぬことか。

1324 蘆の根の懃《ねもご》ろ思《も》ひて結びてし、玉の緒と言はば、人解かめやも
我々の仲は、どちらからも深く深く思いつめて約束したので、ちょうどしっかり結び合せた、玉の紐のようなものだから、信じていさえすれば、誰が妨げても、仲が切れることがあろうか。

1325 白玉を手には纏《ま》かずに、箱のみに置けりし人ぞ、玉おぼらする
白玉を手に巻き付けて見ないで、箱の中に大事にしもうて置く人が、玉を曇すように、美しい女を手に入れながら、大事に箱の中にしもうて、人に見せなかった人が、その女を中途半端なものにしてしまうのだ。

1326 海神《わたつみ》が手に纏《ま》き古《ふる》す玉もがも。其緒はかへて、我が玉にせむ

海神が手に巻いている玉のように、恐しい守人に長く添うて来た女が手に入れたい。人の持ち古した玉ならば、緒を替えて付けるように、新しく私の妻にしよう。

1327 秋風はつぎてな吹きそ。海《わた》の底沖なる玉を、手に纏《ま》くまでに

秋風よ。お前はそのように続け様に吹くな。海の底遥かな沖にある玉を手に入れて、自分の持ち物なる環とするまでの間は、すなわち女を手に入れるまでは、障りがないように。

日本琴《やまとごと》に寄せた歌

1328 膝に伏す玉の緒琴《をごと》の、ことなけば、甚許多《いとここばく》も我が恋ひめやも

膝に置かれている、緒のかかった美しい琴ではないが、異った点、すなわち勝れたとりえのないお前さんならば、このようにまで激しく、私が恋しがりましょうか。

弓に寄せた歌

1329 陸奥《みちのく》の安達太郎檀弦《あだたらまゆみつら》はけて、引かばか、人の我《わ》を言《こと》なさむ

奥州の安達太郎山に生えた檀を弓として、弦をかけて引くように、思う人を自分の方へ靡《なび》かした時には、世の人が、かれこれ噂を立てるだろう。それもよいとして、わたしの方はそうでないのに、評判がひどく立ったことだ。

1330 南淵《みなぶち》の細川山に立つ檀《まゆみ》、弓束《ゆつか》巻くまで、人に知らえじ

弓に伐り出す細川山に立ってる檀よ。それを弓にこさえて、いよいよ、籐を柄《つか》に巻き付けるまで、すなわちいよいよ、自分の物となるまで、人に悟られぬようにしよう。

山に寄せた歌

1331 岩だたみ畏き山と知りつつも、我は恋ふるか。なみならなくに

地盤のすべての岩から出来上っているという、恐しい山のように、並々の身分でない人だ、と自分でも思うていながら、私はあの人を思うていることだ。

1332 岩が根のこごしき山に入り初《そ》めて、山懐しみ、出でかてぬかも

岩のごつごつと立っている山のような、困難な恋を知りそめてからは、山になじんで、出て来られぬように、自分はよう恋を捨てないことだ。

1333 佐保山を大概《おほ》に見しかど、今見れば、山懐しも。風吹くなゆめ

いつも見ている山だというので、佐保山をおろそかに眺めていたが、今になって見ると、非常になつかしく、心が惹かれる。風よ、めったに吹くな。（そのように、常は何とも思わなかった人が、非常に、この頃は懐しく思われる。是非自分の物にしたい。他の邪魔が這入《はい》らぬように。）

1334 奥山の岩に苔蒸し、畏けど、思ふ心を如何にかもせむ

人跡到らぬ奥山に、苔の生えている岩の、神さびて恐しいように、よりつきにくい人だが、思う心は、なくなすことも、どうも出来ない。

1335 思ひかね甚《いた》もすべなみ、たまだすき畝火の山に、我は標結《しめゆ》ふ

恋しさに堪えかねて、あまりのやるせなさに、おそろしい神の領せられる畝火山に標を結ぶような、すなわち恐しい人の守る妻に対して、恋に蹈み入ったことだ。

草に寄せた歌

1336 冬ごもり春の大野《ぬ》を焼く人は、焼き飽かねかも、我が心焼く

春になると野原は焼くが、私の胸もこの頃は、思いに燃えるようだ。これはあの野火を

付ける人が、野を焼くだけでは、満足せないで、この私の心まで焼くのであろうか。(譬喩《ひゆ》という境を出て、殆《ほとん》ど象徴の域に這入っている。傑作。)

1337 葛城《かづらき》の高間《たかま》の茅野《かやぬ》、夙《と》く知りて標《しめ》ささましを。今ぞくやしき

葛城山中の高間山の上にある茅原ではないが、一等先に標をつけた人の物となるように、自分もあの人を早く知って、手に入れて置いたらよかったが、もう取り返しがつかぬ。

1338 我が宿に生《お》ふる王孫《つちばり》。心従《ゆ》も思はぬ人の衣《きぬ》にすらゆな

自分の屋敷に生えている王孫よ。しんそこから思うてもいない、人の衣に摺られるな。(これは、妹娘などに与えた歌と見るべきである。)

1339 鴨頭草《つきくさ》に衣彩《いろど》り摺らめども、うつらふ色と言ふが苦しさ

露草で著物《きもの》を摺って色を著《つ》けたいが、あれは色の変りやすい物だ、と言われているのが、気懸りだ。(あの女を、自分の恋い人としたいが、浮気だという評判だ。)

1340 紫の糸ぞ、我が縒《よ》る。足引きの山橘を貫《ぬ》かむと思ひて

山橘を糸に通そうと思うて、紫の糸を自分は縒っている。君を我が手に入れよう、と

様々に用意をしている。(紫草と誤ったので、草に寄せた歌でない。)

1341 またまつく越智《をち》の菅原。我が刈らず、人の刈らまく、惜しき菅原

越智野の菅原よ。自分は刈らないでいるうちに、人に刈らすのは、残念なような気がする。

1342 山高み夕日隠《かく》りぬ。浅茅原《あさぢ》後見《のち》む為に、標《しめ》ゆはましを

山が高いために、はや夕日が隠れた。もう帰らねばならぬから、そこの浅茅原をば、この後又来るおりのために、標を付けて置こう。(この人を他人に取られるのは、残念だから、約束をして置こう。)

1343 こちたけばかもかくもせむ。岩白の野辺の下草、我し刈りてば

岩白の野の浅く生えた草を、刈ってしもうた後は、人がやかましくいうたら、どうなりとしよう。(我が恋を遂げた後は、かれこれ人が言うてもかまわない。)

1344 真《ま》鳥《とり》棲む雲梯《うなて》の森の菅《すが》の実を、衣《きぬ》にかきつけ著《き》せむ子もがも

雲梯の森に生える菅の実を、著物《きもの》に摺り付けて著《き》せてくれるような、恋い人がほしい。

（これは、譬喩歌ではない。）

1345 常知らぬ人国山の秋津野の杜若《かきつばた》をし、夢に見しかも
これまで見たこともない、人国《ひとくに》山の辺の、秋津野の杜若を夢に見たことだ。（知らぬ人妻を焦《こが》れるために、夢に見た。）

1346 女郎花佐紀《さき》沢《さは》の辺《べ》の真葛原。何時かも繰《く》りて、我が衣に著む
真葛の原の葛を糸にくって衣服にするように、いつになったら、自分の手もとにたぐり寄せて、自分の物としょうか。

1347 君に似る草と見しより我が標《し》めし、野山の浅茅《あさぢ》、人な刈りそね
草花のなよなよした有様が、いかにも恋い人を思わせるような懐しい姿なので、自分が標をつけて置いた、野山のあの浅茅を、人よ刈るな。（この歌は譬喩と見れば、恋い人に似た女を、人に奪われぬようにと取れるが、草そのものを詠んだと見る方が、勝れている。）

1348 三島江の玉江の薦《こも》を標《し》めしより、己《おの》がとぞ思ふ。未《いま》だ刈らねど

三島江の中の玉江の薦に、標を付けてからは、まだ刈らないが、自分のだと思うている。（あの人と約束してからは、まだ一つにはならないが、自分の妻だと思うている。）

1349 **斯くしてや、なほや老いなむ。み雪降る大荒木《おほあらき》野《ぬ》の篠《しぬ》ならなくに**

自分は、雪の降る大荒木野の篠竹ではないのに、このまま恋を遂げないで、無駄に朽ち果てるのは残念である。

1350 **近江のや、矢走《やばせ》の篠を矢矧《やは》かずて、まことありえめや。恋しきものを**

近江のその矢走の里の篠は、矢につけるが習いである。そのように、あの人を妻と身につけずに、恋しいのをこらえて、如何していられようか。

1351 **鴨頭草《つきぐさ》に衣《ころも》は摺らむ。朝露に濡れてむ後《のち》は、うつろひぬとも**

色の褪《あ》せ易《やす》い露草の花でも宜しい。著物《きもの》に摺り付けよう。朝露に濡れてからは、色が褪せてもかまわない。（あの女は浮気者であっても、一つになった後は、どうでもよい。）

1352 **我が心ゆたにたゆたに、浮き蓴《ぬなは》、岸《へ》にも沖にも寄りかてましじ**

自分の心は、動揺し始めた。水の上に浮く蓴が、岸とも、川中とも、どちらにも定まって浮かないように、あの人にも、この人にも、よりきることが出来ないように思う。

稲に寄せた歌

1353 石《いそ》ノ上布留《かみふる》の早稲田《わさだ》を、秀《ひ》でずとも、縄だに曳《は》へよ。守《も》りつつ居らむ

石上の布留の里の早稲田に縄張をするように、まだ穂の出ない子どもでも、今から、占有の標《しるし》の縄だけは、曳いておいてくれ。大きくなるまで、じっと監督していよう。（女の親が男に与えた歌。）

木に寄せた歌

1354 白須賀《しらすが》の真野《まぬ》の榛原《はりはら》、心従《ゆ》も思はぬ君が衣《きぬ》に摺らえぬ

真野の榛原の榛で、衣を摺るのではないが、心底から思うてもいないあの人に、自分の心を許して、その人の物となった。

1355 真木柱つくる杣人。暫時《いささめ》に仮廬《かりほ》の為と、造りけめやも

杣人が山に這入って、檜を伐って柱とすることは、ほんの暫くいるばかりの仮小屋をこしらえるためにではない。私の心も、一時の出来心で、お前を愛したのでありますものか。

1356 向峰《むかつを》に立てる桃の木。なりぬやと、人ぞ耳語《ささ》きし。汝《な》が心ゆめ
前の山に立っている桃の木ではないが、私とお前との間が成り立ったか、と人が私に耳打ちをした。こうなった以上は、お前も心をしめて、動かないようにして貰わなければならぬ。

1357 たらちねの母が手《て》わざの桑子《くはこ》すら、願へば、衣《きぬ》に著すと云ふものを
母さんが手しおにかけた蚕から引いた大事の糸でも、懇願すれば、衣に為立てて著《き》せてくれるのが普通だ。それにあなたは、私に許してくれない。

1358 はしきやし我家《わぎへ》の毛桃《けもも》、本《もと》繁く花のみ咲きて、ならざらめやも
我が家の可愛ゆい毛桃は、根もとに繁く花が咲いた。花ばかりが咲いて、実がならないということがないように、私とあなたとの間も、うわべばかりよくして、夫婦にならぬという話はない。

1359 向峰《むかつを》の若楓《かつら》の木。下枝《しづえ》とり、花待つ間《いま》になげきつるかも
前の山の若い楓の木の、手のとどく下の枝を折り取って、花の咲くのを待つ如く、この

美しい幼い処女を、未来の妻と心に定めていながら、一人前になる間が待ち遠しくて、つい嘆息《ためいき》が出てくることだ。(傑作。)

花に寄せた歌

1360 いきのをに思へる我を。山ちさの花にか、君がうつろひぬらむ
あの方は、山ちさの花とでもいおうか、心が褪《あ》せてしもうた。私は命懸けで思い込んでいるのに。

1361 住ノ江の浅沢小野《をぬ》の杜若《かきつばた》、衣《きぬ》に摺りつけ著む日知らずも
住の江の浅沢小野の杜若を、著物《きもの》に摺りつけるように、美しいあの人を自分の物として、自分の自由に出来る日は、いつになったら来るかしらん。

1362 秋さらば移しもせむと、我が蒔きし、韓藍《からあゐ》の花を、誰か摘みけむ
秋が来たら、その色を著物《きもの》に移し付けようと思うて、自分が蒔《ま》いて置いた、紅の花をば、知らぬ間に、誰かが摘み取ってしもうた。(すなわち、妙齢になったら、自分の愛人にしようと思うた女を、知らぬ間に、人に先んぜられた。)

1363 春日野に咲きたる萩は、片つ枝は未蕾《いまだふふ》めり。言《こと》な絶えそね

春日野に咲いてる萩は、まだ十分咲かずに、半分蕾んでいる。そのようにわたしの娘も、一人前の女とはなっていないが、音信だけは、絶やして下さるな。

1364 見まくほり、恋ひつつ待ちし秋萩は、花のみ咲きて、ならずかもあらむ

花の咲くのが見たくて、思いつめて待っていた萩の花は、花は咲いても、実とならないでしまうのかしらん。(妙齢の女になったら、と思うて待ちうけた女が、その年になったら、他の人の妻となってしもうた。)

1365 吾妹子が宿の秋萩。花よりは、実《み》になりてこそ、恋ひまさりけれ

いとしい人の家の、庭の萩の花ではないが、花のうちよりは、実になってから、すなわち二人の恋が成立してからの方が、いよいよ恋しくなった。

鳥に寄せた歌

1366 飛鳥《あすか》川七瀬《ななせ》の淀に棲む鳥も、心あれこそ、波立てざらめ

飛鳥川のたくさんの淀んだ瀬に、じっと休んでいる鳥も、心があるからこそ、波を立てないのであろう。(あの人も、私に心があればこそ、表面にあらわさずに、底に思うて

いるのであろう。）

獣に寄せた歌

1367 三国山《みくにやま》梢《こぬれ》に棲《す》まふ鼯鼠《むささび》の、鳥待つ如く、我待ち瘦せむ

三国山の木の上にじっと止っている鼯鼠が、近寄って来る鳥を待っているように、自分の恋の叶《かな》うまで待つ、その待ち遠さに、私は瘦せることであろう。

雲に寄せた歌

1368 岩倉の小野《をぬ》従《ゆ》秋津に立ち渡る、雲にしもあれや、時をし待たむ

岩倉の野から、秋津の地までずっと立つ雲は、遠方へも自由に行くが、自分たちもその雲であったら、時の来るのばかりを待っているものか。

雷に寄せた歌

1369 天雲に近く光りて鳴る神の、見ればかしこし。見ねば愛《かな》しも

雲に接近して光るか、と思うと轟く雷のように、身分の高い人を見る、すなわち会うのは、怖しいが、逢わないでいるのは、又恋しゅうてならぬ。

雨に寄せた歌

1370 甚《はなはだ》も降らぬ雨ゆゑ、潦《にはたづみ》いたくな行きそ。人の知るべく

そんなにたくさん降らない雨だのに、すなわちそのように好遇もしてくれないのに、雨水の溜りのような激しい勢いで、人に知られるまで、度々通うことは、止めなさい。

(忠告した歌。)

1371 ひさかたの雨には著ぬを、あやしかも、我が衣手は干《ふ》る時なきか

自分の著物《きもの》は、雨降りには著《き》て出ないのに、干く時がないことよ。どうしたことだろう。

(すなわち恋のために、泣き続けている。)

月に寄せた歌

1372 み空ゆく月読壮夫《つくよみをとこ》。夕さらず、目には見れども、よるよしもなし

空を渡るお月様のように、一晩でも見ない事なしに、目では見ているが、身分が違うので、思いをいいよる為方《しかた》も訣《わか》らない。

1373 春日山。山高からし。岩の上の菅の実《み》見むに、月待ち難き

岩の上に生えている麦門冬《やますげ》の実を求めるために、峰の高い春日山ゆえ、遅く登ってくる

月を待ちかねている。(すなわち愛人と会うのに、早くよい時機の来るのを待ちかねている。)

1374 闇の夜は苦しきものを、何時しかと我が待つ月も、早も照らぬか

闇の晩は、気のつまるものだのに、どうか早く出てくれ、と私が待っている月よ。早く照らしてくれ。(君よ。待ち遠しいから、早く会いに来て下さい。)

1375 朝霜の消《け》やすき命、誰《た》が為に、千年もがもと、我が思はなくに

人間の命は、朝の霜のようにいつ消えるか訣《わか》らぬものだ。そんなはかない命と知りながら、いつまでも生きていたいと思うのは、誰のためでもない。お前ゆえだ。

赤土《はに》に寄せた歌

1376 大和の宇陀《うだ》のま埴《はに》のさ丹《に》つかば、其故《そこ》もか、人の、吾《わ》を言《こと》なさむ

宇陀の里の赤土原の土が、著物《きもの》に付いたら、すなわち二人が恋い仲になったならば、そのために人が、私のことをかれこれと噂するだろう。

神に寄せた歌

1377 木綿《ゆふ》かけて祀《まつ》る神籬《みもろ》の、神《かむ》さびて斎《い》むにはあらず。人目多みこそ
榊の枝にゆう懸けて神様を祀る斎場が、神々しく斎まれているように、私はあなたを忌み嫌うのではない。人目のたくさんあるのが、うるさいから避けています。

1378 木綿《ゆふ》かけて斎《いは》ふこの杜《もり》、越えぬべく思ほゆるかも。恋ひの繁きに
榊に木綿をかけて、斎み清めて祀る社の杜に近づかれぬように、我々が手出しも出来ぬようになっている制限さえ、乗り越えてしまいそうに思われる。あまりに恋の激しさに。

川に寄せた歌

1379 絶えず行く飛鳥《あすか》の川の淀めらば、故しもある如《ごと》、人の見まくに
間断なく流れている飛鳥川が、ふと止ったなら、訣《わけ》ありそうに人が見ることだろう。そのように、いつも通ういとしい人は、今日行かなければ、さぞ気を廻すだろう。

1380 飛鳥川。瀬々に玉藻は生ひたれど、柵《しがらみ》あれば、靡きあはなくに
飛鳥川の瀬毎《ごと》に、玉藻が生えているけれども、柵のあるために、止められて靡きおうて、一つになれぬように、二人の仲も、妨げる人があって、一つになれない。

1381 広瀬川。袖つくばかり浅きをや、心深めて我が思へらむ

広瀬川は徒渉する程浅い。そのように浅いあの人の心だものを、自分の心の底まで、何故こんなに、思い込んでるのであろう。(佳作。)

1382 泊瀬《はつせ》川。流るる水脈《みを》の絶えばこそ、我が思ふ心遂げじと思はめ

泊瀬川に水脈がとぎれるようなことがあったら、そこでいよいよ、自分の思う心は、成功しないと断念もしょうが、そういう気《き》遣《づか》いは決してないのだが。

1383 なげきせば人知りぬべみ、山川《がは》の激《たぎ》つ心を塞《せ》き敢《あ》へたるかも

山川のように、激しく興奮している心を、ひょっと忘れて、吐息などついたら、人が知るかも知れぬ、とじっとこらえてとめていることだ。

1384 水《み》隠《ごも》りに息づきあまり、早川の瀬には立つとも、人に言はめやも

譬《たと》えば、急流の瀬に立って苦しむように、水につかった如く、憂えにとざされて、嘆息していても、人にはどうして洩らそうか。

埋れ木に寄せた歌

1385 まがなもち弓削《ゆげ》の川原の埋れ木の、顕《あらは》るまじき事ならなくに

弓削の磧《かわら》にある、埋れ木ではないが、何事も隠しきれないで顕《あらわ》れる。我々の間も、顕れまいものではないということは、よく知っている。

海に寄せた歌

1386 大船にま檝繁貫《かぢしじぬ》き漕ぎ出《で》にし、沖は深けむ。潮は干ぬとも

大きな船に檝をたくさんさして、漕ぎ出たところの沖は、潮が退いたとしても、深いだろう。そのように我々の間は、たといどんな変事が起っても、浅くなる気遣いはない。

1387 伏越従行《ふしごえゆ》かましものを。間守《ひまも》るに、うち濡らさえぬ。波よまずして

こんなことなら、けわしい伏越の山路を行ったらよかったのだ。波のよらぬ間を考えて行くのに、行きそこのうて、濡らされてしもうた。波の間を見はからわなかったために。そのように、人目の多い危険な処を行って、うっかりして見つけられた。

1388 岩濯《そそ》ぐ岸《きし》の浦曲《うらわ》に寄する波。岸《へ》に来よらばか。言《こと》の繁けむ

この波が沖にいればよいのに、こんな海岸に寄せて来るから、人の噂がかれこれとやかましいのだろう。岸の入り込みに寄せる波よ。

1389 磯《いそ》の浦に来寄る白波。かへりつつ過ぎかてなくは、岸にたゆたへ
岩浜に打ち寄せる波よ。通り過ぎて、沖へ戻って行きにくければ、岸でうろついていたらよかろう。(すなわち、今はしばらく、帰らずに、その辺で待っていてくれ。)

1390 近江の湖《うみ》。波畏しと風守《まも》り、年はや経《へ》なむ。漕ぐとはなしに
近江の湖水に立つ波の恐しいために、風を窺《うかご》うている間に、漕ぎもどうもしないでいて、時間が経つように、人目を恐れて、猶予しているうちに、会うこともなしに、年月が経ってしまうであろう。

1391 朝凪《なぎ》に来寄る白波見まく欲《ほ》り、我はすれども、風こそ寄せね
海岸に寄せくる、白波を見たく思うているけれど、朝凪の海に、風が吹かないために、波が寄って来ないように、邪魔をする者があるために、あの人は、よう来ない。

浦砂《まなご》に寄せた歌

1392 紫の名《な》高《たか》ノ浦の真砂路《まなごち》に、袖のみ触りて、寝ずかなりなむ
紀伊の国の名高の浦にある真砂の道に遊んで、砂に袖がさわる、それではないが、いと

しい人に会うて、袖を触れて、心やすくしてはいるが、終《つい》に夫婦の契りをせないでしまいそうだ。

1393 豊国《とよくに》の企救《きく》の浜辺の真砂路《まなごぢ》の、まなほにしあらば、何か歎かむ

豊の国に在る企救の浜辺の、真砂路ではないが、まなほ即ちまともで、あの語があったならば、何の嘆こうか。

藻に寄せた歌

1394 潮満てば入りぬる石《いそ》の草なれや、見らく少く、恋ふらくの多き

潮がさして来ると、水中に隠れてしまうが常の、岩の上に生えた草に譬《たと》えて見ようか。見ることとすなわち出会うことは稀であって、焦《こが》れることが、甚《はなは》だしい。

1395 沖つ波寄する荒磯《ありそ》の莫《な》告藻《のりそ》は、心のうちに宣《の》るとなりけり

沖の方から波の寄せて来る、荒い岩浜にある莫告藻は、名前は言うなというのであるが、心の中では、言おうとしているのだ。すなわち恥しさに打ち解けて、思う心を言わないが、実は承知の旨《むね》が答えたいのだ。

1396 紫の名高ノ浦の莫告藻の、磯に靡かむ時待つ我を
名高の浦の莫告藻が、磯端で波に従うて靡くように、自分に靡き従うて来る時を待っているのだ。

1397 荒磯《ありそ》越す波は畏し。しかすがに、海の玉藻のにくくはあらぬを
荒磯をうち越えるような、浪の勢いは恐しい。とても近づけないが、それはそうでも、海にある美しい藻が、可愛くて思い切れない。（恋を遂げることは恐しいが、恋い人のいとしさに堪えられぬ。）

舟に寄せた歌

1398 漣《さざなみ》の滋賀津《しがつ》の浦の船乗《ふなの》りに、のりにし心、常忘らえず
滋賀津の浦の船遊びに船に乗る、それではないが、思う人が、自分の心の上に乗り懸った、すなわち常に惹《ひ》かれている心は、いつも忘れることが出来ぬ。

1399 ももつたふ八十《やそ》の島曲《しまわ》を漕ぐ船に、のりにし心忘れかねつも
たくさんの島の入り込んだ間を、漕いで行く船ではないが、あの人の自分の心に乗りかかったのは、忘れることが出来ない。

1400 島伝ふ足早《あばや》の小舟、風守《まも》り、年はや経なむ。逢ふとはなしに
島から島に伝うて行く、早舟が、風の間を考えているうちに、時間がたつように、逢わないで、年は経ってしまうだろう。

1401 水霧《みなぎら》ふ沖つ小《こ》島に、風を痛み、船寄せかねつ。心は思《も》へど
波の泡沫が、あたりが見えぬくらいに立っている。海中の小島に、心では寄りたい寄りたいと思いながら、風の烈しさに寄りかねている。自分も心中では慕うているが、あの人の心を量りかねて、言い寄らずにいる。

1402 ことさかば、沖従《ゆ》さけなむ。水門《みなと》より岸《へ》つかふ時に、さくべきものか
いっそ離れてしまうくらいならば、沖を漕いでいる時分に離れてしまうてくれれば、よかったのだ。川口で、もうすぐ、岸に近づくという時に、離れることが出来る訣《わけ》でないのに、離れることだ。(今このように深くなってから、別れ話を持ち出すとは。)

(旋頭歌《せどうか》)

1403 み幣《ぬさ》取り神の祝《はふり》が斎《いは》ふ杉原。薪樵《たきぎき》り、ほとほとしくに、手斧とらえぬ

神様に捧げ物をすることを司る、神主たちが、斎み清めている杉の原よ。その原に薪を伐りに這入《はい》って、あぶなく、手斧を取り上げられてしまうところだった。(父母の守る、娘に通うた男の歌。)

挽歌

雑《くさぐさ》の挽歌

1404 鏡なす我が見し君を、阿婆《あは》の野の花橘の、玉に拾ひつ

鏡のようにいつも見ていた君であるのに、この阿婆の野の花橘を薬玉に貫くために拾うように、手に拾うた。すなわち火葬して、骨を拾うた。

1405 秋津野を人のかくれば、朝撒《ま》きし君が思ほえて、嘆きはやまず

秋津野の話を人が為出《しだ》すと、あの朝、灰を撒いて風葬した、あの人のことが思われて、嘆息が止まない。

1406 秋津野に朝ゐる雲の失《う》せぬれば、昨日も、今日も、亡き人思ほゆ

秋津野に朝懸っている雲は、火葬の煙である。その煙が消えてしまうと共に、この世の

形は失われてしまうのだ。ああ昨日も今日も、止む間なしに、死んだ人のことが思い出される。

1407 隠国《こもりく》の泊瀬《はつせ》の山に霞み立ち、たなびく雲は、妹にかもあらむ
火葬場なる泊瀬山に、ぼんやりと立って、横に長く懸っている雲は、なくなったいとしい人の煙であるのだろうよ。

1408 禍言《まがごと》か妖言《およづれごと》か。隠国《こもりく》の泊瀬《はつせ》の山に、いほらせりとふ
人がお前の恋い人は、墓場の泊瀬の山に住んでいると言うが、それはおそらく、不吉な人の心をまどわす偽言に相違ない。そのようなことがあるものか。

1409 秋山の紅葉あはれみ、うらぶれて、入りにし妹は、待てど来まさず
秋の山の紅葉に心とられて、這入《はい》って行ったいとしい人は、自分がしょんぼりと待っていても、帰って来て下さらない。(山に墓があるから言うたのだ。)

1410 世の中は、誠《まこと》、二世《ふたよ》は行かざらし。過ぎにし妹に逢はなく、思へば
この世界というものは、二度生れて来られぬもんだと言うが、死んだいとしい人に逢わ

ないことを思うて見ると、実際そうに違いない。

1411 幸福《さきはひ》の如何なる人か。黒髪の白くなる迄妹が声聞く

自分はただ一人だ。それにこの世には、そうでない人がいる。そういう人は、どうした幸福な人なんだろう。髪が真白になるまで、いとしい人と話をすることが出来るというのは。（傑作。）

1412 吾が夫子《せこ》を何処《いづく》行かめと、割竹《そきたけ》のそがひに寝しく、今しくやしも

あの晩腹立ちまぎれに、背中合せに寝て、あの人が出て行くと言うたのを、どこへよう行くものか、と侮って、そのまま寝ていたことが、死んでしもうた今では、取り返しがつかない。残念なことだ。（佳作。）

1413 庭つ鳥鶏《かけ》の垂り尾の乱尾《みだりを》の、長き心も思ほえぬかも

庭に飼う鶏の尾のように、長くいつまでも、身を持ちこたえられそうな心がせぬ。こういう風では。

1414 こもまくら相枕《ま》きし子もあらばこそ、齢《よ》の老《ふ》くらくも、我惜しみせめ

手枕を交わして寝た、あのいとしい人が、生きていてこそ、年の行くのも、自分は惜しむだろうが、このような独り身では、早く年寄った方がよい。

1415 たまづさの妹は玉かも。あしびきの清き山辺に撒《ま》けば、散りぬる

いとしい人は、玉になってしもうたのか、このさっぱりした景色の山の辺に撒いたら、散ってなくなってしもうた。（これも、「秋津野を人のかくれば」と同じ風俗に基《もとづ》いている。悲哀な調子を具《そな》えた佳作。）

旅の歌

1417 名呉《なご》ノ浦を朝漕ぎ来れば、海中《わたなか》に、舟人《かこ》ぞよぶなる。あはれ其舟人《かこ》

朝、名呉の浦を漕いで行くと、広々とした海の真中で大きな声をあげて、船頭が物をいうている。その船頭に、心が惹かれる。

解説――最高に純粋だった

持田叙子

最高に純粋だった。ということはつまり最高にバカだった。

だからこそできた。名もない一人の青年と彼を支える若者たちの手で、万葉集の歌すべて四五一六首を現代語訳するという、それまで大家も手がけなかった前人未到のしごとが――できた。

一九一六、大正五年一月八日。身を切るように冷たい風が吹く神奈川県・小田原の寒々しい農村を、二十八歳のその青年はあるいていた。

外套もない。汗じみた黒いネルのきものに紺ばかま。それに鳥打ち帽と、手編みのマフラーを巻いただけの無防備なすがただ。

しかし寒風にたじろがない、強い、いい目の光をしている。痩せたしろい頬。眉のうえに青痣がある。それが彼をいささか陰鬱に見せる。

折しも小正月。このあたりでは、子どもたちによる道の神の祭りがさかんだ。村の入口に繋る樹の下や農道、あぜ道にたたずむ石の道祖神に、もちや花を供える。焚火を燃やし、輪になって神歌をうたう。子どもたちだけで小屋にこもる楽しい遊びでもある。そこにひたひたと足音。見ると、よその若い男が目を輝かす。「道あえだね。私も神さまと遊んでいいかしらん」。

寒さに頰を染めた子どもたちはすぐに警戒心をとき、彼を仲間にいれた。みんな一人前の顔でよそ者に、神祭りのしきたりを説く。彼は熱心に聞き入り、子どもの教える作法どおりに小さな石の神々を巡礼する。

勧進勧進、お供え物を、と言われたときは困った風だった。うろたえて袖や懐をさぐった。うすい五厘銭をやっと見つけ、これで塩たてまつります、と子どもの手に渡して去った。

この若い男。折口信夫である。正月早々、小田原で中学教諭をつとめる親友の武田祐吉の家に、借金を申しこむためにやって来た。

一昨年、ふるさとの大阪府立今宮中学校を辞職し、あてもなく上京した。以来、まわりを呆れさせるむちゃな生活をつづけていた。武田にも、もう何度も金を借りた。

破綻するのはわかっていた。しかしやり遂げたかった。世間の常識に屈したくなかった。同時代のだれよりも、清々しく新しく生きてみたかった。

守りたかったのは、教え子とともに暮らす理想の愛の家塾である。中学教師になるのは不本意だったが、なってみれば折口信夫は、比類なく情熱的な教師だった。

若々しく自由でユニーク。多くの生徒が彼に魅了された。この先生はきれいごと抜きの、裸でぶつかってくれると感じた。

辞職した折口を追い、十数人の生徒が東京へ来た。みな進路はそれぞれ。学資のある子も、ない子もいる。かくなるうえは原始共産制。皆でいっしょに乗り切ろう。折口は本郷の下宿を借り、生徒との共同生活をはじめた。

かねて師弟ともに暮らし、生きる感激を分かちあうのが、折口の理想の教育だった。その実践。若いみずみずしい心にゆたかな栄養をあたえた。ピクニックにゆき、連句ゲームをし、芝居を見た。星の好きな子には天文学の本を、草花の好きな子には植物学の本を選んで与えた。

実家の送金にたよる折口の財源はすぐ尽きた。蔵書を売り、きものを売り、高利貸しから借りた。実家からは帰郷するよう厳命が来た。

薄給の武田祐吉は、さすがに度かさなる借金のたのみは断った。その代わり、自分が構想していたしごとのアイデアを譲った。

いま、短歌が大ブーム。正岡子規、与謝野鉄幹、晶子、北原白秋と次々に天才が出る。ところで子規がその短歌革新の写実精神のシンボルとして万葉集のすばらしさを宣言し、一般読者にも万葉への関心が高まるにもかかわらず、これを現代語訳する書がない。万葉集の全口訳をしてみてはどうか。これはきっと売れるだろう。

信夫は中学生の頃から、小さな万葉学者だった。すべての歌をそらんじ、ことばの解釈にも自説をもっていた。とくに飛鳥は、大好きだった祖父のふるさと。よく徒歩旅行し、万葉集にうたわれる山や川を知り尽くしていた。それを知っての親友のアドバイスである。

できるやろうか、僕に。信夫の瞳が揺れる。できる。武田は深くうなずく。そやかて無名のもんの口訳なんか、本屋が引きうけんやろ。そこは後で考えたらええ、そこらの大学の先生が訳すより、折口がやる方がずんと面白い。それは確かだ。武田が背を押す。

ここから全ては始まった。

折口は東京へ取って返した。すでに理想の愛の家塾は解散し、皆ちりぢり。折口じしんは教え子の一人、鈴木金太郎少年の借りる小石川の下宿にころがり込んでいた。そこが編集作業室になった。

本は売り払ってとぼしい。手もとに残る佐佐木弘綱・佐佐木信綱による歌学全書を底本とし、注釈書は見なかった。見るまでもない。万葉集のすべての歌は折口の肌身に染みついていたし、歌についての先人の諸説は脳内を自在にゆききしている。

それぞれ通う学校のあいまを盗み、教え子の少年たちが小石川に来る。万葉集の一首一首をかわいい声で読み上げる。折口はそれを聞き、訳を考え、高らかに述べる。その訳を、国学院大学時代の三人の親友が交代でやって来ては、書きうつす。

この共同作業で、全口訳はほぼ三か月という驚くべきスピードで完成した。作業室には終始、親しい者どうしのいきいきとした声が飛びかっていた。

こうした〈口訳〉から、折口信夫の万葉集研究すなわち古代研究が本格的に幕をあけたことは、象徴的である。

折口の古代研究とは、日本文学史をつらぬいて流れる〈声〉の発見でもある。はるか他界より来たる〈まれびと〉神。祭りがおこなわれる大地の実りを予祝し、その地に住まう人々を祝福する声を大きく発する。

その聖なる声こそ、ことばの発生をうながす第一の力。折口はそう考える。祭りのたびに神の声とそれに応える人間の声が発され、それをエネルギーとして文学が芽ばえる。たとえば他界からの遠い自分の旅をかたる神の声は、もの哀しいさすらいの歌や物語の母胎となる。伊勢物語のむかし男の流離、光源氏の須磨流離など、日本文学のたいせつな一つの本質をなす旅の悲劇文学を生む。

ゆえに折口はその文学史において一貫し、声の文学を重視した。声のかもす演劇性や芸能性、音楽性に熱い目をそそいだ。その特色はすでに『口訳万葉集』によく表われる。

ほんの一例として、巻三・二三六、二三七番の、持統天皇と側付きの老女「志斐《しい》ノ嫗《おむな》」との問答歌にかんする、折口の解釈をのぞいてみよう。

女帝は老女をからかう。もういやというのに、お前さんがくどくどと「誣語《しひ》り」をするから、また聞きたくなっちゃった。それに対し老女は、「話せ話せ」と貴方がせがむから、私はお話ししますのに、とふくれっ面をしてみせる。

折口はこの親しげな主従の連なり歌に目をみはり、「志斐ノ嫗は、語部の一人であった」「天皇の御幼少の頃から、荒唐無稽な昔物語をしていた」「上代の宮廷生活が思われる」たいせつな歌であると註をつける。

日本の古い歌と物語の背景に、こうした語部の活躍のあることを、折口は大学時代から考えて探っていた。

〈語部〉とは、宮廷や豪族の家に住まい、語りを代々のしごととする「奴隷集団」である。

彼らは、宮廷や家々の歴史をそらんじる歴史家。そして貴人の家庭教師でもある。勇壮な魂の持ち主の物語をかたり、もって主人の魂を「感染教育」する。

歌や物語をつかさどる語部こそは、日本文学の初期をささえる重要な作者。そら、その証拠が万葉集の中にちゃんとある！　折口は、発見者の喜びにあふれ、持統天皇と嫗の歌をゆびさす。

語部の存在を通して折口は、文学のシステムとして絶対的に流通する〈作家〉と〈作品〉の関係性を、いったん破壊してみせる。

万葉集の歌すべてが、〈作家〉としての歌人が独りで思案し、紙に書きつけた〈文学作品〉であるというわけではない。

中には語部が主人に聞かせるため口でそらんじた歌もあるし、宴会であいさつや恋愛ゲームとして即興で詠まれた歌もある。旅空にさまよい体から離れそうになる魂を、必死で呼びもどし、自分に結びつける呪術としての歌もある。

つまり現代の私たちが考えるより、古代の歌は音や声に近い面がある。それがつくられる場も、密室であることの方がまれだ。人々のざわめきや笑い、泣き声にみちている。信仰と生活から生まれた、文学ではない文学。これを折口は「非文学」と呼ぶ。

そしてそんな声や音に似た非文学としての歌を訳すのが、もともと芝居狂で、演劇的人間である折口はなんとも楽しそうだ。

巻二・九五番では、名高い采女《うねめ》を天皇から賜わった藤原鎌足の喜びの歌を、むじゃきな男らしい自慢の大音声として訳す――「どうだ。俺はねい、安見児《やすみこ》を手に入れたぞ。それ、」。

巻七・一一〇二番の「おほきみの三笠《みかさ》の山の帯《おび》にせる、細谷川の音のさやけさ」を訳したうえで、こう評する。

「音律の美を極めた歌で、内容の単調なのも、問題にはならぬ。傑作」。

弱冠二十八歳。堂々としている。すなわちこの三笠山の歌は国の地霊をたたえる歌で、山や川の名じたいが美しい。公の場で高らかにうたわれる音楽として、絶妙に耳にここちよいということだ。

私たちには何の意味があるのか、と思われる内容のうすい歌だ。折口はときに、近代文学観において絶対の価値とされる作品の〈内容〉や〈意味〉をもあっさり蹴とばす。歌はそもそも神の声から生まれ、聖なる呪文として尊ばれ、音楽や芸能としても深く愛された。

ゆえにテーマや意味など、はなから持たぬ歌もある。一瞬の神秘的な風、天に舞い消える雪、琴や笛のきらびやかな音としてつくられ、愛された歌も少なくない。日本文学史を原初からながれる歌については、西欧から移植した近代文学観のものさしのみでは、とうてい測れない。それはあまりに浅はかだ。そういう信念が、この無名の青年には確固としてある。

『口訳万葉集』とは、古典と私たちを仲よくさせる平易な入門書であるとともに、驚きにみちて、近現代文学の固定しきってしまった既成概念に突き刺さる、するどい批評の書でもあるのだ。

そして折口という人はここでも、徹底的によい先生である。かわいい教え子たちが作業の現場で万葉の歌を読み上げてくれた。かつての教室のざわめきが思い出される。本書の序文を折口はとくにこう結ぶ。

「わたしは、国学院大学を出てから、足かけ三年、大阪府立今宮中学校の嘱託教師となって、そこの第四期生を(中略)卒業させるまで教えていた」。

「この書の口訳は、すべて、その子どもらに、理会が出来たろう、と思う位の程度にして置いた。いわば、万葉集遠鏡なのである」。

小鳥のようにおしゃべりだったり、リスのように落ち着かない子、じっと折口をにらんでいたへそ曲がり、すねっ子。なつかしい「八十人ばかりの子ども」の一人一人の顔を思いうかべ、その顔を相手に折口は訳したという。

ああ、だから解りやすいんだな。だから本いっぱいに、「少女たちのおかっぱさんに垂《さ》げた髪」(巻七・一二四四番)「おっかさん」(巻三・三三七番)「おい鎌公よ」(巻一六・三八三〇番、下巻)「真青な人魂さんよ」(巻一六・三八八九番、下巻)などの、暮らしの匂いのする暖かい声が響くんだな。学や知識をてらう、硬さや権高さがないんだな。

突貫作業で仕上がったしごとはさっそく同年九月、文会堂書店の国文口訳叢書シリーズの『万葉集』上巻として刊行された。中・下巻は翌年に出た。

ここまでスピーディーに晴れがましく折口のしごとを世に出したのは、最終的には国文学者・芳賀矢一の力による。

折口の窮迫を知る国学院大学の恩師・三矢重松が、知己の芳賀にたのみ、芳賀の企画をうたう文会堂の口訳シリーズに折口のしごとを入れてもらったらしい。

芳賀は序文〔本書には収録しなかった〕で折口の万葉集研究のたのもしさを讃え、現代語訳としては「第一の試」であると宣言した。

これで折口は救われた。借金返済のめどもついたし、何より少壮の注目すべき万葉学者として世間に踏み出したのである。

ふりかえっても、まさに崖っぷちだった。借金。無職。かねて恐怖していたように、一生を実家の捨扶持で暮らす、本好きの役にたたない孤独な「おっさん」になっても仕方ない状況だった。

周りがそうさせなかった。恩師、友人、教え子たち。みんな出会ってほどなく、折口を天才だと直感した。彼がフリーターの間もそう信じつづけた。種々のいましめにもがく彼を解きはなち、大きく羽ばたかせるため無償で手を貸した。

幾重もの人の情けが、『口訳万葉集』には籠もっている。

くり返す。『口訳万葉集』とは、折口信夫が最高に純粋で、最高にバカだった時代の、最高の知と愛と情熱の結晶である。


（文芸評論家）

一　本書の初版は、国文口訳叢書第三、四、五篇『万葉集』(文会堂書店刊、一九一六年九月、一七年五月)である。
一　本書は、『万葉集』(日本の古典2、河出書房新社刊、一九七一年四月)を底本とした。なお、『折口信夫全集』第九、十巻(中央公論社刊、一九九五年一〇、一一月)に収録されている。
一　『口訳万葉集』を刊行するために、折口が参照したのは日本歌学全書第九、一〇、一一編『万葉集』(博文館刊、一八九一年一〇―一二月)である。
一　明らかな誤記は、先行文献を参照しつつ訂した。
一　今回、漢字表記を一部、整理した。振り仮名を新たに付した箇所もある。
一　各巻に、新たに「解説」を収録した。

口訳万葉集（上）

2017年3月16日　第1刷発行
2019年4月24日　第3刷発行

著　者　折口信夫《おりくちしのぶ》

発行者　岡本　厚

発行所　株式会社　岩波書店
〒101-8002 東京都千代田区一ツ橋2-5-5

案内 03-5210-4000　営業部 03-5210-4111
現代文庫編集部 03-5210-4136
https://www.iwanami.co.jp/

印刷・精興社　製本・中永製本

ISBN 978-4-00-602287-7　Printed in Japan

岩波現代文庫の発足に際して

新しい世紀が目前に迫っている。しかし二〇世紀は、戦争、貧困、差別と抑圧、民族間の憎悪等に対して本質的な解決策を見いだすことができなかったばかりか、文明の名による自然破壊は人類の存続を脅かすまでに拡大した。一方、第二次大戦後より半世紀余の間、ひたすら追い求めてきた物質的豊かさが必ずしも真の幸福に直結せず、むしろ社会のありかたを歪め、人間精神の荒廃をもたらすという逆説を、われわれは人類史上はじめて痛切に体験した。

それゆえ先人たちが第二次世界大戦後の諸問題といかに取り組み、思考し、解決を模索したかの軌跡を読みとくことは、今日の緊急の課題であるにとどまらず、将来にわたって必須の知的営為となるはずである。幸いわれわれの前には、この時代の様ざまな葛藤から生まれた、人文、社会、自然諸科学をはじめ、文学作品、ヒューマン・ドキュメントにいたる広範な分野のすぐれた成果の蓄積が存在する。

岩波現代文庫は、これらの学問的、文芸的な達成を、日本人の思索に切実な影響を与えた諸外国の著作とともに、厳選して収録し、次代に手渡していこうという目的をもって発刊される。いまや、次々に生起する大小の悲喜劇に対してわれわれは傍観者であることは許されない。一人ひとりが生活と思想を再構築すべき時である。

岩波現代文庫は、戦後日本人の知的自叙伝ともいうべき書物群であり、現状に甘んずることなく困難な事態に正対して、持続的に思考し、未来を拓こうとする同時代人の糧となるであろう。

(二〇〇〇年一月)

B226
現代語訳 古事記
蓮田善明訳

『古事記』は、古代の神々の世界を描いた雄大な叙事詩であり、最古の文学書。蓮田善明の格調高く味わい深い現代語訳で、日本神話の世界を味わう。〈解説〉坂本　勝

B227
唱歌・童謡ものがたり
読売新聞文化部

「赤とんぼ」「浜辺の歌」など長く愛唱されてきた71曲のゆかりの地を訪ね、その誕生と普及にまつわる数々の感動的な逸話を伝える。

B228
対談紀行 名作のなかの女たち
瀬戸内寂聴
前田　愛

『たけくらべ』から『京まんだら』へ。名作ゆかりの土地を訪ね、作品を鑑賞する。小説の面白さに旅の楽しみが重なる、談論風発の長篇対談。〈解説〉川本三郎

B229
炎凍る
樋口一葉の恋
瀬戸内寂聴

著者は一葉自身と小説中の女主人公の「生」と「性」に着目し、運命に抗う彼女らの苦闘の跡を追う。未完の作品『裏紫』の続編を併載。〈解説〉田中優子

B230
ドン・キホーテの末裔
清水義範

作家である「私」は、老文学者がセルバンテスになりきって『ドン・キホーテ』の第三部を書くというパロディ小説を書き始める。連載は順調に進むかに見えたが……。

2019. 4

岩波現代文庫[文芸]

B231
現代語訳 徒然草
嵐山光三郎

『徒然草』は、日本の随筆文学の代表作。嵐山光三郎の自由闊達、ユーモラスな訳により、兼好法師が現代の読者に直接語りかける。

B232
猪飼野詩集
金時鐘

朝鮮人の原初の姿が残る猪飼野での暮らしを「見えない町」「日々の深みで」「果てる在日」「イルボン　サリ」などの連作詩で語る代表作。巻末に書下ろしの自著解題を収録。

B233
アンパンマンの遺書
やなせたかし

アンパンマンの作者が自身の人生を語る。銀座モダンボーイの修業時代、焼け跡からの出発、長かった無名時代、そしてアンパンマン。遺稿「九十四歳のごあいさつ」付き。

B234
現代語訳 竹取物語 伊勢物語
田辺聖子

『竹取物語』は、美少女かぐや姫を描いた日本最古の物語。『伊勢物語』は、在原業平の恋愛を描いた歌物語。千年を経た古典文学が現代の小説を読むように楽しめる。

B235
現代語訳 枕草子
大庭みな子

『枕草子』は、作者清少納言が平安朝の様々な話題を、鋭敏な感覚で取上げた随筆文学の代表作。訳文は、作者の息遣いを再現して新鮮である。〈解説〉米川千嘉子

2019.4

岩波現代文庫［文芸］

B236
小林一茶 句による評伝
金子兜太

小林一茶が詠んだ句から、年次順に約90句を精選して、自由な口語訳と精細な評釈を付す。一茶の入門書としても最適な一冊となっている。

B237
私の記録映画人生
羽田澄子

古典芸能・美術から介護・福祉、近現代日本史など幅広いジャンルで記録映画を撮り続けてきた著者が、八十八年の人生をふり返る。

B238
「赤毛のアン」の秘密
小倉千加子

アンの成長物語が戦後日本の女性の内面と深く関わっていることを論証。批判的視点から分析した、新しい「赤毛のアン」像。

B239-240
俳諧志（上・下）
加藤郁乎

近世の代表的な俳人八十名の選りすぐりの句を、豊かな知見をもとに鑑賞して、俳句の奥深さと楽しさ、近世俳諧の醍醐味を味わう。〈解説〉黛まどか

B241
演劇のことば
平田オリザ

演劇特有の言葉(台詞)とは何か。この難問と取組んできた劇作家たちの苦闘を、実作者の立場に立った近代日本演劇史として語る。

2019. 4

岩波現代文庫［文芸］

B242-243
現代語訳 東海道中膝栗毛（上下）
伊馬春部訳

弥次郎兵衛と北八の江戸っ子二人組が、東海道で繰り広げる駄洒落、狂歌をまじえた滑稽談あふれる珍道中。ユーモア文学の傑作を現代語で楽しむ。〈解説〉奥本大三郎

B244
愛唱歌ものがたり
読売新聞文化部

世代をこえ歌い継がれてきた愛唱歌は、どのように生まれ、人々のこころの中で育まれたのか。『唱歌・童謡ものがたり』の続編。

B245
人はなぜ歌うのか
丸山圭三郎

言語哲学の第一人者にして、熱烈なカラオケ道の実践者である著者が、カラオケの奥深さ、上達法などを、楽しくかつ真摯に語る楽しい一冊。〈解説〉竹田青嗣

B246
青いバラ
最相葉月

〝青いバラ〟＝この世にないもの。その不可能の実現に人をかき立てるものは、何か？バラと人間、科学、それぞれの存在の相克をたどるノンフィクション。

B247
五十鈴川の鴨
竹西寛子

表題作は被爆者の苦悩を斬新な設定で描いた静謐な原爆文学。日常での何気ない驚きと人の不思議な縁を実感させる珠玉の短篇集。著者後期の代表的作品集である。

2019.4

岩波現代文庫［文芸］

B248-249
昭和囲碁風雲録（上・下）
中山典之

隆盛期を迎えた昭和の囲碁界。碁界きっての書き手が、木谷実・呉清源・坂田栄男・藤沢秀行など天才棋士たちの戦いぶりを活写、波瀾万丈な昭和囲碁の世界へ誘う。

B250
この日本、愛すればこそ
―新華僑四〇年の履歴書―
莫邦富

文化大革命の最中、日本語の魅力に憑かれた青年がいた。在日三〇年。中国きっての日本通となった著者による迫力の自伝的日本論。

B251
早稲田大学
尾崎士郎

『人生劇場』の文豪尾崎士郎が、明治・大正期の学生群像を通して、希望と情熱の奔流に衝き動かされる青年たちを描いた青春小説。〈解説〉南丘喜八郎

B252-253
石井桃子コレクションⅠ・Ⅱ
幻の朱い実（上・下）
石井桃子

二・二六事件前後、自立をめざす女性の魂の交流を描く。著者生涯のテーマを、八年かけて書き下ろした渾身の長編一六〇〇枚。〈解説〉川上弘美

B254
石井桃子コレクションⅢ
新編 子どもの図書館
石井桃子

一九五八年に自宅を開放して小さな図書室を開いた著者が、本を読む子どもたちの、いきいきとした表情と喜びを描いた実践の記録。〈解説〉松岡享子

2019.4

B255
石井桃子コレクションⅣ
児童文学の旅
石井桃子

欧米のすぐれた編集者や図書館員との出会いと再会、愛する自然や作家を訪ねる旅など、著者が大きな影響をうけた外国旅行の記録。〈解説〉松居 直

B256
石井桃子コレクションⅤ
エッセイ集
石井桃子

生前刊行された唯一のエッセイ集を大幅に増補、未発表の二篇も収める。人柄と思索のにじむ文章で生涯の歩みをたどる充実の一冊。〈解説〉山田 馨

B257
三毛猫ホームズの遠眼鏡
赤川次郎

想像力の欠如という傲慢な現代の病理――。「まともな日本を取り戻す」ためにできることとは？『図書』連載のエッセイを一括収録！

B258
僕は、そして僕たちはどう生きるか
梨木香歩

集団が個を押し流そうとするとき、僕は、自分を保つことができるか――作家梨木香歩が、少年の精神的成長に託して現代に問う。〈解説〉澤地久枝

B259
現代語訳
方丈記
佐藤春夫

世の無常を考察した中世の随筆文学の代表作。日本人の情感を見事に描く。佐藤春夫の訳で味わう。長明に関する小説、評論三篇を併せて収載。〈解説〉久保田淳

岩波現代文庫［文芸］

B260
ファンタジーと言葉
アーシュラ・K・ル＝グウィン
青木由紀子訳

〈ゲド戦記〉シリーズでファン層を大きく広げたル＝グウィンのエッセイ集。ウィットに富んだ文章でファンタジーを紡ぐ言葉について語る。

B261-262
現代語訳 平家物語（上・下）
尾崎士郎訳

平家一族の全盛から、滅亡に至るまでを描いた軍記物語の代表作。日本人に愛読されてきた国民的叙事詩を、文豪尾崎士郎の名訳で味わう。〈解説〉板坂耀子

B263-264
風にそよぐ葦（上・下）
石川達三

「君のような雑誌社は片っぱしからぶっ潰すぞ」――。新評論社社長・葦沢悠平とその家族の苦難を描き、戦中から戦後の言論の裏面史を暴いた社会小説の大作。〈解説〉井出孫六

B265
坂東三津五郎 歌舞伎の愉しみ
坂東三津五郎
長谷部浩編

世話物・時代物の観かた、踊りの魅力など、俳優の視点から歌舞伎鑑賞の「ツボ」を伝授。知的で洗練された語り口で芸の真髄を解明。

B266
坂東三津五郎 踊りの愉しみ
坂東三津五郎
長谷部浩編

踊りをもっと深く味わっていただきたい――そんな思いを込め、坂東三津五郎が踊りの全てをたっぷり語ります。格好の鑑賞の手引き。

岩波現代文庫［文芸］

B267
世代を超えて語り継ぎたい戦争文学
澤地久枝
佐高信

『人間の条件』や『俘虜記』など、戦争と向き合い、その苦しみの中から生み出された作品たち。今こそ伝えたい「戦争文学案内」。

B268
だれでもない庭
——エンデが遺した物語集——
ミヒャエル・エンデ
ロマン・ホッケ編
田村都志夫訳

『モモ』から『はてしない物語』への橋渡しとなる表題作のほか、短編小説、詩、戯曲、手紙など魅力溢れる多彩な作品群を収録。自筆の挿絵多数。

B269
現代語訳 好色一代男
吉井勇

愛欲の追求に生きた男、世之介の一代を描いた西鶴の代表作。国民に愛読されてきた近世文学の大古典を、文豪の現代語訳で味わう。〈解説〉持田叙子

B270
読む力・聴く力
河合隼雄
立花隆
谷川俊太郎

「読むこと」「聴くこと」は、人間の生き方にどのように関わっているのか。臨床心理・ノンフィクション・詩それぞれの分野の第一人者が問い直す。

B271
時間
堀田善衞

人倫の崩壊した時間のなかで人は何ができるのか。南京事件を中国人知識人の視点から手記のかたちで語る、戦後文学の金字塔。〈解説〉辺見庸

岩波現代文庫［文芸］

B272
芥川龍之介の世界
中村真一郎

芥川文学を論じた数多くの研究書の中で、中村真一郎の評論は、傑出した成果であり、最良の入門書である。〈解説〉石割 透

B273-274
法服の王国
小説裁判官（上・下）
黒木 亮

これまで金融機関や商社での勤務経験を生かしてベストセラー経済小説を発表してきた著者が新たに挑んだ社会派巨編・司法内幕小説。〈解説〉梶村太市

B275
惜《せき》櫟《れき》荘《そう》だより
佐伯泰英

近代数寄屋の名建築、熱海・惜櫟荘が、新しい「番人」の手で見事に蘇るまでの解体・修復過程を綴る、著者初の随筆。文庫版新稿「芳名録余滴」を収載。

B276
チェロと宮沢賢治
―ゴーシュ余聞―
横田庄一郎

「セロ弾きのゴーシュ」は、音楽好きであった賢治の代表作。楽器チェロと賢治の関わりを探ることで、賢治文学の新たな魅力に迫る。〈解説〉福島義雄

B277
心に緑の種をまく
―絵本のたのしみ―
渡辺茂男

児童書の翻訳や創作で知られる著者が、自らの子育て体験とともに読者に語りかけるように綴った、子どもと読みたい不朽の名作絵本45冊の魅力。図版多数。〈付記〉渡辺鉄太

2019. 4

岩波現代文庫[文芸]

B278
ラニーニャ
伊藤比呂美

あたしは離婚して子連れで日本の家を出た。心は二つ、身は一つ…。活躍し続ける詩人の傑作小説集。単行本未収録の幻の中編も収録。

B279
漱石を読みなおす
小森陽一

戦争の続く時代にあって、人間の「個性」にこだわった漱石。その生涯と諸作品を現代の視点からたどりなおし、新たな読み方を切り開く。

B280
石原吉郎セレクション
柴崎聰編

石原吉郎は、シベリアでの極限下の体験を硬質にして静謐な言葉で語り続けた。テーマ別に随想を精選、詩人の核心に迫る散文集。

B281
われらが背きし者
ジョン・ル・カレ
上岡伸雄
上杉隼人訳

恋人たちの一度きりの豪奢なバカンスがマフィアの取引の場に！　政治と金、愛と信頼を賭けた壮大なフェア・プレイを、サスペンス小説の巨匠ル・カレが描く。〈解説〉池上冬樹

B282
児童文学論
リリアン・H・スミス
石井桃子
瀬田貞二
渡辺茂男訳

子どものためによい本を選び出す基準とは何か。児童文学研究のバイブルといわれる名著が、いま文庫版で甦る。〈解説〉斎藤惇夫

2019.4

岩波現代文庫［文芸］

B283
漱石全集物語
矢口進也

なぜこのように多種多様な全集が刊行されたのか。漱石独特の言葉遣いの校訂、出版権をめぐる争いなど、一〇〇年の出版史を語る。〈解説〉柴野京子

B284
美は乱調にあり
―伊藤野枝と大杉栄―
瀬戸内寂聴

伊藤野枝を世に知らしめた伝記小説の傑作が、文庫版で蘇る。辻潤、平塚らいてう、そして大杉栄との出会い。恋に燃え、闘った、新しい女の人生。

B285-286
諧調は偽りなり（上・下）
―伊藤野枝と大杉栄―
瀬戸内寂聴

アナーキスト大杉栄と伊藤野枝。二人の生と闘いの軌跡を、彼らをめぐる人々のその後とともに描く、大型評伝小説。下巻に栗原康氏との解説対談を収録。

B287-289
口訳万葉集（上・中・下）
折口信夫

生誕一三〇年を迎える文豪による『万葉集』の口述での現代語訳。全編に若さと才気が溢れている。〈解説〉持田叙子（上）、安藤礼二（中）、夏石番矢（下）

B290
花のようなひと
佐藤正午
牛尾篤画

日々の暮らしの中で揺れ動く一瞬の心象風景を〝恋愛小説の名手〟が鮮やかに描き出す。秀作「幼なじみ」を併録。〈解説〉桂川潤

2019. 4

岩波現代文庫［文芸］

B291
中国文学の愉しき世界
井波律子

烈々たる気概に満ちた奇人・達人の群像、壮大にして華麗な中国的物語幻想の世界！ 中国文学の魅力をわかりやすく解き明かす第一人者のエッセイ集。

B292
英語のセンスを磨く
―英文快読への誘い―
行方昭夫

「なんとなく意味はわかる」では読めたことにはなりません。選りすぐりの課題文の楽しく懇切な解読を通じて、本物の英語のセンスを磨く本。

B293
夜長姫と耳男
近藤ようこ漫画
坂口安吾原作

長者の一粒種として慈しまれる夜長姫。美しく、無邪気な夜長姫の笑顔に魅入られた耳男は、次第に残酷な運命に巻き込まれていく。
〔カラー6頁〕

B294
桜の森の満開の下
近藤ようこ漫画
坂口安吾原作

鈴鹿の山の山賊が出会った美しい女。山賊は女の望むままに殺戮を繰り返す。虚しさの果てに、満開の桜の下で山賊が見たものとは。
〔カラー6頁〕

B295
中国名言集 一日一言
井波律子

悠久の歴史の中に煌めく三六六の名言を精選し、一年各日に配して味わい深い解説を添える。毎日一頁ずつ楽しめる、日々の暮らしを彩る一冊。

2019.4